TODAS AS OUTRAS MÃES ME ODEIAM

SARAH HARMAN

TODAS AS OUTRAS MÃES ME ODEIAM

Tradução de Laura Folgueira

Rocco

Título original
ALL THE OTHER MOTHERS HATE ME

EDITORA ROCCO LTDA.
Rua Evaristo da Veiga, 65 – 11º andar
Passeio Corporate – Torre 1
20031-040 – Rio de Janeiro – RJ
Tel.: (21) 53525-2000 – Fax: (21) 53525-2001
rocco@rocco.com.br
www.rocco.com.br

Printed in Brazil/Impresso no Brasil

Preparação de originais
NINA LUA

**CIP-BRASIL. CATALOGAÇÃO NA PUBLICAÇÃO
SINDICATO NACIONAL DOS EDITORES DE LIVROS, RJ**

H251t

Harman, Sarah, 1986-
Todas as outras mães me odeiam / Sarah Harman ; tradução Laura Folgueira. - 1. ed. - Rio de Janeiro : Rocco, 2025.

Tradução de: All the other mothers hate me
ISBN 978-65-5532-595-9
ISBN 978-65-5595-394-7 (recurso eletrônico)

1. Ficção americana. I. Folgueira, Laura. II. Título.

25-99547.0 CDD: 813
CDU: 82-3(73)

Meri Gleice Rodrigues de Souza - Bibliotecária - CRB-7/6439

Para Jack, meu melhor menino

PRÓLOGO

O menino desaparecido é Alfie Risby, de dez anos, e, para ser sincera, ele é um merdinha.

Sei que é algo horrível de se dizer sobre uma criança, especialmente uma desaparecida. Não me orgulho disso, mas, se eu tivesse que escolher um garoto da turma do Dylan para sumir em plena luz do dia, Alfie estaria no topo da lista.

Tem umas crianças que meio que dá vontade de socar, e Alfie é uma delas. Talvez seja o cabelo dele — aquele tom de ruivo sem vida que chamávamos de louro-avermelhado. Ou os olhos sem graça cor de uva--passa. Ou a forma como seus dentinhos afiados o deixam com uma cara de furão.

Eram afiados mesmo: ano passado, ele mordeu a babá, Cecilia, com tanta força que ela precisou levar pontos. Por semanas, a mulher parecia uma assombração quando ia buscá-lo à tarde, sempre segurando o antebraço enfaixado com a outra mão.

Na única vez em que me ofereci para acompanhar um passeio escolar, um piquenique da turma em Hampstead Heath, Alfie se debruçou num prato de enroladinho de salsicha e me disse, muito casualmente, como se fôssemos dois adultos num bar, que "adorava minhas unhas de puta".

E ainda tem a família dele. Não são como os ricos da St. Angeles. Estão em um outro nível.

— Tipo mais ricos que Deus — sussurrou uma das mães durante o evento de arrecadação de fundos na primavera do ano passado, enquanto dispúnhamos biscoitos de açúcar em bandejas de plástico minúsculas.

Mas, se eu for sincera, meus sentimentos em relação a Alfie não têm nada a ver com o cabelo, com a riqueza ou com os dentes de furão. Não. Meu desdém por Alfie está diretamente relacionado ao fato de que ele trata Dylan, meu filho único precoce e sensível, como se fosse um inseto a ser esmagado.

E ninguém esmaga meu filho.

1

Shepherd's Bush, Londres

SEXTA-FEIRA, 7H45

Acordo com uma música da Girls' Night na cabeça. Na verdade, a canção ficou longe de estourar como a gravadora esperava. Um terremoto devastador de magnitude 8,9 arrasou o sul da Califórnia na mesma semana que nosso single foi lançado, derrubando um estacionamento de vários andares como um suflê e prendendo 346 pessoas lá dentro. Mesmo assim, a música é um arraso.

Você é como um terremoto
Escala 10, um maremoto
Comigo só tirava foto
Então se tornou um grande escro...

Cantarolo baixinho sob a coberta, imaginando que estou me apresentando no Estádio Wembley lotado, e não prestes a tomar um banho morno no térreo da metade de uma casa geminada. Não é nem a droga da casa inteira.

— Dylan! — berro. — Levanta! Você vai se atrasar pra escola!

Meu filho aparece na porta, já todo vestido, incluindo o boné e a gravata da St. Angeles.

— Haha, muito engraçado, mãe.

Ele revira os olhos e me entrega uma lata gelada de Red Bull. Dou um gole. Com nosso ritual matinal completo, puxo o edredom quentinho de volta e me cubro inteira.

— Mas, sério, será que hoje dá para a gente não se atrasar? — pede meu filho. — A sra. Schulz disse que dessa vez o treinador não vai esperar.

Surge uma vaga memória: uma autorização, eu rabiscando minhas iniciais com lápis de olho roxo e marcando a caixa "indisponível para ser acompanhante".

— Por causa do passeio? — murmuro debaixo do edredom.

— Isso. Para o Centro Wetland. Observação de pássaros. Dá pra levantar agora, por favor?

— Isso. Está animado?

Estou enrolando, mas ele está com ainda mais pressa que o normal. Talvez isso signifique que o bullying enfim parou.

Dylan vira os olhos verdes suplicantes para mim.

— Não posso simplesmente ir sozinho? — diz ele, meio perguntando, meio reclamando.

Tiro o edredom do rosto pela segunda vez. A luz cinzenta de fim de outono agora atravessa as persianas, penetrando minhas retinas. Me arrasto para sentar. Por que sempre é tão *claro* de manhã?

— Dylan. A gente já conversou sobre isso. Você tem dez anos. Não vai sozinho para a escola a pé. Quer acabar no porão de algum pedófilo velho e peludo? Hein? Quer passar o resto da sua vida...

Dylan me interrompe.

— Mãe, quando você fala *porão*, seu sotaque fica muito americano.

A forma como ele torce o nariz ao dizer a palavra *americano* é como uma pequena machadada no meu coração.

Viro o resto do meu Red Bull e jogo a lata na direção da coleção cada vez maior na minha cômoda. Dylan encara minha fileira de recipientes vazios como se fossem cilindros de urânio enriquecido.

— Você vai reciclar isso, né? Alumínio é um dos materiais que mais consome energia no planeta. O sr. Foster me mostrou um documentário que...

— Agora não, Greenpeace. A gente vai se atrasar.

Dylan solta um gemido alto enquanto vai para a cozinha.

— Tá bom. — Suspira. — Mas, mãe… — Sua voz flutua pelo corredor. — Dá pra pooor favor usar uma blusa *normal* hoje? Que nem as outras mães?

Baixo os olhos para minha camiseta da turnê *Girls' Night 2008*. De todas as minhas camisetas de banda, essa é minha favorita. É dos primórdios, antes da confusão toda com a Rose. Na frente tem uma foto do meu próprio rosto bem mais jovem. Nas costas, meu nome, FLORENCE, em letras maiúsculas, como uma camisa de jogador de futebol.

Puxo a peça ofensiva pela cabeça, deixando escapar um arroto com gosto de taurina. Um *cropped* laranja chama minha atenção na pilha de roupas no chão.

— Pode deixar, garoto.

2

Shepherd's Bush

SEXTA-FEIRA, 7H58

O ar lá fora está gelado e limpo, aquele período sombrio de meados de novembro quando os relógios já foram atrasados em uma hora, mas as festas de Natal ainda não começaram.

Dylan dispara na minha frente e sai porta afora, com a mochila balançando solta num dos ombros. Nosso vizinho, sr. Foster — aquele que é viciado em documentários sobre alumínio — está parado diante da casa geminada dele, separando os recipientes de vidro numa lixeira. Dylan acena entusiasmado. Me encolho. Não fico muito feliz em saber que o fanático local da reciclagem, com setenta e seis anos, é atualmente o melhor amigo do meu filho. Fico ainda menos contente por ele não parar de dar grilos vivos para que Dylan alimente sua tartaruga. Mas essa é uma batalha para outro dia.

— Ah, Florence — diz o sr. Foster, levantando os olhos de uma pilha de latas. — Você viu que...

— Na verdade, estamos com um pouco de pressa — falo por cima do ombro, sem parar.

Se Dylan perder esse ônibus, vai ser um inferno.

O sr. Foster resmunga e volta para suas lixeiras.

— Claro. Eu que não vou atrapalhar.

* * *

Conforme nos aproximamos da escola de Dylan, os restaurantes de rede especializados em frango e as casas de apostas do nosso bairro dão lugar a açougues orgânicos e adegas de vinho natural. Logo, Dylan e eu passamos pelas grandes mansões brancas da embaixada do Uzbequistão e da família Beckham. A escola de Dylan fica só alguns quarteirões depois disso tudo, escondida numa rua sem saída.

A St. Angeles é uma escola particular de cento e cinquenta anos, só para meninos, instalada numa enorme mansão vitoriana digna de um romance de Dickens. A única concessão à modernidade é a alegre porta azul desconexa da entrada, pintada às pressas há alguns anos, depois que uma empresa de *private equity* assumiu a instituição e tentou arrastá-la para o século XXI.

A entrada matutina na St. Angeles é coreografada com a precisão de um desfile militar norte-coreano. É uma situação em que carros são terminantemente proibidos. Ou seja, todos os pais — até os mais ocupados ou importantes — disputam vagas na rua a vários quarteirões de distância e então se aproximam dos imponentes portões de ferro a pé, como peregrinos religiosos se dirigindo a Meca.

Quando chegamos, o desfile de suplicantes dá a volta no quarteirão. Estamos atrasados, mas não atrasados de verdade. Dylan ainda vai conseguir pegar o ônibus, e eu vou chegar a tempo do meu compromisso crucial. Só preciso evitar a sra. Dobbins, nova coordenadora de "cuidados pastorais". Faz semanas que não atendo às ligações dela. Não sei o que ela quer, mas coisa boa não é.

Dylan e eu entramos na fila atrás de Allegra Armstrong-Johnson e seu filho pálido, Wolfie. Mantenho uma distância segura, torcendo para ela não se virar. Não seria justo dizer que Allegra é minha arqui-inimiga — essa honra pertence a Hope Grüber. De todo modo, nem conheço Allegra bem o suficiente para odiá-la. Mas ela é o tipo de mãe da St. Angeles que faço de tudo para evitar. Com aquele tipo de cabelo castanho brilhante, sócia do Hurlingham Club e dona de um haras de oitenta hectares em Norfolk. O marido dela, Rupert, escreve biografias de Churchill, o que aparentemente não só é um emprego de verdade como possibilita que eles morem numa casa chique em South Kensington.

— Atrasada de novo, Florence? — cacareja Allegra, toda animadinha e com uma falsa educação.

Levanto os olhos para ela. Nesta manhã, está usando bota de montaria Hermès de couro macio, uma jaqueta Barbour verde encerada, e sua expressão é superarrogante. Seu cachorro whippet esquelético está solto, sem coleira, usando um colete acolchoado.

Quando não respondo, Allegra faz um bico e diz bem alto:

— Você está toda produzida hoje. Tem grandes planos depois da escola?

Algo em seu tom faz eu me sentir como uma criança mandada para a diretoria. Não ajuda eu ter dez anos a menos que a maioria das mães da St. Angeles, nenhuma das quais engravidou sem querer aos vinte anos.

Ignoro a pergunta de Allegra e dou um tapinha na cabeça do cachorro horroroso dela.

— Bom garoto, Wolfie.

Ela se encolhe, horrorizada.

— Wolfie é o nome do meu *filho* — diz, franzindo a testa. — Não do cachorro.

Começo a cantarolar baixinho as notas de abertura de "You're So Vain". Quando chego ao refrão, Dylan me lança um olhar mortal.

— Mãe! — sibila ele. — Para!

— O que foi? — digo, cheia de inocência. — Carly Simon é um clássico!

Eu devia ser legal com Allegra. A verdade é que ela é uma espécie em extinção por aqui: uma pessoa genuinamente britânica na St. Angeles. A maioria das pessoas como ela, sem títulos aristocráticos ou maridos que trabalham em fundos de investimento, já se mudou para Surrey. Este pedaço de Londres é mesmo meio esquisito; uma mistura exótica de gente do mundo inteiro com fontes de renda misteriosas. Sinceramente, é mais provável acabar convivendo com um príncipe do Bahrein ou uma herdeira de uma transportadora grega do que com alguém de Yorkshire, por exemplo. Um tempo atrás, correu o boato de que a St. Angeles estava dando desconto na mensalidade para os poucos alunos britânicos remanescentes, quase como uma bolsa para estudantes carentes. Não é tão absurdo. Pais estrangeiros querem acreditar que estão tendo uma experiência "autenticamente" inglesa ao mandarem as crianças à escola vestidas com meias três quartos e chapéus de palha. Não adianta nada transformar a educação do seu filho em um exercício prolongado de cosplay britânico nostálgico se *todas* as outras crianças também forem de Melbourne, Paris, Hong Kong, ou Helsinki.

Pessoalmente, acho ridícula toda essa obsessão inglesa com escolas. No lugar onde cresci, um apartamento apertado de dois quartos num trecho ensolarado nos arredores de Orlando, Flórida, as crianças simplesmente iam para a escola que ficasse mais perto de casa. Homens adultos com certeza não passavam jantares inteiros tentando descobrir onde o anfitrião tinha aprendido a tabuada. Se dependesse de mim, Dylan estudaria na escola primária local a um quarteirão da nossa casa e eu dormiria vinte e cinco minutos a mais toda manhã. Quando mencionei isso ao meu ex-marido, Will, ele reagiu como se eu tivesse sugerido tirar Dylan da educação formal para uma década de trabalho braçal numa fazenda comunitária. É que Will foi aluno da St. Angeles e fez questão de fazer o mesmo por Dylan.

— Tudo bem — concordei, dando de ombros. — Você que vai pagar, mesmo.

Pelo menos o uniforme é bonitinho *de verdade*.

Quando chegamos aos portões, a vice-diretora, uma brontossaura velhíssima chamada sra. Schulz, nos dá um sorriso de lábios fechados.

— Bom dia, Dylan — diz, afetada, me olhando por baixo de um capacete de cabelos grisalhos com permanente.

Ela está vestida exatamente como a sra. Doubtfire (aquela de *Uma babá quase perfeita*) e tem um leve cheiro de naftalina.

— Divirta-se hoje, filho! — digo a Dylan enquanto ele desaparece pelo portão e mergulha num mar de garotos idênticos de blazer. — Acaba com eles!

A sra. Schulz faz uma careta.

— Sra. Palmer — diz, assentindo na minha direção.

— É srta. Grimes — corrijo. — Dylan é que é Palmer. Como o pai.

Por baixo de seus óculos de coruja, ela pisca.

— Claro — diz, inexpressiva. Como se não tivesse me visto nas manhãs de todos os dias úteis dos últimos cinco anos. — Peço desculpas. Tenha um bom dia.

Saio apressada pelos portões, torcendo para a sra. Dobbins não aparecer. A alguns metros, Hope Grüber, presidente da Associação de Pais e Mestres, está entretendo Farzanah Khan e Cleo Risby com a emocionante história da nota perfeita de um de seus trigêmeos no simulado para o exame de admissão da St. Paul's.

— A gente nem contratou professor particular! — vangloria-se, batendo os cílios postiços.

Hope é uma alpinista social forçada, vinda de Brisbane. Antes de conhecer o marido, um magnata austríaco do ramo imobiliário trinta anos mais velho, ela era uma modelo em apuros morando em cima de uma marcenaria na Goldhawk Road. Por um tempo depois que saí da Girls' Night, circulamos nos mesmos ambientes. Nunca fomos amigas, mas tivemos vidas parecidas: compras na Primark, festas na Fabric, sempre de olho na próxima sensação. A diferença, acho, é que Hope encontrou.

Hoje, ela tem três filhos, dirige um Bentley azul-bebê com placa customizada que diz M4MAE e se refere a si mesma no Instagram como #Modelo, #Filantropa e #GirlBoss. Seu sotaque ainda é cafona e ela usa estampa de onça demais para se integrar totalmente ao pessoal do "luxo discreto", mas conseguiu cair nas graças das outras mães da St. Angeles sendo prestativa com P maiúsculo. Precisa organizar um baile de gala ou marcar uma venda de bolos beneficente? Hope é a pessoa certa. Também ajuda o fato de ela e Karl Theodor terem um chalé de oito quartos em Verbier que ela empresta para as outras mães, mesmo na alta temporada. Em troca, seus trigêmeos horrorosos (Trip e Teddy e, sei lá, Tapado) nunca são excluídos de uma festa de aniversário. Ao contrário de Dylan.

— A sra. Dobbins diz que ele tem um dom natural! — berra Hope.

A menção ao nome da professora me provoca um arrepio na espinha. Preciso cair fora.

Ao lado dela, Farzanah levanta a sobrancelha perfeitamente delineada, sem se dar ao trabalho de esconder o ceticismo.

— É mesmo?

Diferente de Hope, Farzanah tem um emprego de verdade como "dermatologista das celebridades", uma linha de produtos para a pele na Harrods e consultório próprio na Harley Street. Farzanah é facilmente o ser humano mais impecável que já vi de perto, com pele luminosa, dentes brancos reluzentes e uma cortina de cabelo escuro tão brilhante que quase dá para ver nosso reflexo. O pai dela era o embaixador paquistanês em Londres no fim dos anos 1990, e Farzanah estudou num internato só para meninas em Berkshire, onde desenvolveu a mesma pronúncia clara da Condessa Viúva de Grantham. Para completar, o filho dela, Zain, é um gênio de verdade e venceu o Desafio LEGO de Engenharia da escola por três anos consecutivos. Hope despreza Farzanah, mas de uma forma completamente diferente de como me odeia.

Ao lado delas, Cleo Risby não está prestando atenção na conversa, pois vasculha a bolsa enorme em busca de algo. Cleo é a mais descolada de todas as mães da St. Angeles. É quase trinta centímetros mais alta que todas as outras, com cabelo louro-platinado e uma expressão permanentemente distraída, como uma modelo que acabou de sair de um transe. Ela é algum tipo de artista, embora, pelo que sei, seu trabalho consista apenas em fumar um cigarro atrás do outro na frente de diversas galerias e ser fotografada pela *Vanity Fair*. Seu marido é mais velho e absurdamente rico, herdeiro de um império de alimentos congelados.

Cleo quase nunca aparece na entrada da escola (tem funcionários para isso), então é uma ocasião especial, sobretudo para Hope, que deseja acima de tudo ser melhor amiga dela. Infelizmente, Allegra Armstrong-Johnson chegou várias décadas antes (elas foram colegas de quarto na escola), portanto Hope é forçada a tolerar Farzanah e se divertir me atormentando.

Quando passo apressada, Hope agarra meu braço e faz uma expressão preocupada com sua boca de peixe.

— Ah, Florence. Aí está você. A sra. Dobbins estava te procurando agorinha mesmo. Parecia bem urgente.

— Ah, sim, obrigada — murmuro.

Farzanah faz um muxoxo inquieto.

— Ah, puxa. Está tudo bem com o Dylan?

Hope e ela trocam olhares cúmplices enquanto apresso o passo. Só mais alguns metros até a esquina, uma curva à esquerda e estarei a salvo: livre da sra. Dobbins, dos olhares de julgamento das outras mães e do que quer que Dylan tenha aprontado agora.

No fim da calçada, bem quando começo a soltar um suspiro de alívio, sinto uma cutucada forte bem no meio das costas.

Merda.

Quando me viro, não é a sra. Dobbins, mas uma mulher de descendência asiática de cabelo reluzente, segurando um celular na mão e falando rápido num sotaque californiano.

— Então, falei para ele que não é negociável termos cobertura de Nova York nisso...

Passei quase metade da minha vida neste país e às vezes esqueço como pode ser destoante um sotaque americano em volume máximo. O meu próprio se diluiu ao longo dos anos, como café solúvel misturado com chá fraco.

— Hã, oi? Você acabou de me cutucar?

A mulher faz um gesto para a orelha, indicando que está numa ligação. Como se eu é que tivesse acabado de enfiar o dedo na coluna *dela*.

— Certo. Sim. Totalmente. Escuta, daqui a pouco eu te ligo de volta — diz ela, tirando um fone e estendendo a mão. — Jenny Choi — fala, sacudindo meu braço para cima e para baixo, como se nós duas tivéssemos acabado de fechar um acordo histórico de livre-comércio. — Desculpa por isso. Só estava tentando encaixar mais uma hora com honorários pagos.

Ela nota minha expressão confusa e completa:

— Advogada. São os ossos do ofício, acho.

— Aham. A gente se conhece?

— Não, não. Somos novos aqui. Mas a sra. Schulz me disse que tinha outra mãe americana.

Jenny sorri e transfere o peso de uma perna para a outra. É pelo menos uma década mais velha que eu, talvez duas. Não usa nenhuma maquiagem e está em um traje corporativo andrógino que parece absurdamente caro. O tipo de mulher que se sente muito à vontade ao exigir falar com o gerente.

— Sou mãe dos gêmeos, Max e Charlie, sabe? Era para eles irem para a escola americana lá em St. John's Wood, mas a entrevista... Bom, os meninos estavam num dia ruim. — Jenny força um sorriso. — Enfim, deixa pra lá. Estamos aqui agora.

Faço que sim, tentando processar a metralhadora de informações que ela despejou em mim. Ao longe, a sra. Dobbins emerge dos portões da escola e começa a perambular pela fila de crianças.

— Bom, hum, bem-vinda à St. Angeles — digo, recuando antes que a sra. Dobbins note minha presença.

Jenny cruza os braços.

— Escuta, me passa seu telefone. Vamos marcar alguma coisa.

— Você quer sair comigo?

Analiso o rosto macio de Jenny, seus dentes perfeitos, seu corte chanel na altura do queixo. Talvez tenhamos o mesmo passaporte, mas é bem provável de ser a única coisa que temos em comum. Quanto tempo vai levar para ela me dispensar quando descobrir meu status de *persona non grata* entre as mães da St. Angeles?

— Com os meninos — esclarece Jenny. — Eu adoraria que eles fizessem amizades.

A sra. Dobbins agora me viu e está vindo na minha direção como um cão farejador.

Jenny me entrega seu celular.

— Anota seu contato aqui. Eu te dou um toque para você ter o meu também.

Caramba, ela é insistente. Digito meu número o mais rápido possível. A sra. Dobbins agora está a poucos metros, avançando depressa.

— Bom, hum, prazer — balbucio, me virando para ir embora.

Mas é tarde demais. A mão da sra. Dobbins já está no meu ombro.

Pega no flagra.

— Srta. Grimes! — diz ela, um pouco alto demais. — Sinto muito interromper. Posso falar com você por um instante?

Eliza Dobbins é mais jovem que eu, está no fim da casa dos vinte, tem grandes olhos redondos e cabelo bem preto. Podia ser bonita se tentasse, mas claramente não se esforça. Manchas de rímel estão salpicadas embaixo das sobrancelhas, e a blusa horrorosa de rayon está cheia de migalhas de muffin. Ainda tem o fato de ela estar grávida de uns cento e cinquenta meses, carregando a barriga por aí como se fosse uma fruta madura demais.

— Preciso ir — diz Jenny, recuando. — Prazer em te conhecer.

Viro para a sra. Dobbins.

— Na verdade, estou com um pouco de pressa.

— Sem problemas — fala ela, alegre. — Para que lado você vai? Eu te acompanho! — Ela dá um tapinha na barriga protuberante. — Bom exercício! Andar e falar!

Ao atravessarmos a rua, sinto as outras mães nos observando, seus olhos perfurando minhas costas enquanto elas especulam o que Dylan aprontou dessa vez. Digo a mim mesma para não me virar. Mas aí, como a mulher de Ló, não consigo resistir: dou uma espiada de soslaio uma última vez nos portões da escola. Cleo já foi embora, noto com alívio, mas Hope, Farzanah e Allegra continuam por lá, esticando o pescoço na minha direção.

A sra. Dobbins pigarreia.

— Tentei falar com você por vários dias. Está tudo bem em casa?

Seus grandes olhos castanhos são poços de empatia, o que só me faz detestá-la ainda mais.

— Como assim? — falo, sem emoção.

— O surto do Dylan semana passada — diz ela, tocando meu braço com delicadeza.

A pedra microscópica em seu anel de noivado reflete a luz opaca e reluz como um botão velho.

— Ah. Isso. — Tento não dar um sorrisinho irônico. — Você tem que admitir que foi meio engraçado. Sério, me diz que *você* nunca quis virar uma mesa em cima do Teddy Grüber?

A sra. Dobbins aperta os lábios.

— Gostaríamos de avaliar o Dylan — diz ela, numa cadência lenta e comedida que parece calibrada para não me irritar. — Por um profissional externo. O dr. Lieber é muitíssimo qualificado para...

Uma onda de calor percorre meu corpo.

— Dylan está ótimo — retruco. — Não vou mandar ele para um psiquiatra qualquer só pra vocês poderem dopá-lo.

A sra. Dobbins franze a testa.

— Eu garanto que essa não é a minha intenção. É que... — Ela baixa a voz para um sussurro. — Depois do incidente com a, hum, tartaruga, somos obrigados a levar essas coisas a sério.

Engulo em seco. O Escândalo da Tartaruga. No fim do ano letivo anterior, um grupo de meninos, Alfie e Dylan incluídos, estava reunido em torno do lago de carpas numa extremidade da escola, admirando uma tartaruga. Segundo Dylan, Alfie estava cutucando a tartaruga com um taco de críquete. Dylan mandou parar, disse que ele estava machucando o animal. O que aconteceu depois é um pouco controverso, mas o resultado inegável foi que Alfie precisou de quatro pontos no corte sangrento acima da sobrancelha direita. Dylan foi suspenso por três dias e posto em "vigilância comportamental". Pareceu um castigo excessivo por algo que foi claramente legítima defesa. Ou pelo menos defesa animal. Então, deixei que ele adotasse a tartaruga. Greta agora vive feliz num terrário no quarto dele.

Do outro lado da rua, Farzanah e Hope pararam de fingir que estão conversando e olham na nossa direção, se esforçando para captar cada palavra.

Meu corpo inteiro fica tenso.

— Aqueles outros garotos, o Teddy, o Alfie e o Wolfie, estão fazendo bullying com ele! — Arranco meus óculos de sol e aponto o dedo indicador na direção da carne macia do esterno da sra. Dobbins. — Que tal ir atrás das mães *deles* para marcar avaliações psiquiátricas?

A sra. Dobbins fica me olhando, mas não responde. Sua boca se abre e fecha como a de um peixinho.

— Foi o que imaginei — bufo, dando meia-volta.

Ela me chama, gritando algo às minhas costas enquanto saio pisando duro. Mas, quaisquer que sejam as palavras, elas se perdem no vento.

Me afasto de Holland Park o mais rápido que consigo. Cada músculo do meu corpo queima, como se eu tivesse acabado de fazer dois vídeos de exercícios da Chloe Ting do início ao fim. Enfio as mãos bem no fundo do bolso e tiro a cara preocupada da sra. Dobbins da cabeça. *Dylan está ótimo!* Aquela mulher não sabe nada do meu filho.

É verdade que ele sempre foi um pouco *diferente*. Oficialmente, culpo Will por nos abandonar quando Dylan era bebê. Mas os sinais estavam lá desde o começo. Ele nunca balbuciou, nem um "mama". Aí, um dia, estávamos andando pelo supermercado, e ele apontou o dedo rechonchudo para uma caixa na prateleira e disse:

— Por favor, mamãe, posso pegar um suco?

Assim, do nada, com um sotaque britânico claríssimo. Quase caí dura no corredor.

Então, sim, Dylan não era como as outras crianças da sua idade. E também não *gostava* muito delas. Quando pequeno, sempre que eu o levava ao parquinho, ele ignorava os outros meninos e suas brincadeiras com bola, preferindo puxar conversa com um avô que esperava o neto, uma babá adolescente entediada ou uma mãe esgotada. Sério, qualquer adulto servia. Não o culpo. Crianças são monstros.

E, claro, meu filho tem um pavio meio curto. Mas é preciso entender, isso vem de seu senso de certo e errado. Tudo para Dylan é branco no preto. *Mocinhos contra Bandidos*; *Greta contra ExxonMobil.* Tentei explicar a ele que ninguém é cem por cento bom ou ruim (exceto, talvez, o pai dele, rs) e que as motivações das pessoas são complexas. Não adianta. Se Dylan fosse um tribunal, todos os casos terminariam ou em pena de morte, ou em absolvição completa. Para ele, não existe meio-termo.

Quando me aproximo da rotatória de Holland Park (a armadilha mortal para pedestres que separa o bairro chique da escola de Dylan da área totalmente comum, mas honesta, onde moramos), na mesma hora começo a prender a respiração, uma tentativa subconsciente de evitar inspirar a fumaça das quatro pistas de trânsito passando ao meu lado.

Hoje é um bom dia, lembro. É sexta-feira. A lua está em Júpiter, um momento propício para novos começos. E, mais importante, recordo com uma faísca de empolgação, vou ver Elliott hoje à noite.

Tudo está prestes a mudar.

3

Shepherd's Bush

SEXTA-FEIRA, 8H45

Tecnicamente, o Fresh Nails só abre às dez, mas empurro a porta mesmo assim, preparada para o som eletrônico familiar da campainha com sensor de movimento.

— Tem tempo para um encaixe? — digo para o salão na penumbra.

Linh está empoleirada de pernas cruzadas numa cadeira de massagem, usando uma jaqueta *bomber* que parece feita de papel-alumínio e vendo vídeos vietnamitas no TikTok sem fone.

— Estamos fechados — berra ela. — Volta às onze.

— Sou eu, tontinha — digo, jogando a bolsa na cadeira de sempre.

Linh fica de pé e finge desmaiar, um movimento de mergulho dramático que teria me enganado se ela não o fizesse semana sim, semana não.

— Mulher, achei que você estivesse morta. Entra logo!

A tensão dos meus ombros se desfaz. Tudo na Fresh Nails está exatamente como deixei: o cheiro forte, as cadeiras de plástico ensebado, os frascos duvidosos de creme para mãos em refil. Meu cantinho feliz.

Me jogo numa cadeira e mostro minhas unhas malcuidadas a Linh.

— Credo! — diz ela com uma careta. E completa: — Pelo menos eu sei que você não estava me traindo.

— É que estive muito ocupada. — É mentira, mas felizmente Linh não me questiona. Em vez disso, começa a trabalhar desinfetando suas ferramentas com um spray. — Como está a faculdade? — pergunto.

Além de ser manicure, Linh está no segundo ano de design de moda na Central Saint Martins. A mãe, que é dona do Fresh Nails e de mais catorze salões por todo o oeste de Londres, acredita que a filha única está cursando finanças internacionais na London School of Economics e um dia assumirá seu império. É uma história complicada.

— Shh! — diz Linh, apontando para a TV atrás da minha cabeça. — Ele pegou outra ontem à noite!

Viro o pescoço para a televisão. Uma repórter de dentes tortos usando um blazer pêssego horroroso está andando pela rua perto do estádio Loftus, segurando um microfone, muito séria.

— Quê? Quem?

Linh franze a testa.

— O Estrangulador de Shepherd's Bush. Você não vê as notícias?

Não vejo.

— Então, hum... o que rolou?

— Uma mulher estava indo a pé sozinha para casa de noite. Ele chegou por trás sem ela ver. — Linh coloca as mãos no pescoço, fingindo que está se estrangulando, e estremece. — É a segunda este mês, sabe. O Estrangulador está ficando mais ousado.

— Como isso é possível? — Abaixo a voz, embora o salão esteja completamente vazio. — Londres não é, tipo, cheia de câmeras de segurança?

— Pois é! Loucura, né?

Não consigo saber se ela está enojada ou animada. O entusiasmo de Linh por crimes reais só compete com sua paixão por moda altamente conceitual. Tenho quase certeza de que a calça que está usando já foi um paraquedas.

— Não, mas sério, como...

Linh me interrompe, segurando minha mão direita na frente do meu rosto.

— Por que você fez isso? — questiona. A pele em torno das minhas unhas está sangrando, uma tentativa fracassada de tirar minhas próprias cutículas. —

Sabe, tem coisas que simplesmente não dá para fazer sozinha. Às vezes você *precisa* de ajuda.

Evito seu olhar e folheio as amostras plásticas de esmalte com a mão livre, escolhendo um tom de rosa tão intenso que deixaria até a Barbie envergonhada.

Linh franze a testa.

— Sério? *Faux Ho*? Você tem um encontro romântico ou alguma coisa do tipo?

Quando não respondo, ela começa a cantarolar e diz, provocando:

— Uhhhh! A Florence tem um encooontrooo! Quem é o sortudo?

— Não é nada disso.

Linh me dá um tapinha brincalhão no braço.

— Ah, então é uma moça? Acho ótimo pra você!

— Não, não... Não é...

— Mãos na água! — ordena Linh, fazendo um gesto para o potinho de água morna em que minhas cutículas destroçadas devem mergulhar.

— É uma reunião. Com um empresário musical que eu conhecia. Elliott.

Falar em voz alta é como estourar uma espinha. Um alívio imediato, puro.

— Ahhh! — diz Linh. — Você vai voltar a cantar? — indaga. Eu me encolho e baixo os olhos para as amostras de esmalte. Linh faz uma pausa, como se percebesse a gravidade da situação. — Certo.

Ela faz um muxoxo e se abaixa, desaparecendo por um instante atrás da mesa. Quando volta, está segurando um vidro de esmalte vermelho como se fosse um rubi raro.

Eu ofego.

— Isso é o que estou pensando?

Linh assente, com uma expressão solene.

— *Taco Party*. Impossível de achar, até no eBay. Minha prima trouxe de Dubai ano passado.

Taco Party é amplamente considerado o tom mais perfeito de esmalte vermelho já criado, cor de bala de canela mesclada com uma Ferrari.

Foi descontinuado depois que divulgaram que o corante vermelho vinha de borboletas-transparentes da Amazônia em risco de extinção.

Linh tira a tampa do vidrinho com um floreio cerimonial e inspira fundo.

— Como leite materno — diz, com um sorriso. — Agora, me conta tudo.

Eu tinha recebido o telefonema três dias antes, logo depois de deixar Dylan na escola. Estava jogada no sofá, assistindo às reprises de *Ilha da Poligamia*.

— Grande notícia! — exclamou a voz do outro lado, animada. — Gigante!

— Quem é? — questionei.

— É o Elliott, boba — falou a voz, envaidecida. — Já me esqueceu?

Fazia uma década que eu não ouvia a voz de Elliott Rivera. Na época, eu era parte de uma *girl band* promissora, e ele era o segundo assistente de um executivo da gravadora. Era um jovem esforçado, inexperiente, de cabelo penteado para trás com gel e sapatos polidos, atrás de uma grande promoção. Will e as outras meninas zombavam dele, chamando-o de "Elliott Empolgado" (e coisa pior). Mas ele e eu sempre tivemos uma conexão, o vínculo de excluídos que podiam sentir o desespero um no outro.

— Como é que você anda, hein, Florence? — perguntou ele.

Eu sabia, por ler a *Variety* (tá, por olhar os tuítes da *Variety*), que "Elliott Empolgado" agora era um empresário musical poderoso em Los Angeles. Imaginei-o com os pés em cima de uma mesa de mogno, olhando o Sunset Boulevard pela janela, vendo as pessoas passarem lá embaixo como formigas. Pelo menos para um de nós, o sonho tinha se realizado.

— Vou direto ao ponto — disse ele. — Estou na cidade e tenho uma coisa para ver com você. Uma oportunidade.

Finalmente, pensei. Finalmente, caralho. Era o telefonema com que eu estava fantasiando havia mais ou menos uma década, aquele que tinha o poder de magicamente reiniciar minha carreira.

— Que tal semana que vem? — perguntei, já calculando quantas idas ao salão eu conseguiria encaixar nesse meio-tempo.

— Ah, não, meu anjo. Eu volto para Los Angeles no sábado de manhã. Preparação para a temporada de premiações. Que tal sexta?

— Esta sexta? Tipo daqui a três dias?

Não era o ideal. Dez dias é o mínimo necessário para me depilar, polir e esmaltar para voltar a algo que lembrasse remotamente minha antiga glória. Mas, se era a única opção, eu daria um jeito.

— Claro — falei, rápido. — Sexta, então.

— Ótimo. Um dos meus assistentes vai te mandar os detalhes.

Quando desligamos, parecia que meu corpo inteiro estava cheio de hélio. Não tinha ninguém para quem contar a boa notícia, então tirei print do meu histórico de chamadas três vezes para provar a mim mesma que tinha acontecido de verdade.

Quarenta minutos depois, o assistente de Elliott (asst1@elliottrivera.com) me mandou um e-mail confirmando a reserva para 19h no Mr. Bang-Bang, um restaurante de comida chinesa biodinâmica em Hackney, onde os clientes são incentivados a levar seus próprios hashis e a ajudar a equipe a lavar a louça.

O que se seguiu foram as quarenta e oito horas de preparação cosmética mais intensa da minha vida. Começou num porão úmido em Marylebone, onde uma russa minúscula usou uma pinça para aplicar pelos pretos extras a cada um dos meus cílios. A intervenção levou duas horas e o cheiro de cola me deixou zonza. Depois, fui a um salão na Regent Street, onde estourei meu cartão de crédito para pagar um "cabeleireiro das celebridades" chamado Markk (com dois K) para costurar várias mechas de *mega hair* platinado no meu couro cabeludo, transformando minha nuvem de algodão doce numa elegante cortina loura. O toque final veio na Sun Express local, onde recusei a calcinha fio dental de papel e girei que nem um frango assado para o "Glow de St. Tropez" penetrar em todas as minhas dobrinhas.

O som de algo mecânico soprando me traz de volta ao salão. Linh está com um sorriso malicioso, segurando um aerógrafo.

— Tive uma ideia — diz. — Nada maluco. Só para mostrar o que eles andaram perdendo. — Devo parecer hesitante, porque ela completa rápido: — Não vou cobrar nada.

Linh enche o aerógrafo com algumas gotas de esmalte cuidadosamente colocadas e dá um peteleco no reservatório com o indicador. Sou tomada por uma sensação de desapego Zen. Me recosto na cadeira de plástico. Algo quente e molhado escorre pela minha bochecha. Uma lágrima.

Meu Deus, Florence, se controla.

Linh me passa um lenço de papel antes de puxar os óculos de segurança para baixo.

— Vai ficar ótimo. Confia.

E, pela primeira vez em séculos, confio.

O início dos anos 2000 foi uma época difícil para Mariah Carey. Depois de se divorciar do CEO da Sony Music e, consequentemente, sair da gravadora, ela assinou um contrato histórico de oitenta milhões com a Virgin. Logo em seguida teve um colapso mental que foi amplamente divulgado e acabou sendo internada por "exaustão extrema". Algumas semanas depois, seu filme *Glitter* — produzido para divulgar seu estrelato — foi um fracasso retumbante. Uma resenha no *Guardian* apontou que Mariah foi "confortavelmente ofuscada pela bancada de cerejeira da cozinha de seu apartamento estiloso em Manhattan". Sua atuação foi indicada para o prêmio Framboesa de Ouro. O álbum que acompanhava o filme foi tão mal que a Virgin pagou para encerrar o contrato.

Seu próximo trabalho, *Charmbracelet*, lançado pela Island Records, foi massacrado pelos críticos. Um deles escreveu que tinha "toda a integridade emocional crua de um cartão de melhoras da Hallmark". A Rainha do Natal estava acabada. Já era. Só mais uma estrela do pop que passou da idade.

E aí ela foi lá e lançou *The Emancipation of Mimi*, um disco tão perfeito que até os críticos mais ferozes foram forçados a demonstrar publicamente seu arrependimento por terem feito pouco caso dela. Não se tratou apenas da volta por cima do século; foi uma verdadeira ressurreição. *Mimi* redefiniu Mariah como artista e como pessoa.

A reunião de hoje com Elliott vai ser meu momento *Emancipation of Mimi*. Mas, antes, tenho uma tarefa humilhante para riscar da minha lista.

Meu emprego de verdade.

4

Shepherd's Bush

SEXTA-FEIRA, 10H01

Dou um soco na porta de metal.

— Adam! — grito. — Preciso de você!

Silêncio.

Dou um passo atrás, entrando no minúsculo vestíbulo que separa nossas portas de entrada. Nossos apartamentos originalmente eram uma única casa geminada, cortada como um peru de Natal por uma construtora gananciosa, uma verdadeira visionária que não se preocupou com coisas chatas tipo redirecionar o encanamento de forma adequada. Ultimamente, sempre que Adam toma banho no andar de cima, cria um minivulcão na pia da minha cozinha, com meleca marrom jorrando como uma fonte.

Pressiono a orelha contra a porta de Adam.

Será que ele está com alguém? Considero a possibilidade enquanto admiro minhas unhas, ovais, vermelhas e impecáveis, com delicados *F*s brancos feitos com aerógrafo em cada anelar. Perfeição. Linh me atrasou, mas a mulher é uma artista. Não pode ser apressada.

— Adam! Emergência! — berro, martelando a porta com o punho.

Isso é a cara dele, sério. Desde que Marta deu um pé na bunda dele, Adam tem ficado o tempo todo por perto, invadindo minha casa com ofertas de "consertar a pia" ou "jogar bola com Dylan". Mas, agora que eu realmente *preciso* dele, não está em lugar algum. Bem coisa de homem, mesmo.

Quando a porta se abre, ainda estou admirando minhas unhas. O cheiro de suor e desodorante masculino toma conta do pequeno hall de entrada. Sua testa está úmida, os cachos escuros espetados para todos os lados, como se tivessem esfregado um balão na cabeça dele.

— Flo? — diz ele, com a voz toda confusa.

Estremeço. Detesto ser chamada de Flo. Já é ruim o suficiente minha mãe ter me batizado em homenagem a uma estrela de série de comédia dos anos 1970 que usava um *mullet* de pontas viradas. Será que meu apelido também precisa ser uma palavra que em inglês é sinônimo de menstruação?

— Foi mal, Flo — murmura Adam, com um olhar distraído e vago. — Hum... não é um momento muito bom, na real.

Espio seu apartamento por cima do ombro dele.

— Por quê? Tem alguém com você?

Até onde sei, Adam não teve um único encontro romântico desde que Marta foi embora. Ele era completamente apaixonado pela mulher, talvez beirando a obsessão. O tipo de namorado que comprava flores toda semana, que dirigia até Hampstead para pegá-la no cabeleireiro sempre que ela precisava trabalhar até mais tarde. Eu tinha certeza de que ele ia pedi-la em casamento. Ninguém ficou mais surpreso do que eu quando Adam anunciou que Martha tinha terminado com ele do nada e se mudado de volta para a Polônia.

Adam franze o cenho e entra no vestíbulo, fechando a porta atrás de si. Ela se fecha fazendo um barulho tão alto que chego a pular.

— Quê? Não. Claro que não.

— Deixa pra lá — digo, da forma mais despreocupada possível. — Vou chamar o Matt B.

Matt B. (não confundir com Matt T.) é um dos meus casinhos de quem Adam menos gosta — operador de câmbio do Deutsche Bank cujo único traço de personalidade é sair para comer sashimi em restaurantes mal-iluminados de Mayfair e depois reservar uma suíte no Peninsula. Matt B. acha que eu não sei que ele tem uma esposa e três filhos escondidos em uma casa de cinco quartos num bairro residencial de Oxfordshire, mas eu sei. Só gosto muito de um bom sushi.

— Beleza — diz Adam, entrelaçando os dedos e estalando alto os nós. Cada mão dele parece um pacote de salsicha. — O que foi?

— Por que você está tão suado?

— Consertando a pia — resmunga. — Entupiu de novo...

Sinto cheiro de algo cáustico e químico grudado em sua pele.

— Que nojo. Bom, tenho uma pequena entrega de balões para fazer. Será que você pode me levar?

— Você não ia tirar carteira de motorista?

É um golpe baixo. Adam sabe que reprovei na prova duas vezes. Da última, o homem bengalês de fala mansa que é dono da autoescola sugeriu que eu não voltasse se não fosse levar a segurança no trânsito "a sério".

— Olha, se você não quer me ajudar, é só falar, tá? Caramba.

— Fala sério, Florence — diz ele, cruzando os braços. — Não faz assim.

Inclino a cabeça e aperto os olhos. Adam não é feio. Ele tem trinta e seis anos, cinco a mais do que eu, e ainda ostenta uma cabeleira grossa e escura, o que, tristemente, não é sempre o caso em homens de sua idade. Seus olhos são muito azuis, emoldurados por cílios grossos. E ele está incrivelmente em forma, o que (quase) compensa seu único defeito: é baixinho. Não napoleônico nem nada assim. Mas, tipo, um e sessenta e sete no máximo. Eu sei que não se deve discriminar caras baixos, mas, para ser sincera, é o único motivo para a gente nunca ter ficado.

— Então, você pode me deixar lá? — pergunto, projetando o lábio inferior. — Por favor! Vai levar, tipo, vinte minutos.

Adam dá um gemido e passa o peso do corpo de uma perna para outra.

— Onde é que é, hein?

— Notting Hill. Artesian Village.

Adam espia o relógio, um aparelho chamativo da Apple que rastreia seus batimentos cardíacos e sabe-se lá o que mais. Faz uma pausa, como se estivesse refletindo, mas já sei que vai topar. Ele sempre fala que sim, pelo menos para mim.

— Tá — diz ele, indicando com o queixo sua viatura de polícia, que está estacionada na rua. — Posso te deixar, mas você vai ter que voltar sozinha.

— Ótimo! — exclamo, abraçando o pescoço dele. Seu corpo é quente e sólido, como abraçar uma árvore. — Só preciso encher mais alguns balões. Te encontro em dez minutos, tá?

Adam abre a boca para protestar, mas já estou recuando na direção do meu apartamento, ignorando a pilha de revistas e cheques de vinte centavos de direitos autorais se acumulando no capacho.

— Só não abre a água ainda, tá? — avisa Adam atrás de mim. — E cinco minutos no máximo. Tenho um compromisso!

Tem um tipo de pessoa muito específico que gasta seiscentas libras em balões para o aniversário de um ano do filho, e posso garantir que o nome dela é Charlotte. Ou Caroline. Ou talvez Caroline-Charlotte, apelido CeCe.

Neste caso, era só Caroline, mesmo.

Adam me deixa na frente de uma casa grande verde-menta de quatro andares. Saio do carro e pego os balões no banco de trás. Antes de conseguir agradecer ou fechar a porta direito, ele arranca com o carro pela rua sem nem olhar pelo retrovisor.

Toco a campainha, que soa como sinos de vento, e um cachorro estridente começa a latir.

Uma mulher alta e esguia usando legging lilás e um cropped combinando abre a porta. O abdômen é definido, e o rosto, exatamente igual às suas fotos do Instagram, com pele dourada, lábios inchados como se tivessem sido picados por uma abelha e um nariz minúsculo e empinado como uma rampa de esqui.

Caroline me avalia por meio segundo antes de se virar e avisar por cima do ombro:

— É a moça dos balões!

Um coro de vozes femininas, tagarelando e rindo, flutua na minha direção de algum lugar nos fundos da casa.

— A gente achou que era a professora de pilates — explica Caroline. — Entra.

Viro de lado, tomando cuidado para não estourar as oito dúzias de balões cor de framboesa que estou carregando.

A coisa dos balões foi ideia da minha irmã Brooke como pré-condição para algum empréstimo, agora (espero) esquecido.

— Você não pode só ficar sentada em casa vendo *Parlamentares no Gelo* o dia todo, torcendo para cair algum pagamento de direitos autorais — insistiu.

Para ela, era fácil dizer. Sua carreira como compradora de móveis para as lojas de departamento John Lewis não tinha implodido espetacularmente. Ela não entendia como era ofensivo sugerir que vender arranjos de balões via Instagram talvez fosse um avanço profissional positivo.

Depois da morte da nossa mãe, Brooke pagou por seus estudos na University College London trabalhando numa empresa sofisticada de organização de festas. Não parava de falar de arcos de balões.

— Você nem imagina a margem de lucro! Não precisa nem de hélio. Literalmente é só balão, ar e fita!

E, diferente de tantas outras de suas ideias meia-boca para consertar minha vida, essa Brooke não deixou de lado. Acabou criando ela própria a conta no Instagram, usando fotos de bancos de imagens de arcos em festas infantis e anunciando frete grátis em qualquer lugar da Zona 2 de Londres. Recebeu quinze pedidos na primeira hora. Isso foi há sete anos. Agora eu mesma administro o negócio, e só aceito dinheiro vivo. A cada dia que passa, o nome — Pop! Star Balloons — parece menos uma piada interna sarcástica e mais jogar sal numa ferida já pútrida. Isso sem falar no pesadelo logístico de entregar arcos de balão em Londres sem ter carro. Mas é melhor que ter um emprego de verdade — não que eu esteja soterrada de ofertas nem nada assim.

Por dentro, a casa de Caroline é ainda maior do que aparenta ser de fora. A construção de antes da Primeira Guerra teve o interior completamente eviscerado e substituído por linhas retas e vidro. A maior parte do teto agora é uma claraboia gigante; num dia de tempo aberto, deve ser como estar debaixo do sol escaldante. Mas hoje o céu está nublado.

Caroline me conduz para um espaço onde fica a cozinha americana integrada à sala de estar, tudo com vista para um jardim bem-cuidado. Meia dúzia de mulheres louras com roupas esportivas casuais estão espalhadas por vários sofás superconfortáveis de cor clara, como sereias encalhadas de Lululemon. No fundo, uma empregada corta um melão e entrega cada pedaço para uma bebê num cadeirão de marca. Toda vez a bebê gargalha loucamente, como se tivesse acabado de ouvir uma piada hilária. A cena toda parece um anúncio de móveis da Loaf, ou talvez de fertilidade feminina em geral.

Por um breve instante, fico paralisada, e uma onda de inveja me atinge: como seria passar o dia todo curtindo com minhas amigas, fazendo exercícios leves e comendo pedaços de fruta que outra pessoa cortou?

Para isso seria necessário ter amigas. O pensamento se aloja no meu cérebro como arame farpado.

Pigarreio.

— Onde você quer que eu coloque o arco?

Os olhos grandes de Caroline percorrem a sala. Ela claramente não pensou muito nas seiscentas libras de ar e látex que encomendou de mim.

— Quanto tempo vai levar? — pergunta uma das amigas, do sofá. — É que a professora de Pilates vai chegar a qualquer minuto. Estamos fazendo Pilates pós-parto, sabe? Com a Adriana? Ela atende a domicílio, se você um dia precisar de alguém.

— Vou ser o mais rápida possível — respondo, sem me virar.

Instalar um arco de balões não é difícil, mas é tedioso. Vários movimentos repetitivos. Apertar, fita, apertar, fita.

— Ah, meu Deus! — guincha alguém do sofá. — Florence Grimes? É você?

É como se uma aranha peluda tivesse acabado de rastejar pela minha nuca. Viro mecanicamente na direção do sofá. É ela. Seu cabelo castanho brilhante está cortado na altura dos ombros agora, fez umas cirurgias, nem todas boas, observo com prazer. As maçãs de seu rosto estão mais altas do que o habitual, seus lábios parecem um pouco com os de um pato. Mas a voz é a mesma.

— Lacey — digo, tentando sorrir.

Me imagino desintegrando bem ali, meu corpo derretendo por completo no piso de madeira como um picolé, deixando apenas uma mancha roxa pegajosa.

— Ah, puxa vida, é você *mesmo*! — grita Lacey. Ela pula do sofá e me abraça como se fôssemos amigas que não se veem há muito tempo. — Não te vejo desde o casamento da Jess! Foi há, tipo, dez anos!

— Humm.

Minha língua fica dormente. Imaginei tantas versões diferentes deste reencontro ao longo dos anos: no tapete vermelho do Grammy, quando eu fosse indicada. Ou na quadra, enquanto assisto a um jogo do Lakers com minha melhor amiga, Mariah.

Mas nunca imaginei ficar frente a frente com Lacey enquanto trabalho como uma faz-tudo supervalorizada na casa luxuosa da amiga dela.

Estou enjoada.

— Alfonso ainda está jogando no Arsenal? — consigo perguntar.

Lacey mexe no anel de noivado, um diamante enorme de cinco quilates com um aro finíssimo de platina. Ela fez todas nós experimentarmos na noite que Alfonso a pediu em casamento, nós quatro passando o anel de uma para outra no fundo do ônibus da turnê, como um talismã mágico. Ainda sinto o peso dele. Hoje, os dedos de Lacey estão lotados de pilhas grossas de anéis incrustados de pedras reluzentes. Deve ser um para cada vez que Alfonso a traiu.

— Nada, ele se aposentou ano passado — diz ela. — Agora passamos a maior parte do tempo em Somerset. Melhor para as crianças. A gente tem três filhos!

Tento assentir, mas meu cérebro virou uma tigela de macarrão mole, todo flácido e idiota.

— E você, o que anda fazendo? — pergunta Lacey, animada. Hesito por um segundo. Os olhos vão para os balões e depois para mim. Ela dá um sorriso um pouco largo demais. — Ahhh, claro! Que bom! — diz, afetada, cheia de condescendência. — Que bom para você, Florence. No fim das contas, você conseguiu se reerguer.

Uma das sereias no sofá franze o narizinho de botão.

— Espera, de onde vocês duas se conhecem?

Lacey engole em seco.

— A Florence fazia parte da banda. Ela era a original, hum, antes da Rose, é... sabe...

A voz dela vai sumindo.

— Eu saí da Girls' Night antes de a banda estourar. Pior decisão da minha vida.

É minha resposta padrão, que dei inúmeras vezes, mas dizer em voz alta nunca fica fácil. O alívio toma o rosto de Lacey quando ela percebe que não vou dificultar para ela.

— A gente que saiu perdendo — diz, rápido.

— Ah, certo — fala uma das outras mulheres, girando uma mecha de cabelo louro claro no dedo. — E por que você saiu?

Fico zonza, como se a sala toda estivesse embaixo da água. Estendo a mão e me apoio na parede para me estabilizar.

— Faz muito tempo — balbucio.

— Escuta, Florence — diz Lacey, a sobrancelha cheia de botox tentando fazer uma expressão preocupada. — Só quero dizer que não foi correto. O que aconteceu com você.

Um rubor quente se espalha pelo meu rosto e toma todo o meu corpo, como se estivesse pegando fogo.

— Está tudo bem, Lace — gaguejo, me afastando dela e tropeçando no meu saco de balões. Vários estouram alto, como um disparo de metralhadora. A bebê começa a chorar. — Eu, hum... esqueci uma coisa no carro. Já volto — digo por cima do ombro ao correr porta afora.

* * *

Quando saio, está chovendo. Cada gota pesada que cai na minha cabeça parece um insulto pessoal. A umidade é uma ameaça séria ao meu cabelo recém-escovado, mas a humilhação é muito maior, então não me importo. Passo por casas em tons pastel como se estivesse fugindo, as palavras de Lacey se repetindo em minha mente como uma montanha-russa da vergonha da qual não consigo desembarcar. *Que bom para você! Que bom para você! Que bom para você!*

Em Notting Hill Gate, um pub sujo aparece na minha frente como uma miragem no deserto. Me sinto atraída para dentro, como se por uma força magnética. Os iguais se atraem. Os fracassados se atraem.

O pub é mal-iluminado e o piso é grudento; meus pés molhados fazem um barulho de sucção quando me aproximo do bar. O lugar está quase vazio. Só tem mais uma mesa ocupada, com um grupo de operários assistindo aos melhores momentos da Premier League numa TV de tela plana.

Um idoso está atrás do bar polindo um garfo com um guardanapo.

— Vodca tônica zero — peço.

Ele ergue os olhos com uma expressão de surpresa, como se eu tivesse acabado de invadir a sala dele e exigido uma massagem nos pés.

— Como é, querida? — indaga ele.

— Vodca tônica zero — repito, dessa vez mais alto.

Ele se vira e começa a mexer nas garrafas, se movendo num ritmo de tartaruga. Nós dois vamos morrer antes de eu receber essa bebida.

— Bom, vejamos, vodca eu tenho — diz o barman, levantando um litro de Smirnoff empoeirado. — Mas tônica zero infelizmente acabou. Pode ser Fanta? — sugere, animado. — Uma boa vodca com Fanta para você?

— Desculpa, mas isto aqui não é um bar? — digo, irritada.

— Aqui é o Wetherspoons, querida. E mal chegou a hora do almoço. Praticamente só sirvo uns caras atrás de cerveja. — A voz dele é tão gentil que quase desabo. — A van de entregas vai chegar hoje de tarde para reabastecer. Volta em três horas que eu preparo o que você quiser.

Amoleço.

— Tá bom. Pode ser uma vodca com Fanta.

Volto minha atenção aos operários, tentando descobrir qual é o mais atraente. Um deles levanta a cabeça e dou um sorriso. Ele cora, os olhos rapidamente voltando à segurança da tela de TV.

O barman geriátrico coloca minha bebida laranja-fluorescente no balcão. Viro em três goles.

— Mais uma.

— É um dia daqueles, hein? — comenta com um sorriso cheio de empatia.

Eu o ignoro e volto a olhar o bonitão até os colegas começarem a dar cotoveladas nas costelas dele e cochichar. Aí, o homem se levanta e vem na minha direção. É alto, noto com aprovação, e bem mais novo do que eu pensava. Mas tudo bem.

— Posso pagar mais uma? — diz o Operário Gostoso, apontando para minha bebida.

Ele tem um cheiro delicioso: um perfume amadeirado, terroso, como pinheiros misturados com grama molhada. Sua calça verde tem aberturas de ventilação e proteção nos joelhos. Ele é jardineiro, percebo, não pedreiro.

Sério, Florence?, diz uma voz na minha cabeça. Uma voz que estranhamente se parece muito com a da minha irmã, Brooke.

Sorrio.

— Tenho uma ideia melhor.

5

Notting Hill Gate

SEXTA-FEIRA, 11H45

Quando terminamos, ele puxa a calça verde e sai animado do banheiro feminino, com a parte de trás da blusa de poliéster pendurada para fora como uma capa de super-herói.

Me debruço na pia. Agora estou melhor. Não ótima, não como Mariah descendo a escada de vestido dourado no clipe de "It's Like That". Mas melhor do que antes.

Bochecho um pouco de água e analiso meu reflexo no espelho. Nada mal, na verdade, para alguém que já passou dos trinta. Podia ser bem pior. Sinceramente, *já foi* bem pior. Tipo logo depois de Will nos deixar, quando imediatamente perdi nove quilos e a maior parte das minhas sobrancelhas. Mas deixa para lá. Ficou no passado.

Uma vez, nos primórdios da Girls' Night, uma maquiadora me disse que meu rosto parecia uma batata descascada e, por mais cruel que pareça, entendo o que ela quis dizer. Ao natural, sou quase invisível. Meu cabelo, minha pele e minhas sobrancelhas são todos variações da mesma cor de areia suja. Nunca vou ser bonita de verdade, não como minha irmã, mas, ao longo dos anos, aprendi todos os truques: extensão de cílios, laminação de sobrancelhas, clareamento dental, horas fazendo abdominais, agachando e subindo escadas sem parar. Na verdade, ser gostosa e fazer arcos de balão são coisas muito parecidas. Não é difícil, só tedioso e repetitivo.

Faço um último gargarejo e cuspo na pia. Meu telefone apita no bolso. *Nova mensagem de Brooke.*

AQUI!, diz, seguido por um rosto sorridente.

Subtexto: Cadê você?

Merda. Almoço. Brooke. Já estou atrasada, o que é péssimo, porque essa idiotice toda foi ideia minha.

Respondo com o emoji de corrida e saio voando do pub, de volta à luz cruel do dia.

Chego ao pub Princess Royal trinta e seis minutos atrasada, ofegando. Brooke já está acomodada num canto, com uma salada intocada à sua frente. Está usando um suéter listrado vagamente náutico com botões dourados no ombro e enrolando uma mecha de seu cabelo dourado no dedo.

— Desculpa, desculpa, desculpa — murmuro, me jogando no assento à frente dela com estardalhaço.

Brooke levanta os olhos do celular.

— Finalmente. Eu já fiz o pedido.

Ela fala com um sotaque confiante e característico dos condados que ficam aos arredores de Londres. Ouvindo-nos falar, ninguém jamais diria que somos irmãs. Ao lado dela, eu pareço o Woody de *Toy Story*.

Brooke sempre foi a filha exemplar. Ela chegou num dia ensolarado de maio como a minha versão 2.0. Nova e aprimorada, com um nariz arrebitado e cabelo melhor. Nosso pai, motorista de caminhão de longas distâncias, não ficava muito em casa e, três semanas depois do nascimento de Brooke, desapareceu de vez. O clássico "foi comprar cigarro e nunca voltou", só que, como nossa mãe explicou anos mais tarde, ele simplesmente tinha dirigido a carreta pela I-95 de volta para sua "família de verdade" em Scarsdale. Nunca culpei Brooke, claro. Mas era difícil não fazer a ligação entre a chegada barulhenta dela e a partida apressada do nosso pai.

Nossa mãe era garçonete do Denny's, o tipo de pessoa que "via o melhor" nos outros. Por isso, viviam tirando vantagem dela. As outras garçonetes usavam lábia para convencê-la a aceitar os turnos horríveis de brunch no sábado, inventando histórias tristes que ela jamais questionava. ("Tenham um pouco de compaixão, meninas", nos repreendia quando reclamávamos de ficar sozinhas em casa de novo.) A natureza gentil de nossa mãe a tornava um ímã para certo tipo de vigarista dissimulado passando perrengue, homens com nomes como Dean, Ace e Billy que são atraídos ao estado da Flórida como mariposas a um poste de luz. O tipo que vive pedindo algumas centenas de dólares emprestados para "um novo empreendimento" que nunca dá certo.

Brooke tinha catorze anos e eu, dezessete, quando nossa mãe nos colocou no sofázinho de uma lanchonete, pediu três pedaços de bolo de chocolate e anunciou que trocaríamos a Flórida Central pela Inglaterra e nossa unidade familiar de três pessoas por uma nova vida com Barry, um "artista" que ela conhecera no Match.com e morava "perto de Windsor".

Fiquei perplexa. Era o verão anterior ao meu último ano no colégio e eu finalmente era popular.

— E o meu grupo de líderes de torcida? — berrei, jogando bolo na parede.

Brooke, por outro lado, era uma aluna nerd sem nenhum capital social a perder. Aceitou a notícia estoicamente, as engrenagens em sua cabeça já girando. Quando nosso avião pousou no aeroporto de Gatwick três semanas depois, Brooke já estava engolindo os erres, segurando o garfo na mão esquerda e planejando qual chapéu usar em Ascot.

Não importava que a casa de Barry "perto de Windsor" na verdade fosse um apartamento de dois quartos num conjunto habitacional em Slough que ele dividia com a mãe idosa. Nem que a "arte" dele consistisse em pintar vitrines de loja num distrito industrial. Brooke usou a mudança para reformular seu lugar na ordem social, como uma espécie de irmã Brönte de liquidação.

Nossa mãe vivia comentando como se via em Brooke. *Sua irmã e eu somos uma mesma alma em dois corpos*, dizia. Ninguém precisava me contar de quem eu a lembrava. Nosso pai. O ruim, que foi embora.

Pego uma amêndoa da salada de Brooke.

— Desculpa, B. Fiquei presa num negócio da escola.

Ela franze a testa.

— Sério? Achei que as outras mães te odiassem, não?

— É uma longa história.

Chamo o garçom e peço um cheeseburger duplo sem pão.

Brooke analisa meu rosto como se tentasse resolver um quebra-cabeça.

— Você está toda produzida — diz, enfim.

Minha irmã não liga para maquiagem além de brilho labial e uma passada ocasional de rímel. Sinceramente, se eu tivesse a aparência dela, também não ligaria.

— Não é todo mundo que pode se vestir que nem um jardineiro aposentado do interior, B.

Brooke se aproxima de mim e fareja o ar.

— Você estava bebendo? E isso é... terra na sua manga?

Mudo de assunto.

— Como vão os preparativos para o casamento?

Brooke vai se casar no sábado seguinte na igreja Holy Trinity, na Sloane Square, o ápice de seu plano de décadas para se lançar à classe média-alta. O casamento é seu assunto favorito.

— Aff — diz ela, suspirando. — É tão estressante.

Nós duas olhamos instintivamente para o agrupamento de diamantes vintage no dedo dela. Seu noivo, Julian, é um daqueles ingleses com um requinte discreto, de modos tão polidos que funcionam como uma capa de invisibilidade para sua verdadeira personalidade. Levei dois anos para descobrir que, no fundo, detesto o cara.

— Você nem imagina — continua Brooke, aí percebe e para. — Desculpa. Eu quis dizer que... bom, foi diferente para você, na época. — Faço que sim, em silêncio. Ainda preciso de um favor. — Enfim, isso me lembra — fala Brooke, abrindo sua agenda azul-marinho da Smythson. — Uma última prova das madrinhas. Segunda, às duas da tarde. É o único horário que a irmã do Julian pode.

— Tá bom — respondo, roubando mais uma amêndoa do prato dela.

Ela me olha, cética.

— Sério? Tá tudo bem mesmo por você?

Tento fazer uma expressão que espero que transmita empatia.

— Claro, B. Você está tão sobrecarregada. Não quero piorar a situação.

— Tá certo — diz ela, fechando a agenda com um estalo seco. — O que foi, Florence? Fala logo. Do que você precisa?

Mordo o lábio.

— Por que você é sempre tão desconfiada?

Ela fica tensa.

— Eu não sou *desconfiada*. Sou *intuitiva*. Tem diferença.

— A questão é que tenho uma reunião muito importante hoje à noite. E estava querendo saber se você...

Brooke faz uma careta.

— Ah, meu Deus, fala logo: você tem um encontro.

Uma onda de frustração me domina. Brooke não tem uma gota de criatividade no corpo. Não entende como é devastador para um artista ter seus sonhos arrancados, desejar um palco e não ser capaz de estar em um. Se dependesse dela, eu ia labutar na obscuridade, fazendo arcos de balão para sempre ou, melhor ainda, me formar como contadora.

— Quem é o sortudo da semana? — continua ela. — Um faxineiro? Apostador de esportes on-line? Ah, será que o Estrangulador de Shepherd's Bush está solteiro?

— Não é um encontro — vocifero. — É uma entrevista de emprego.

Brooke desdenha, abrindo as narinas de seu nariz perfeitamente arrebitado.

— Ah, é, uma entrevista de emprego numa sexta à noite? Fala sério, Florence. Até você consegue inventar uma mentira melhor.

— Não dá para você me ajudar? Pelo menos dessa vez?

Brooke arregala os olhos.

— *Pelo menos dessa vez?* É sério que você acabou de dizer *pelo menos dessa vez*? Como você tem coragem?! — O rosto dela está ficando vermelho, um rubor cor de tomate que começa no topo da cabeça e se espalha até o queixo. — E "aquela vez" que eu te emprestei mil libras? Ou "aquela vez" que você dormiu no meu sofá por um mês e trouxe para casa — interrompe-se e abaixa a voz para um sussurro discreto — um *desfile* de estranhos! — Brooke agora está agitada, com perdigotos voando da boca a cada palavra. — Será que te mataria agir que nem uma pessoa *normal* por um minuto? Só até passar o casamento?

A sensação vulcânica está de volta. Tento engolir, mas a saliva na minha boca virou serragem.

— Rá! O casamento. Como eu poderia esquecer? Você não fala dele faz pelo menos trinta segundos.

Na mesa ao nosso lado, um grupo de mulheres de meia-idade começa a fazer muxoxos, girando na cadeira para ver o que é toda essa comoção. Brooke lança um olhar de desculpas, com a ira moderada pelo desejo perene de não fazer escândalo.

— Por que o Will não pode cuidar do Dylan? — sibila ela. — Achei que era para ele ficar com o menino nos fins de semana!

Meu rosto queima. Ela tem razão. Segundo nosso acordo de guarda, Will deveria pegar Dylan toda sexta às seis da tarde e ficar com ele até meio-dia do domingo. Mas Will dá para trás com tanta frequência (em geral no fim da tarde de sexta, bem depois de as malas de Dylan estarem prontas e ele estar todo esperançoso) que já não conto com isso.

— Olha, sinto muito que ajudar sua irmã, sua única familiar viva, seja um inconveniente tão *gigantesco*. Com certeza a mamãe ia ficar bem orgulhosa de como...

Brooke fecha a cara.

— Não ouse enfiar a mamãe no meio disso! Se ela estivesse aqui...

— Bem-feito pra você, B — sussurro. — Até onde a mamãe sabe, e até onde ela vai saber para sempre, *eu* é que sou bem-sucedida. — Roubo a última amêndoa da salada dela e coloco na boca. — Isso te deixa pra morrer, né?

É um golpe baixo, até para mim. Brooke se encolhe contra a parede e puxa o prato mais para perto.

— Para de botar a mão na minha comida.

Nosso garçom reaparece, depositando meu hambúrguer sem pão na mesa como quem serve jantar para um cachorro que acabou de destruir seu chinelo favorito. Dou uma mordida, deixando o caldo escorrer pelo meu queixo.

Brooke franze o cenho.

— Você sabe que era para você ser a irmã mais velha, né? — Mastigo mais alto do que o necessário, só para irritá-la, e espero. — Tá bom — resmunga Brooke. — Você venceu. Eu vou ser a adulta, como sempre. Vou cuidar do Dylan. Mas, só para você saber, estou fazendo isso por ele. Não por você.

— Ótimo — digo, estendendo a mão para pegar um gole da Coca Diet dela. — Te vejo mais tarde.

Largo a conta para Brooke e saio correndo do restaurante para o metrô. Parou de chover, mas o céu está carregado com nuvens cinza que ameaçam desabar a qualquer momento. Eu devia ter pegado o guarda-chuva dela, percebo, mas agora é tarde demais.

Brigar com Brooke sempre me deixa de mau humor, mesmo quando eu venço. Porque minha irmã, com seu amor não irônico por suéteres da Boden e leggings da Sweaty Betty e livros de culinária do Jamie Oliver, é uma pessoa fundamentalmente *normal*. Uma boa pessoa. Alguém incapaz de descer ao lugar escuro e feio necessário para vencer uma discussão a qualquer custo. Diferente de mim.

Claro, eu consigo sorrir e morder a língua por umas horas, talvez até alguns dias. Mas nunca dura. A escuridão sempre sobe borbulhando à superfície em pouco tempo. Um comentário mordaz aqui, uma alfinetada desnecessariamente cruel ali. Brooke sabe disso. E, portanto, me deixa vencer, e cada pequena vitória é mais uma farpa embaixo da minha unha, um lembrete afiado da podridão que existe no meu âmago.

Baixo os olhos para o celular. Faltam uma hora e quarenta e sete minutos até eu ter que ir buscar Dylan.

Agora preciso correr. Porque ainda tenho que riscar uma última tarefa da minha lista.

6

Selfridges, Oxford Street

SEXTA-FEIRA, 14H08

Dou um passo atrás e admiro meu reflexo no espelho do provador. O *body* é perfeito: macio, de veludo preto, com mangas compridas e um decote em V profundo que chega quase ao meu umbigo. Definitivamente não é o tipo de coisa que dá para usar com sutiã. Fico muito feliz por ter colocado silicone quando ainda tinha dinheiro para esse tipo de coisa.

Viro a etiqueta de preço. Um ofego audível escapa da minha boca.

Trezentas e sessenta e oito libras!

Aperto os olhos. Será que é o preço em coroas suecas?

Olho de novo.

Trezentas e sessenta e oito libras.

Não é só que eu quero esse *body*. Eu *preciso* dele. É fundamental que a roupa que eu escolha para hoje à noite fale por mim. Algo que transmita a Elliott, sem palavras, que estou pronta. Que valho a pena. É a porra do meu momento *Emancipation of Mimi*.

Olho mais uma vez a etiqueta de preço, só para confirmar.

Trezentas e sessenta e oito libras.

Quem tem essa grana? O diagrama de Venn das pessoas que podem ao mesmo tempo pagar por esse *body* e ficar gatas nele deve ser composto por uma única ex-mulher de oligarca russo.

Ponho a mão na bolsa, tateando em busca do disco de metal de doze centímetros que comprei no eBay exatamente para esse tipo de situação. O metal é frio e liso. Embora eu tenha assistido a alguns vídeos no YouTube, nunca usei um removedor de sensor antifurto até agora.

Isso não é roubo, digo a mim mesma. Estamos falando de um *body* fabricado numa oficina de trabalho análogo à escravidão cambojana por crianças da idade de Dylan. Na verdade, é um ato de dissidência política. Uma rejeição consciente às normas do capitalismo tardio.

Ainda assim, olho para o teto procurando câmeras de segurança. Não devem colocá-las dentro dos provadores, né?

Usando a mão esquerda, encosto o removedor no sensor antifurto e aguardo o clique, como nos tutoriais. Ainda estou prendendo a respiração quando me assusto com três batidinhas alegres na porta do provador, voltando à realidade.

— Está dando certo aí? — pergunta uma voz melosa atrás da porta.

Solto o removedor. Ele cai no chão, como uma nave espacial alienígena pousando no carpete felpudo do provador da Selfridges. Graças aos céus pelas portas que vão até o chão.

— Tudo bem, sim — respondo, um pouco alto demais.

— Se precisar de algum outro tamanho, é só me avisar — cantarola a voz. — Se você estiver planejando uma renovação completa do guarda-roupa, também temos um serviço de *personal shopping* com uma das nossas consultoras exclusivas.

— Obrigada — digo.

Meu coração está fazendo um solo de bateria na minha caixa torácica. Talvez seja uma péssima ideia. Não, esquece — *com certeza* é uma péssima ideia. Mas que escolha eu tenho? *Preciso* dessa roupa.

Eu me sento no banco estofado e espero o som dos passos da vendedora se afastando do provador. Já consigo me imaginar sentada em frente a Elliott numa mesa aconchegante de canto, trocando fofocas do meio sobre quem exagerou no Ozempic ou está se divorciando pela quarta vez. Em algum momento, ele vai empurrar a taça de vinho para o lado e olhar no fundo dos meus olhos.

— Mas, sério, Florence — vai dizer. — Você sempre foi a estrela da Girls' Night. Tem *algum* jeito de a gente conseguir te convencer a voltar ao estúdio para um álbum solo?

Pensar nisso faz um leve arrepio de prazer percorrer todo o meu corpo. Na realidade, não sei sobre o que Elliott realmente quer falar — ele foi bastante vago ao telefone. Mas, se está me chamando para jantar, ainda por cima em sua última noite em Londres, só pode ser algo bom.

Certo. Não há tempo a perder. Prendo a respiração e coloco o disco de metal em cima do sensor antifurto pela segunda vez.

Do outro lado do cubículo, meu celular começa a apitar com uma enxurrada de notificações. *Ping. Ping. Ping.*

Pego o aparelho. Vinte e sete novas mensagens, todas do grupo das mães da St. Angeles. Essas mulheres são malucas, especialmente Hope, mas vinte e sete mensagens? Parece... incomum.

Abro o grupo. As mensagens estão subindo mais rápido do que consigo ler.

EMERGÊNCIA NA ESCOLA!!!

VENHAM LOGO PRA CÁ!

Meus olhos percorrem a tela, tentando entender o que está acontecendo.

A POLÍCIA ESTÁ A CAMINHO!

De repente, sinto calor e tontura.

O QUE ESTÁ ACONTECENDO?, digito.

Ninguém responde. Sinto um frio na barriga. Tento de novo.

O QUE ESTÁ ACONTECENDO?

Mas as outras mães simplesmente me ignoram. O grupo fica em silêncio. Jogo o moletom por cima do *body* e saio disparada do provador, correndo para a escada rolante. Meu coração martela no peito enquanto digito uma mensagem para Dylan no celular.

VOCÊ ESTÁ BEM? ME RESPONDE, exijo. AGORA!

Enxugo o suor da testa e olho meu telefone, como se pudesse forçar meu filho a responder.

Visto pela última vez 4 horas atrás, me provoca o perfil dele.

Perdi Dylan no shopping uma vez. Ele tinha quatro ou cinco anos, e eu o arrastara, contra sua vontade, até Westfield para devolver um vestido que já tinha usado uma vez num encontro. Eu estava discutindo com a caixa metida sobre haver ou não marcas de desodorante e tirei os olhos dele por um segundo. Literalmente um segundo. Olhei para baixo e Dylan tinha sumido.

— Dylan! — gritei.

Sem resposta. A caixa só me olhou com uma cara tipo: "O que esperar de uma mãe irresponsável que tenta devolver um vestido claramente usado?" Larguei a roupa e corri pela loja, perguntando a estranhos:

— Você viu um menininho mais ou menos deste tamanho de blusa azul?

Perguntei a umas quatro pessoas, com o coração martelando no peito, antes de Dylan sair pulando do meio de uma arara de roupas e gritar:

— Bu!

Quase vomitei nas minhas mãos. E o alívio imediatamente se transformou em fúria.

— Qual é o seu problema? — berrei. — Achei que tivesse te perdido!

Ele caiu no choro. Nós dois choramos até soluçar no ônibus de volta para casa.

Não percebo o fim da escada rolante da Selfridges, e meu tropeço me traz de volta para o presente. Contorno os balcões de perfume do térreo, desviando das borrifadas, até alcançar a placa lá em cima que diz "Saída Oxford Street".

Irrompo na calçada, sorvendo grandes golfadas de ar gelado. Hordas de turistas desorientados estão amontoadas nas calçadas como gado, tirando fotos idiotas das decorações de Natal, das vitrines e de seus próprios rostos ridículos.

— Sai da frente! — grito, abrindo caminho pela massa de corpos para fazer sinal a um táxi preto que passa. — Holland Park! — disparo para o motorista. — O mais rápido que você puder.

Baixo os olhos para o celular. Sem novas mensagens. Faço uma oração silenciosa. *Por favor, Deus, que seja que nem aquele dia no shopping. Que ele esteja bem.*

Meu corpo agora está retesado como um tambor, pulsando num ritmo único. *Dylan não. Dylan não. Dylan não.*

7

Holland Park

SEXTA-FEIRA, 15H01

Ainda estou a dois quarteirões dos portões da escola quando escuto o primeiro grito.

Os sons agudos vêm de todos os lados ao mesmo tempo. Um pequeno grupo de babás está reunido em um canto, chorando e cochichando. À frente delas, mais perto do portão, está outro grupo, tomado pela indignação. Mães.

Um rugido surdo começa a se formar atrás dos meus ouvidos, como um avião decolando dentro do meu crânio.

Dylan.

Começo a correr.

A procissão de mães buscando os filhos, geralmente ordeira, implodiu. A diretora da escola, Nicola Ivy, está parada no portão da frente, agarrando uma prancheta como se fosse uma boia salva-vidas, com uma expressão de horror estampada no rosto. Ela tem quarenta e poucos anos, cabelo castanho de tinta de caixinha e boca de fumante. Sua presença no portão é um sinal ameaçador: a sra. Ivy normalmente deixa a administração cotidiana da escola a cargo da sra. Schulz, reservando suas aparições para os grandes bailes beneficentes. O que quer que tenha acontecido é grave.

— Se os responsáveis puderem só... — começa a sra. Ivy, fazendo um gesto sem energia para a multidão crescente.

Na frente dela, uma turba irada de mães do quinto ano dispara perguntas como granadas.

— CADÊ NOSSOS FILHOS? — ruge Allegra Armstrong-Johnson, lutando para controlar o cachorro que tenta puxar a coleira.

Hope Grüber está brandindo uma bolsa Bottega Veneta cor de biscoito como se fosse uma arma.

— FALA LOGO PRA GENTE O QUE ACONTECEU!

— A escola está em lockdown — responde a sra. Ivy, com voz fraca.

Ela lança um olhar desesperado para sua vice, Helen Schulz, que deixou de lado qualquer fingimento de prestatividade e está chorando com a cara num lenço.

Cleo Risby se projeta à frente.

— Alguém precisa explicar o que está acontecendo. Agora!

Os olhos da sra. Ivy percorrem de forma nervosa a multidão de mães. Suas mãos tremem. O que quer que tenha a dizer não é bom.

Ela pigarreia.

— Um aluno do quinto ano está... ou, bom, quer dizer... parece estar... — A mulher para, pousando os olhos em Cleo. — A polícia chegará em breve. Talvez seja melhor esperarmos.

As mães uivam em protesto. Em algum momento, a boca da sra. Ivy volta a se mover, mas é tarde demais. Estou surda de pânico, meu corpo todo pulsando com uma única prece desesperada: *Dylan não. Dylan não. Dylan não.*

Abro caminho na multidão em direção à sra. Ivy. Ela solta um protesto fraco quando meu ombro roça o seu, mas a empurro e forço a entrada no portão. No topo da escada, a sra. Schulz está curvada na frente da porta azul como a segurança menos eficaz do mundo. Uma de suas meias três-quartos bege está dobrada no tornozelo, revelando um mapa de varizes que parecem teias de aranha.

— Sai — digo, mas, por causa dos próprios soluços, não consegue me ouvir. Ao longe, soam sirenes. — Sai! — repito, agora mais alto, e ela cede passagem.

Para minha surpresa, a porta azul de entrada se abre facilmente com um clique suave. A voz da sra. Ivy vai diminuindo atrás de mim:

— ... investigação de pessoa desaparecida... altamente incomum... cooperando com as autoridades.

Entro num corredor pouco iluminado que tem cheiro de meias suadas de ginástica e giz fresco.

— Dylan? — grito às cegas, sem enxergar quase nada à minha frente.

Conforme meus olhos se adaptam, a escuridão recua e revela um mar de garotos irrelevantes — nenhum deles é Dylan. Estão todos encostados nas paredes do corredor, inquietos e cochichando entre si.

O professor de biologia, sr. Dempsey, vem pisando forte na minha direção, agitando os braços no ar.

— Como é que a senhora... nós estamos em lockdown! — berra ele, empurrando os óculos pretos grossos para cima no nariz. — A senhora não pode entrar aqui.

Mas já passei por ele, subindo a escada como um raio em direção às salas de aula.

— Dylan! — grito para o vazio.

Perdi a visão periférica e já não consigo ouvir o sr. Dempsey, embora esteja vagamente ciente de que ele continua me seguindo. Sinto que minha alma saiu do corpo. Se alguma coisa, qualquer coisa, tiver acontecido com Dylan, não há motivo para eu continuar ocupando este planeta. Vou me jogar do telhado.

Enfio a cabeça no banheiro dos alunos.

— Dylan! — grito. — Você está aí?

Não sou de misticismos, mas juro que consigo sentir meu filho, o peso de sua alma, muito antes de meu nervo ótico ter a chance de registrar sua presença e transmiti-la para meu cérebro como um pensamento coerente.

De repente, fico consciente, num nível molecular, de sua pele clara, seus olhos verdes penetrantes, as sardas espalhadas pelo nariz.

Meu único filho está seguro, perfeito, intacto, apoiado no aquecedor e enrolando uma mecha de cabelo na mão.

— Oi, mãe — diz ele, com um tom de voz casual.

Meus ombros relaxam pela primeira vez desde o provador da Selfridges. Abraço-o, sufocando meu filho com meu corpo inteiro. Sou tomada pela urgência de dobrá-lo como um cisne de origami e enfiá-lo de volta na minha barriga, onde ficará seguro para sempre.

— Encontraram ele?

— Quem? — pergunto de repente.

Minha sensação de alívio é tão completa que fico momentaneamente amnésica. Mas claro que o filho de outra pessoa continua desaparecido, e a passagem histérica de outra mãe por aquela porta azul vai ter um desfecho diferente, devastador.

— Alfie — diz meu filho, sem levantar o olhar.

Sinais de alerta começam a soar na minha cabeça. *Alfie Risby? O menino da tartaruga?*

Merda.

Ao longe, escuto passos ressoando na escada, seguidos pela voz do sr. Dempsey gritando sobre uma “mãe intrusa”. Estendo a mão para Dylan e o ponho de pé.

— Vamos — digo, enquanto um sr. Dempsey de cara vermelha escancara a porta.

— Arrá! — grita ele.

O homem está vermelho como um pimentão, e fios finos de suor escorrem pelo rosto largo e rechonchudo. Ele bloqueia a porta com o corpo, criando uma barricada que nos prende no banheiro.

Solto a mão de Dylan e avanço na direção do sr. Dempsey até ficar perto o suficiente para sentir o cheiro de sua loção pós-barba da Boots.

— Sai — digo, com a voz calma e fria.

— A senhora ficou louca? A polícia precisa interrogar todo mundo que...

— Sai. Agora. — Chego mais perto e sussurro no ouvido dele: — Ou vou fazer um escândalo.

O sr. Dempsey joga a cabeça para trás, confuso.

— Quê? A senhora está me ameaçando? A senhora... não tem permissão para levar seu filho — diz, vacilante, mas começa a se afastar da porta.

Viro-me para Dylan e faço sinal para ele pegar a mochila, que penduro em meu ombro.

— Vamos — ordeno.

Ainda estou segurando a mão de Dylan enquanto corremos escada abaixo, desviando das pernas esticadas de seus colegas de turma, todos vestidos com calças idênticas de lã cinza.

— Vou fazer um boletim de ocorrência — ameaça o sr. Dempsey atrás de nós.

No fim do corredor, empurro uma porta marcada "Somente funcionários". Entramos numa cozinha comercial cheia de bancadas de aço inoxidável reluzente e pilhas de bandejas plásticas de refeição.

— Deve ter alguma entrada de serviço por aqui, né? Para entregas?

Meu coração continua acelerado, e me pergunto se Dylan consegue perceber que estou apavorada.

— Como eu vou saber? — Dylan dá de ombros. — Nunca entrei aqui.

Olho ao redor, passando por lava-louças industriais, galões de detergente, frascos enormes de ketchup e mostarda, porta-guardanapos. Aí vejo. De um dos lados. Uma brilhante placa de SAÍDA. *Puta merda, ainda bem.*

Pego Dylan de novo pela mão.

— Vamos lá.

Do lado de fora, o céu já começa a escurecer. Saímos numa área de entregas adjacente ao estacionamento dos funcionários. Por um instante, ficamos em silêncio.

Ainda carrego a mochila de Dylan e seguro a mão suada dele. A ideia de soltá-la é insuportável, e ele não resiste. Do outro lado do prédio, ouço sirenes e gritos. Alguém fala num megafone.

Contornamos o prédio lentamente, meu coração disparado enquanto nos aproximamos da frente da escola. Estou preparada para algo — uma voz autoritária, uma mão firme, alguém que vai nos ver e deter, mas ninguém faz isso. Lá fora, formou-se uma multidão; hordas de repórteres se aglomeram na frente da escola, como formigas prontas para devorar as migalhas de um piquenique. Dois policiais se juntaram à sra. Ivy nos degraus da escola. Um deles, barbado e com sotaque do norte, dirige-se à aglomeração, falando num tom monótono calculado para diminuir um pouco a tensão da situação.

— Senhoras e senhores, esta é uma investigação em andamento...

Tento apressar Dylan, mas ele para e se vira.

— Pra onde estão levando a mãe do Alfie? — pergunta ele, puxando minha manga.

Sigo seu olhar até um montinho na calçada na frente da escola; uma pilha amassada de roupas, cabelo louro e membros esguios se debatendo. O monte emite um lamento agudo. Levo um segundo para entender que é uma pessoa. *Cleo.* Dois policiais fardados, um homem e uma mulher, tentam erguê-la da calçada, mas ela se recusa a sair. Sinto um aperto no peito e contenho a vontade de vomitar.

— Vamos — digo, puxando a mão de Dylan enquanto o apresso pela rua. — A gente precisa sair daqui.

Os moradores das casas elegantes ao redor da escola começam a acender os abajures, criando focos de luz amarela que se derramam pela calçada e transformam suas janelas sem cortina em teatros em miniatura: uma mãe ajudando com a lição de casa; um homem cortando legumes; um menino ensaiando piano. Todos alheios ao pesadelo que se desenrola a poucos quarteirões.

Faço uma pausa e analiso o rosto de Dylan. Sua expressão está vazia, impassível. Ele não parece particularmente chateado. *Deveria?* Dylan percebe que o observo.

— Mãe, eu...

Levo um dos dedos aos lábios.

— Nem uma palavra até chegarmos em casa — digo. — E aí quero saber de tudo.

Mantenho a expressão tranquila: caminho normalmente, sem transparecer muita pressa. Mas meu alívio avassalador está começando a dar lugar a outra coisa: uma sensação incômoda no fundo do peito, como aquela que vem logo depois de pular de um trampolim. Um garoto desapareceu, e acabei de tirar meu filho da cena, debaixo do nariz de professores, repórteres e policiais. O que eu estava pensando?

Seguro a mão dele com mais força, envelopando a palma pegajosa com meus dedos.

Seguro. Perfeito. Intacto.

8

Shepherd's Bush

SEXTA-FEIRA, 16H23

Quando chegamos à nossa porta, minhas mãos tremem tanto que me atrapalho com a chave na fechadura. Dylan fica impaciente ("Aff, mãe, eu abro!") e assume o controle.

Sei o que eu deveria fazer. O que uma boa mãe faria: ligar a chaleira, colocar Dylan no sofá, obrigá-lo a contar tudo. Tento me dirigir para a cozinha, mas meu corpo todo parece feito de chumbo, como se tivesse pesos amarrados aos membros, me arrastando cada vez mais para o fundo do oceano. Em vez do ritual de chá e biscoitos, me vejo deitando de bruços no sofá. A necessidade de fechar os olhos parece profunda, primitiva. Nem é uma escolha.

Dylan vai até a cozinha e serve um copo de água.

— Posso atravessar a rua e ir ver se o sr. Foster está em casa?

Olho-o sem expressão.

— O sr. Foster?

Dylan pousa o copo na bancada da cozinha.

— É. Ele comprou grilos para a Greta. Ela está prestes a hibernar.

Sinto uma onda de raiva da tartaruga de estimação de Dylan e me forço a me sentar. É como tentar erguer o *Titanic*.

— Você tá de brincadeira?

Dylan me olha sério.

— Não.

Claro que ele não está brincando. Meu filho é a pessoa mais literal da face da Terra.

— Senta — ordeno, dando um tapinha no lugar ao meu lado. — Me conta o que aconteceu hoje.

A princípio, acho que ele vai se juntar a mim no sofá. Mas então faz uma careta e bate o copo de água na bancada de pedra, estilhaçando-o em mil pedacinhos.

— Você estraga tudo! — berra, correndo para o quarto e batendo a porta.

Não vou atrás dele. Em vez disso, pego a vassoura e a pá e começo a recolher os cacos. Foi um dia infernal; quem o culparia por estar nervoso?

Meu celular vibra bem quando estou guardando a vassoura no armário. Uma mensagem de Will.

ACABEI DE VER A NOTÍCIA. O QUE ESTÁ ACONTECENDO?

TÁ TUDO BEM, O DYLAN TÁ BEM, respondo.

Aparecem três pontinhos. Ele está digitando.

CHEGO ÀS 18H. DEIXA ELE PRONTO.

Quando termino de varrer, caminho na ponta dos pés pelo corredor e bato na porta do quarto de Dylan, que está sentado na cama desarrumada, olhando para o nada.

— Quer macarrão com queijo vegano para o jantar?

Ele faz que não com a cabeça.

Analiso seu rosto, procurando sinais ocultos. Na maciez de suas bochechas, vejo traços do bebê que ele era há tão pouco tempo. Meus olhos percorrem seu quarto, passando pelas HQs de Nobody Owens, as pilhas de roupas dobradas às pressas e agora esquecidas, o telescópio sofisticado demais (presente de aniversário de Will, sem dúvida para destacar a falta de oportunidades de observar as estrelas em nosso apartamento).

— Escuta, Dyl, você sabe que estou do seu lado, né?

Ele assente, mas não faz contato visual. Sento em sua cama desarrumada, alisando os lençóis de astronauta amarrotados. Greta me observa de dentro de seu terrário mal iluminado, sem piscar.

— Preciso saber o que aconteceu hoje.

Espero. A história começa a fluir em pequenas explosões entrecortadas.

— A gente estava no passeio da escola — diz Dylan em tom monótono. — Para o Centro Wetland.

Imagino os garotos de galocha, andando por pântanos até a altura do joelho e em matagais encharcados, passando por abrigos de pássaros e represas desativadas da era vitoriana.

— Certo. Tá.

— O sr. MacGregor dividiu a gente em duplas e deu um binóculo para cada uma. Tínhamos que procurar abetouros raros.

A voz de Dylan agora oscila de leve. Ele abaixa o olhar para o chão, os olhos seguindo o desenho de estrela no tapete.

— Alfie e eu estávamos juntos.

Meu coração acelera.

— Vocês eram uma dupla? Só você e ele?

— Aham — responde Dylan.

Os cabelos da minha nuca se arrepiam.

— Certo, tá. Continua.

— A gente estava na parte mais afastada do pântano. E eu... eu vi lixo no chão. Uma lata de Coca e uma embalagem de chocolate. — Ele fecha as mãos em punhos e revive a injustiça. — Alguém simplesmente jogou no chão. Um pássaro podia ter se engasgado!

Me esforço para visualizar um lago sereno e tranquilo. *Eu sou neutra. Sou a Suíça.*

— Tá bom. E aí?

— Então, eu falei pro Alfie que ia procurar uma lixeira. E, quando voltei, ele tinha sumido. — Ele abaixa a cabeça. — Achei que estivesse se escondendo ou me pregando alguma peça.

— Não entendi. Eles não contaram vocês quando voltaram para o ônibus? Como podem ter voltado o caminho todo sem o Alfie? — O rosto dele fica pálido. A sensação de nervosismo volta a tomar conta de mim. As peças do quebra-cabeça começam a se encaixar, mas não gosto da imagem que estão formando. — Então... você sabia que o Alfie não estava no ônibus? — pergunto, com delicadeza, desejando que não seja verdade. — E você... não avisou? — Dylan encara o chão. — Não entendo. Como os responsáveis não perceberam que ele não estava?

Meu filho mal consegue me encarar.

— Não sei — murmura.

— Dylan.

Ele solta uma respiração longa e profunda que parece durar horas.

— Todo mundo tava no ônibus. O sr. MacGregor ficou conversando com o motorista; uma das mães acompanhantes estava fazendo a chamada e marcando nossos nomes numa lista. Quando ela chamou o nome do Alfie...

— O que aconteceu?

A voz de Dylan está tão baixa que parece vir do fundo do mar.

— Eu falei *Aqui!*.

Fico olhando incrédula.

— Você fez o quê?

— Era uma brincadeira!

Uma lágrima generosa escorre do canto de seu olho.

Fico sem palavras. Ver Dylan chorar é a única coisa no mundo que sempre me faz chorar também, e minhas próprias lágrimas só vão perturbá-lo mais, prendendo nós dois num ciclo vicioso de choro e soluços. Eu o abraço, puxando-o para mais perto para que não consiga ver meu rosto.

— É culpa minha — diz ele, respirando com dificuldade.

— Não — respondo por reflexo. — Não fala isso. Nunca mais repete isso.

Dylan e eu ficamos sentados juntos na cama, imóveis. Ainda estou com o *body* preto da Selfridges sob o moletom. O tecido agora parece uma armadura metálica comprimindo meu corpo e me sufocando.

Dylan pega uma mecha de cabelo cor de areia entre os dedos e começa a enrolar. Um tique nervoso. Tem mais alguma coisa que ele não está me contando.

— Eu esqueci minha mochila — murmura.

Endireito as costas.

— Como assim, na escola?

— Não — diz ele, calmo, ainda enrolando o cabelo. Dylan levanta os olhos do tapete e me olha diretamente. — No Centro Wetland.

Franzo o cenho. Eu podia *jurar* que carreguei a mochila dele para casa. Mas enfim.

— Tudo bem. Imagino que vão cancelar as aulas pelos próximos dias. Vou ligar para ver se alguém achou e devolveu.

— Mãe?

— Oi?

— Você acha que o Alfie está morto?

Uma imagem cristalina surge diante dos meus olhos: um corpo do tamanho do de Dylan afundando em uma represa. Afasto o pensamento.

— Não. Não, meu amor. Claro que não.

Pela segunda vez naquela noite, abraço meu filho com força para ele não ver minhas lágrimas.

Mexo distraidamente o macarrão e jogo o pó laranja fluorescente na panela. Não dá para acreditar como é difícil encontrar o macarrão com queijo vegano da Kraft em Londres. Não que Dylan dê valor. O substituto vegetal da manteiga mal começou a derreter quando meu celular toca.

— Alô?

— O Max disse que aconteceu no passeio? Ouvi falar que só notaram alguma coisa quando voltaram pra escola!

A voz não é familiar. Tento buscar algo na memória.

— Desculpa, quem é...

A voz pausa por uma fração de segundo, e escuto o som de alguém tragando um *vape*.

— É a Jenny. Jenny Choi. A gente se conheceu hoje de manhã. — Meu coração dispara. Por que essa mulher que mal conheço está me ligando? Ela continua: — Sabe, o que eu não entendo é: *onde* estavam os acompanhantes?

— A voz dela sobe quase uma oitava, como uma cantora de ópera praticando escalas. — Vou te falar o que parece, Florence. Tá com cara de processinho.

— Bom, talvez... — começo a dizer, mas Jenny me atropela.

— Tipo, como é que isso é possível? — dispara ela. — Eles não contam as crianças? Isso não é o básico de um passeio escolar?

Por um breve momento, me permito imaginar que sou uma das clientes de Jenny e que essa avalanche de indignação está sendo disparada em meu benefício. Fecho os olhos e visualizo a força de seu intelecto caindo sobre todos que já me fizeram mal: Will. Rose. *Especialmente Rose.* Isso me dá uma sensação deliciosa de vertigem, como tomar uma caneca de vinho quente de estômago vazio.

Jenny continua falando, numa rajada de metralhadora.

— Será que isso pode ter relação com toda aquela — interrompe-se, baixando a voz — história de *assédio* de uns anos atrás?

— Como você sabe di... — começo a dizer, mas Jenny continua falando.

— Minha babá disse que hoje teve praticamente uma rebelião na saída. Você estava lá?

— Passei rapidamente. Na verdade, Jenny...

— Uhh, olha seu e-mail! — interrompe ela. — Mensagem da sra. Ivy.

— Hum. Estou meio ocupada agora. Lê pra mim?

Jenny começa a ler com a voz polida de alguém que com certeza foi capitã da equipe de debate no ensino médio.

Caros pais do quinto ano,

Por favor, juntem-se a nós para uma reunião de pais emergencial amanhã às 14h.

Frieth Road, Marlow, Buckinghamshire, SL7. Apenas pais, por favor. Sem crianças, babás, advogados etc. Nesse meio-tempo, por favor, não falem com NINGUÉM da mídia.

Atenciosamente,
Nicola Ivy

Jenny solta um longo assovio baixo. Ou talvez seu *vape* esteja acabando.

— Quer que eu te busque amanhã? Fiquei sabendo que você não dirige.

— Hum — hesito, sem conseguir pensar numa desculpa.

— Me manda seu endereço por mensagem — determina ela, bem quando a linha começa a tocar com outra chamada.

— Desculpa, Jenny, tem alguém na espera...

— Vai, vai. Me conta o que você descobrir.

A segunda ligação é de Hope Grüber.

— Flooooorence — cantarola ela, com a voz doce como caramelo. Estremeço. Hope nunca me ligaria sem motivo. — Que terrível isso do Alfie! Coitada da Cleo — diz ela, mas não parece nem um pouco comovida.

Sua voz tem o tom forçado e alegre da fofoqueira da vila que enfim conseguiu uma informação relevante. Imagino-a esparramada numa *chaise longue* na cobertura palaciana com vista para o Hyde Park, ligando para toda a lista de contatos da turma enquanto uma assistente aterrorizada dá aveia na boca de Karl Theodor.

— Como posso ajudar? — pergunto, lacônica.

Hope faz um muxoxo.

— Só queria ver como você estava.

— Ah, é...

— Porque o Teddy me contou que o Dylan e o Alfie estavam em dupla hoje. No passeio, certo? — Sinto um aperto no peito. *Merda.* Eu devia ter percebido que era uma armadilha. Abortar. Abortar. Abortar. Hope continua: — E eu sei que tem... um histórico ali. Entre os meninos.

Procuro uma desculpa.

— Desculpa, na verdade, estou meio ocupada agora.

— Você já pensou em falar com a polícia? Pode ser bom pedir para o Dylan falar com eles agora, enquanto ainda está fresco na memória.

— Claro — respondo, embora ajudar os investigadores seja a última coisa em que estou pensando.

— Com certeza ele não tem nada a esconder — ronrona ela. — Se bem que preciso te dizer que isso foi mencionado no grupo. Sabe, o Escândalo da Tartaruga...

Uma onda de vergonha me invade, seguida imediatamente por confusão.

— Como assim? Não teve nenhuma mensagem no grupo...

A não ser que... Ah. Claro. Deve existir outro grupo. Sem mim. O breve silêncio que se segue confirma minhas suspeitas. Deixo para lá; não adianta nada. Melhor eu pelo menos descobrir o que ela sabe.

— Então, hum, o que você ouviu falar?

Hope pigarreia.

— Bom, não tenho tempo para *fofocar*, né, Florence? E, claro, é uma investigação policial, então é tudo muito sigiloso. — Olho para minhas unhas e espero. Hope não conseguiria guardar um segredo nem se sua vida dependesse disso. A atenção é inebriante demais. — Mas eu sei que os Risby estão passando por um divórcio — cochicha ela. — Traição, supostamente. O pai, bom, imagino que você saiba, os Risby são basicamente os Rockefeller dos congelados. A fortuna da família está em risco. — Ela faz uma pausa e pigarreia. — Pelo que ouvi falar, é um divórcio *bem* feio. Imagino que você saiba como é. Como está o Will? Aquelas menininhas dele são adoráveis.

Mordo a língua, me obrigando a não morder a isca. Não vou lhe dar essa satisfação.

Em vez disso, mudo de tática.

— Coitada da Cleo.

— Coitada da Cleo — ecoa Hope ao mesmo tempo. — Ah, isso me lembra: o arranjo floral para os Risby. A maioria dos pais está dando cem libras, mas o que você conseguir está bom — diz ela, com falsa compreensão.

Porra, cem libras por flores! Tem dezesseis garotos na turma do Dylan. Tirando o Alfie, obviamente, isso significa que Hope está arrecadando quase o valor de um carro popular para um monte de cravos murchos. Eu a desprezo com a força de mil sóis.

— Hope, desculpa, a ligação está falhando...

Paro de falar e então simplesmente desligo.

Essa vaca.

9

Holland Park

DOIS ANOS ANTES

Tem, claro, um motivo por que todas as outras mães me odeiam.

Dois anos antes, cometi um erro bem grande, seguido imediatamente por outro, ainda maior, na mesmíssima noite. Era a primeira semana de dezembro. A St. Angeles estava prestes a liberar seus pupilos para um mês inteiro de férias de inverno, gerando uma expectativa frenética nas crianças e deixando os pais apavorados. A válvula de escape era o Baile de Gala Beneficente de Férias, também conhecido como BGBF. Supostamente era para arrecadar fundos para "uma criança necessitada de bolsa", mas essa tal beneficiária parecia nunca se materializar, e a noite servia sobretudo para manter o que restava da aura de glamour ainda associada à escola.

O título sem graça do evento contradizia sua ostentação: um jantar de quatro tempos fornecido pelo próprio Yotam e a apresentação de algum grupo musical promissor, seguidos por bebida liberada e o tipo de extravagância que fazia o último dia de Glastonbury parecer um chá com a rainha.

Como o baile acontecia na quinta-feira, antes da apresentação de fim de ano dos meninos, aparecer com uma ressaca terrível quando as cortinas subiam na sexta, às onze da manhã, era quase uma demonstração de falsa modéstia, um sinal maroto de que, claro, você tinha participado da diversão, que-ri-da. Certo ano, um pai da St. Angeles foi encontrado na manhã seguinte por um zelador, sem calça e roncando num armário de casacos.

Embora Dylan fosse aluno da St. Angeles desde os quatro anos, eu nunca tinha ido ao BGBF. Os ingressos eram absurdamente caros e, além disso, só podiam ser reservados numa mesa para oito pessoas, ou seja, quatro casais. O mapa de assentos era objeto de intensas disputas sociais. Ou você desembolsava a grana para uma mesa inteira e se virava para convidar os casais "certos" para se sentarem com você (Hope), ou rezava para ser convidada para uma mesa boa. Nem é preciso dizer que ninguém jamais me chamou. Mas, dois dias antes do evento daquele ano, recebi uma ligação desesperada de Hope. Uma virose estomacal particularmente violenta estava circulando; a banda tinha sido gravemente afetada.

— Eu sei que você tem meio que um histórico de "apresentações" — começou ela.

Será que eu estaria disposta a apresentar uma "música festiva, não religiosa, de celebração" para o BGBF?

Não houve oferta de pagamento, claro — nenhuma menção ao cachê gordo da banda cancelada. Mas, também, esse não era o ponto principal.

Falei que sim. Escolhi "Oh Santa!" da Mariah Carey e me esforcei ao máximo, além de gastar uma fortuna, para recriar o macacão vermelho e branco justo do clipe de "All I Want for Christmas Is You". Quando subi ao palco naquela noite, com uma onda familiar de adrenalina correndo pelas veias, senti, por um breve instante, que era eu mesma de novo, como nos velhos tempos. E, sinceramente, arrasei.

Depois, houve os aplausos educados de praxe, um número considerável de olhares lascivos dos pais e alguns elogios contraditórios das mães. Desci do palco, retoquei a maquiagem e voltei ao salão de jantar procurando meu nome em algum cartão. Depois de vários minutos buscando, ficou claro: o comitê não havia reservado um lugar para mim.

Hope pediu mil desculpas. *Claro* que não esperavam que eu comesse nos fundos com a equipe do bufê. Era um *mal-entendido*. Ela *sentia muito mesmo*.

Senti a vergonha queimando em minhas bochechas quando resolvi deixar o assunto para lá e garanti a ela que estava tudo bem. Eu não estava mesmo com fome. Sem saber o que fazer, saí discretamente para fumar um cigarro. Na verdade eu não fumo (sou vaidosa demais; cigarro destrói o colágeno do rosto), mas sempre levo um maço de Gauloises Blondes de emergência na bolsa, por via das dúvidas.

Então, lá estava eu, fingindo fumar (dando baforadas, na verdade), quando um dos pais, um tipo meio Draco Malfoy chamado Rollo Risby, me abordou com uma sobrancelha erguida e disse:

— Pode me dar um?

Cigarros em Londres, para quem não sabe, custam aproximadamente 27 libras cada. Só um babaca presunçoso pediria um para uma quase desconhecida.

Estendi o maço e ele pegou, com seu anel dourado com sinete no dedo mindinho reluzindo ao luar como o de um vilão secundário de James Bond. Bonito, de um jeito meio perverso.

— Foi uma bela apresentação — disse ele, guardando o isqueiro com monograma "RR" no bolso. Seu sotaque era tão aveludado que me dava vontade de saboreá-lo. — Precisa de uma boa dose de coragem para uma garota do seu tamanho.

Passei os olhos pelo corpo dele: o cabelo cor de linhaça recuando nas têmporas como um exército em retirada, a barriguinha discreta de meia-idade coberta pelo smoking marfim. Dava para imaginar vividamente Cleo mentindo sobre como ele ficava parecido com Daniel Craig.

— Meu tamanho? — disse, permitindo que a fumaça do meu cigarro atingisse o rosto pálido dele. — Uau. Bom, por acaso eu gosto do meu corpo. Mas, putz, ótima provocação. Os caras do clube vão amar.

Rollo soltou uma risada surpresa e ergueu as palmas em sinal de rendição.

— Tá bom, tá bom — falou, sorrindo como oferta de paz. — Por favor, não me cancela.

Fiquei olhando séria para ele.

— Me dá cem paus.

Rollo riu outra vez, mas agora parecia menos seguro de si.

— Tenho uma ideia melhor — propôs, com um sorriso malicioso se abrindo. Algo no ar mudou, e senti o que estava prestes a acontecer: a pergunta mágica, aquela com potencial de transformar uma noite medíocre no baile beneficente da escola do seu filho numa noite incrível. — Você gosta de curtir? — perguntou ele, levantando a sobrancelha loura.

Meus dias de curtição tinham praticamente acabado àquela altura. Mas a atenção de Rollo era como gelo numa queimadura recente. Eu estava desesperada para me encaixar em algum lugar, para não me sentir desconfortável e indesejada. Então, assenti.

Apagamos os cigarros ao mesmo tempo e entramos em silêncio na escola, indo até o banheiro. Os cubículos eram muito estreitos, feitos para crianças, mas nos apertamos juntos, rindo, encantados com nossa própria audácia. Rollo cortou duas fileiras impecáveis e fez um gesto para eu cheirar primeiro. Tão cavalheiro.

O gosto metálico atingiu minha língua de imediato. Aí, veio a sensação frenética e acelerada de todos os meus neurônios começando a disparar mais rápido do que a natureza jamais pretendeu.

Foi quando cometi meu primeiro erro: sorri. Um sorriso verdadeiro, feliz, tonto.

Rollo interpretou como um convite e avançou. O cubículo era minúsculo; não havia para onde escapar. Tentei empurrá-lo, mas suas mãos macias estavam por toda parte, a língua enfiada tão fundo na minha garganta que dava para sentir o gosto do molho de seu prato principal.

O tempo desacelerou, depois parou completamente. Me lembrei de um documentário que vi uma vez com Dylan, sobre surfistas que tinham sobrevivido a ataques de tubarão na Grande Barreira de Corais. Mire no nariz e nas guelras, diziam.

Meu punho atingiu o tecido mole da cartilagem nasal de Rollo antes mesmo de eu perceber o que estava fazendo. Seu sangue, espesso e vermelho, começou a formar uma poça no chão, como tinta pingando de uma tela.

— Sua puta! — uivou ele, segurando o nariz desfigurado. — Este smoking foi feito sob medida!

Enquanto ele gemia de dor, destranquei a porta da cabine.

— Até que vestiu bem, pra um homem do seu tamanho — falei por cima do ombro.

Mas não foi esse meu segundo erro.

O segundo erro foi voltar ao salão e abordar a esposa dele, que já tinha tomado várias taças de chablis e estava envolvida numa discussão acalorada com Farzanah Khan sobre a Exposição de Flores de Chelsea. Dei um tapinha leve em seu ombro ossudo e fiz uma expressão preocupada.

— Sinto muito interromper, Cleo — falei, talvez um pouco mais alto do que o necessário. — Infelizmente, o Rollo talvez tenha sofrido um pequeno... acidente.

Cleo deu um pulo, derramando o vinho.

— Cadê ele?

— No banheiro dos alunos.

Pausei, fazendo contato visual com todos na mesa. Era a mesa principal, o local preferido de Nicola Ivy para socializar com os pais mais ricos da St. Angeles. Ela e Allegra Armstrong-Johnson estavam concentradas numa conversa sobre os benefícios da terapia equina para as crianças, enquanto o marido de Allegra, Rupert, fazia um monólogo interminável ao sr. Ivy sobre o verdadeiro número de baixas britânicas na Normandia. Hope e Karl Theodor Grüber também estavam lá, tendo recentemente feito uma doação considerável para um lago de carpas que ninguém pediu (o mesmo lago de carpas que depois se tornaria cenário do Escândalo da Tartaruga, não que eu guarde rancor).

Todos pararam de falar e me olharam.

— Vício é foda mesmo — comentei.

Houve alguns murmúrios educados de concordância, e então a mesa inteira começou a estudar seus guardanapos com atenção. Cleo já estava no meio do salão, suas escápulas salientes se projetando como asas de pássaro do vestido Marchesa cor de malva.

Eu devia ter saído naquele momento, pedido um táxi e ido direto para casa, mas a droga tinha batido e eu não estava a fim de encerrar a noite. Então, voltei para os degraus da escola, fingi tragar outro cigarro e assisti, ao longe, a Cleo e um motorista uniformizado tendo dificuldade para colocar um Rollo agitado e sangrando no banco traseiro de uma BMW 7 Series preta.

De repente, Hope Grüber surgiu ao meu lado na escada. Seus olhinhos inexpressivos de peixe se fixaram no rastro de sangue no meu macacão.

— Puxa vida — murmurou ela. — Bastante sangue, né?

— Bom, pois é. Ele se jogou em cima de mim. O que eu ia fazer?

— Humm. — Hope fez uma expressão pensativa com sua boca de truta. E aí, sem desviar os olhos de Cleo, falou: — Então, o que vocês dois estavam fazendo no banheiro, hein?

As palavras me atingiram como um banho de água fria. Soube naquele exato instante o que me esperaria nos portões da escola depois do Natal: silêncio. Olhares. Sorrisos afetados transformados em linhas duras. Boatos sussurrados: *Ouvi falar que ela quebrou o nariz dele.*

Que fosse. Eu não ligava. Nunca quis fazer parte do grupinho de mães com legging combinando, mesmo. Eca.

Mas a pior parte foi que aparentemente Rollo de fato curtiu a coisa toda. Na manhã seguinte, enquanto eu estava na apresentação de Natal de Dylan, um mensageiro entregou um buquê de cinquenta rosas brancas de caule longo na minha porta, junto com um bilhete manuscrito:

Foi uma diversão esmagadora! Repetimos no ano que vem?

Muitos beijos
R

Nunca vou entender os homens ingleses.

10

Shepherd's Bush

SEXTA-FEIRA, 17H56

Obrigo Dylan a se sentar à mesa da cozinha para o jantar. Em geral não comemos juntos, mas parece a coisa certa a fazer nas circunstâncias atuais. Ficamos sentados num silêncio tenso, espetando garfadas de macarrão com queijo vegano. Embaixo da mesa, verifico as notícias do *Daily Post* no celular. O desaparecimento de Alfie é a principal delas, as manchetes estridentes e mórbidas.

PASSEIO DE TURMA VIRA PESADELO QUANDO GAROTO DESAPARECE À LUZ DO DIA

ESTUDANTE DESAPARECIDO É HERDEIRO DE IMPÉRIO DE COMIDA CONGELADA

POR DENTRO DA ESCOLA PARTICULAR DE 36 MIL LIBRAS DO GAROTO DESAPARECIDO, ONDE AS CRIANÇAS DESFRUTAM DE AULAS DE ESGRIMA E FLAUTA

Um relógio vermelho no topo da página mostra exatamente quanto tempo se passou desde que o desaparecimento de Alfie foi comunicado:

3 HORAS E 56 MINUTOS!

Levanto os olhos do celular para Dylan. Ele trocou o uniforme da escola e está usando a camiseta *Animais são amigos, não comida* que Brooke lhe deu de Natal no ano passado. O que me lembra: ainda estou com o *body* de veludo por baixo do moletom. Olho de relance para o relógio. Só uma hora e quatro minutos até meu encontro com Elliott. Agora também não adianta tirá-lo.

Viro-me para Dylan, que está comendo o macarrão numa velocidade alarmante.

— Você viu algo suspeito hoje? Tipo, qualquer coisa?

— Não — responde ele, fazendo uma pausa para engolir. — Já falei.

— O Alfie estava se comportando de algum jeito estranho?

— Como assim? — pergunta, enfiando mais uma garfada cheia na boca.

— Tipo, o Alfie parecia chateado com alguma coisa? Preocupado?

Dylan engole.

— Como assim, se ele se matou? Duvido, mãe. O Alfie gosta muito dele mesmo.

— Dylan! — Bato na mesa. — O menino está desaparecido. Você não pode falar assim!

Meu filho dá de ombros e abre um sorrisinho arrogante. A forma como curva o lado direito do lábio me lembra tanto do pai dele que preciso desviar o olhar.

Meu relacionamento com Will começou numa noite fria de fevereiro, depois de um show particularmente desastroso em Leeds. Na época, Will era nosso produtor de turnê, um homem de trinta e um anos cansado do trabalho ingrato de acompanhar a Girls' Night a lugares como Newcastle e Nottingham, onde abríamos para outros músicos apenas um pouco menos piores.

Mesmo naquela época, eu sabia que a Girls' Night não era uma banda excelente. O projeto todo era só uma forma de ganhar dinheiro, uma tentativa cínica de uma gravadora de segundo escalão de recriar a magia das Spice Girls com dez anos de atraso. Nós quatro tínhamos sido escaladas numa única tarde num concurso de shopping em Westfield. Rose era a bonita. Imani era a dançarina. Lacey era a versátil. E eu era a cantora. Sempre tive uma voz boa. Não incrível, não num nível Mariah, Whitney ou Amy, mas uma voz boa. Consistente. Clara. Forte. O suficiente para me tirar de Slough, deixando para trás Barry, a minha mãe e a perfeitinha da Brooke.

Mas fazer turnê com a Girls' Night era como estar dentro de uma panela de pressão de estrogênio. Fazíamos seis shows por semana, cruzando Inglaterra, Escócia e País de Gales em zigue-zague num ônibus que parecia uma ilha isolada do mundo. Todas as nossas fãs eram meninas entre oito e dezesseis anos. Meninas em ônibus, meninas em multidões, meninas no palco. Will era o único homem em nossa órbita, exceto pelos dois *roadies* grisalhos de cinquenta e tantos anos, ambos chamados Rob. Claro que todas estávamos meio apaixonadas por Will. Ele era a única opção viável. Flertava com todas nós, mas Rose era sua favorita. Era a mais bonita.

Certa noite, depois de uma plateia especialmente decepcionante em Leeds, Will bateu à porta do meu quarto no hotel. A gravadora havia começado a colocar duas em cada quarto para economizar. Eu e Rose em um; Imani e Lacey em outro.

Eu estava pintando as unhas do pé com um esmalte verde-azulado brilhante que pegara emprestado da Lacey. As outras garotas tinham ido atrás de maconha.

— Tudo bem aí, Flo? — perguntou Will, olhando pelo quarto.

Eu sentia o cheiro de cerveja no hálito dele.

Não estava esperando que Will me beijasse e, quando ele o fez, seu gosto era salgado e amargo, como cigarros misturados com Doritos. Fiquei surpresa com o tanto que gostei. Não só do beijo, mas da atenção. *A Rose vai ficar com tanto ciúme*, pensei, fechando os olhos e me entregando. De perto, eu notava fios brancos minúsculos nascendo em suas têmporas.

Mesmo enquanto acontecia, eu já estava elaborando a história da nossa ficada para contar às outras (*Vocês não vão acreditar no que aconteceu ontem à noite!*). Não que eu não tivesse gostado do beijo. Ou do que veio depois.

Foi ok. Mas, acima de tudo, estava animada por ter minha própria história empolgante para compartilhar durante os longos dias no ônibus.

Cinco semanas depois, comecei a vomitar sem parar, bem quando começaram a circular boatos de que a gravadora estava planejando cancelar nossa turnê. A essa altura, já tinha ficado claro que os dias da Girls' Night estavam contados. Foi quando o Opel Corsa verde da minha mãe bateu num caminhão na M25. A culpa foi dela; ela tinha bebido. Brooke, Barry e eu a enterramos numa pequena sepultura em Slough, ao lado da mãe de Barry. Eu tinha vinte anos. Uma órfã grávida à beira do desemprego. Nunca nem sequer considerei não ter o bebê. Ele era a única coisa que eu tinha.

Will aceitou a notícia da minha gravidez estoicamente e, depois do que hoje suspeito ter sido um sermão severo de seu pai, me pediu em casamento num estacionamento da loja de departamentos Marks & Spencer. O anel era o antigo da mãe dele, uma verdadeira relíquia dos anos 1990 com espirais de ouro amarelo e safiras. Duas semanas depois, a gravadora cancelou o restante da nossa turnê. Casar com Will no fim do verão foi como ganhar um prêmio de consolação. Fizemos uma grande festa às pressas na casa da família dele em Hertfordshire. Eu era novamente a estrela, com uma coroa de flores e um vestido de renda que ficava esticado sobre minha barriga de grávida. As fotos foram publicadas na revista *HELLO!* Não na capa, mas mesmo assim. *Princesa do pop se casa com aspirante a magnata da música.* Usei a inveja de Rose como uma medalha de honra, um sinal de que tinha conquistado algo que valia a pena.

Mas bem-feito para mim, porque Will estava escondendo um segredo o tempo todo.

Quando volto à mesa, Dylan já terminou de comer.

— Posso comer sobremesa agora? — pede ele, já correndo para o freezer em busca de um picolé.

Quando a campainha soa, ele está transformando o palito numa espada de samurai.

— É o papai! — exclama, pulando da cadeira.

Olho meu relógio. Seis e dez. Finalmente. Eu adoraria fazer Will esperar, mas preciso estar em Hackney em cinquenta minutos, e fica a pelo menos uma hora daqui.

Enquanto abro a porta da frente, Dylan corre para seu quarto para se despedir de Greta.

Will está com seu uniforme habitual: camisa social branca, bermuda cáqui bem passada e mocassins cor de mogno sem meias. O cheiro de Acqua di Gio me atinge como uma pedra. Como é possível uma única pessoa exalar tanto... aroma?

Will franze a testa e faz um gesto para seu Porsche (um dos modelos mais baratos) estacionado no meio-fio.

— Cadê o Dylan? Pedi pra deixar ele pronto. Você sabe que não posso estacionar aqui.

— Você está atrasado! — disparo, enfiando a mala de Dylan na cara dele. — Tenho uma reunião hoje e não posso me atrasar.

— Ah, é? — Will se apoia no batente. De repente, parece ter todo o tempo do mundo. — Sobre o menino desaparecido?

Seu tom é levemente acusatório, como se o desaparecimento de Alfie Risby fosse um inconveniente irritante que orquestrei para atrapalhá-lo.

Estico o pescoço para dentro do apartamento.

— Dylan! Vem. Seu pai está com pressa!

Will suspira, passando a mão pelo cabelo cheio de gel.

— E aí, o que aconteceu? O menino simplesmente sumiu à luz do dia?

Suspiro também.

— Eu não sou da polícia. Não faço ideia.

Will franze o cenho, como se fosse ele que estivesse contando os minutos para um encontro que pode mudar sua vida e eu o impedisse de seguir uma rotina de beleza adequada.

— Bom, a escola deve ter dito *alguma coisa*, né? Ele foi sequestrado?

— Já te contei tudo o que sei. Fica à vontade para ligar você mesmo para a escola. Ou então tem uma reunião amanhã...

Will me interrompe.

— Você conversou com o Dylan?

— Claro que sim! Mas você sabe como ele é...

Will retruca:

— O que você está insinuando?

Meu ex-marido está em completa negação sobre o comportamento um pouco excêntrico de Dylan. Qualquer menção aos problemas do nosso filho na escola é tratada como evidência da minha criação inadequada.

Suspiro.

— Só estou dizendo que ele é frágil. As coisas começaram difíceis este ano, com toda a questão do Escândalo da Tartaruga. Não quero que ele fique chateado...

Antes que eu consiga terminar, a porta da frente se abre.

— Pai! — grita Dylan, abrindo um sorriso enorme e envolvendo Will num abraço caloroso que eu daria tudo para receber.

De todas as tristezas da minha vida, o fato de que Dylan idolatra o pai inútil é a primeira da lista.

— Ei, parceiro — diz Will, dando um tapinha nas costas dele. Então se ajoelha para ficar da altura de Dylan, como se estivesse falando com um bebê. — Quer passar uma semana inteira no interior comigo, com a Rose e as meninas?

— Sério?! — exclama Dylan, socando o ar em comemoração.

Fico olhando incrédula para Will.

— Quê? Você não vai me consultar primeiro? A gente tem um acordo de guarda.

Will lança um olhar conspiratório para Dylan.

— Ih, parceiro, pelo visto temos um problema. — Ele se vira e me dirige uma expressão condescendente. — Calma. É só uma sugestão. Acabaram de dizer no rádio que as aulas vão ser canceladas a semana toda.

Dylan me olha suplicante.

— Pooooor favooooor, mãe! Eu nunca vejo o papai...

Começo a dizer "E de quem é a culpa...", mas Will me interrompe com um tapinha conciliatório nas costas do filho.

— Desculpa, cara — diz Will. — Sua mãe disse que não.

Mordo o lábio. É uma armadilha. Will está contando que eu vá negar. Para eu ser a vilã enquanto ele leva o máximo de crédito pelo mínimo de esforço. *Hoje não, Satanás.* Cerro os dentes e forço um sorriso.

— Na verdade, parece uma ótima ideia.

Os olhos de Will se estreitam.

— Sério? Certeza? A semana toda?

— Claro — respondo alegremente. — O ar do interior vai fazer bem para ele. E, como você mesmo disse, as aulas foram canceladas. Dylan só precisa estar de volta para o casamento da Brooke no sábado que vem.

Não vou mentir. Uma pequena parte de mim está pensando em meu encontro com Elliott. Não é que eu esteja tentando me livrar do meu filho, mas e se me pedirem para voltar imediatamente ao estúdio de gravação? Se as aulas foram mesmo canceladas, Dylan vai ficar em casa a semana toda sem nada para fazer.

Assim que ele sai, Will cruza os braços e me dirige um olhar sério.

— Olha, não sei o que você andou fazendo a tarde toda, mas precisa levar esse assunto mais a sério. Um garoto está desaparecido. A escola tem que ser responsabilizada. Desde que aqueles idiotas de *private equity* da Omega Plus assumiram, os padrões caíram muito. Sinceramente, depois de um incidente desses... bom, fico me perguntando... será que deveríamos mesmo pagar mensalidade integral no semestre que vem? Acho que um desconto seria o mínimo.

— Will, não acho que é a hora de...

Ele levanta as sobrancelhas.

— Claro. Você está ocupada. Com sua "reunião".

Ele faz aspas no ar para a última palavra.

Uma onda de vergonha me invade. Mesmo depois de tantos anos, Will ainda tem o poder de fazer com que eu me sinta insignificante, equivocada e inadequada.

Ele se vira para ir embora.

— Diz pro Dylan que estou esperando no carro. Ah, e Florence? — chama. Olho para Will com expectativa. — Da próxima vez, deixe ele pronto.

O segredo de Will foi revelado numa noite quando Dylan tinha dois meses. A pedido de alguma parteira bem-intencionada, eu estava amamentando — ou tentando. Usava o mesmo roupão felpudo fazia dias, aparentemente. Meu cabelo estava oleoso e emaranhado; nenhum de nós estava conseguindo dormir.

Will e eu estávamos gritando um com o outro na cozinha — vai saber por quê. Eu tinha arremessado uma caneca (*Leeds: viver é amar!*) contra a parede, e a força do gesto abriu meu roupão, revelando um pedaço oscilante do meu corpo gelatinoso pós-parto.

Will me olhou por um instante com a expressão distante. Aí disse baixinho:

— Você sabe que eu estava procurando a Rose naquela noite, né? — Fiquei boquiaberta como um peixe gordo fora d'água. — Eu estava bêbado e trepei com você em vez de com ela — contou ele, mais para si mesmo do que para mim, como se estivesse despertando de um coma e tentando compreender a causa do acidente. — Mas isso... — Will apontou para mim, para a cozinha e, o mais imperdoável, para Dylan, dormindo no moisés. — Eu nunca quis isso. Sempre foi a Rose — completou, fitando os meus olhos.

Will saiu de casa antes de nascer o primeiro dente de Dylan, empilhando sua coleção pretensiosa de discos de vinil na traseira de uma van alugada e voltando para a casa da família em Hertfordshire.

No primeiro aniversário de Dylan, Will e Rose já tinham seu próprio bebê a caminho e guarda unilateral de todo o nosso grupo de amigos. No ano seguinte, o pai de Will faleceu, deixando uma herança. Gorda. Suficiente para Will abrir sua própria gravadora. Como uma completa idiota, eu nem tinha percebido que os pais dele eram ricos. Ter dinheiro na Inglaterra era muito diferente de ter dinheiro na Flórida.

Will e Rose relançaram a Girls' Night sem mim. Não se deram ao trabalho de me substituir. Com três garotas, Rose sempre podia ficar no meio. Tanto Lacey quanto Imani toparam. Precisavam da grana; eu não podia culpá-las. O *timing* de Will foi impecável. A turnê de reencontro começou bem a tempo da primeira onda de nostalgia millennial por *girl bands*. Uma das músicas entrou num comercial do Jetta.

Sempre foi a Rose...

Mesmo agora, uma década depois, mal consigo me lembrar dessas palavras sem desencadear uma enxurrada de lágrimas e ranho.

Apesar disso, não me arrependo do que aconteceu. Dylan é a melhor coisa da minha vida, sem exceção.

Assim que Dylan é despachado com sucesso para o carro de Will, corro para o banheiro na tentativa de salvar minha aparência. Já são seis e vinte. Agora vou ter que pegar um táxi, e mesmo assim vou me atrasar um pouco, mas é aceitável. Um atraso elegante. O ar tem cheiro de cassis e cabelo queimado, uma mistura desajeitada de chapinha escaldante com uma vela Diptyque Baies que me esqueci de apagar. Arranco o moletom, aliso o *body* amarrotado, faço um bochecho com enxaguante bucal. Seria bom dar mais uma passada da chapinha no cabelo, mas não há tempo. A frente está decente; é a parte de trás da cabeça que é o problema. Vou só tomar cuidado para não me virar de costas para Elliott.

Pego um lápis de boca e tento delinear meus lábios, mas minhas mãos tremem tanto que preciso parar. Respirar fundo. Só mais algumas horas. Posso compartimentalizar por mais algumas horas. Arrasar nessa reunião. Aí voltar para casa e lidar com toda a questão do Alfie.

Peço um Uber no celular e borrifo uma última camada de perfume. A campainha toca.

Dylan deve ter esquecido alguma coisa. Olho a pia do banheiro e vejo imediatamente: a escova de dentes dele. Enfio na minha bolsa e corro para a porta. Entrega rápida e direto para o carro.

Quando abro a porta da frente, dois rostos desconhecidos me encaram: um jovem de turbante escuro e uma mulher corpulenta com cachos grisalhos curtinhos.

Ambos usam fardas da polícia metropolitana e têm expressões igualmente sombrias.

11

Shepherd's Bush

SEXTA-FEIRA, 18H21

— Investigadora Glover — apresenta-se a mulher, me entregando um cartão. Está no início da casa dos cinquenta anos, com cabelo cor de poeira e um único pelo espetado saindo do queixo. — Podemos entrar?

Minha mente gira, incapaz de processar o que está à minha frente. Do outro lado da rua, a cortina da janela da frente do sr. Foster tremula e se abre.

— Desculpa — digo, saindo para a varanda. — Mas não é um bom momento. Estou saindo para uma reunião e...

O policial mais jovem, de turbante, me interrompe:

— Srta. Grimes, eu sou o investigador Singh. Dylan está em casa? É muito importante falarmos com ele.

— O Dylan está com o pai dele — respondo, engolindo em seco. — Em Hertfordshire.

A investigadora Glover ergue a sobrancelha.

— É mesmo? — diz, rabiscando algo em seu bloco.

Olho meu celular. Duas chamadas perdidas do motorista de Uber. Se eu perder esse carro, vou me atrasar de verdade.

— Desculpa, mas eu estava de saída...

Singh me interrompe de novo, colocando a mão no batente.

— Srta. Grimes, entendo que você retirou seu filho da escola hoje à tarde, antes de a polícia liberar o prédio, correto?

Olho de novo o telefone. *Motorista partirá em breve. Uma taxa de cancelamento será cobrada.* O pânico começa a me invadir. Não posso me atrasar. Não vou me atrasar.

— Com licença, eu estou sendo detida? — pergunto, olhando o chapéu-coco preto da investigadora Glover.

Singh franze a testa, como se a pergunta o confundisse.

— Detida? — repete ele, com a voz incrédula.

— É. Estou sendo presa?

Sinto seu olhar perfurando minha têmpora. Faz muito calor de repente. Ele olha para Glover antes de responder.

— Bom, não. É uma entrevista voluntária.

— Então acho que terminamos — digo.

Aperto "encontrar outro motorista" no aplicativo e, enquanto ele carrega, bato o pé.

Glover lança um olhar desconfiado para meu *body* preto de veludo e aí fecha seu caderno com um estalo.

— Tudo bem. Você quem sabe. Pelo menos, desta vez.

A tensão em sua voz causa um pequeno arrepio em minha espinha. Levanto os olhos do celular.

— Desculpa, é que, como eu disse, tenho uma reunião importante daqui a...

— Não vamos atrapalhar — responde Glover. Ela faz questão de guardar o bloco de anotações no bolso da jaqueta com exagero. — Entraremos em contato.

— Por quê? Quer dizer, não fiz nada.

Singh faz um som de desdém, como se a resposta fosse óbvia.

— Srta. Grimes, tem um garoto desaparecido. E seu filho foi a última pessoa a vê-lo. Ele vai ser convocado para um interrogatório formal.

As palavras atingem meus ouvidos como pedras numa janela de vidro.

— Interrogatório formal? — O pânico começa a tomar conta de mim. Não entendo muito bem como o sistema jurídico britânico funciona, mas parece grave. — Preciso de um advogado?

Glover faz um muxoxo.

— Infelizmente, não podemos dar conselhos jurídicos — diz ela, sinalizando para Singh que é hora de ir. — Se tiver dúvidas, entre em contato com a Defensoria.

No fim da escada, Glover se vira.

— Boa sorte no seu encontro — fala, sem se dar ao trabalho de esconder o sorriso irônico.

Quando eles vão embora, o aplicativo da Uber parou de responder. *Todos os nossos motoristas estão ocupados, por favor, tente mais tarde.* Saio andando até a Goldhawk Road em busca de um táxi, mas nenhum para. É sexta à noite; estão todos ocupados. Verifico o Citymapper. A linha Circle está com "atrasos severos" no momento. *Merda.*

Preciso ligar para Elliott, avisar que vou me atrasar, mas não tenho o número pessoal dele. Digito um e-mail para seu assistente ("atrasada, a caminho") enquanto arrasto os pés até o ponto de ônibus. Recebo imediatamente uma resposta automática: "ESTOU FORA DO ESCRITÓRIO ATÉ SEGUNDA-FEIRA E ENTRAREI EM CONTATO NA VOLTA." *Merda.*

Olho meu celular: 18h35. Mesmo que eu entrasse num táxi agora, ainda estou a pelo menos uma hora do restaurante.

Bem quando começo a me desesperar, passa o ônibus 94, como se conduzido pela mão invisível do destino. A esperança corre em minhas veias. Talvez ainda dê certo. Ainda vou conseguir chegar.

Corro para o andar de cima do ônibus e procuro o telefone do restaurante no meu celular. Eles podem dar um recado a Elliott, avisar que estou atrasada. Ele vai se irritar, claro, mas vai esperar.

O telefone toca três vezes antes de alguém atender.

— Obrigado por ligar para o Mr. Bang-Bang, estamos...

— Oi. Pode dar um recado para o meu amigo? Estou atrasada. Não foi culpa minha, mas estou a caminho agora. Se você puder só dar um recado a ele... — Ouço um clique e faço uma pausa. — Alô? Está me ouvindo?

O nome dele é Elliott Rivera. Temos uma reserva para as sete e ele está me esperando, mas não tenho o telefone dele...

O som de clique novamente. Percebo que estou falando com a secretária eletrônica do Mr. Bang-Bang.

Desligo e olho pela janela, apoiando a cabeça no vidro. Ao meu redor, o ônibus está se enchendo de pessoas que saem para uma noite de curtição: garotas de vestidos brilhantes e salto alto, rapazes encharcados de perfume barato.

Tamborilo os dedos na janela e imagino Elliott sentado sozinho à mesa, se perguntando onde estou. Ficando impaciente, depois irritado. Certamente Elliott tem meu telefone, né? O assistente dele não pode fazer *todas* as suas ligações. Em algum momento, ele vai me ligar e aí poderei explicar tudo.

Em Shepherd's Bush Green, o alto-falante crepita. Uma voz pré-gravada diz:

— Caros passageiros, este ônibus vai interromper a viagem no próximo ponto.

Um gemido coletivo percorre o andar superior. O motorista informa pelo alto-falante que outro ônibus chegará em "quinze minutos" para continuar o trajeto.

As portas se abrem com um tremor. Desço do ônibus me arrastando para esperar na escuridão.

Às 18h47, o ônibus substituto ainda não chegou. Continuo em Shepherd's Bush Green, a uma hora de táxi do restaurante ou, como o Google gentilmente me informa, "uma caminhada de três horas e meia". Minha decepção é uma sensação física, como ter meus membros esmagados por um rolo compressor.

Meu telefone toca e quase pulo de susto. Mas não é Elliott. É Brooke. Não atendo. A última coisa que quero é ouvir o conselho "útil" dela — que eu posso telefonar para o assistente de Elliott na segunda e explicar, ou mandar flores de desculpas para seu escritório em LA, ou tentar fazer a reunião pelo Zoom. Ela não entenderia. Esperei uma década por uma segunda chance. Quantos anos mais vou ter que esperar por uma terceira?

Desisto e decido voltar para casa a pé. No caminho, paro numa loja de conveniência e compro duas latas prateadas de gin tônica diet. Bebo sozinha na escuridão, odiando todo mundo: a polícia e seus sorrisos arrogantes; Will e seu olhar condescendente; o assistente inacessível de Elliott. Mas principalmente odeio a mim mesma.

Por tudo.

Na volta, encontro uma casa silenciosa e uma mensagem furiosa na secretária eletrônica deixada por Brooke, que tinha aparecido para ficar de babá e encontrado a casa vazia e às escuras. *Ops*. Nada de Elliott. Talvez ele não tenha meu telefone, afinal. Vou na ponta dos pés até o quarto de Dylan, abrindo a porta milímetro por milímetro, como fazia quando ele era bebê e eu entrava de fininho para colocar o indicador sob seu nariz, esperando aquele sopro quente para confirmar que ele continuava vivo.

Subo na cama, me enrolando no edredom de astronauta. Os lençóis têm cheiro de suor infantil e meias sujas. Uma lágrima quente escapa e escorre pouco a pouco pela minha bochecha. Puxo o edredom por cima da cabeça antes de me permitir soluçar no travesseiro dele.

Quero rebobinar. Voltar atrás. Não entendo como isso aconteceu, como as últimas oito horas se descarrilaram de forma tão espetacular. Era para ser meu momento. Não era para eu estar fugindo da polícia e me perguntando se meu filho está envolvido em algo suspeito. Eu deveria estar sentada com Elliott agora, tomando champanhe e brindando ao meu novo futuro brilhante.

Elliott. Pensar nele sentado sozinho no restaurante, perguntando-se onde raios eu estou, é demais.

Minhas lágrimas se misturam ao rímel e formam uma poça lamacenta na fronha, uma gosma espessa que faz meus olhos arderem. Saio rolando da cama de Dylan para o chão, levando o edredom emaranhado comigo. Pelas janelas abertas do quarto dele, uma lua cheia se destaca no céu escuro, redonda como um melão. Eu deveria me levantar e lavar meu rosto, mas ficar chafurdando no chão é bem mais gostoso. Fico lá deitada por muito tempo. O suficiente para notar toda a poeira no chão, as meias amassadas. E então algo chama minha atenção... uma coisa saindo de baixo da cama de Dylan. Um cinto, talvez, ou algum tipo de alça. Sem pensar, dou um puxão. É pesada. Puxo de novo.

Uma mochila.

Uma onda de adrenalina percorre meu corpo. *A mochila de Dylan.* Está aqui. Ele não esqueceu no Centro Wetland. É tudo um grande mal-entendido. Eu sabia que tinha trazido da escola e estava certa. Talvez todo o resto também tenha sido um grande mal-entendido.

Acendo o abajur e examino a mochila. Tem um cheiro terroso e levemente úmido, como se tivesse sido deixada ao ar livre num jardim. Abro o zíper e despejo o conteúdo na cama. Há vários cadernos que nunca vi antes. Um livro de exercícios *Bonjour France 2.* Uma garrafa de água azul que não reconheço. Um estojo estranho. Um *Diário de sentimentos*, cheio de garranchos infantis que não identifico.

Enquanto analiso os itens desconhecidos espalhados na cama do meu filho, começo a ouvir um zumbido. Percebo lentamente, bem mais devagar do que deveria:

Esta não é a mochila do Dylan.

Giro o *Diário de sentimentos* em minhas mãos. Parece quente ao toque, como se irradiasse seu próprio calor.

Propriedade de Alfie Risby.

12

Shepherd's Bush

SEXTA-FEIRA, 23H49

Sinto uma queimação no fundo da minha garganta, um nó invisível apertando meu pescoço. Por que a mochila do menino desaparecido está embaixo da cama do meu filho?

Folheio as páginas. A letra de Alfie é trêmula, escrita alternadamente com lápis sem ponta e caneta-tinteiro vazando. A maioria das anotações são reclamações: sobre um professor de tênis que fazia "bullying" o obrigando a correr em torno da quadra, uma empregada "incompetente" que queimava a torrada dele de manhã e a pura injustiça de ter que fazer aulas particulares aos sábados de manhã.

17 set.

Dever de casa de matemática é uma droga!!!

22 out.

O gorducho gordão conhecido como sr. Dempsey tirou dois pontos meus por rir na capela.

Rá. O sr. Dempsey *é* um gorducho. O menino não está errado. Mas a anotação seguinte me deixa paralisada.

9 nov.

Dylan Palmer disse que vai me matar...

Meus olhos disparam para a data — *quatro dias atrás.* Uma onda terrível e nauseante me atinge. Me arrasto de quatro até o banheiro. O vômito vem rápido, da cor de um marcador laranja, e parece durar horas. Depois de esvaziar completamente o estômago, me deito de costas no piso frio de azulejos e olho para o teto.

Será que ele...?

Aperto os olhos e tento fugir dos meus próprios pensamentos intrusivos.

Será que ele...?

O sorriso irônico de Dylan à mesa de jantar me assombra, mas afasto o pensamento. Tem de haver alguma explicação. Ele só tem dez anos. Não mata nem aranha. Não teria como machucar outra criança. Certo?

Rastejo até a banheira e abro a torneira, deixando um pouco de água escaldante jorrar. Comprei este apartamento com meu bônus de contratação da Girls' Night, talvez a única decisão financeira inteligente que tomei. Num canto fora de moda de Shepherd's Bush, o apartamento estava decrépito e úmido, e custava um pouco mais do que eu podia pagar. Mas era meu. A ideia era reformá-lo, substituir a banheira velha por um chuveiro com ducha depois que minha carreira estourasse. Mas aí tudo implodiu; os anos passaram, e minha volta por cima nunca se materializou. Agora estou agradecida por ter ficado com a banheira. O banho é o único momento em que consigo pensar de verdade.

Jogo uma bomba de espuma de lavanda na água e mergulho. Na mesma hora, meu bronzeado artificial deixa a água em um tom marrom lamacento. Fico sentada em silêncio, matutando sobre a pergunta que não consigo me forçar a formular.

O que você fez, Dylan?

* * *

Dez anos atrás, quando estava grávida, passei os últimos dias tediosos da gestação imaginando como Dylan seria. Ele teria bastante cabelo? Os olhos castanhos de Will ou os meus acinzentados? Narizinho arrebitado ou achatado?

O que eu queria saber mesmo, no fundo, era: *será que ele vai ser bonitinho?* Ou vai ser um daqueles bebês horrivelmente enrugados, que parecem velhinhos? Ou pior — um bebê todo cheio de manchas, enrugado, estridente? Todo mundo me garantia que mães sempre achavam seus bebês lindos. Ainda que ele seja feio, diziam, você não vai perceber.

O amor maternal vai te cegar.

Só que não cegou.

Dylan ficou preso no canal vaginal, e precisaram usar um extrator a vácuo durante o parto. Ele saiu flácido e cinza, e a ventosa de sucção do extrator deixou um calombo vermelho pulsante no topo de sua cabeça, como um segundo cérebro externo.

A protuberância desapareceu depois de algumas horas, como o gentil médico do sistema público de saúde prometeu, e não deixou cicatriz.

Mas, quando baixei os olhos para a massa chorosa em meus braços, eu soube. Não posso falar por todas as mães. Mas eu?

Eu sabia que meu bebê não era bonitinho.

Enfim, a água quente faz seu trabalho, eliminando meus pensamentos até eu não conseguir imaginar mais nada exceto minha pele derretendo, chamuscando músculo, gordura e nervos até só restar meu esqueleto.

Imagino chamar um táxi, ir até a casa de Will e pegá-lo pelos ombros. *O que você fez, Dylan?* Mas mal consigo formular essas palavras na mente, quanto mais dizê-las em voz alta para meu único filho. Ele é frágil demais.

Pego uma barra de sabonete e começo e esfregar a pele escurecida em volta dos tornozelos, onde as camadas de bronzeador se acumularam.

O que a polícia sabe? A escola vai entregar o histórico disciplinar de Dylan. Eles vão descobrir sobre o Escândalo da Tartaruga. Não vai ser bom.

Eu poderia contratar um advogado, tentar lutar. Mas Dylan não é o tipo de criança que se sairia bem no banco das testemunhas. E mal consigo pagar minhas unhas, quanto mais um bom advogado de defesa. Will tem dinheiro, mas não o suficiente para um advogado melhor que o dos Risby.

Poderíamos sair do país. Posso pegar Dylan, embarcar no próximo voo saindo de Heathrow. Ir para a América do Sul ou talvez a França. Recomeçar num vilarejo tranquilo na Provence. Mas tem o acordo de guarda. Preciso de autorização por escrito de Will para tirar Dylan do país. Além do mais, os pais de Alfie são ricos, e dinheiro tem longo alcance. Eles poderiam facilmente contratar uma gangue de mafiosos corpulentos para nos caçar. Imagino que, se fosse necessário, preferiria que Dylan ficasse aqui para enfrentar o tranquilo sistema judiciário britânico, com suas sentenças suspensas e penas reduzidas, do que ficar eternamente à procura de um capanga com um taco de beisebol no meu encalço.

Minha mente retorna à mochila de Alfie. Por que está no quarto de Dylan? E onde está a mochila do meu filho? Nada faz sentido. Dylan jamais machucaria outra criança de propósito, mesmo um mimado como Alfie. A não ser, claro, que tivesse um ótimo motivo. Ou que houvesse algum tipo de mal-entendido. Como o Escândalo da Tartaruga. Ah, meu Deus. E se Alfie estivesse, sei lá, perturbando um ganso no ninho ou algo assim e Dylan ficou irritado e o empurrou, fazendo o garoto tropeçar e cair na represa?

Estou desesperada para ligar para alguém e discutir as possibilidades, mas quem? Já passa da meia-noite. Adam está dormindo. Brooke vai só me mandar contratar um advogado. Jenny mal me conhece. E todas as outras mães me odeiam. Estou completamente sozinha.

Minha cabeça agora está latejando, o prelúdio do que promete ser uma enxaqueca excruciante. Afundo mais na banheira, permitindo que minha cabeça fique imersa na água. Que se dane o *mega hair*.

Embaixo da água, tudo fica silencioso e escuro. Fecho os olhos e sou recebida pela visão de um menino de uniforme acenando de forma sombria enquanto afunda em uma represa, sob o peso de uma mochila da St. Angeles. A água é preta e gelada e, quando o menino se vira, percebo, horrorizada, que não é Alfie, mas Dylan. A boca aterrorizada do meu filho forma um perfeito *O* enquanto ele grita por socorro. Mas estou paralisada, observando-o em pânico engolir água, cada gole o afundando mais até Dylan desaparecer de vista. Restam apenas algumas bolhas solitárias.

Tiro a cabeça da água, engasgando-me em busca de ar. Saio da banheira sem me dar ao trabalho de pegar uma toalha e corro nua e pingando até o quarto de Dylan.

De volta ao banheiro, coloco o *Diário de sentimentos* de Alfie na pia como um sacrifício no altar. No espelho, vejo um relance do meu *body* preto amarrotado no chão, uma relíquia de outra vida.

Acendo um fósforo. O caderno queima rápido, as cinzas se desfazendo na pia. Queimo todas as 102 páginas naquela noite, mas não antes de memorizar as mais incriminadoras.

13

Shepherd's Bush

SÁBADO, 7H38

Acordo na minha cama. A lua se foi, substituída por um sol fraco e opaco lutando para romper o horizonte. Os desastres de ontem retornam um a um. Minha volta por cima frustrada. A mochila de Alfie. O *Diário de sentimentos.*

Merda.

Me recosto num travesseiro e examino meu quarto. Batons descartados, paletas de sombra e pincéis de maquiagem espalhados por todas as superfícies disponíveis. O ar está denso e parado, e o chão, lotado de saltos altos e lingeries modeladoras. Parece uma cena de crime patrocinada pela Estée Lauder.

Assim não dá. As aparências importam agora. Especialmente se a polícia voltar. Respiro fundo, arregaço as mangas e começo a trabalhar, enfiando roupas sujas no cesto, sacudindo o edredom, abrindo as janelas.

Junto minha coleção de latas vazias de Red Bull num cesto plástico de roupa suja e carrego até a lixeira de reciclagem lá fora. Do outro lado, na casa do sr. Foster, uma cortina se move. Melhor me apressar, ou ele vai me prender com um de seus monólogos entediantes sobre os males da mineração de cobalto ou da produção de combustíveis fósseis. Jogo as latas o mais rápido que consigo, mas sou lenta demais. O sr. Foster vem decidido na minha direção, com o tecido de seu agasalho cinza esvoaçando de um jeito sinistro.

— Florence — diz ele, com o rosto cheio de preocupação. — Não pude deixar de notar a viatura policial ontem à noite. Está tudo bem?

A intensidade de seu olhar é desconcertante. Fico irritada. Por que isso seria da conta dele?

— Tudo, sim. É só um mal-entendido.

— O Dylan tá em casa? — pergunta o sr. Foster, segurando uma lata amarela com fotos de insetos. — Tenho uma coisa para ele. Fiquei esperando ele passar lá em casa ontem depois da escola.

— O Dylan tá na casa do pai.

O sr. Foster levanta as sobrancelhas brancas e grossas.

— Ah, certo. Deve ser um sujeito e tanto. O Dylan fala muito bem dele.

— Então, olha... — Pigarreio. — Com certeza o senhor já deve estar sabendo, mas um dos colegas de turma do Dylan desapareceu ontem. Num passeio escolar.

O sr. Foster alterna o peso do corpo. Se está surpreso, não demonstra.

— Ah, é? Que horror.

— É, bom, enfim, a polícia... foi um procedimento padrão. Eles eram da mesma turma.

— Ah, sim. Você comentou — diz o sr. Foster. Parece que ele está esperando algo. Um convite, talvez. Não tenho tempo para isso. Estou cheia de coisas para fazer. Finalmente, ele me entrega o recipiente. — Bom. Vou deixar isso com você, então — diz. *Zoo Med*, indica o rótulo. *Lata de grilos*. Que nojo. Fico olhando para ele sem entender. — Greta. A tartaruga do Dylan. Você vai precisar alimentá-la. Ela está prestes a hibernar — explica, lentamente. O sr. Foster fica me encarando com uma expressão indecifrável em seu rosto enrugado. — Ela vai precisar de alguns por dia. Mas não muitos, senão vai ficar lenta.

— Aham. Entendi.

Estendo a mão com relutância. A lata é surpreendentemente pesada.

De volta à minha casa, pego meu computador e encomendo o maior buquê de rosas amarelas que consigo encontrar para ser entregue no escritório de Elliott em Santa Monica. Na seção de mensagem, digito um pedido de desculpas. SINTO MUITO POR TER PERDIDO NOSSO JANTAR; EMERGÊNCIA FAMILIAR. VAMOS CONVERSAR NO ZOOM. BJS., FLORENCE. O preço me faz estremecer — poderia colocar Botox na cara toda por esse valor —, mas as flores estarão na mesa dele segunda pela manhã. Talvez não compense tudo, mas é um começo. Uma chance.

Deixo os grilos no quarto de Dylan e fecho a porta. Vou alimentar Greta mais tarde. Ou Dylan pode fazer isso quando voltar da casa do pai.

No momento, tenho algo mais importante com que me preocupar: me livrar da mochila de Alfie.

Quinze minutos depois, estou no banco traseiro de um táxi, serpenteando para o sul em meio ao trânsito congestionado do sábado de manhã. A mochila de Alfie está segura a meus pés, duplamente embrulhada numa sacola plástica verde do M&S.

A entrada do Centro Wetland fica em Barnes, um bolsão tranquilo e próspero do sul de Londres cheio do tipo de gente pretensiosa que quer fingir que mora num vilarejo enquanto continua aproveitando café filtrado de oito libras e lavagem a seco com entrega no mesmo dia. Já estive lá antes, num encontro marcado pelo aplicativo de relacionamentos Raya com um sujeito que alegava "adorar observar pássaros", mas na verdade só gostava muito de transar ao ar livre. O lugar em si era razoável, ainda que um pouco monótono — dezenas de hectares de pântano nativo e grama alta escondidos numa curva do rio Tâmisa, onde de vez em quando encontravam-se aposentados equipados com seus binóculos.

O taxista está ouvindo rádio. O assunto é Alfie, e um ouvinte especula sobre a possibilidade de o Estrangulador de Shepherd's Bush estar envolvido de alguma forma, embora, como ressalta o apresentador, o Estrangulador nunca tenha atacado uma criança.

Quando chegamos à Church Road, o trânsito fica ainda mais lento. Alguns minutos depois, o motivo do engarrafamento fica claro: a meio quarteirão da entrada, no que parece um campo de rúgbi, há seis enormes tendas de imprensa. Repórteres com cara de exaustos e equipes de filmagem correm de um lado para o outro entre as tendas e os caminhões-satélite enfileirados na rua.

O taxista solta um assovio longo e grave.

— Que circo — comenta, tamborilando o dedo no volante.

Minhas mãos ficam geladas, como se tivessem sido mergulhadas num balde de gelo. Quando imaginei devolver a mochila de Alfie ao Centro Wetland, pensei que poderia simplesmente jogá-la por cima da cerca. Meu plano agora parece ingênuo. Idiota, até.

— Aonde você está indo, exatamente? — pergunta o motorista.

— Aqui está bom — digo. — Vou descer aqui.

— Sério? Aqui?

Abro a porta antes que eu possa mudar de ideia, segurando com firmeza a sacola embaixo do braço. Agora está chuviscando, uma típica garoa inglesa. Fecho mais o casaco enquanto me aproximo do cordão de isolamento policial.

Confiança, lembro a mim mesma. *Mariah Carey. Nariz erguido, ombros relaxados, pescoço alongado.*

Dois policiais estão parados diante de uma fileira de barreiras para controle de multidão, falando com uma repórter de TV loura usando uma capa de chuva vermelha chamativa. Quando me aproximo, um homem alto de cabelo cor de areia vestido com uma japona refletiva levanta a mão num sinal de "Pare".

— Bom dia — diz o policial. — Imprensa escrita ou TV?

— Quê?

Ele repete a pergunta mais devagar, como se eu talvez tivesse alguma deficiência mental.

— Noticiário de TV ou imprensa escrita?

— Ah. Nenhum dos dois, na verdade. Eu sou mãe. Mãe da St. Angeles. Meu filho...

Um olhar de desdém atravessa seu rosto e ele me interrompe com um movimento da mão.

— Esta área é reservada para a imprensa. Apenas veículos credenciados.

— Só queria ver se tinha...

Ele põe a mão na cintura e vejo de relance o brilho prateado de algemas.

— Você me ouviu. Nada de curiosos.

Meu rosto queima de vergonha. Dou meia-volta e começo a caminhada úmida pela rua, com a sacola de compras batendo em minha canela.

No fim da rua há um pub. O Red Lion. Um drinque não vai fazer mal.

O interior é quentinho e aconchegante, com uma lareira acesa. Um cardápio escrito em giz lista os pratos especiais do almoço. Ainda é cedo, e o local está vazio exceto por um homem de meia-idade com uma camisa do West Ham sentado no bar.

Eu me sento e ele levanta o queixo na minha direção.

— Repórter, é? Por causa do menino desaparecido?

— Eu tenho cara de repórter? — respondo, irritada.

— Você parece alguém com quem dá pra se divertir — fala ele, malicioso.

Peço uma vodca com soda e bebo devagar. A vergonha ainda irradia do meu corpo, as palavras do policial ecoando em meus ouvidos. *Nada de curiosos.* Por que eu faço tanta besteira? Se eu fosse uma pessoa melhor, diferente, uma *pessoa séria*, com um diploma universitário e um plano de aposentadoria e uma carteira de motorista válida, teria passado da barreira policial e a mochila de Alfie não estaria largada embaixo da banqueta do bar.

— Vou te contar o que ouvi — diz o homem, falando com a língua um pouco enrolada. — Foi alguém de dentro, isso aí. A família é cheia da grana.

Sinto o cheiro de cerveja no hálito dele, mesmo do outro lado do salão. Deslizo o pé pelo chão até sentir o peso reconfortante da sacola. Ainda está aqui. Ótimo.

— Ah, é? — digo.

O homem faz que sim.

— Um negócio de seguro. Devem ter colocado o menino direto num avião particular para as Ilhas Virgens. Tipo o Epstein, sabe?

Meus olhos estão vidrados. Observo o bar, admirando as fileiras organizadas de garrafas de bebida com bicos dosadores, os recipientes de rodelas de limão e gelo triturado. Será que eu poderia deixar a mochila de Alfie no banheiro do pub? Mas, depois que a encontrassem, isso talvez levantasse outras questões. O lugar deve estar coberto de câmeras. Não, se vou fazer isso, precisa ser direito. Essa mochila idiota vai voltar para o Centro Wetland, onde é seu lugar.

— Foi o que eu ouvi falar, pelo menos — continua o homem, soltando um arroto alto. — Mas o que é que eu sei? Você que é a repórter.

— Eu não sou...

Meus olhos param nos blocos de anotações de garçom empilhados ao lado do caixa.

Repórter. É isso.

Me debruço no balcão e pego um bloco e dois lápis. Com a palma da mão, removo o batom, prendo o cabelo num coque baixo e coloco um dos lápis atrás da orelha.

Me viro para o bêbado.

— Você me pegou. E acabei de lembrar que tenho um prazo.

Lá fora, a grama molhada faz um barulho alto sob meus pés. Os dois policiais de antes se foram, substituídos por uma única mulher com cara de entediada, usando chapéu-coco da polícia metropolitana. Quando me aproximo da barreira, pego o celular e começo a fazer minha melhor imitação de Jenny, usando todas as palavras jornalísticas que conheço.

— Então eu falei que era essencial cumprirmos esse prazo e...

A policial levanta a mão.

— Credencial de imprensa?

— Merda — digo, batendo nos bolsos e fingindo frustração. — Devo ter deixado... — Cubro o celular com a mão e dou um sorriso inocente à policial. — Eu estive aqui mais cedo. Você lembra, né? Desculpa, meu editor é... — Reviro os olhos como quem diz *não dá para acreditar nesse cara.*

A policial suspira, como se não acreditasse em como os repórteres podem ser burros, e faz um gesto para eu atravessar a barreira de metal.

A única coisa que me separa agora da entrada do Centro Wetland são quinze metros de campo aberto. Não há nenhuma árvore ou construção em que eu possa me esconder. Vou precisar correr.

Mariah Carey, lembro a mim mesma. Cabeça erguida, ombros relaxados.

Passo por baixo da barreira. Eu consigo. Doze metros até a borda das árvores. Só preciso entrar o suficiente para arremessar a mochila de Alfie em algum lugar. Aí toda essa loucura vai acabar. E vou poder ligar para Elliott e tentar salvar minha volta por cima antes que seja tarde demais.

Seis metros. Três. Não acredito que ninguém me viu. Atravesso o campo correndo, com a sacola batendo na canela. Se eu conseguir só mais alguns metros...

Alguém segura meu ombro com mais força do que o necessário. O policial de cabelo cor de areia de antes.

— Eu disse para você não voltar aqui.

14

Delegacia de Barnes

SÁBADO, 12H18

A delegacia parece o Departamento de Trânsito dos Estados Unidos, com linóleo descascando e cadeiras de plástico fixadas no chão para ninguém pegá-las e arremessá-las. Atrás do balcão de atendimento, uma policial novata com expressão de tédio e um rabo de cavalo apertado demais navega distraidamente no computador, fazendo questão de me ignorar, embora eu seja a única outra pessoa no recinto.

Pigarreio nervosamente, torcendo mais que tudo para a Policial Bebê não ter olhado dentro da sacola plástica que eu estava segurando quando me colocaram no banco traseiro da viatura. A sacola com a mochila de Alfie. Que eles ainda não me devolveram.

— Então, hum, posso fazer minha ligação? — tento.

Ela levanta o olhar para mim e dá uma risadinha sarcástica.

— Ligação? Não é assim que funciona. Enfim, como eu já disse, você não está detida. Use seu próprio telefone.

Baixo os olhos para o celular em minha mão. Será que ligo para Brooke? Já imagino o sermão condescendente que vou receber. Adam deve estar no trabalho e não vai gostar dessa situação toda de "infringir a lei". Percorro minha lista de contatos antes de me decidir por Jenny. Ela não me conhece bem o suficiente para recusar. Além do mais, é advogada de verdade.

Minha ligação vai direto para a caixa postal. *Esta é a caixa postal de Jenny Choi, sócia executiva do escritório Colson & Casey. Por favor, deixe seu recado após o sinal.*

— Então, hum, eu fui presa. Invasão. Será que você poderia vir até a delegacia de Barnes? Ah, é a Florence. Grimes. Mãe do Dylan. Da escola. Obrigada! — Minhas mãos estão suando quando desligo e me volto novamente para a policial. Seus olhos continuam fixos na tela do computador. Estico o pescoço para ver o que ela está olhando. O site da Zara. Vestidos para as festas de fim de ano. — Minha advogada está a caminho — digo, tentando parecer profissional. — Então, será que você pode só devolver meus pertences?

— Aham — responde ela, sem levantar os olhos da tela. — Como eu disse, você não vai ser indiciada. — Seu cursor paira sobre um macacão de paetês dourados. — O chefe acha que pega mal processar uma das mães da escola. Você está liberada.

Meus ombros relaxam.

— Sério? Que ótimo.

Ela não me olha.

— É, você pode esperar lá fora sua carona ou sei lá o quê.

Examino o ambiente em busca da sacola verde, torcendo para não ter sido registrada como evidência.

— Então, hum, posso só pegar minha...

A policial finalmente tira os olhos da tela e me fita.

— Como é?

E aí eu vejo. A sacola está enfiada embaixo dos pés dela.

— Eu, hum, só preciso da minha sacola — digo, apontando para a sacola da M&S.

Ela olha para baixo, notando-a pela primeira vez.

— Ah. Hum. Acho que era para eu enviar para processamento — diz. Meu coração dispara. — Um segundo.

A policial pega o telefone fixo e quase me jogo por cima do balcão.

— Esse macacão é lindo, aliás — comento, animada, apontando para a tela. — Mas tem que tomar cuidado com a Zara. Os itens no seu carrinho não ficam reservados. Perdi um vestido curto maravilhoso semana passada. Alguém comprou o último na minha frente.

Por trás dos óculos grossos, seus olhos se arregalam como bolas de golfe.

— É mesmo?

Assinto vigorosamente.

— Compra logo. Sério. Não me importo de esperar.

Ela me lança um sorriso nervoso, então clica rapidamente de volta na página inicial da Zara para finalizar a compra.

— Pronto — diz, com um suspiro feliz, quando aparece a tela de confirmação. — Valeu.

Ela estica a mão novamente para o telefone, mas parece mudar de ideia. Abaixa-se, desaparecendo por um instante, depois coloca a sacola verde sobre o balcão.

— É esta?

Faço que sim, com o coração tão acelerado que tenho certeza de que dá para ouvir.

A policial desliza uma prancheta velha e marrom na minha direção. Tem uma caneta barata amarrada no topo com um pedaço de barbante.

— Pode assinar aqui confirmando que devolvemos seus pertences — instrui. Tento não sorrir enquanto rabisco meu nome o mais rápido possível. — Muito bem, então — diz ela, voltando os olhos para a tela do computador. — Tenta não furar mais nenhuma barreira policial.

Meia hora depois, Jenny para na frente da delegacia de Barnes num Tesla novinho em folha, que parece ter acabado de ser desembrulhado de um celofane.

Abro a porta do passageiro, e Jenny me olha confusa.

— Espera. Achei que você estivesse sendo detida, não? Eles te liberaram?

— Mal-entendido. — Balanço as mãos em sinal de desdém. — Vamos embora daqui.

Jenny franze o cenho. Considerando que tem gêmeos, é impressionante como seu carro não apresenta nenhum vestígio de criança. Nem uma migalha, brinquedo ou marca de dedo engordurado à vista. Afundo no banco de couro macio como cogumelo e começo a relaxar.

— E aí, o que aconteceu? — pergunta ela.

Pela janela, observo o estacionamento da delegacia. A garoa cinzenta da manhã foi substituída por um sol de inverno cristalino. Queria estar com meus óculos de sol.

— Nada demais. Só um mal-entendido.

Os olhos de Jenny se arregalam um pouco.

— Olha, eu não sou taxista. Achei que você precisasse de ajuda *jurídica*. Você não tem nenhum amigo para chamar pra te buscar?

Baixo os olhos para minhas unhas e finjo examinar a esmaltação personalizada de Linh.

— Bom... na verdade, não.

Jenny solta uma risada surpresa.

— Eita. Bom, já que estamos sendo sinceras, nem eu. É meio que libertador admitir isso.

Ela dá partida no carro e saímos deslizando do estacionamento em direção à Mortlake High Street.

— Então, Florence, você trabalha com o quê?

Fico sem palavras. É um teste. Jenny deve ter me pesquisado no Google, encontrado meus vídeos antigos da Girls' Night e rido de minhas meias arrastão cor-de-rosa e nossas coreografias ridículas.

— Eu, bom, fiz parte de uma *girlband* por um tempo. Agora estou trabalhando sozinha.

Jenny arregala os olhos.

— Que demais!

Seu entusiasmo parece... sincero? Talvez ela não tenha me pesquisado, afinal.

— É, hum, era divertido. Eu saí antes de elas ficarem famosas. E você?

Jenny começa a narrar sua biografia: pais imigrantes coreanos, infância na baía de São Francisco, graduação em Stanford, direito em Harvard, escritório prestigioso, agora é algum tipo de especialista em risco de seguros para empresas, blá-blá-blá. O tom dela é casual, como se estivesse contando a trama de um filme.

— Uau — digo quando ela termina. — Parece tão... sério.

Jenny dá de ombros.

— É. Direito de seguros não é bem o que sonhei em fazer da vida. Mas no fim das contas sou boa nisso.

Pela janela, o Tâmisa cinza-opaco aparece à minha direita. Estreito os olhos, tentando enxergar abaixo da superfície turva. Penso em Alfie e depois no corpo inchado dele, boiando em algum lugar sobre águas vítreas.

Jenny olha para o rio e faz um muxoxo, como se lesse meus pensamentos.

— Fiquei sabendo que a polícia nem usou cães farejadores na área. Porque é tipo uma reserva natural. Dá para *acreditar*?

Engulo em seco.

— É. Terrível.

Jenny vasculha o porta-luvas e pega um *vape*.

— Que foi? — questiona.

— Nada. Só imaginei que você fosse mais do tipo que toma suco verde.

— É, bom, foi uma semana infernal...

— Não te julgo.

Ela dá uma longa tragada.

— Então, o que o Dylan te contou?

Enrijeço o maxilar.

— Nada demais. Ele estava muito abalado, óbvio — acrescento rapidamente.

— Óbvio — diz Jenny, abrindo a janela para soprar a fumaça de vapor ou seja lá o que um *vape* emite.

— E, hum...

— O Max e o Charlie? É, nada. Só estão na escola faz, o quê, três semanas? Nem sei se conheciam o menino. — Jenny faz uma pausa. — Coitada da mãe dele. Dá para imaginar?

Uma imagem de Cleo prostrada na frente dos portões da escola passa diante dos meus olhos, e tento afastá-la. Ficamos um instante em silêncio, remoendo o indizível.

Jenny pigarreia.

— Como ele é? O Alfie, quero dizer.

Quebro a cabeça pensando em uma resposta adequada. Mal se passou um dia, mas o garoto já parece ter adquirido uma aura meio nebulosa.

— Bom, ele era... ruivo — digo, tentando ser diplomática.

Jenny franze levemente a sobrancelha e dá mais uma tragada no *vape*.

— Ah, fala sério. Você entendeu o que eu quis dizer. Ele é, tipo, problemático?

Hesito por um momento.

— Bom, para ser sincera com você... ele era meio insuportável.

Uma gargalhada escapa de seus lábios, mas ela logo se recompõe.

— Putz, entendi. Não precisa ter medo de me contar o que você acha de verdade.

— Sério, o garoto bateu numa tartaruga com um taco de críquete. Não me entenda mal, eu não queria que nada disso tivesse acontecido. Mas ele não é exatamente o escoteiro que todo mundo está pintando. — Olho de relance para minhas unhas. — Enfim, com certeza a polícia vai encontrar ele logo.

— Éééé — diz Jenny, esticando a vogal. — Eu não teria tanta certeza.

— Como assim?

— Ah, por favor. Você não acompanha as notícias? A polícia metropolitana? Muitos deles são os *próprios* estupradores! Não vão resolver isso.

Antes que eu consiga elaborar uma resposta apropriada, Jenny volta a procurar algo no porta-luvas. Ela pega uma embalagem de chiclete, me oferece e então pega um para si mesma.

— Espera. É Big Red? Era meu favorito. Sabia que nem dá pra comprar aqui?

Jenny me dá uma piscadela bem-humorada.

— Cola em mim, garota. Comprei uma caixa inteira.

Ela liga o rádio numa estação de jazz suave e nós duas permanecemos em um silêncio agradável. O aquecimento do banco está no máximo, e meu corpo parece um marshmallow sobre uma fogueira, tostado e derretido.

Na ponte Chiswick, cruzamos o caminho às margens do Tâmisa. Observo as casas bonitas à beira-rio e os pubs com nomes como Ship e Barge. Tudo parece muito tranquilo e pitoresco. Pensar em ter que sair do carro aconchegante de Jenny e voltar ao meu apartamento gelado e vazio é visceralmente doloroso.

— Sabe, na verdade eu fui até lá hoje de manhã. O Centro Wetland.

Ela arregala os olhos.

— Você fez o *quê*? Foi assim que você foi detida?

Faço que sim.

— Foi burrice, pra falar a verdade. — Meus olhos focam involuntariamente a sacola com a mochila de Alfie. — Acho que eu só... queria ver com meus próprios olhos, sabe?

O rosto de Jenny se ilumina.

— Ah, meu Deus, você devia ter me avisado! Eu iria junto — diz. Sua sinceridade cria uma linha profunda entre suas sobrancelhas. *Eu conheço alguém que poderia resolver isso para você*, penso, mas decido não mencionar. Ainda não somos amigas. O semblante dela fica melancólico. — Eu sempre quis ser detetive. Cheguei a fazer estágio com um detetive particular lá em São Francisco no verão antes da faculdade de direito.

Contenho minha surpresa.

— Você fez o quê?

— É, foi ótimo. Vigilâncias, binóculos, a coisa toda. Maridos infiéis, principalmente. — Ela sorri e tamborila os dedos no volante. — Enfim... faz muito tempo.

— Espera, e por que você não seguiu essa carreira? Virou detetive, quero dizer.

Jenny faz um gesto com a mão, descartando a ideia.

— Dinheiro, principalmente. Essa coisa de detetive particular não é bem uma profissão lucrativa.

Sinto um frio na barriga (uma sensação que mais tarde identificarei como *oportunidade*), um portal mágico surgido no exato momento em que mais preciso. Porque Jenny, com seu cabelo liso, suas roupas impecáveis e seu carro imaculado é o tipo de Pessoa Séria que conseguiria passar por um cerco policial apenas com argumentos. O tipo de pessoa que me ajudaria a descobrir o que realmente aconteceu com Alfie. Se eu conseguisse fazer com que ela me ajudasse, poderia proteger meu filho e talvez, quem sabe, encontrar um jeito de salvar a situação toda com Elliott.

— Olha, talvez nós duas devêssemos investigar esse caso do Alfie. Sabe? Juntas — digo, me esforçando para conter a empolgação.

Jenny franze a testa.

— Como assim, bancar as detetives?

Meu coração acelera. Penso no sorriso irônico de Dylan, no olhar condescendente da investigadora Glover, na expressão exasperada de *o que é que você fez agora, Florence?* de Will. Mordo o lábio, desesperada para que ela não perceba meu desespero.

— Sabe, meu vizinho de cima, o Adam, é policial. Aposto que pode ajudar a gente a conseguir algumas informações...

— Eu tenho um emprego — interrompe Jenny. — E filhos gêmeos. — Ela balança a cabeça. — É uma ideia interessante, mas não posso investigar uma pessoa desaparecida como freelancer.

Dou uma murchada. *Claro que ela não quer brincar de detetive com você, Florence. Sua idiota.*

Do lado de fora da janela, Shepherd's Bush Green começa a ficar visível. As luzinhas se foram, substituídas por sirenes policiais, buzinas e o cheiro de kebab misturado com fumaça de ônibus.

— Deixa pra lá — digo depressa, como se a coisa toda fosse uma piada. — Ideia boba.

Jenny relaxa a postura.

— É. Quem sabe em outra vida.

Ela olha para o relógio Patek Philippe prateado no pulso e gira bruscamente o volante para a esquerda.

— Além do mais, já estamos atrasadas para a reunião de pais.

15

Marlow, Buckinghamshire

SÁBADO, 13H58

— Em dois metros, vire à direita — gorjeia a voz do GPS.

Jenny ofega e vira o volante com tudo, fazendo o carro sair da rua principal e provocando um breve e doloroso contato da minha testa com o para-brisa. Uma cobertura de galhos pesados surge acima de nós, criando uma sensação artificial de fim de tarde. Ergo o olhar bem a tempo de ver uma casa enorme aparecer no horizonte. Parece uma ilustração saída de um conto de fadas ou do caderno de imóveis do *Sunday Times*: uma mansão espaçosa de tijolos vermelhos com torres gêmeas, emoldurada por colinas verdejantes e ondulantes. A casa da sra. Ivy.

Jenny solta um assovio baixo.

— Uau. Pelo visto pagam bem melhor os professores por estas bandas, né?

Engulo em seco. Minhas mãos estão suadas de novo. Meu corpo todo, para ser sincera. Eu não tinha planejado comparecer à reunião de pais. E agora estou prestes a entrar pela porta carregando a mochila do menino desaparecido dentro de uma sacola plástica de supermercado. Melhor deixá-la no carro, concluo.

Estacionamos numa entrada circular, com tantos carros utilitários de luxo enfileirados que mais parece uma concessionária. Um manobrista usando jaqueta impermeável azul se aproxima e faz um gesto para Jenny entregar as chaves, oferecendo-lhe um papelzinho verde em troca. O cascalho estala ameaçadoramente sob nossos pés enquanto nos dirigimos à porta principal. Faço uma oração silenciosa para que Hope não mencione toda aquela coisa de "Dylan e Alfie têm um histórico" na frente das outras mães.

Na varanda, viro-me para Jenny, tentando não deixar a ansiedade transparecer na voz.

— Aliás, a polícia, ahn... entrou em contato com você?

Jenny franze o cenho.

— Não. Por que fariam isso?

— Ah, para conversar com o Max e o Charlie, ver se eles sabem de alguma coisa.

Ela faz que não bem quando a imponente porta de entrada se abre com um rangido. Uma mulher robusta de aparência severa nos examina de cima a baixo.

— Nomes?

Antes de nos conduzir a um hall de entrada escuro, ela confere nossas respostas em sua lista. A casa exala um aroma de crisântemos recém-cortados e madeira antiga. Uma coleção de tapetes persas de tamanhos variados recobre o piso; as paredes estão repletas de pinturas antigas de frutas e crianças com olhares vazios. Jenny cruza o olhar com o meu e articula com os lábios a palavra *horroroso.*

Sorrio, apesar do nervosismo. É verdade. Por aqui, quanto mais ancestral o dinheiro, mais mofado o papel de parede, mais roídas pelas traças as almofadas e mais generalizada a umidade. Um inglês verdadeiramente requintado dispensa a revista *House & Garden*; o próprio desleixo já é uma ostentação silenciosa.

Um homem corpulento de terno surrado aparece e nos sinaliza para segui-lo. Jenny arqueia a sobrancelha enquanto o acompanhamos por um longo corredor.

— Isso é um *mordomo*? — sussurra.

No fim do corredor, o homem faz uma pequena e desajeitada reverência.

— O salão de visitas — murmura, antes de se retirar arrastando os pés.

A sala é pintada da cor de sangue coagulado, e o ar parece pelo menos cinco graus mais frio que o restante da casa. Fileiras de cadeiras dobráveis foram organizadas para os pais. Na frente, há um púlpito de acrílico, atrás do qual Nicola Ivy caminha nervosa de um lado para o outro. Ao seu lado, há um policial. A sra. Schulz encontra-se notavelmente ausente.

— Parte reunião de conselho escolar, parte execução pública — cochicha Jenny enquanto passamos pelos outros pais até a última fileira de cadeiras dobráveis, como duas alunas atrasadas chegando depois do sinal.

Os demais pais se acomodaram mais ou menos conforme a hierarquia social. Com os Risby ausentes, Allegra e Rupert assumiram a dianteira e agora ocupam os lugares da primeira fileira, mais próximos ao púlpito da sra. Ivy. Ao lado deles estão Farzanah e seu marido, Kyle, que trabalha com tecnologia e adora chamar atenção. Hope e Karl Theodor estão na extremidade da fileira. Hope usa óculos escuros enormes estilo Jackie O., um vestido preto formal e botas até o joelho, como se estivesse no velório de uma das *Real Housewives*. Eu apostaria uma grana que ela chegou cedo só para garantir um lugar na frente. Ainda assim, ofereço um sorriso exageradamente amigável ao passarmos. Posso desprezá-la, mas não sou idiota de provocá-la.

A sra. Ivy pigarreia.

— Vamos começar, então?

A aura de histeria que ela emanava ontem foi substituída por um profissionalismo sereno e calculado. Seu cabelo normalmente volumoso foi domado com uma escova, e ela veste um terninho azul-marinho sóbrio que parece novo.

Dou uma cutucada em Jenny.

— É impressão minha ou ela passou por uma transformação no visual?

Jenny assente.

— A escola deve ter contratado uma assessoria de imagem. Imagino que ela vá dar muitas entrevistas nos próximos dias.

Na parte dianteira do salão, a sra. Ivy indica com o queixo uma mesa dobrável cheia de sanduíches de ovo intocados e pranchetas. Um homem magro com um cavanhaque ralo e uma mulher com um prendedor de cabelo de cetim estão circulando por ali. Suas roupas têm poliéster demais para serem pais da St. Angeles.

— Devem ser os relações-públicas de crise e o pessoal do jurídico — cochicha Jenny.

Como se tivesse captado nossa conversa, a sra. Ivy anuncia:

— Elise e Alan trabalham para a Banyon, uma empresa contratada pela escola para nos ajudar a administrar esse incidente.

Elise e Alan fazem acenos formais e começam a distribuir pranchetas e canetas.

— Termos de confidencialidade — sussurra Jenny sem nem sequer examinar o texto nas páginas.

Arregalo os olhos. Papelada burocrática me apavora.

— Será que a gente deve assinar?

— Não faz mal — diz Jenny, destampando a caneta e dando de ombros. — Não tem valor jurídico, mesmo.

— Compreendo que este é um momento difícil — começa a sra. Ivy, falando num tom monocórdico artificial que sugere que decorou esta parte do discurso. — Sei que vocês têm muitas perguntas. Por isso, pedi que o Chefe de Polícia Thompson estivesse aqui conosco. Ele se comprometeu a compartilhar o máximo de informações possível.

O policial assente e se dirige ao púlpito com passos firmes. Parece uma versão genérica de Idris Elba, caso Idris largasse a vida fitness e começasse a usar óculos de leitura comprados em lojas populares.

— Obrigada, Nicola — diz o Chefe de Polícia Thompson. Ele passa os olhos pela plateia, avaliando os pais. — Atuo como agente de articulação da polícia metropolitana há quinze anos e posso afirmar: dias como hoje nunca são fáceis. — Um murmúrio de concordância percorre a plateia. — Sei que há muitas preocupações no momento. Frustração, inclusive. É compreensível. Mas prometo uma coisa: vocês, a comunidade da St. Angeles, são minha prioridade absoluta. Minha colega Chefe de Polícia Davis aqui vai fornecer a vocês meu número de telefone pessoal.

No fundo do salão, a outra policial, uma jovem que eu não tinha reparado antes, levanta-se e começa a distribuir pedacinhos de papel. Os pais relaxam visivelmente. Tratamento especial sempre funciona com essa galera.

— Agora, em contrapartida, preciso pedir algo a vocês — diz o chefe Thompson, fazendo uma pausa calculada para criar efeito. — Nada de imprensa. Se vocês tiverem uma pergunta, uma pista, uma preocupação no meio da madrugada? Liguem para mim, chefe Thompson. Não para o *Daily Post*, entendido? Estamos combinados?

Os pais concordam em uníssono.

— Nossa, ele manda bem — sussurra Jenny. — É como assistir a um daqueles especialistas de *Guerra ao Terror* desarmando uma bomba.

— Muito bem — continua Thompson. — Agora que esclarecemos esse ponto, vou explicar o que temos até o momento. Em seguida, vou ouvir suas perguntas. — Ele pausa, toma um gole de água e então começa a detalhar os fatos do caso. — Como sem dúvida já sabem, um aluno desapareceu na sexta-feira durante um passeio escolar ao Centro Wetland de Londres. Infelizmente, seu desaparecimento só foi constatado quando o ônibus retornou à escola, aproximadamente às catorze horas.

Me remexo na cadeira, torcendo para que ninguém mencione a chamada no ônibus nem o fato de que Dylan e Alfie estavam em dupla. Lanço um olhar suplicante a Hope, implorando silenciosamente para que ela mantenha aquela boca enorme bem fechada.

Thompson prossegue:

— Imagens de câmeras de segurança do estacionamento mostram o ônibus chegando por volta das onze da manhã. O período em investigação vai das 11h45, quando os meninos foram liberados para iniciar o trabalho de observação de pássaros, até aproximadamente 14h30, quando a entrada do Centro Wetland foi isolada pela polícia.

Thompson passa a observar os fundos do salão.

— Policial Davis, o mapa, por favor?

A policial mais jovem leva um cavalete com fotos aéreas do Centro Wetland até a frente, arrastando-o com dificuldade pelo piso acarpetado. Thompson retira do bolso uma caneta laser, destacando uma grande área do mapa.

— O raio de busca abrange quase quarenta hectares. A maior parte é coberta por água. Temos quatro represas principais, além do rio Tâmisa, que forma a fronteira leste da propriedade. Já temos várias equipes de mergulhadores atuando no local. Se o indivíduo desaparecido estiver na água, certamente o encontraremos.

Há um silêncio carregado enquanto os pais assimilam a implicação dessa frase.

Thompson guarda a caneta laser.

— Vocês compreendem que não posso revelar detalhes de uma investigação em andamento. Mas parte do meu trabalho é tranquilizar vocês, a comunidade. Portanto, se tiverem perguntas, farei o possível para respondê-las agora. — Vinte mãos se erguem, incluindo a de Jenny. Thompson parece surpreso, como se não tivesse esperado tanta participação dos pais. — Certo — diz ele. — Adorei o entusiasmo. Vejamos aqui...

Jenny me cutuca.

— Levanta a mão.

— Eu? — Preferiria ser jogada num caldeirão fervente a fazer uma pergunta e dar mais munição às outras mães. — Ah, não, vai você. Não gosto de falar em público.

Jenny revira os olhos.

— Pode me dar sua vez. Só levanta a mão...

Thompson examina a multidão.

— Muito bem. Vamos começar pela frente. Hum, sim, o senhor de paletó de tweed.

O marido de Allegra, Rupert, se levanta, movendo-se desconfortavelmente em seus mocassins marrons. Tem uma postura acadêmica e parece encurvado mesmo quando está de pé.

— Rupert Armstrong-Johnson. Eu sou pai do, hum, Wolfie. Enfim, estava pensando, e as câmeras de segurança? Se elas captaram alguma, ahn, pista interessante, digamos?

Thompson assente.

— Obrigado pela pergunta. Infelizmente, há pouquíssima cobertura de câmeras de segurança dentro do parque. Quase nada, na verdade, exceto a câmera que monitora as garças. Mas estamos obtendo imagens do estacionamento e também do café do local.

Jenny me cutuca com o indicador nas costelas.

— Câmeras de segurança? Que pergunta mais sem noção — murmura. — O que eu quero saber é como que a escola conseguiu *perder* uma criança!

O marido de Farzanah, Kyle, fala em seguida sem levantar a mão. Kyle era um vendedor de software mediano que ficou multimilionário da noite para o dia quando a empresa de apostas esportivas on-line em que trabalhava abriu capital. Agora, dedica o tempo livre a palestras TEDx não remuneradas, numa tentativa de ser convidado para falar na Bloomberg TV. Nesta tarde, está com um conjunto branco de tenista, algo tão bizarramente inadequado que só pode ser proposital.

— E os drones? — dispara Kyle.

— Perdão, não entendi — responde Thompson.

Kyle fica mais que satisfeito em esclarecer.

— Uma das minhas startups, porque eu sou o que chamamos de investidor-anjo, está desenvolvendo drones com tecnologia infravermelha. Dão um banho naquelas porcarias chinesas. Veja bem, ainda não estão oficialmente disponíveis no mercado devido a algumas questões regulatórias, mas talvez eu possa providenciar alguns.

Thompson franze o cenho.

— Ah, interessante. Obrigado, senhor. Talvez possamos discutir isso mais tarde.

Kyle faz um aceno confiante, erguendo o queixo.

— Fazemos o possível para colaborar, parceiro.

Ao meu lado, Jenny está indignada.

— É sério isso? A escola *perdeu* uma criança! Por que todos eles estão sendo tão... solícitos?

Pigarreio.

— Deve ser porque as crianças estão prestes a terminar o fundamental I.

— Como assim?

Cubro a boca com a mão e sussurro:

— Ir bem nas provas de admissão é importante, mas a recomendação da sra. Ivy tem um peso enorme. Ninguém quer prejudicar as chances de o filho de ir para a escola desejada.

Jenny revira os olhos e ergue a mão ainda mais alto, mas já é tarde demais. O marido de Hope, Karl Theodor, está se levantando com seus ossos estalando ruidosamente. Karl Theodor pertence ao grupo dos Pais Idosos, aqueles homens que parecem estar derretendo, estão na segunda ou terceira esposa, raramente dão as caras em eventos escolares e, quando comparecem, mostram-se vagamente confusos e começam a distribuir balas. Quase dá para ouvir suas articulações rangendo enquanto ele se ergue.

— E o zelador? — dispara Karl Theodor. — Aquele sujeito romeno. O sr. Papa-sozy, é isso? O sujeito sempre me despertou uma... bom, vocês sabem, a cultura deles é diferente. Eles têm outros valores.

Hope fica com o rosto da mesma cor do meu batom favorito da Mac e dá um tapa no braço do marido com sua bolsa baguete da Fendi.

— Senta — sibila ela. — Agora.

Karl Theodor dá de ombros, desamparado.

— Que foi? Não é pra comentar isso?

Na frente do salão, Thompson está habilmente mudando de assunto.

— Obrigado, senhor — diz, unindo as palmas das mãos. — Posso garantir que todos os funcionários serão entrevistados no momento oportuno. Que tal ouvirmos agora algumas das mães?

Da primeira fileira, Farzanah ergue dois dedos no ar, como se estivesse pedindo a conta ao garçom. Fica de pé e se apresenta como "dra. Khan". Hope solta um gemido audível.

— Só uma pergunta — diz Farzanah. Sua pele é tão iluminada que parece que ela carrega sua própria *ring light* portátil. — É verdade que vocês encontraram as galochas dele?

A postura de Thompson muda. Se ele achava que ia ser mais fácil lidar com as mães, calculou terrivelmente mal.

— Perdão, onde a senhora ouviu isso? — questiona, deslocando o peso do corpo.

Farzanah põe uma mecha do cabelo incrivelmente brilhante atrás da orelha, revelando um solitário de diamante do tamanho de um chiclete.

— Uma antiga colega de escola é editora-adjunta do *Times*. A informação procede?

Thompson parece agitado.

— Bom, eu, hum... — Ele hesita, empurrando os óculos para cima do nariz. — Posso confirmar que recuperamos diversos itens que acreditamos que *podem* ter pertencido ao garoto. No entanto, não posso afirmar nada conclusivo no momento.

Um silêncio carregado paira entre os pais. Farzanah se senta, conseguindo de alguma forma parecer elegante até numa cadeira dobrável, e imediatamente passa a digitar uma mensagem no celular.

Jenny volta a levantar a mão, bem quando Hope se levanta num pulo na primeira fileira, nitidamente ansiosa para compensar os comentários de Karl Theodor.

— Bom dia — diz ela, com o sotaque australiano característico que nunca perdeu por completo. — Hope Grüber, da Associação de Pais e Mestres. Tenho três meninos na St. Angeles, então acho que podemos dizer que a escola é como uma extensão da nossa família. — Ela olha de soslaio para a sra. Ivy. — E estava me perguntando, num momento tão difícil, o que podemos fazer para *ajudar*?

Uma expressão de alívio inunda o rosto do chefe Thompson. *Agora* sim.

— Muito obrigado, sra. Grüber. Agradeço muito. Devido à natureza específica da área de busca, infelizmente não podemos permitir a presença de voluntários. Porém, realizaremos hoje uma vigília ao pôr do sol nos portões da escola. Seria ótimo contar com a presença de todos vocês.

Hope abre um sorriso de orelha a orelha, e Thompson consulta seu relógio, murmurando algo sobre o tempo estar se esgotando. Solto um suspiro de alívio. A reunião está quase no fim, e o nome de Dylan não foi mencionado nem uma vez.

Jenny, porém, ainda não desistiu. Ela ergue a mão bem alto, acenando freneticamente. Thompson não a chama, mas ela se levanta mesmo assim.

— Jenny Choi — anuncia, a voz cheia de determinação. Todos se viram, esticando o pescoço para localizar a origem da voz. — Minha pergunta é para a sra. Ivy. Estou tentando entender como o ônibus voltou à escola sem o Alfie? Do ponto de vista logístico. Vocês não contaram as crianças?

Uma expressão contrariada atravessa o rosto da sra. Ivy, e um murmúrio percorre todo o grupo, como a barbatana de um tubarão cortando a superfície do oceano.

Thompson franze o cenho.

— Eu respondo, Nicola. Como a senhora disse que se chama mesmo?

— Jenny. Jenny Choi.

— Certo. Sra. Choi. A senhora compreende que o propósito deste encontro não é procurar um culpado, correto?

Jenny pigarreia, sem se deixar intimidar.

— Vou reformular a pergunta. Existe alguma ameaça contínua à segurança dos nossos filhos?

Thompson lança um olhar nervoso para a sra. Ivy antes de responder.

— Veja, sra. Choi, acreditamos que tenha sido um incidente, hum, isolado. É tudo o que posso dizer no momento.

Jenny não se dá por satisfeita.

— Bom, quero saber quais providências vocês estão tomando para...

Thompson pigarreia.

— Certo. Infelizmente o nosso tempo acabou. Espero ver a maioria de vocês na vigília mais tarde. Mantenham-se seguros e alertas. E lembrem-se, nada de contato com a imprensa.

Jenny balança a cabeça, a indignação estampada nos olhos, e me cutuca no ombro com o dedo indicador.

— Vamos dar o fora daqui — diz, apontando com a cabeça para a porta. — Que farsa inútil.

Lá fora, Jenny pega a chave com o manobrista e bate a porta do carro com força. Põe o cinto de segurança e se vira para mim, com os olhos brilhando de raiva.

— Eles estão escondendo alguma coisa. Quer dizer, é óbvio, né? Aquela empresa de gerenciamento de crise? Um *agente comunitário dedicado*? Tem alguma coisa errada.

Mordo o lábio e olho pela janela. Agora está chovendo. Os outros pais estão todos saindo da casa e correndo em direção a seus carros para fugir das gotas.

— Por que arrastar a gente até aqui e não contar nada? E por que uma diretora de escola tem um mordomo?! — Ela pega o *vape* no porta-luvas. — Vou te contar, se tem uma coisa que eu não suporto é quando mentem para mim.

É isso. Minha chance. Encaro o rosto sincero de Jenny e faço uma última tentativa de salvar meu filho.

— Sabe, pensando bem, talvez a gente devesse mesmo investigar essa história do Alfie — digo, tomando cuidado para não transparecer o grau do meu interesse. — Você tem razão. Tem alguma coisa suspeita rolando. E, como você mesma disse, a polícia metropolitana é inútil. O Alfie não merece uma investigação de verdade? — indago. Quando ela não responde, acrescento: — Podia ser um dos nossos filhos.

Jenny olha pelo para-brisa, perdida em pensamentos.

— Você precisa entender que, quando eu faço alguma coisa, vou com tudo — diz, sem fitar meus olhos. — Eu me comprometo. E venço.

Concordo vigorosamente com a cabeça.

— Ah, com certeza, eu também. Adoro vencer.

Ela não parece convencida.

— Tem certeza de que está pronta para isso? Investigar uma pessoa desaparecida dá muito trabalho. Vamos ter que começar do zero.

Meu coração dispara.

— Isso é um sim? Você está dizendo sim?

Jenny se vira para mim, me fitando com seus olhos escuros afiados.

— E o seu trabalho? Você consegue tirar folga?

— Meu trabalho? Ah, na verdade eu não... — começo a dizer, mas me forço a parar. — Claro. Com certeza. Consigo tirar folga.

— Uma semana — diz Jenny, enfim. — E acho bom nenhuma de nós ser presa.

16

Marlow, Buckinghamshire

SÁBADO, 15H38

Seguimos pela rodovia de volta a Londres. A chuva parou. Metade de um arco-íris sem brilho se formou entre duas nuvens. Quero desesperadamente que seja um sinal positivo, mas não consigo me permitir ter esperança depois da decepção arrasadora das últimas vinte e quatro horas.

— Vamos começar com entrevistas — começa Jenny, verificando o retrovisor. — Falar com as pessoas mais próximas a ele. Amigos. Professores. Você tem uma lista da turma? Eu nunca recebi.

Engulo em seco. A sacola de supermercado com a mochila de Alfie está apoiada na minha perna e parece viva, cheia de desaprovação.

— Hum, vou ter que verificar.

Jenny assente.

— Ah, e temos que falar com a sra. Schulz. Estranho ela não ter aparecido na reunião de pais, né?

— É. Por que será?

Jenny muda de faixa e continua falando:

— Mas essa história das galochas é interessante, né?

— Como assim?

— Bom, não é provável que ele tenha tirado o próprio sapato. Quem foge não costuma fazer isso. E você não disse que a família do garoto é rica?

— Ah, sim. Risby's Roasts? São tipo a família Kennedy das comidas congeladas.

Jenny ergue a sobrancelha e assente, como se eu tivesse acabado de confirmar suas piores suspeitas.

— Já ouviu falar de extorsão mediante sequestro?

— Do quê?

Ela baixa a voz, embora estejamos sozinhas no carro.

— Basicamente, o pior pesadelo de uma seguradora. Primeiro, sequestram alguém que você ama, fazem de refém. Aí, te forçam a cometer outro crime usando essa pessoa como garantia.

— Não entendi. Por que não simplesmente cometer o crime você mesmo?

— Algumas coisas são difíceis de fazer de fora.

— Tipo o quê?

Ela dá de ombros.

— Sei lá. Roubar códigos nucleares?

— Você acha que o Alfie foi sequestrado para extorquirem códigos nucleares?

Jenny franze o cenho.

— Não. Claro que não. Só estou pensando alto. Mas, depois daquela encenação toda, estou cem por cento convencida de que a escola, principalmente aquela sra. Ivy, está escondendo alguma coisa. Simplesmente não...

O celular dela começa a apitar. Ela olha para baixo, desviando os olhos da estrada. O carro se desloca levemente para a esquerda.

— Droga! — Jenny lê a mensagem e bate com as mãos no volante. — A Belinda precisa sair. Vou ter que passar em casa e pegar os meninos.

— Belinda? É sua, ahn, companheira?

— Belinda é a babá — diz Jenny, dando um suspiro. — Não posso deixar os meninos sozinhos em casa, né?

Forço uma risada.

— Claro que não. Só achei que talvez você... tivesse alguém.

Jenny faz que não.

— Nada. Faço carreira solo. Os meninos foram um presente de aniversário de trinta e seis anos para mim mesma. Logo depois de me tornar sócia.

— Ah, uau, então você é bem mais velha do que... — Paro a tempo. — Quer dizer, então você também é mãe solo.

Jenny dá seta e faz que sim com a cabeça.

— É. É puxado, né? Tem dias que eu fico pensando se... — O pensamento dela é interrompido pelo som do celular apitando de novo. Ela olha para baixo, distraída. — Foi mal, mas vou ter que correr um pouco.

A casa, explica Jenny, tem o aluguel subsidiado pela empresa. Ela acabou de se mudar, por isso a "bagunça". Paramos na frente de uma casa geminada georgiana de quatro andares, próxima à esquina da St. Angeles. Jenny aperta um botão no volante e o portão da entrada de veículos se abre automaticamente.

— Caramba, mulher. Que *tipo* de advogada você é?

Jenny faz uma expressão confusa.

— Eu te disse, trabalho com seguros corpora...

— Cala a boca e aceita o elogio!

— Ah. Entendi. Obrigada — diz ela, envergonhada. Ela dá um último trago no *vape*, depois o joga no porta-luvas e me lança um olhar sério. — Os meninos não sabem, tá? É meu único vício. Nunca fumo na frente deles.

Faço mímica de fechar meus lábios com zíper.

— Seu segredo está seguro.

Na rua, dezenas de vans de reportagem com antenas parabólicas estão enfileiradas ao redor da escola, aguardando a vigília.

— Quer esperar no carro? — pergunta Jenny. — Vai ser rápido!

Sem chance, penso. Jenny só está no país há algumas semanas; ainda deve ter todo tipo de medicamento controlado americano nos armários. Eu mataria por um Xanax agora.

— Na verdade, estou desesperada para ir ao banheiro — respondo, cruzando as pernas. — Posso entrar?

Por dentro, a casa é ainda mais impecável do que eu esperava. Há marcas visíveis de aspirador no carpete claro e nenhuma caixa de mudança à vista.

— Não repara na quantidade de bege — comenta Jenny, fazendo uma careta. — Mobília corporativa, sabe como é. O banheiro de visitas é no fim do corredor. Vou levar só um minutinho.

Não acredito na minha sorte: estou sozinha na casa de Jenny.

A primeira porta que abro dá para uma espécie de closet. Respiro fundo, sentindo o aroma de cedro e lã. Ao meu redor, há fileiras e mais fileiras de cabides com capas protetoras da Celine, calças de alfaiataria impecáveis da Joseph, casacos de lã da Row. Estilo corporativo elegante e andrógino, tudo do bom e do melhor.

Vejo de relance meu reflexo no espelho triplo: minha jaqueta *puffer* laranja, o top brilhante que deixa a barriga de fora, *mega hair* loiro-mel. Quando escolhi esta roupa de manhã, parecia divertida e descontraída. Mas, de repente, me sinto como uma boneca *troll* vulgar.

Uma tristeza corrosiva me invade, por motivos que não consigo explicar direito. É menos inveja e mais um lembrete de que existe todo um outro nível do jogo ao qual não tenho acesso.

Fecho a porta do closet e vou direto para o banheiro, mas o armário de remédios de Jenny está decepcionantemente vazio. Só um frasco laranja de Lexapro, um tubo de protetor solar manipulado e um irrigador oral. Que pena.

Lavo as mãos duas vezes com o sabonete chique da Aesop e então me sento na borda da banheira, checando o *Daily Post* no celular.

ACREDITA-SE QUE BOTAS ENCONTRADAS NO CENTRO WETLAND SÃO DE MENINO DESAPARECIDO

DESAPARECIDO HÁ 25 HORAS!, anuncia o relógio vermelho piscando na tela. Sinto de novo aquela angústia no peito.

Quando volto à sala de estar, Jenny está batendo o pé de forma impaciente. Ao seu lado, estão dois meninos de cabelo escuro com gabardines azul-marinho idênticas.

— Max, Charlie, como se diz? — pergunta Jenny.

— Prazer em conhecê-la — entoam os garotos com a voz cantarolada.

Vou ser sincera: não gosto muito de gêmeos, especialmente os idênticos. Acho perturbador.

— Ah, oi, meninos — digo, desajeitada. — Prontos pra vigília?

Prontos pra vigília? Sério que eu acabei de falar isso?

Jenny franze a testa e pendura a bolsa no ombro.

— Vamos?

Chegamos aos portões da escola no exato instante em que o sol de inverno se prepara para desaparecer abaixo da linha do horizonte. Os gêmeos vêm logo atrás de nós, fazendo bico porque Jenny não deixou que trouxessem seus iPads. (*Não, vocês não podem jogar* Minecraft *durante a vigília pelo seu coleguinha desaparecido!*)

É estranho estar aqui sem Dylan, e me pergunto, por um breve momento, se parece suspeito ele não estar presente, como se estivéssemos escondendo algo. Mas é melhor assim. Afinal, ainda estou carregando a sacola de mercado verde com a mochila de Alfie por aí. Não é bem o cenário ideal. Além disso, e se Hope tentasse interrogar Dylan na frente de todo mundo?

E se ele fizesse uma piada inadequada na hora errada e as outras mães o atacassem? Não, ele está mais seguro na casa de Will. *Quem não é visto não é lembrado.*

Na frente da escola, há dezenas de pessoas circulando com cartazes caseiros com o rosto de Alfie. A sra. Dobbins está lá, toda agasalhada com um casaco de gestante do tamanho de um saco de dormir e acomodada numa cadeira de acampamento.

— Bastante gente — comenta Jenny, e dá um assobio. Atrás dela, os gêmeos brincam de dar tapas fortes nas costas um do outro e depois gargalham alegremente. — Meninos! — repreende ela.

A imprensa foi isolada em uma área lateral, separada dos participantes da vigília por um cordão de metal fino que parece prestes a ser levado pelo vento. As câmeras de TV estão apontadas ansiosamente para um púlpito de madeira, emoldurado por grandes pôsteres com a foto escolar mais recente de Alfie. A palavra inquietante *DESAPARECIDO* está estampada de vermelho acima da cabeça dele. Olhar para isso faz os pelos do meu braço se arrepiarem.

Examino a multidão. Agora está quase escuro e faz frio de verdade. Queria ter colocado uma roupa mais quente.

Jenny me cutuca.

— Olha — diz, indicando o portão da escola.

Sigo seu olhar. Lá dentro, duas figuras femininas estão curvadas perto do bicicletário, tendo o que parece ser uma conversa tensa. Uma delas é inconfundível: a sra. Schulz. A outra está de costas para nós, gesticulando furiosamente.

Arregalo os olhos.

— Vem, vamos tentar chegar mais perto.

— Meninos! — chama Jenny, fazendo sinal para que se aproximem.

Nós quatro abrimos caminho pelo mar de pessoas até estarmos encostados no muro da escola, no ponto onde os tijolos encontram o portão de ferro.

A figura se vira. É Nicola Ivy. Está lívida e aponta um dos dedos compridos e enluvados na cara da sra. Schulz.

— Não estou conseguindo ouvir nada — sussurro, me esforçando para captar qualquer fragmento da conversa.

Antes que possamos nos aproximar mais, sinto algo roçar meu ombro. Giro e vejo Hope Grüber sorrindo.

— Aí está você! — cacareja, como se tivesse acabado de ganhar uma longa brincadeira de esconde-esconde. — Cadê o Dylan? — acrescenta, com falsa preocupação.

Engulo em seco, tentando parecer tranquila.

— Com o pai. Em Hertfordshire.

— Bom, nesse caso. — Hope se vira para Jenny. — Eu nem sonharia em pedir para outra mãe com mais de um filho, porque sei que você já está bastante ocupada, mas talvez a Florence aqui possa nos ajudar lá na mesa das velas. Tudo bem?

Jenny franze a sobrancelha.

— Por que você não pergunta diretamente para ela?

Hope continua falando com Jenny.

— Sabe, infelizmente, estamos com uma mãe a menos hoje. A Farzanah, ou melhor, "dra. Khan", foi chamada no trabalho. Alguma emergência dermatológica, acredita? — Hope cruza os braços e enfim se dirige a mim: — É que as outras mães precisam mesmo ficar com os filhos hoje. Você entende, né?

Antes que eu possa dizer algo, ela coloca a mão de unhas impecáveis no meu ombro e começa a me conduzir à força em direção a uma mesa dobrável de madeira, e minha sacola plástica bate nas minhas canelas. Atrás da mesa está Allegra Armstrong-Johnson, organizando velas de LED de plástico em pequenas fileiras perfeitamente alinhadas. Seu cabelo castanho está preso num coque arrumado, e a testa franze em concentração enquanto conta em voz baixa.

— Ah, oi, Florence — diz ela, com a voz cheia de surpresa. — Acho que acabei de conseguir colocar todas as pilhas. — Ela se recosta na cadeira. — O Dylan não está com você hoje?

— Está com o pai.

Enfio a sacola embaixo da mesa e me jogo na cadeira dobrável ao lado dela. Essa maldita Hope. Ela sempre estraga tudo.

— Você não devia estar no seu haras?

Allegra faz uma expressão confusa.

— Haras? Ah, você está falando dos estábulos de Norfolk. — Ela faz que não com a cabeça. — Eu não conseguiria! Não com a Cleo... Sabia que ela e eu somos amigas desde os onze anos? A gente nunca imagina... — A voz dela falha enquanto seus olhos ficam marejados. — Essa situação toda é simplesmente terrível.

Resmungo em concordância enquanto passo os olhos pela multidão em busca da sra. Ivy, ou de Jenny e os gêmeos, mas todos se fundiram numa massa indistinta de corpos, todos encapotados com casacos grossos, gorros e cachecóis.

Allegra pigarreia.

— Eu estava comentando mais cedo com a sra. Ivy que talvez alguns dos meninos gostassem de ir para Norfolk por um tempinho para fazer terapia equina. É incrível o que algumas horas com um cavalo são capazes de fazer. Será que Dylan se interessaria?

Estremeço. É uma armadilha, só pode ser.

— Eu, é...

Antes que eu consiga pensar numa desculpa, Hope reaparece.

— Está na hora! As velas estão prontas? — dispara ela. — Já vamos começar.

Forma-se uma fila de pais diante da mesa, e Allegra distribui os itens. Me recosto na cadeira, acendendo e apagando uma vela plástica até a pilha acabar.

Finalmente, depois do que parece uma eternidade, a vigília começa. Hope se aproxima do microfone, e um murmúrio de expectativa toma conta da multidão.

— Boa noite — diz Hope, gaguejando de leve. — Estou aqui hoje não apenas como presidente da Associação de Pais e Mestres, mas também como amiga pessoal íntima de Cleo Risby.

— Bem que ela queria — murmuro e, de canto de olho, vejo Allegra conter um sorriso.

Hmm. Talvez eu a tenha julgado mal. Pode ser que ela tenha, sim, senso de humor.

Lá na frente, Hope continua seu discurso:

— Alfie Risby é um membro querido da comunidade da St. Angeles. Todos que o conhecem podem confirmar: há algo especial em Alfie. — Ela faz uma pausa para permitir que todos aplaudam sua profundidade. — Azul é a cor favorita dele. Por favor, juntem-se à família St. Angeles e vistam azul até que Alfie esteja seguro em casa.

O sol enfim desapareceu por completo. Na escuridão, meus pensamentos se voltam para Dylan. O que ele estará fazendo agora com Will e Rose? Será que está com saudade de mim? Com medo?

Na frente, Hope finalmente encerra seu discurso. Um coral da escola irmã da St. Angeles, Lady Margaret's, avança e começa uma interpretação *a cappella* de "Amazing Grace", as vozinhas de soprano vibrando no ar frio da noite.

Eu estava perdido, mas agora fui encontrado.

Preciso admitir, essa letra ganha um significado diferente quando há uma criança desaparecida. Mordo o lábio, determinada a não chorar em público.

O segundo verso é interrompido pelo som de pneus cantando. Um sedã de luxo com vidros escurecidos avança pela rua, flagrantemente violando a proibição de tráfego. A porta do carro se abre e a multidão se divide como o Mar Vermelho. Quatro pessoas saem em grupo: primeiro um segurança, depois um homem de meia-idade com aparência de advogado e, finalmente, os pais de Alfie.

Conforme Rollo e Cleo abrem caminho até o púlpito, a multidão começa a aplaudir. Suavemente de início, e depois mais alto, numa demonstração estrondosa de apoio. Do outro lado da barreira de imprensa, centenas de lentes de câmeras se acendem com um zumbido, focando a cena do clímax: os pais arrasados do menino desaparecido fazendo seu apelo ao público.

O advogado bate no microfone.

— A família gostaria de dizer algumas palavras.

Rollo Risby se aproxima do púlpito primeiro. Sinto um frio na barriga.

Ele não se parece em nada com o homem que soquei na festa de Natal: seu rosto está fechado e sem vida, abatido pelo sofrimento.

Cleo está ainda pior. Seu cabelo passou de louro para branco da noite para o dia, formando uma auréola etérea ao redor de seu rosto devastado. Rollo coloca a mão no ombro do advogado para agradecê-lo. Em seguida, vira-se para a multidão, segurando o púlpito com ambas as mãos.

— O que aconteceu ontem é o pesadelo de qualquer pai. Meu único filho, desaparecido. — Ele faz uma pausa e retira uma folha do bolso do casaco. — Se você tiver qualquer informação, por menor que seja, por favor, apresente-se. Montamos uma linha direta exclusiva para pistas, com uma equipe de voluntários disponível vinte e quatro horas. Tenham certeza de que sua ligação será mantida em total anonimato. — Rollo para e sua voz embarga. — Alfie, meu garoto. Não vamos desistir até te encontrar.

A plateia irrompe em aplausos estrondosos. As câmeras disparam. Rollo enxuga uma lágrima do olho.

Em seguida, Cleo se aproxima do microfone. Sempre foi magra, mas hoje parece absolutamente esquelética, o casaco pendurado em seus ombros ossudos, como se cada grama de carne tivesse desaparecido junto com o filho.

— Boa noite — diz com um tom agudo. Ela observa o mar de rostos em busca de algo, como se o filho pudesse estar escondido ali. — Alfie — começa, e sua voz falha.

O advogado se adianta, colocando a mão em seu braço:

— Está tudo bem — diz ele. — É difícil.

— Não. Preciso falar. — Cleo ofega e se desvencilha. Então pigarreia. — Se você estiver com ele, apenas o devolva — suplica, com o rosto distorcido de angústia. — Faço qualquer coisa. Qualquer coisa. — Ela se vira para as câmeras. — Entenderam? *Qualquer coisa.* Se for por dinheiro, digam o preço. — Rollo dá um passo rápido na direção dela, tentando intervir, mas ela sacode o ombro e também se afasta dele. — Só tragam ele de volta.

O som que se segue é o pior que já ouvi na vida: um uivo profundo, angustiado, como um animal morrendo. Cleo desmorona sobre o púlpito, que cede sob seu corpo, caindo no chão. Rollo corre para socorrê-la, e as câmeras clicam sem parar, captando seu sofrimento.

Não sou grande simpatizante de Cleo Risby, mas isso é demais. Real demais. Lágrimas quentes ardem em meus olhos. Empurro a cadeira para longe da mesa e me levanto num salto, quase esquecendo a sacola.

— Aonde você está indo? — trina Allegra. — Precisamos recolher as velas quando terminar.

Pego a sacola e passo por ela sem responder, apressando-me para me afastar da escola e do zumbido dos furgões de reportagem. As súplicas desesperadas de Cleo ecoam em meus ouvidos: *Faço qualquer coisa, qualquer coisa.* Entendo exatamente como ela se sente.

Viro à direita, depois à esquerda e à direita novamente. Folhas secas estalam sob meus pés quando dobro a esquina. As ruas estão incomumente desertas. Cada casa pela qual passo está com as cortinas fechadas. A voz de Linh ressoa na minha cabeça. *O Estrangulador está ficando mais ousado!* Ao longe, o escapamento de um carro explode e dou um pulo.

Quando ergo os olhos, estou em uma espécie de praça ajardinada, iluminada pelo brilho suave dos postes de luz. O som dos soluços de Cleo ainda ecoa em meus ouvidos. E está ficando mais alto. *Será que estou alucinando?* O choro agora parece vir de todos os lados. Que diabos?

Giro, tentando identificar a fonte. Meus olhos pousam na figura curvada num banco de praça. Seu rosto está escondido por um grande lenço branco, mas a coroa de cabelos grisalhos rebeldes parece estranhamente familiar.

— Sra. Schulz? — indago. Ela se assusta com minha voz. Dou um passo à frente. — Sou eu, a Florence. Mãe do Dylan.

A sra. Schulz estreita os olhos e franze o cenho.

— Ah, sim. Claro. O menino da tarta... — Ela se interrompe. — Sim, eu sei quem você é.

— A senhora está bem? — pergunto com delicadeza.

— Preciso voltar — diz, mas não se move.

Uma sirene soa ao longe, abafando por um momento o som de um helicóptero no céu.

Sento-me ao lado dela. O banco é duro e está úmido. É um lugar estranho para chorar.

— Por que a senhora está chorando?

A sra. Schulz me encara.

— Conheço a família Risby há cinquenta anos. Meio século. Dá para imaginar? — Ela me observa por cima dos óculos de coruja, como se me notasse pela primeira vez. — O que você está fazendo aqui? Por que não está na vigília com as outras mães?

Hesito. Melhor ser sincera, mesmo.

— O discurso da Cleo. Foi... demais.

A sra. Schulz arregala os olhos. Vejo as engrenagens girando em sua mente.

— Espera aí. Não foi você que se meteu com o Rollo no BGBF uns anos atrás? — Seus olhos me analisam. — Você é bem o tipo dele, né? Sim, imagino que isso torne tudo muito desconfortável.

Meu rosto fica vermelho.

— Não foi nada disso. Quem contou isso pra senhora?

Ela olha por cima do ombro.

— É melhor eu voltar. A Nicola vai querer que eu esteja por perto. — Ela se levanta, alisando o casaco com a mão. — Talvez precise de alguém para carregar a bolsa dela.

O sarcasmo me pega de surpresa. Quem diria que ela tinha essa capacidade?

— Eu vi que ela estava gritando com a senhora.

— É, bom... É um momento difícil. Especialmente para uma diretora nova e ambiciosa que acabou de perder o aluno mais notório da escola.

— Sabe, a Jenny e eu... a gente está tentando descobrir o que aconteceu. Com o Alfie.

A sra. Schulz enruga o nariz.

— Como assim, feito *detetives*? Ah, vocês, americanas. Sempre achando que podem consertar tudo.

— Talvez a senhora possa nos ajudar. Conhece essa escola melhor que ninguém — acrescento depressa. — Não tenho certeza nem de que a sra. Ivy sabe o nome de todas as crianças.

A sra. Schulz enfia o lenço no bolso do casaco e suspira.

— Bom, nisso você não está errada.

— Que tal eu acompanhar a senhora de volta à vigília? E aí pode me contar o que sabe sobre os Risby?

A sra. Schulz faz um muxoxo.

— Acho que não, querida.

Meus ombros desabam. Claro que não seria tão fácil assim. Quebro a cabeça tentando pensar em algo que possa atraí-la. Do que as idosas britânicas gostam?

— Que tal um chá?

As palavras saem da minha boca antes que eu consiga pensar direito.

A sra. Schulz hesita. Dá até pra ouvir as engrenagens.

— Chá?

— É. Tipo um chá da tarde. Não sei se é assim que vocês chamam. Onde a senhora preferir.

— Ora, bem — diz ela, apertando os lábios como se já sentisse o sabor dos docinhos. — Adoro um bom chá com acompanhamentos. E o Ritz tem uma seleção excelente.

— Combinado — respondo na mesma hora, antes que ela mude de ideia. — Amanhã, à uma?

— Uma da tarde? Para o chá? — Ela ri, um som áspero e estridente, como giz saindo da caixa. — Ah, céus, não. Um chá da tarde adequado é servido às quatro.

— Tudo bem. Quatro. Nos encontramos lá — digo, sem dar a ela chance de voltar atrás.

— Mas faça reserva, querida — avisa ela por cima do ombro. — O Ritz sempre fica lotado nos fins de semana.

Volto para um apartamento silencioso. Adam deve ter saído; seu Volkswagen Polo branco caindo aos pedaços não está estacionado na nossa rua. Ele deixou um bilhete na minha porta: *Os canos devem estar funcionando, mas não jogue nada no ralo, só água.*

Enfio a sacola plástica com a mochila de Alfie embaixo da pia. Não é o ideal, mas posso pensar num plano melhor de manhã, depois de ter dormido. Me jogo no sofá e mando uma mensagem para Jenny dando a boa notícia sobre a sra. Schulz. Espero que ela me elogie ou pelo menos fique animada, mas, em vez disso, parece desconfiada.

A SRA. SCHULZ? A VICE-DIRETORA? POR QUE ELA CONVERSARIA COM A GENTE?

Sua reação me irrita. Fico imediatamente na defensiva. *Por que nada que eu faço é bom o suficiente para ninguém?*

Sei lá. Talvez ela se sinta mal com toda essa história? Enfim, é um começo.

Ligo a TV, louca por uma distração. A casa parece vazia sem Dylan. Me pergunto se está tarde para telefonar. Rose leva a sério a hora de dormir. Mas que se dane. Eu sou a mãe dele.

Dylan atende depois de dois toques.

— Oi, mãe.

Meu coração amolece com o som da voz dele. O que quer que eu estivesse imaginando, o que quer que tenha criado na minha cabeça, não é isso.

— Oi, meu amor. Como você está?

— Ah, bem.

Meu filho não é dos mais falantes. Eu o visualizo em minha mente: enrolando o cabelo cor de areia no dedo indicador e olhando para o nada.

— Como está tudo? Está se dando bem com Dee e Andi?

— Aham.

— Eu fui numa vigília para o Alfie hoje — conto. Ele resmunga. — Meu amor, sobre o Alfie, eu...

Dylan suspira alto.

— Eu já falei que não sei o que aconteceu com ele.

— Eu sei, meu amor. Só achei que...

— Você não acredita em mim, né?

— Dylan! Claro que acredito. E vou fazer o que for preciso para te ajudar. Qualquer coisa. Só preciso que você me conte...

— Você deu comida para a Greta?

Merda. Penso na lata de grilos, ainda intocada no quarto de Dylan.

— Sim — minto. — Claro. Ela está ótima. Com saudade de você. Que nem eu.

Escuto-o respirando, considerando se deve acreditar em mim.

— Tá. Só não esquece de dar comida pra ela. Ela está prestes a hibernar.

— Fiquei sabendo.

— Quê?

— O sr. Foster me contou.

— Você viu o sr. Foster?

— Sim, ele me deu...

A voz de Will interrompe:

— Hora de dormir, parceiro.

É isso. É agora ou nunca. Passei as últimas vinte e quatro horas ensaiando mentalmente as palavras. *O que a mochila do Alfie estava fazendo embaixo da sua cama?* Mas, agora que tenho a oportunidade de perguntar, estou com medo demais da resposta. Confrontar Dylan tornaria tudo tão real. Tão definitivo. Se eu não perguntar, ainda há esperança. Ainda pode haver uma explicação perfeitamente razoável e inocente.

Então, não pergunto. Em vez disso, digo:

— Estou com saudade, meu amor.

— Eu também, mãe. Preciso me preparar para dormir agora. E, sério, não se esquece de dar comida pra Greta.

— Deixa comigo.

Dylan desliga primeiro.

17

Shepherd's Bush

DOMINGO, 9H

O telefone começa a tocar às nove em ponto. Ainda estou com o rosto afundado no meu travesseiro de seda, que supostamente previne rugas e marcas de sono. Por um breve instante abençoado, estou consciente, mas ainda não completamente desperta, felizmente ignorando o filme de terror das últimas quarenta e oito horas. Mas, como meu celular continua a tocar, tudo retorna de uma vez. Dylan. Alfie. A mochila.

Pressiono a tela fria de vidro no rosto.

— Estou dormindo — minto.

Mas Jenny não se abala.

— Põe uma roupa — ordena. Há alguns gritos abafados ao fundo. O som de um café da manhã em família degringolando rapidamente. — Não, Max! Não pode bater.

Puxo a máscara de cetim verde para baixo e esfrego os olhos. Tem tanto rímel de ontem acumulado nos meus cílios que é como massagear uma tarântula peluda. Dormi muito mal. Toda vez que começava a pegar no sono, acordava num sobressalto com a visão de Dylan em um uniforme de prisão laranja.

Pigarreio.

— Na verdade, não estou me sentindo muito...

— Levanta. Já estou a caminho — diz Jenny, interrompendo meus protestos.

Ela aparece vinte minutos depois usando roupa de academia, com um rabo de cavalo alto e shorts de corrida laranja fluorescentes capazes ao mesmo tempo de parar o trânsito e repelir cantadas indesejadas. Sem sua armadura profissional, Jenny parece menor, mais vulnerável. Consigo imaginá-la vinte anos antes, uma aluna exemplar da faculdade de direito, a mão sempre erguida, coordenando trabalhos em grupo com um marcador neon.

— Você saiu para correr ou algo assim?

— Só uma corridinha rápida. Vinte e cinco quilômetros.

— Credo — comento. Nunca entendi corrida; parece extremamente entediante. — Você está tendo uma crise da meia-idade? É para eu me preocupar?

Jenny sorri.

— Você devia experimentar. Endorfina faz bem.

— Talvez você devesse experimentar uma trepada.

— *Uma trepada*? Você é o quê, um jovem universitário?

Ela se senta à minha mesa da cozinha e me olha com expectativa.

— Ah, desculpa, quer uma água?

Faz anos que não recebo visitas além de Brooke e Adam; esqueci todos os meus modos. Corro para a pia, torcendo para que a torneira tenha voltado a funcionar.

— Então... — diz Jenny, inclinando-se para a frente na cadeira como uma criança que esconde um segredo. — Tenho uma notícia boa e uma notícia melhor. Qual você quer primeiro?

— A boa, acho.

Ela fica de pé e joga uma bolsa de lona pesada da Daunt Books na minha direção.

— A boa notícia é que comprei uma coisa para você.

Espio dentro da bolsa. *Técnicas de vigilância para iniciantes. Espionagem do MI6 para civis. O guia de um agente de campo para trabalho secreto.*

— Você está me passando lição de casa?

— Quê? Não. Não espero que você leia cada palavra. Grifei as partes mais importantes. Está organizado por cores. Então, verde é "essencial"...

Um rubor quente de vergonha começa a se espalhar pelo meu rosto. Não sou de ler por diversão. Não quando se tem YouTube, Hayu e 180 canais de programas de reforma de casa.

— Uau. Você transforma *tudo* o que faz num relatório de pesquisa?

Jenny cruza os braços.

— Acontece que eu *gosto* de fazer as coisas direito.

— A gente não tem tempo para essa... bobajada nerd. — Jogo a bolsa de volta para ela. — Estamos no mundo real, sabia? Não precisamos de um monte de teorias e estudos de caso. Intuição, habilidades interpessoais... É isso que importa.

Jenny franze as sobrancelhas.

— Um pouco de conhecimento nunca fez mal a ninguém. — Ela põe a bolsa numa cadeira vazia e se vira para mim. — Vou deixar aqui caso você mude de ideia. Agora, quer saber qual é a notícia melhor?

Suspiro.

— Você me trouxe um cartão da biblioteca?

— Não. Um endereço. Do sr. Papasizi.

— Quem?

— O zelador. Lembra? Aquele que o marido velho e racista da Hope estava tentando culpar na reunião de ontem. Não deve ser nada, mas temos que começar por algum lugar. Ele mora em Camden, então a gente pode passar lá antes de encontrar a sra. Schulz no Ritz hoje à tarde.

— Passar lá e fazer o quê?

— Entrevistar o sujeito, ora bolas. Ouvir a versão dele dos acontecimentos. — Ela faz uma pausa e estreita os olhos para meu pijama de cetim. — Por que você ainda não está vestida?

* * *

Camden num domingo de manhã parece uma zona de guerra hedonista. A calçada está toda suja de garrafas quebradas, poças de vômito e manchas de urina.

O sr. Papasizi mora no segundo andar de um complexo residencial cinzento e decadente, num trecho do bairro onde punks de meia-idade e trabalhadores do leste europeu respingados de tinta forjaram uma paz desconfortável com frequentadores de mercados orgânicos das gerações millenial e Z.

Jenny trocou a roupa de corrida por um vestido preto solto e um blazer azul-marinho elegante, como se estivesse prestes a presidir uma reunião.

Ela recita o currículo de Mariu Papasizi enquanto estamos no carro. Ele tem quase cinquenta anos. Imigrou da Romênia. Ficha criminal limpa. Trabalhou na construção civil, machucou as costas, dirigiu caminhão e depois virou zelador de escola. São ótimas informações, mas fico impressionada com a facilidade com que ela rastreou cada detalhe da vida do homem.

— Espera, advogados podem simplesmente fazer isso? Existe algum tipo de banco de dados central?

Jenny dá de ombros.

— A firma tem um departamento de pesquisa. Mas são os assistentes que cuidam dessas coisas. Não sei bem como funciona hoje em dia. Claro que, se alguém perguntar, achamos no Google, certo?

Faço que sim. Tudo parece um mundo distante. Assistentes. Departamentos de pesquisa. Gente cujo trabalho é facilitar sua vida.

Jenny ergue os olhos, apontando para um prédio de concreto caindo aos pedaços pelo para-brisa.

— Enfim, chegamos. Parece o lugar onde a esperança morre.

Dou de ombros. Não me parece tão ruim. A arquitetura lembra um hotel barato da Flórida, com passarelas externas conectando cada unidade e todas as portas voltadas para um grande estacionamento central. Aliás, não é tão diferente do conjunto habitacional onde cresci.

Jenny pigarreia. Parece muito alegre com a tarefa à nossa frente.

— Então, você se lembra do plano, certo? A gente precisa descobrir se ele viu algo suspeito ou incomum na sexta. Mas, primeiro, vamos tentar estabelecer alguma conexão. Aí, quando ele estiver à vontade, a gente pergunta sobre o Alfie.

Tiro meu cinto de segurança.

— Tenha um pouco de confiança em mim. Se tem uma coisa em que eu sou boa, é conversar com homens velhos.

Jenny faz uma expressão confusa.

— Seja profissional, tá?

Abro a porta do lado do carona.

— Vem. Vamos encontrar o Alfie Risby.

O sr. Papasizi abre a porta de casa usando um uniforme completo do Tottenham. Seu cabelo escuro e liso cai sobre os olhos e seu rosto nunca passou por uma esfoliação na vida.

— Oi? — diz, com ar cansado.

Ao fundo, a TV ligada transmite alguma programação esportiva.

Jenny sorri.

— Oi. Eu sou a Jenny. Esta é a Florence.

Ele nos olha com desconfiança.

— Pois não?

— Queríamos conversar com o senhor. Sobre Alfie Risby — diz Jenny.

Ela muda o peso de um pé para o outro. Claramente não é a recepção que esperava.

O rosto avermelhado dele fica pálido.

— Já dei meu depoimento para a polícia...

— Não somos policiais — explico, piscando os cílios e exibindo meu melhor sorriso de apresentação. — Somos mães. Mães de alunos da St. Angeles.

Ele nos examina por um instante, como se avaliasse o que seria mais arriscado: nos deixar entrar ou dizer que não.

Por fim, concorda com a cabeça.

— Tá. Podem entrar.

O apartamento é pequeno, mas organizado. Sentamos na sala de estar, o sr. Papasizi numa poltrona reclinável marrom, eu e Jenny num pequeno sofá de couro. A TV continua ligada. No ringue, homens de shorts curtos se atiram uns contra os outros.

— Já está quase no fim — diz ele, quase num tom de desculpas.

Fala com um sotaque leve e a dicção entrecortada de quem se esforça para não cometer erros.

— Sem problema — respondo, animada. — Pode deixar ligada. A gente espera.

— Refrigerante?

— Estamos bem — responde Jenny.

— Uma Coca seria ótimo. Ou um Red Bull, se tiver — digo ao mesmo tempo.

Jenny e eu permanecemos num silêncio constrangedor enquanto a luta prossegue. Quando entra o intervalo comercial, o sr. Papasizi põe a TV no mudo e vai até a cozinha. Volta com uma latinha de energético de marca desconhecida. Abro e dou um gole. Não é ruim.

— Então — diz ele, esperando alguma explicação.

Pigarreio.

— Estávamos só querendo saber se você viu algo... suspeito na sexta? Qualquer coisa fora do comum?

O sr. Papasizi fica desconfortável.

— Sempre o estrangeiro, né?

Sinto meu rosto esquentar.

— Quê? Ah, não, não é isso que eu... não é nada disso. Aliás, nós também somos estrangeiras. Americanas. Enfim, só queremos descobrir a verdade. Pelo bem do Alfie.

— Já falei com a polícia. Por quatro horas. Sem bebidas, sem intervalo. — Ele dá de ombros. — Não tenho nada a esconder.

Olho para Jenny, na esperança de que tome as rédeas da situação.

— Senhor — diz ela, com a voz firme e controlada. — O senhor não está encrencado, certo? Não estamos acusando o senhor de nada. Só queremos mais informações sobre o que aconteceu.

Ele solta um ruído de desdém.

— Não estou encrencado? Como você pode dizer isso? Vocês são da polícia? São minhas advogadas?

Jenny pigarreia.

— Na verdade, sou advogada, sim.

Lanço um olhar sério para ela. *Isso não ajuda!*

O sr. Papasizi arregala os olhos.

— Vocês disseram que eram mães!

Jenny começa a recuar.

— Senhor, não estou aqui oficialmente. Por favor. Só estamos tentando conseguir algumas informações.

O sr. Papasizi a ignora e vira o olhar para mim.

— E você? Também é advogada?

Enrugo o nariz.

— De jeito nenhum. Mal terminei o ensino médio. Não confio em advogados. Só na Jenny aqui. Ela é do bem.

Ele se recosta na poltrona e parece pensar no assunto.

Jenny se levanta e começa a circular pela sala.

— Por favor. O senhor deve ter visto alguma coisa.

O sr. Papasizi desvia o olhar da TV e balança a cabeça.

— Se eu vi algo? Vi como tratam os professores naquela escola. E eu? Sou só o zelador. Mais sete anos até me aposentar. Receber meu dinheirinho. Estão entendendo?

Jenny parte para o ataque.

— Como assim, "como tratam os professores"?

O tom dela é cortante, como de quem interroga uma testemunha que não quer colaborar. Tento enviar um sinal de alerta com o olhar, mas ela não percebe.

Ofereço um sorriso compreensivo ao sr. Papasizi.

— O senhor poderia nos explicar melhor o que quis dizer? — pergunto, da forma mais gentil possível.

Mas o sr. Papasizi se fecha. A luta retorna e ele tira a TV do mudo.

No intervalo seguinte, o homem se levanta e pega um porta-retratos da estante, mostrando-o para nós. É uma jovem de cabelo escuro, vinte e poucos anos, com um capelo de formatura.

— Minha filha — diz, orgulhoso. — Elena. Acabou de se formar na faculdade. Em Sheffield.

— Parabéns — digo.

Ele abre um sorriso enorme.

— Ela não vai precisar ficar limpando a sujeira de uns mimadinhos... — O sr. Papasizi para de repente, percebendo que os mimadinhos são, na verdade, nossos filhos. — Err, desculpa.

— Eu entendo — digo, descontraída. — Minha mãe era garçonete. As pessoas às vezes são terríveis. — Jenny me olha surpresa, mas mantenho o foco no sr. Papasizi. — Todos queremos algo melhor para nossos filhos — completo.

O sr. Papasizi concorda com um leve aceno de cabeça e aumenta o volume da TV. Nós três ficamos assistindo enquanto os homens de shorts minúsculos se atracam, até um deles bater no chão três vezes. No intervalo seguinte, me viro para Jenny.

— Sabe, acho que deixei meu celular no carro. Você pode ir buscar?

— Por que você não pode...

Ergo as sobrancelhas.

— Acho que pode ser melhor se você for — murmuro, olhando de relance para a porta.

— Tá. Mas não falem de nada importante enquanto eu estiver fora.

Assim que a porta se fecha, viro-me para o sr. Papasizi.

— Olha, vamos deixar o senhor em paz para aproveitar o resto da luta. Mas só uma coisa antes de irmos. O que o senhor acha da Helen Schulz?

— Helen?

— É. Vice-diretora. Cabelo grisalho, ombros curvados, está lá há mil anos. Qual é a dela?

Ele fica tão quieto que chego a pensar que não entendeu a pergunta. Aí, finalmente, levanta os olhos para mim.

— Você ficou sabendo do sr. Sexton?

Me endireito.

— Soube, sim. Aquele que foi demitido por passar a mão num menino uns anos atrás. Todo mundo ficou sabendo disso.

— Pergunte para a Helen — diz ele, desviando o olhar da TV. — Ela sabe.

— Sabe o quê? — questiono. Ele pega o controle remoto e põe a TV no mudo, virando-se para mim. Na tela, um homem ensanguentado dança pelo ringue, jogando os punhos no ar em comemoração. Seu oponente está estirado no tatame. A plateia está em êxtase. — Como assim, "ela sabe"? Sabe o quê?

Bem quando ele está prestes a abrir a boca para falar, a porta da frente se abre com um estrondo. Jenny entra balançando meu celular, triunfante.

— Achei! — anuncia, bloqueando a TV com o corpo.

O sr. Papasizi franze a testa e tira a TV do mudo. A luta volta a ecoar.

Ele levanta o queixo na direção de Jenny.

— Deixa a advogada descobrir.

De volta ao carro, Jenny me olha com expectativa.

— E aí, o que você descobriu?

— Ah, bem... — Eu achava que ela ia se irritar por eu tê-la cortado da conversa, mas parece inabalada. — Ele disse para falar com a Helen. Algo sobre o professor que foi demitido uns anos atrás por assediar uma criança?

Jenny assente.

— Tá. Bom, isso é útil, já que vamos encontrar a sra. Schulz em algumas horas. — Ela abre o porta-luvas e pega o pacote de chicletes Big Red, me oferecendo um. — Bom trabalho lá dentro, aliás. Estava claro que ele não ia me contar nada.

— Ah. Hum, obrigada.

Jenny consulta rapidamente o relógio.

— Ainda temos um tempinho para matar. Quer tomar um brunch?

— Brunch? — Não lembro a última vez que fui a um brunch. Isso é para os outros. Gente que organiza chá de bebê, aluga casas de temporada e tem grupos de mensagens com as vinte melhores amigas. — Claro — digo, engolindo minhas dúvidas. — Um brunch vai cair bem.

Jenny sorri.

— Ótimo. Já reservei uma mesa pra gente, só por garantia. Tem um lugar libanês que eu queria experimentar. Os meninos detestam esse tipo de coisa e é impossível conseguir uma reserva só para uma pessoa, sabe?

Jenny pediu comida demais para nós — pratos *shakshuka*, coalhada seca com ervas e ovos fritos amassados com pasta de berinjela —, de forma que só três horas depois seguimos para o Ritz para o chá com a sra. Schulz.

Uma fileira de porteiros de cartola ocupa a entrada do prédio, recebendo carros com motorista e acompanhando seus passageiros geriátricos até o hotel.

Hotéis chiques sempre me intimidaram. Uma vez, depois que a Girls' Night assinou o segundo contrato de gravação, Rose, Lacey, Imani e eu tentamos ir ao Mandarin Bar tomar um drinque para comemorar. Não passamos do saguão. O concierge nos olhou de cima a baixo — com nossas melhores meias arrastão e minissaias de vinil — e nos informou que o bar estava "fechado para um evento particular".

Mas hoje não. Agora, um porteiro de cartola se apressa para abrir a imponente porta de madeira para mim e Jenny. Os aromas de flor de laranjeira e jasmim me atingem como um soco na cara.

— Bem-vindas ao Ritz — diz ele, com uma pequena reverência.

O salão de chá do hotel é uma sinfonia dourada de papel de parede brocado e porcelana Wedgwood. No canto, alguém toca uma harpa de verdade.

Jenny revira os olhos.

— Meu Deus, que lugar cafona. Parece que foi decorado pelo Liberace para impressionar turistas caipiras e gente velha.

Um maître de smoking branco anota nossos nomes e faz uma grande cena verificando nossa reserva num livro encadernado em couro.

O salão está cheio de senhoras idosas de cabelo violeta usando anéis com diamantes do tamanho de bolas de golfe e segurando sacolas de compras de lojas finas, mas identifico a sra. Schulz imediatamente. Ela se arrumou para a ocasião, com um conjunto de saia e paletó cor de pêssego e batom coral que escorreu para as rugas ao redor da boca.

— Oi, sra. Schulz — chamo, e ela se assusta, sobressaltada, empurrando a cadeira para trás e derrubando no carpete felpudo várias sacolas de compras da Liberty da mesa ao lado.

Mas é preciso reconhecer que ela se recupera com facilidade.

— Você deve ser a Jenny — diz, estendendo a mão. — Helen Schulz. Muito prazer. Comentei com a Florence, acho maravilhoso vocês duas estarem fazendo perguntas. Quanta iniciativa.

É difícil saber se é um elogio sincero ou uma daquelas alfinetadas veladas que os britânicos adoram dar. De todo modo, Jenny não se deixa intimidar.

— Obrigada — diz, com um sorriso contido. — Agradecemos por conversar conosco.

Nos acomodamos em cadeiras de espaldar alto cor de creme. Como num passe de mágica aparece um garçom com mais dois grandes cardápios encadernados em couro.

Jenny pigarreia.

— Talvez possamos começar falando sobre a sexta-feira...

A sra. Schulz a interrompe:

— Vamos pedir primeiro, querida?

Nosso garçom solícito se aproxima e começa a explicar todas as dezoito variedades de Darjeeling no cardápio, com todas as notas de degustação. A sra. Schulz se demora, fazendo perguntas, soltando hmms e aaahs. Jenny começa a cravar as unhas nas palmas das mãos, abrindo e fechando o punho como se fosse um coração pulsante. Ela pode até ser a pessoa mais inteligente que conheço, mas também é a mais impaciente.

— Vou querer o *orange pekoe* — diz a sra. Schulz. — Não, o *formosa assam*. Não, hortelã e tangerina. Não, na verdade, vou ficar com o *orange pekoe*, mesmo.

Ela enfim fecha o cardápio. O garçom assente.

— Excelente escolha, madame.

— O *blend* da casa — pede Jenny, fechando o cardápio com um estalo.

Ele se vira para mim, cheio de expectativa. Odeio chá, tipo odeio mesmo. Não entendo por que alguém beberia voluntariamente água marrom de folhas.

— Pode me trazer um chocolate quente? — peço.

O garçom franze o cenho.

— Chocolate quente?

— Ou, sinceramente, qualquer coisa que não seja chá.

— Preciso verificar com a cozinha — responde ele. — Acredito que tenhamos sucos no cardápio infantil.

— Perfeito — retruca Jenny. — Ela vai querer um suco.

Quando o garçom desaparece, Jenny se inclina para a frente e apoia os cotovelos na mesa.

— Então — diz, ansiosa. — O que a senhora pode nos contar sobre Alfie Risby?

A sra. Schulz pega seu guardanapo e o ajeita no colo.

— Sabia que eu fui criada na Escócia?

— Ah — fala Jenny, claramente pega de surpresa. — Que, ahn... interessante. Desculpe, mas o que isso tem a ver com o Alfie?

A sra. Schulz franze a testa, bem quando o garçom volta com uma grande bandeja de prata com dois bules de chá e um copo pequeno de suco de laranja. Ele faz uma grande encenação arrumando tudo na mesa e nos explicando quanto tempo de infusão cada variedade precisa.

— Desculpe — diz Jenny, depressa. — Por favor, continue.

A sra. Schulz se demora, adicionando três, quatro, depois cinco colheres de açúcar e mexendo devagar.

— Era muito idílico. Meu pai trabalhava em um internato escocês. Nossa família morava numa casinha na propriedade. Minha irmã mais nova, Mary, e eu tivemos a infância mais adorável que se pode imaginar. Correndo por riachos, brincando nos bosques. Nada parecido com as crianças de hoje, com seus iPads e *spinners* e remédios para ansiedade.

— Parece maravilhoso — comento, ansiosa para ela ir direto ao ponto.

A sra. Schulz para de mexer e coloca a colher no pires.

— E imagine só, Rollo Risby era aluno da escola. Na época, ele era muito bonito. Tanto eu quanto a Mary gostávamos dele.

Quase cuspo o suco.

— Espera, a senhora e o Rollo têm a mesma idade?

Jenny me lança um olhar fulminante, mas, antes que a sra. Schulz consiga responder, o garçom volta outra vez, trazendo uma torre de sanduíches em pão sem casca e uma longa explicação sobre cada um: presunto com mostarda em grãos no brioche; salmão defumado com manteiga de limão no *sourdough*; e bolinhos com geleia de morango e creme de um laticínio da Cornualha.

Jenny pigarreia.

— Por favor, continue — pede.

A sra. Schulz toma mais um gole de chá, que a essa altura deve estar com consistência de xarope.

— Bom, fiz dezoito anos, fui estudar magistério e, quando voltei... Imagine só...

— O quê? — praticamente grito, sem conseguir aguentar o suspense.

— O Rolly... — diz a sra. Schulz, fazendo mais uma pausa para secar os lábios com o guardanapo de pano. — Ele tinha engravidado a filha do cavalariço. Dá para acreditar? Foi um escândalo e tanto. Ele tinha dezoito anos. Ela, só dezesseis. Enfim, a garota seguiu adiante com a gravidez. Naquela época, as mulheres tinham menos escolha. Era um menino.

Jenny se inclina para a frente na cadeira.

— A senhora está dizendo que Rollo Risby tem um filho ilegítimo? O Alfie tem um irmão?

A sra. Schulz enruga os lábios.

— Meio-irmão. Sim. Ele deve estar com quase quarenta anos agora.

Pigarreio.

— Por que a senhora estava chorando ontem à noite? Na vigília?

A sra. Schulz baixa os olhos para o guardanapo.

— Ouvir o Rolly lá em cima, falando toda aquela bobagem de "meu único filho"... bom, fiquei muito chateada. A Nicola não gostaria que eu falasse, mas...

— O quê? — questiona Jenny.

A sra. Schulz olha por cima do ombro e se inclina na nossa direção, com a voz mal chegando a um sussurro.

— Eu acho que o vi.

— Quem? O Alfie?

A sra. Schulz franze as sobrancelhas.

— Não. De forma alguma. O outro. O filho secreto. Ele estava na vigília.

Mordo o lábio.

— Isso não faz sentido. Como é que a senhora sabe como ele é?

A sra. Schulz começa a mexer a colher de chá.

— No começo, não tive certeza. Ele estava usando aqueles fones enormes que todos os jovens usam hoje em dia. Mas o rosto dele. Era igualzinho ao do Rolly. E aquele mesmo cabelo claro. Foi perturbador.

Jenny encara a sra. Schulz.

— Não estou entendendo. Por que está nos contando tudo isso? Por que não falar para a polícia?

— E dizer o quê, querida? "Olha só uma fofoquinha antiga"? Não existe lei contra ter um filho fora do casamento! Além do mais, eles não dariam a menor atenção para uma velhota como eu.

Jenny olha para mim e então de volta para a sra. Schulz.

— A senhora acha que ele tem algum envolvimento nisso?

A sra. Schulz dá de ombros.

— Duvido. Mas talvez saiba de algo útil. — Ela levanta as palmas das mãos. — Enfim, contei tudo o que sei. — A mulher se vira para a comida à nossa frente. — Sabe, estou com uma vontade tremenda de provar um bolinho.

Passo a cesta, e ela pega com sua mão cheia de veias.

— Ah, na verdade... tem mais uma coisa. — A sra. Schulz faz uma pausa, permitindo que o suspense aumente enquanto corta seu bolinho ao meio e aplica uma camada grossa de creme seguida por uma camada igualmente generosa de geleia. — Os Risby não são uma família qualquer. Eles conhecem pessoas. Entendem?

Jenny de repente se endireita, como uma marionete cujas cordas foram puxadas.

— Como assim?

A sra. Schulz coloca o bolinho no prato, olhando de uma para a outra.

— Estou dizendo que vocês duas não podem simplesmente sair por aí anunciando para todo mundo que estão *investigando*. — Ela balança a cabeça. — Isso é pedir problema, não é mesmo, meninas?

Quando Jenny e eu saímos do hotel em direção à estação de metrô Green Park, meu coração está disparado. O ar gelado de novembro parece uma bofetada depois do ambiente abafado do Ritz. Meus dedos formigam de empolgação.

— Puta merda! Nossa primeira pista! — exclamo, me virando para Jenny. Esfrego as mãos e seguro seus ombros. — Você me ouviu? Temos nossa primeira pista!

Jenny se esquiva do meu toque e me lança um olhar nervoso por cima do ombro.

— Aqui não, tá?

— Ah, fala sério. Até parece que a sra. Schulz está seguindo a gente. Aquela velha mal conseguiu se levantar da cadeira.

Entramos no Green Park, deserto exceto por um bando de pombos e alguns corredores. Ao longe, os portões de ferro forjado banhados a ouro do Canada Gate despontam entre as árvores sem folhas.

— Vazio o suficiente para você?

— Temos que tomar cuidado! — murmura Jenny. — Você ouviu o que ela disse. Sobre os Risby.

Nem estou prestando atenção. Uma sensação deliciosa de euforia me invade. Rollo Risby tem um filho bastardo secreto. Um filho bastardo secreto *extremamente suspeito*. E Dylan tem uma saída.

Jenny estala os nós dos dedos, um tique nervoso que me dá nos nervos.

— Se o Rollo teve outro filho, será que a Cleo sabia? — indaga. — Talvez ela tenha descoberto? Talvez seja por isso que estão se divorciando?

— Existem mil motivos para se divorciar de Rollo Risby — comento, mas Jenny apenas franze a testa, perdida em pensamentos.

Na grama próxima, um pombo consegue tirar um pão de hambúrguer de dentro de uma caixa de papelão. Sai voando vitorioso, e outros pombos começam a persegui-lo, tentando roubar seu tesouro.

— O que a gente faz agora? — pergunta Jenny. — Procura a polícia?

— Como é? — retruco.

Isso não vai dar certo se Jenny insistir em correr para a polícia toda vez que descobrirmos algo. Suavizo a voz.

— Você mesma disse que a polícia não serve para nada. Além do mais, como a sra. Schulz comentou, ter um filho fora do casamento não é exatamente um crime.

Jenny não responde. Enfia as mãos no bolso. Vejo que está destrinchando a conversa na cabeça, como se estivesse olhando uma pedrinha brilhante, examinando de todos os ângulos.

— Não acha estranho a sra. Schulz nos contar tudo isso? — pergunta ela. — A mulher mal conhece a gente.

— Ela é só uma velhinha querendo se sentir importante! A gente tem uma pista. Isso é ótimo! Agora só precisamos encontrá-lo!

Jenny joga a cabeça para trás bruscamente.

— *Ótimo?* Estamos falando de um menino desaparecido, Florence. Não tem nada de ótimo.

— Claro — digo, rapidamente. — Claro. — Respiro fundo e tento fazer uma expressão solene. — Só quis dizer: você consegue, certo? Os investigadores da sua firma ou sei lá quem, eles conseguem localizar esse filho?

Jenny morde o lábio e olha os pombos. Eles agora desistiram do hambúrguer e estão brigando por um enroladinho de salsicha meio comido do Greggs.

— Preciso pensar, Florence. É... muita coisa para processar.

18

Shepherd's Bush

DOMINGO, 19H20

Todas as luzes do meu apartamento estão acesas, o que é estranho, porque tenho certeza de que apaguei tudo antes de sair hoje de manhã. Fico parada na calçada, tentando espiar pela minha própria janela, mas as cortinas estão fechadas. Meu coração acelera. A polícia. Será que voltaram para fazer uma busca?

Enfio a chave na fechadura e empurro a porta. Ouço vozes e algo que parece música.

— Tem alguém aí? — pergunto.

Escuto o murmúrio de uma voz feminina, mas não consigo entender direito o que diz. Será que a investigadora Glover está no meu apartamento?

— Oi? — chamo.

Dou mais dois passos hesitantes até o meio da minha sala.

Brooke está acomodada no meu sofá com o celular no ouvido. Sinto uma onda de alívio.

— Brooke! O que você está fazendo aqui?

— Eu te ligo depois, tá? — Ela desliga e me lança um olhar indignado. — Eu avisei que precisava dormir aqui hoje. O Julian está na despedida de solteiro e eu estou com obra em casa, lembra? Trocando o piso da cozinha? A poeira está insuportável.

Faço que sim com a cabeça. Não me lembro disso, mas estou tão aliviada que nem me importo.

Brooke me lança um olhar afiado.

— Você está bem? Está agindo de um jeito meio estranho.

— Estou, sim. Perfeitamente bem.

Ela levanta o controle para colocar a TV no mudo.

— Alguma novidade?

— Sobre o quê?

Brooke franze a testa.

— Sobre o menino desaparecido? Florence, acho mesmo que você deveria ligar para o pai do Julian. Ele é advogado. Pode ajudar.

Droga. Eu não devia ter contado para ela que a polícia veio aqui. Foi um momento de fraqueza, mas, agora que ela tem essa informação, vai usá-la para me atormentar.

— Não precisa — digo, me jogando no sofá ao seu lado. — Aquela visita na sexta foi coisa de rotina. Procedimento padrão. De qualquer forma, a Jenny e eu estamos investigando.

— Jenny?

— Minha nova amiga, que aliás é advogada. Muito inteligente. Enfim, estamos investigando a coisa toda.

Brooke franze as sobrancelhas.

— Você tem uma amiga?

— Deixa de ser tão filha da...

Ela agarra meu braço antes que eu termine.

— Florence — sussurra com um tom agudo, entre os dentes. — Você precisa de um advogado de verdade. Pelo jeito, o Dylan é suspeito.

Me contorço para me livrar de sua mão pegajosa.

— Claro que não! Que absurdo!

Ela se levanta.

— Você está em negação, Florence. Igualzinho da última vez, quando o Dylan jogou a mesa no colo daquele garoto. Ou quando bateu naquele outro com o taco de críquete! De quantos pontos o menino precisou?

Meu rosto fica quente.

— Não foi assim que aconteceu! Ele estava defendendo um animal indefeso.

— Você tem que falar com um advogado. Um advogado de verdade, não uma amiguinha mãe. Liga pro pai do Julian. É o que uma pessoa responsável, uma mãe responsável, faria.

— "É o que uma mãe responsável faria" — repito, imitando a voz estridente.

Brooke me fulmina com o olhar.

— Tá bom. Faz o que você quiser. Como sempre. Mas só me diz uma coisa: por que o Dylan ainda está na casa do Will?

Minha boca fica com aquele gosto seco de poeira e cinzas.

— O Will é o pai dele. É bom para ele.

Brooke balança a cabeça.

— Você está em negação. Outra vez.

Toda essa encenação de "irmã mais velha" está realmente começando a me irritar. Eu que sou a irmã mais velha, caceta.

— Eu não preciso da sua ajuda, tá? Não é que nem antes... — começo a dizer, mas Brooke me interrompe.

— Acredite se quiser, eu queria chegar aqui e falar sobre os detalhes do *casamento*. Mas estou vendo que, como sempre, meus planos vão ter que ficar pra depois.

Brooke sai de forma dramática na direção do meu quarto.

— Aonde você vai? — pergunto, seguindo-a.

— Vou ficar com a cama — diz ela, bufando. — Porque, ao contrário de você, preciso acordar cedo amanhã. Para trabalhar!

Suspiro, afundando no sofá e olhando para o celular. Se ao menos Dylan me ligasse e desse uma explicação razoável para tudo. Fizesse tudo isso desaparecer. No mínimo, podia explicar a mochila embaixo da cama.

Fantasio com a ideia de chamar um táxi, ir até a casa do Will, agarrar meu filho pelos ombros e exigir respostas.

Em vez disso, fico no sofá arrancando os pelos das minhas sobrancelhas com um espelho de aumento, me forçando a fazer desafios mentais ridículos do tipo *se eu olhar para a pinça e vir um número par de pelos, não foi o Dylan.*

Quando falho, repetidamente, digo a mim mesma que devo ter contado errado. Enfim, é um jogo idiota.

Acordo com o som de vidro quebrando e um grito agudo ensurdecedor.

Brooke, vestida com meu roupão de banho cor-de-rosa de piquet, grita e empunha um babyliss como se fosse uma arma.

Abro a porta do apartamento e entro no hall. Os painéis de vitral que emolduram a porta de entrada compartilhada por mim e Adam estão espalhados em cacos brilhantes. O objeto que os estilhaçou repousa inocentemente no chão. Parece uma bola de beisebol gigante. (*Uma bola de críquete!*, Adam explicará mais tarde, exasperado.)

— Tudo bem, não foi nada — digo na mesma hora para ninguém específico, embora não faça ideia se isso é verdade.

Em algum momento dos últimos dois dias, o mundo inteiro deixou de fazer sentido.

Brooke se aproxima devagar da porta, segurando o babyliss acima da cabeça como se fosse o exterminador de fantasmas menos ameaçador do mundo.

Pego a bola. Tem algo amarrado nela. Uma única folha de papel presa por um elástico vermelho. Com cuidado, retiro o elástico.

Cuida da sua vida ou você vai ver!!!

Exatamente assim, com três pontos de exclamação.

Brooke arregala os olhos.

— Tá vendo? — explode. — Advogado. Agora!

Antes que ela consiga pegar seu celular, o barulho surdo de passos anuncia a chegada de Adam. Ele está de calça de moletom azul-marinho e segura uma lanterna robusta.

— Florence? — chama ele, entrando no hall compartilhado. — Você está bem?

— Cuidado onde pisa — aviso.

O espaço é pequeno demais para nós três. Sinto o cheiro do perfume de Adam e seu leve hálito de uísque.

Ele avalia os danos e solta um longo assovio baixo.

— Isso vai ser caro.

— Olha só isso — digo, alisando o papel.

Adam pega o bilhete, e meus ombros começam a subir na direção das orelhas, meus músculos se retesando de vergonha.

— "Cuida da sua vida" — recita ele, me olhando. — O que isso quer dizer?

— Não faço ideia.

É mentira. Sei exatamente o que quer dizer, e de repente é como se cada célula do meu corpo estivesse em chamas. Minha nuca está tensa, e a sensação se espalha pela minha coluna.

Brooke faz um apelo a Adam:

— Você é da polícia, não é? Não dá para fazer alguma coisa?

Ele suspira e analisa o vidro quebrado.

— Odeio dizer isso, mas duvido que mandem alguém por causa de uma janela quebrada.

— Uma janela quebrada *e* uma ameaça! — bufa Brooke. — Está relacionado... — ela baixa a voz e completa: — ao menino desaparecido!

— Posso fazer uma ligação, se você quiser — diz Adam, enfiando as mãos grandes nos bolsos da calça. — Mas por danos à propriedade? Só vão mandar você preencher o formulário on-line e ligar para a sua seguradora.

Brooke franze a testa e abre a porta do apartamento.

— Bom, vou colocar água para ferver — avisa, esquecendo o medo e entrando em seu modo de organização. — Venham. Está congelando aqui fora.

Adam e eu a seguimos. Minhas mãos ainda tremem. Sou tomada pelo desejo de ligar para Jenny, para que sua voz calma e racional dê sentido a este caos. Mas são duas da manhã. Jenny deve estar aninhada em seus lençóis bem passados, no décimo sono. E não posso arriscar assustá-la.

— Você vai ficar bem? Quer que eu durma no sofá? — pergunta Adam, e sua voz me traz de volta à sala.

— Quê? Ah, não, tudo bem, Brooke está aqui.

Adam me observa demoradamente, parecendo tentar decidir o que pensar.

— Florence, tem... alguma coisa que você queira me contar?

— Tipo o quê? — retruco. — Que fui eu? Que eu matei o Alfie?

— Certo. Está tarde. Todos nós estamos cansados. — Ele pega a bola de críquete. — Posso levar isto comigo para a delegacia amanhã.

— Tá, tá — digo, cansada demais para protestar.

Adam guarda a bola no bolso e se aproxima da porta.

— Não deixa de trancar depois que eu sair.

19

Shepherd's Bush

SEGUNDA-FEIRA, 8H55

Jenny está parada na entrada da casa, examinando o vidro quebrado. Brooke usou a edição de julho da *Vogue* para cobrir o local onde a bola de críquete atingiu o vitral. Um editorial sobre refúgios sustentáveis em ilhas balança com a brisa onde antes havia vidro.

— Nossa! — exclama Jenny, analisando os cacos. — O que rolou aqui?

Merda.

— Esquece isso. — Eu a conduzo até a entrada. Seria ótimo desabafar todas as minhas preocupações, mas é arriscado demais. Se Jenny descobrir que estão atirando ameaças pela minha janela, talvez desista da investigação. — Só os meninos do bairro, sabe? — completo, tentando dar de ombros de forma casual. — A pergunta mais importante é: o que houve com a sua roupa?

Jenny trocou seu visual elegante habitual por um vestido midi florido e um par daqueles tênis brancos que a Kate Middleton sempre usa quando é obrigada a praticar esportes em público. Parece estranho, até perturbador, vê-la usando tons pastel. Na mão esquerda, carrega duas sacolas de papel enormes, como uma mãe de classe média que acabou de voltar do shopping.

Jenny arqueia as sobrancelhas.

— Ah, você vai ver — diz, sorrindo. — Mas, primeiro, dá uma olhada nisso.

Ela se senta à mesa da cozinha e empurra um papel para mim. É algum tipo de documento oficial do governo. Forço a vista para a data, tentando lembrar se os britânicos colocam primeiro o mês ou o dia, mas os números estão dançando na página, se rearranjando, zombando de mim.

— Não sei exatamente o que estou vendo — admito.

— É uma certidão de nascimento — diz ela. — Do Ian Risby. Filho do Rollo.

O sorriso de Jenny se alarga, e ela se recosta na cadeira, cruzando os braços. Fico totalmente boquiaberta.

— Ele existe mesmo?

Eu meio que esperava que toda essa história de "filho ilegítimo secreto" fosse algum mal-entendido, como se a sra. Schulz estivesse confusa pela demência recontando o enredo de uma novela.

— E tem mais — fala Jenny. — Acho que sei onde ele mora. É só um CEP, não um endereço completo, mas a gente pode verificar, tentar bater em algumas portas.

Estremeço. Meus olhos vão involuntariamente para a janela, o vidro quebrado.

— Não parece, sei lá, meio arriscado? E você não deveria estar no trabalho?

Jenny aperta os olhos.

— Tirei a semana de folga. E como assim "meio arriscado"? Ontem você estava quase implorando...

Sua resposta é interrompida por três batidas agudas e confiantes na porta da frente.

— Está aberta — grito, me endireitando um pouco. — É meu vizinho.

Adam entra, com o rosto úmido de suor. Está usando uma camiseta desbotada escrito *CrossFit Hammersmith* e segurando uma sacola plástica da Argos. Uma expressão de surpresa domina seu rosto.

— Não fica com essa cara de chocado — solto. — Eu tenho amigos, sabia?

— Claro — diz Adam, pondo a sacola no chão e estendendo a mão para Jenny. — Adam — fala ele, sacudindo a mão dela com vigor. — Vizinho de cima.

— Prazer — responde Jenny, com a voz uma oitava mais alta. — Jenny. Uma das mães da escola.

Adam se vira para mim.

— Trouxe uma coisa para você.

Ele enfia a mão na sacola e retira uma caixa que diz "Sistema de Segurança com Campainha".

— Não precisava fazer isso — digo, com sinceridade.

Não é segredo que Adam está sem grana. Ele dirige um Volkswagen Polo, pelo amor de Deus. Não devia gastar dinheiro comigo, até porque eu nunca vou transar com ele.

— Não foi incômodo nenhum! Todo cuidado é pouco, com tudo o que está acontecendo.

Corro para preencher o silêncio antes que ele mencione a janela quebrada ou o bilhete.

— Obrigada, Adam. Sério. Muito gentil da sua parte — agradeço. Ele sorri como um golden retriever que finalmente recebeu um carinho na cabeça. Continuo: — Mas podemos instalar amanhã, de repente? É que... estamos meio ocupadas agora.

— Ah, entendi. — Adam começa a recolher a sacola. — Claro. Não quis interromper...

Jenny me lança um olhar que diz *deixa de ser ridícula* e se levanta num pulo.

— Não, fica! A gente estava só trocando umas ideias. Talvez você possa ajudar. A Florence disse que você é policial, né?

— É — resmunga, soltando a sacola. — Mas não estou trabalhando nesse caso.

Mordo o lábio. É o eufemismo do século. Adam é praticamente um guarda de trânsito. Houve algum incidente, anos atrás. Ele nunca entrou em detalhes. Mas minha impressão é de que Adam só foi mantido na corporação como favor ao pai, uma lenda da polícia.

Jenny se inclina para a frente na cadeira.

— Certo, então você sabe que quando uma mulher desaparece...

— Sempre é o marido. Ou namorado, o que for — responde Adam, completando a frase dela enquanto começa a tirar o sistema de alarme da caixa.

— Exato! — Jenny bate na mesa. — Então, qual é o equivalente disso para uma criança desaparecida?

Adam solta um suspiro.

— Bom, depende da idade. Com crianças mais velhas, adolescentes, em geral é uma situação de fuga. Briga com os pais, coisas do tipo. — Ele baixa os olhos para o chão. — Mas um menino de dez anos... — Ele hesita. — Talvez um sequestro pelo pai que não tem a guarda. Algum tipo de acidente. Ou, sabe...

Ele não precisa terminar a frase. Todos sabemos o que vem depois do *ou*.

Adam continua a mexer nos componentes da campainha. Jenny o observa com atenção, enrolando uma mecha de cabelo preto no dedo. Não estou interessada no Adam nesse sentido, não mesmo, mas sinto uma pontada familiar de competitividade. Jenny é velha demais para ele. Está passando vergonha.

— Enfim, imagino que o trabalho nesse caso vai ser rápido — comenta Adam. — Muita pressão. Filho de milionário e tal. Provavelmente vão prender alguém até o fim da semana.

Meu coração vai parar na boca, como se eu tivesse saltado de uma plataforma de mergulho. Penso na mochila de Alfie, ainda escondida dentro de uma sacola da M&S no fundo do meu armário.

— Tão rápido assim? — pergunto, com a voz aguda.

— Acho que sim — diz Adam, ficando de pé e secando as mãos na calça. — Enfim, campainha pronta. Só precisa baixar o aplicativo e podemos monitorar a frente da casa de qualquer lugar.

Ele olha seu Apple Watch e franze as sobrancelhas.

— Está ficando tarde. Melhor eu ir.

Jenny se levanta depressa e dá um grande abraço nele, como se fossem velhos amigos.

— *Adorei* te conhecer.

— Igualmente — responde Adam, com um leve rubor se espalhando pelo rosto.

Depois que ele sai, Jenny pigarreia.

— Bom — diz. — Voltando ao assunto. Está pronta?

Sem esperar minha resposta, ela joga uma das sacolas de compras na mesa da cozinha. Uma pilha de cardigãs volumosos e presilhas de cabelo cai de dentro. Seguro com o indicador e o polegar um casaquinho Breton creme e azul-marinho.

— O que é isso?

Jenny se recosta na cadeira.

— Então, lembra que, quando os meninos eram pequenos, se você estivesse empurrando uma criança num carrinho, era como se estivesse invisível?

Faço que sim. Eu definitivamente usei o carrinho do Dylan para roubar queijo caro no Waitrose, jogando-o na cesta inferior em meio a pás de areia e galochas enlameadas.

— Lembro, e daí?

Jenny sorri.

— E daí que vamos nos disfarçar. Fazer cosplay de mãe. — Ela enfia a mão numa segunda sacola e então me entrega uma bolsa de bebê do Ursinho Pooh. — Sua nova bolsa.

Fico olhando para ela, boquiaberta.

— Uau. Isso é, tipo, outro nível.

— Ah, qual é — diz, já na metade do caminho até a porta. — Você ainda nem viu a melhor parte.

Lá fora, Jenny aperta um botão em seu chaveiro. Em vez de seu Tesla, o que apita duas vezes é um Kia Picanto vermelho. De perto, vejo que tem um grande ímã cor-de-rosa na lateral. Diz:

J&S Lanches Infantis

Fácil. Orgânico. Saudável.

www.mum-snacks.co.uk

Franzo a testa.

— Não entendi.

— Para o nosso negócio — diz ela, animada, alisando o vestido. — Você não entendeu? Não somos só mães. Somos *mães empreendedoras*. Se vamos bater em portas, o que pode ser menos ameaçador que duas mulheres presas num esquema de pirâmide?

Tenho que admitir, o comprometimento dela é impressionante. Jenny colocou mais esforço e reflexão nesses disfarces do que eu coloco no meu trabalho de verdade.

— Onde é que você arrumou tudo isso?

— O adesivo? Ah, eu mandei imprimir. Foi só umas quarenta libras, incluindo a entrega expressa!

Espio dentro do carro. No banco de trás, tem uma boneca surpreendentemente realista presa numa cadeirinha infantil.

Dou um sorrisinho, devagar.

— Você — digo, batendo no ombro dela — é uma gênia. Sabia?

Ela fica vermelha.

— São só umas coisinhas da Primark e um carro alugado. Enfim, eu te avisei: quando eu me proponho a fazer alguma coisa, me jogo de cabeça. Além do mais — acrescenta, com o sorriso desaparecendo —, é por uma boa causa.

A sensação de frio na barriga volta. Ela tem razão. Eu não deveria estar me divertindo. Alfie continua desaparecido. E Dylan...

— Claro. Uma boa causa.

Jenny aplica uma camada generosa de saliva na ventosa de uma plaquinha que diz "Bebê a bordo" e gruda na janela traseira.

— *Et voilà* — anuncia ela. — Nossa capa da invisibilidade.

20

Barbican

SEGUNDA-FEIRA, 14H18

Uma hora depois, assim que acabamos de embalar duas dúzias de pacotes de frutas para lanches em minúsculas embalagens de papel manteiga ("Precisamos de produtos, ou não é convincente!"), Jenny e eu paramos diante do prédio mais feio que já vi. É menos um complexo residencial e mais um vilarejo brutalista, um labirinto interconectado de concreto e passarelas elevadas arrancado do Siberistão soviético e jogado no meio de Londres.

— Então, o filho secreto do Rollo mora... num conjunto habitacional do governo?

Jenny bufa.

— Este é o *Barbican*. É um prédio arquitetonicamente importante.

Olho o lago artificial no centro do complexo, tingido de um verde artificial.

— Parece o lugar onde o George Jetson moraria se a cidade futurista dele no céu também fosse um *gulag*.

— Na verdade, é fascinante — responde Jenny, entrando em modo nerd total. — Aquele lago faz parte do sistema de refrigeração do prédio. Eles têm que tingir a água para...

Paro de prestar atenção nela, examinando os blocos de torres de concreto em busca de sinais de um filho secreto de Rollo. Um raio de sol surge entre as nuvens, e uma pequena onda de esperança se espalha em meu peito.

Temos um suspeito. Um suspeito que não é o Dylan. E estamos aqui. Juntas. *Detetivando*. Exceto pelo bilhete bizarro e a bola de críquete ontem à noite, as coisas estão melhorando.

— Aqui, você leva ela — diz Jenny, me passando o carrinho. Nossa bebê de plástico dorme tranquilamente sob um cobertor cor-de-rosa de musselina. — Vou procurar o diretório de informações.

Vou atrás dela, sacudindo delicadamente o carrinho.

— E se a gente encontrar ele? O Alfie, quero dizer. Tipo, se ele só estiver sentado num desses apartamentos agora, vendo desenho animado — continuo. — A gente faz um sequestro reverso?

Jenny se vira, e seu rosto é uma máscara de incredulidade.

— Você está falando sério? Vou te dizer uma coisa. Se encontrarmos ele hoje à tarde, pode ficar com todas as roupas, incluindo a bolsa de fraldas.

Ela volta a olhar o diretório, e mostro a língua para suas costas. Não vou deixar seu ceticismo estragar meu bom humor.

Olho para as três enormes torres brutalistas que se estendem até o céu.

— Qual é a do Ian?

Os olhos de Jenny vão do celular para o mapa na parede, as sobrancelhas unidas em concentração.

— Não sei — diz, enfim.

— Como assim?

— Só tenho o CEP dele, não o endereço completo. E, aparentemente, toda a correspondência passa por uma central de processamento.

Fico encarando-a, ainda sem compreender direito.

— Então... não temos ideia de em qual parte deste labirinto ele mora?

Ela assente.

Sinto que levei um tapa na cara. Imagino Dylan na prisão, debruçado sobre uma tigela de gororoba, que provavelmente não é vegana, sendo forçado a trocar seu dinheiro da lojinha por proteção.

— Mas tem, tipo, mil apartamentos aqui! Não dá para bater em todas as portas.

— Mil apartamentos? — diz Jenny, tranquilamente. — Que nada, devem ser uns dois mil. — Ela pega de volta o carrinho e começa a passar por mim em direção à rampa que liga o pátio ao primeiro bloco. Quando chega lá, ela se vira e fala por cima do ombro: — E é por isso que é melhor a gente começar logo.

Iniciamos pelo topo do bloco leste. A primeira porta é de metal marrom, da cor exata do emoji de cocô. A campainha tem um som mais alto do que eu esperava, um eco fantasmagórico que reverbera pelo corredor.

Ninguém atende.

— Bom, também não ia ser logo na primeira tentativa, né? — diz Jenny, já seguindo para a porta seguinte.

Mas ninguém atende essa também. Nem a outra. Batemos em quarenta e sete portas e absolutamente ninguém atende. Ou estão todos no trabalho, ou todos têm câmeras na porta. Estou ficando ansiosa, preocupada que toda essa operação tenha sido uma grande perda de tempo, mas sem ideia do que fazer em vez disso.

— É pior que tentar obrigar o Dylan a fazer o dever de casa — digo, com um suspiro.

Jenny assente.

— Nem me fala. Acho que o Max não termina uma folha de exercícios de matemática desde o começo do ano. — Ela baixa a voz. — Nunca contei isso para ninguém, mas às vezes eu faço o dever dele.

— Espera, você faz *o quê*?

Ela dá de ombros e levanta a mão para bater na porta número quarenta e oito.

— Depois de um dia longo no trabalho, tenho um limite para quanto consigo brigar. Só me certifico de errar algumas questões de propósito.

Imagino Jenny com seu terno elegante, debruçada sobre a lição de matemática de uma criança de dez anos, e tento não dar risada.

— Espera, o Max sabe que é você que está fazendo? Ou ele acha que tem tipo uma fada mágica do dever de casa que vem e...

Antes que eu consiga terminar, a porta se abre, revelando uma mulher idosa com uma nuvem de cabelo lilás.

— Já estava na hora! — resmunga a velha, apoiando-se no batente. — Passei a manhã toda esperando vocês!

Tenho dificuldade de lembrar o que supostamente estamos vendendo.

— Entrem — diz ela, ficando impaciente. — A TV não vai se consertar sozinha!

— Como?

— Vocês são do Currys, certo? Para consertar a TV? — indaga ela.

Olho para Jenny, que faz um gesto para as sacolas de papel embaixo do carrinho.

— Na verdade, senhora, estamos vendendo lanches infantis.

— Lanches infantis? — resmunga a velha. — São feitos de crianças? — Ela aperta os olhos para mim. — Espera aí. Você não me é estranha. De onde eu te conheço?

Mordo o lábio.

— Ah, eu fiz parte de uma *girlband*. Há muito tempo.

— Uma banda, é? É amiga daquele DJ? — Ela faz uma careta. — Ian sei lá das quantas?

— Não — responde Jenny rápido. — A gente não mora aqui.

Fico paralisada.

— Ian? Você disse Ian?

Ela solta uma tosse de desdém.

— É o nome dele, né? O loiro dois andares acima? O que fica tocando aquela música alta infernal o dia todo? Diz para ele que, se não parar com isso, eu vou chamar a polícia.

— Em que apartamento você disse que... — começo a perguntar, mas o som de passos rápidos e pesados me interrompe.

— Boa tarde, senhoras! — ecoa uma voz de barítono pela passarela.

É um segurança com jaqueta fluorescente, caminhando na nossa direção.

— Deixa comigo — sussurro para Jenny.

Abro meu melhor sorriso de *pop star* e pisco os cílios com extensão.

— Olá. Está interessado em um lanchinho infantil?

Ele muda o peso de um pé para o outro, nos avaliando.

— É proibido fazer vendas aqui. Vou precisar que vocês peguem seus, hum, lanches e saiam da propriedade.

Balanço um pacote de papel diante do rosto dele e aumento meu sorriso.

— Que tal uma amostra grátis?

— Andem, vai — diz, com a voz cansada. — Não dificultem.

— Certeza? São orgâaaanicos.

Jenny já está guardando as amostras, com uma expressão tensa e determinada.

— Chega, Florence — fala, baixinho. — Vamos.

De volta ao mamãemóvel, abro a porta e jogo a boneca no banco de trás. Claro que não deu certo. Nada nunca dá certo para mim.

— Ainda não acabou, tá? — diz Jenny, como se lesse meus pensamentos. — Agora a gente sabe onde ele mora. Vamos voltar.

Nem sei o que dizer. Minha decepção é tão visceral que parece uma terceira pessoa sentada com a gente no carro.

Ela tenta de novo.

— Ei. Hoje foi um dia bom, tá? Conseguimos novas informações.

Suspiro e me afundo mais no banco. Descobrir que alguém *talvez seja um DJ* não é o tipo de acontecimento que vai tirar meu filho da reta. Não que eu possa explicar isso a Jenny.

Sinto que ela está me encarando fixamente.

— Posso te perguntar uma coisa? — diz.

— Hmmm? — respondo, sem a olhar de volta.

— Você sempre desiste fácil assim?

Me remexo no assento.

— Na verdade, não. E você?

Me viro para a janela. É hora do almoço; funcionários de escritório passam apressados pelas calçadas, segurando seus saquinhos de comida do Pret, correndo de volta para a mesa. Uma família de turistas passa, com um menino mais ou menos da idade do Dylan.

Jenny continua:

— Você achou mesmo que o Alfie ia estar atrás da primeira porta em que a gente batesse? — Ela imita uma voz de criança: — "Ah, aqui estou eu, bem atrás da porta número um. Obrigado por me achar, Florence!"

— Não — digo, irritada. — Não foi isso que eu pensei.

Jenny solta uma risada triste.

— Ah, meu Deus. Você achou! Pensou mesmo que íamos entrar aqui na nossa primeira tentativa e seríamos *heroínas*! — Fico encarando minhas cutículas sem dizer nada. Serpenteamos devagar pelas ruas de Clerkenwell, passando por elegantes armazéns reformados, lojas de móveis de designers famosos e gastropubs lotados na hora do almoço. — Deixa eu te falar uma coisa — diz Jenny, apertando mais o volante. — Precisei fazer duas vezes o exame da Ordem dos Advogados da Califórnia. Meu teste de direção: três tentativas. Precisei de *seis* rodadas de fertilização *in vitro* para ter os gêmeos. — Ela engole em seco. — Não sei como foi sua vida. Mas nunca consegui resolver nada batendo os cílios e dizendo *ah-obrigada-senhor*. Para conquistar cada coisinha que tenho, precisei me arrastar sobre cacos de vidro.

Fico imóvel, deixando suas palavras me envolverem. Ninguém nunca falou assim comigo.

Jenny joga o cabelo por cima dos ombros.

— Eu sou muitas coisas, Florence. Mas não sou uma desistente.

A forma como ela diz a palavra — *desistente* — faz parecer a pior coisa do mundo. *Pedófilo. Chutador de cachorrinhos. Desistente.*

Não falamos mais durante todo o caminho de volta.

Sei racionalmente que não é culpa da Jenny. Mas cada dia que não encontramos Alfie Risby aumenta a probabilidade de que a polícia apareça na minha porta outra vez, fazendo perguntas que não quero responder.

Quando paramos em frente à minha casa, Jenny aperta o botão da trava infantil e minha porta destranca com um apito fraco.

— Pode ficar aí se lamentando — diz ela, indicando minha porta com a cabeça. — Mas vê se cresce e supera isso. Temos muito trabalho pela frente.

Ainda estou fechando a porta quando ela sai com o carro.

21

King's Road

SEGUNDA-FEIRA, 14H20

O sermão de Jenny continua se repetindo na minha cabeça quando entro correndo na loja de noivas. O tema do lugar é branco: pisos, vestidos, clientela. Rústico o suficiente para fazer uma futura noiva esquecer que está gastando o salário anual de alguém num vestido; sofisticado o bastante para tornar difícil julgá-la por isso.

Brooke gentilmente se ofereceu para adiar as últimas provas devido aos "acontecimentos recentes", mas eu disse que não precisava. Ela ainda ia se casar no sábado; eu ainda precisava de um vestido. Mas, agora que estou prestes a entrar no ninho de cobras com Pandora e Tilly, fico desesperada para estar em qualquer outro lugar.

Me preparo e abro a porta. O aroma de frésia invade minhas narinas. Uma funcionária solitária, que parece uma modelo de passarela de dezenove anos, está organizando uma bandeja de prata cheia de laços.

— Você deve ser a Florence — fala, com voz melodiosa. — Sua irmã avisou que você ia se atrasar.

Ela me entrega um robe de seda e um protetor descartável para a maquiagem não manchar a roupa.

— As outras garotas já estão no salão de noivas. Já levo seu vestido.

O único motivo de Brooke ter me chamado para ser madrinha é que ela sabe que, se não fizesse isso, os pais de Julian iam achar estranho. O "convite" fora emitido junto com instruções claras de aceitar qualquer coisa que Pandora e Tilly quisessem. Eu não devia, em nenhuma hipótese, "dificultar" as coisas ou querer ser "o centro das atenções".

No salão de noivas, Brooke está de pé na passarela iluminada de quase três metros, girando em seu vestido de casamento. Parece radiante. Pandora e Tilly estão empoleiradas como sapos em poltronas estofadas, admirando-a.

— Finalmente, Florence — guincha Pandora. — Eu estava começando a ficar preocupada.

Pandora é irmã de Julian. Os mesmos traços que tornam seu irmão bonito, mas sem graça (o maxilar forte, o cabelo escuro, os olhos de coruja assombrada), fazem o rosto de Pandora parecer desconcertante, como uma pintura cubista ou uma daquelas primas de uma linhagem menor da realeza. Mais irritante que sua aparência, porém, é sua completa falta de insegurança. Pandora tem a confiança despreocupada e cega que só de quem nasce em berço de ouro.

Brooke me dá um sorriso forçado.

— Que gentileza você se juntar a nós! Esse moletom é meu?

— Oi, querida — arrulha Tilly.

Tilly é a melhor amiga da minha irmã, uma garota do teatro com cabelo ruivo flamejante que se casou com um dançarino argentino chamado Ramon aos vinte e poucos anos. Todo mundo comentava que a união era um esquema para ele conseguir visto, mas, contrariando todas as expectativas, Tilly e Ramon continuaram casados e com uma ninhada de filhos ruivos na grande casa deles em Harpenden, Ramon passando a maioria das noites no loft que mantém no West End "por causa do trabalho".

— Ficou presa no trânsito? — pergunta Tilly.

— Numa entrevista, na verdade.

— Ah, procurando emprego? Que ótimo! — diz ela, assentindo com sinceridade. — Estou cogitando arranjar um também.

Vai se foder, Tilly, penso. Brooke me lança um olhar de advertência. Trabalhou duro demais para se enturmar com essa galera e não vai me deixar estragar tudo. Brooke conheceu as duas há nove anos, na fila do banheiro de uma boate estudantil asquerosa ao lado da Primark na Tottenham Court Road. Pandora estava chorando, Tilly a consolava, e Brooke, sempre preparada, a ofereceu um lenço removedor de maquiagem para limpar o rímel borrado. Depois, o trio descobriu que todas estudavam marketing na UCL. Naquela primavera, Pandora convidou Brooke para passar um feriado prolongado na "casa de campo" de seus pais em Cotswolds, que na verdade era uma mansão imponente tombada. Foi lá que conheceu o irmão de Pandora, Julian, que tinha acabado de se formar em geografia em Durham e estava trabalhando em "algumas ideias de startups" enquanto morava num apartamento dos pais em Islington.

Brooke passou os oito anos e meio seguintes esperando pacientemente que Julian a pedisse em casamento. Eu disse a ela que nunca aconteceria; a família de Julian era do tipo que tinha o nome gravado num pedestal na entrada do National Theatre, e Brooke era o lixo da Flórida, ainda que tivesse um sotaque cuidadosamente construído. Mas, no fim das contas, minha irmã era muito melhor em marketing do que eu imaginava. Em sua festa de noivado, eu a ouvi contando a uma das tias-avós de Julian que nosso pai trabalhava "com transportes" e nossa mãe era "defensora da culinária sulista". Quase engasguei com meu canapé. Pelo jeito, é fácil maquiar a reputação dos mortos; eles não voltam para te assombrar com verdades inconvenientes. Eu, por outro lado, era uma granada prestes a explodir em cima de toda a versão meticulosamente higienizada do nosso passado.

Volto o olhar para Tilly, que está me encarando cheia de expectativa.

— Ah, não, não era uma entrevista de emprego. Era sobre o garoto desaparecido. Eu estou, bom, meio que investigando.

Tilly levanta a sobrancelha ruiva-clara.

— A polícia pediu sua ajuda?

— Não, é mais uma iniciativa independente.

Pandora franze a testa.

— Então você está só... interferindo?

Brooke bufa alto.

— Gente! Hoje é para ser um dia divertido, tá? Chega de papo de menino desaparecido, por favor!

Como se tivesse sido convocada, a assistente da loja reaparece, equilibrando taças de champanhe numa bandeja de prata.

— Prontinho — diz, com uma piscadela. — Para acalmar aquele frio na barriga pré-casamento.

Pego uma taça e viro de uma vez.

— Mais uma, por favor?

Brooke me olha furiosa. Pandora, para seu crédito, tenta aliviar o clima.

— Seis dias, B! — diz, com a voz cantada. — Me lembra de novo onde você e o Julian vão passar a lua de mel?

— Uma semana em Madagascar e depois uma semana nas Ilhas Maurício — responde Brooke.

— Ah, vocês reservaram um daqueles bangalôs na água, em palafitas? — guincha Tilly. — Sabe, o Ramon e eu...

Paro de ouvir a tagarelice delas e caminho em direção às pequenas cabines com cortinas que ocupam uma parede do cômodo. Meu vestido apareceu magicamente num cabide de seda acolchoado, então entro no provador e fecho a cortina.

As palavras de Jenny continuam ecoando na minha cabeça. *Desistente. Desistente. Desistente.* Ela não está errada. Depois que a banda acabou e Will foi embora, eu meio que só... desisti da minha vida. Existiam muitas formas de transformar uma carreira razoavelmente bem-sucedida numa *girlband*. Eu poderia ter tentado entrar em um *reality show*, ou namorar um jogador de futebol, ou lançar uma linha de bronzeadores artificiais. Mas Dylan era tão pequeno, tão dependente, e ser mãe solo era algo que me consumia. Havia ciclos repetitivos intermináveis de amamentar, trocar fralda, dormir. E então um dia ergui os olhos e Dylan tinha dez anos, e eu continuava vendendo balões para as mães ricas do Instagram.

Do lado de fora da cortina, a conversa entrou numa comparação entre os méritos da Toscana e da Provença.

Pego meu celular. Há várias novas mensagens do grupo de WhatsApp das mães da St. Angeles. Allegra compartilhou o número da "Linha de Denúncias Alfie Risby". TOTALMENTE ANÔNIMO, CLARO. SÓ REPASSANDO CASO ALGUÉM SAIBA DE ALGO.

NÃO SE ESQUEÇAM DO DINHEIRO DA RECOMPENSA!, comenta Hope, numa tentativa de não deixar Allegra superá-la.

Fico paralisada. Será que estão insinuando que eu (que Dylan) posso ter informações? Não, claro que não. É uma conversa em grupo, não um comunicado confidencial especificamente para mim. Só estão tentando ajudar. Estou sendo paranoica.

Me afundo mais na poltrona confortável do provador e abro o Instagram. Há várias mensagens frenéticas pedindo arcos de balão de última hora, URGENTES, que apago imediatamente, embora, se não aceitar alguns trabalhos logo, não vou conseguir fazer o pagamento mínimo do meu Amex no fim do mês. Mas esse é um problema para a Florence do futuro.

Ainda tenho alguns amigos no meio musical. Bom, talvez não exatamente amigos. Mas pessoas que conheço. Ou conhecia. Envio uma mensagem rápida a um punhado de conhecidos: VOCÊ CONHECE ALGUM DJ CHAMADO IAN RISBY? QUE MORA EM LONDRES?

Brooke põe a cabeça para dentro da cortina.

— Você vai vestir ou o quê?

Aff. O vestido. Forço um sorriso.

— Claro, já vou sair.

É nossa terceira prova. O casamento é no sábado. A esta altura, a loja está só procurando coisas para ajustar e poder cobrar mais.

Passo o tecido frio e colante pela cabeça. O vestido foi escolha da Tilly e é genuinamente horroroso. Um modelo eduardiano moderno pensado para esconder seus "defeitos". A cor é um verde-sálvia desbotado, um tom que faz qualquer pessoa que não tenha cabelo ruivo parecer que foi envenenada.

Saio da minha cabine de proteção e faço uma pirueta teatral.

— Não é justo! — diz Pandora, esticando o queixo. — Tudo fica bem em você!

Porque eu malho e faço cirurgia plástica como uma pessoa normal, penso. *Com o seu dinheiro, eu poderia parecer a Gisele.*

Brooke franze as sobrancelhas.

— Mas você vai usar sutiã, né?

Faço que sim. Dentro do provador, meu celular está apitando baixinho. Meu coração acelera.

— Claro. Sutiã.

Tanto faz.

Ping.

— Melhor eu tirar logo. Não quero estragar.

Antes que eu possa escapar, uma costureira aparece e começa a franzir a testa e a puxar o tecido.

Começo a protestar:

— Está bom assim, sério...

Brooke me lança um olhar de advertência. Então, fico imóvel como uma estátua, permitindo que a mulher com alfinetes na boca faça um muxoxo e me belisque até sorrir e dizer:

— Bem melhor. Tire com cuidado, querida, para não se arranhar.

Concordo com a cabeça e corro de volta para o provador. Meu celular está na poltrona.

Uma nova mensagem. É da Hope. OI, QUERIDA, SÓ PRA SABER SE VOCÊ ESTÁ PLANEJANDO CONTRIBUIR COM O ARRANJO FLORAL PARA OS RISBY? NOTEI QUE AINDA NÃO RECEBI SUA CONTRIBUIÇÃO.

Droga. Jogo o telefone contra a cortina do provador, que cai no chão com um baque suave.

Volto sozinha da loja para casa e me instalo no sofá com um pote de sorvete e o controle da TV. Não estou me lamentando. Só relaxando um pouco. *Talvez você devesse considerar isso, Jenny.*

Já vi esse episódio de *Caçadores de Imóveis*. Um casal de meia-idade de Shropshire está transformando um celeiro num palácio de três andares para seus beagles resgatados.

Minha mente divaga para Elliot. É segunda. Será que aquelas flores que encomendei já foram entregues? Que horas são na Califórnia? Verifico o celular para ver se não perdi nenhuma ligação. Nada.

Me afundo mais no sofá e, usando o garfo, pego outra porção gelada de sorvete de menta com chocolate. Tento manter os olhos na tela, mas o programa não tem o mesmo efeito sedativo de sempre.

Estou nervosa, inquieta, e tenho a sensação desconfortável de estar sendo vigiada. Me levanto e vou até a janela da cozinha, aquela que dá para o quintal. Observo a escuridão. Dois olhos amarelos redondos me encaram de volta. Grito, e os olhos desaparecem, só consigo ver uma cauda peluda recuando na escuridão. Uma raposa. Era só uma raposa. Uma das milhares de raposas que perambulam por Londres. Não é um sinal.

Caralho, Florence, se acalma.

Volto ao sofá e continuo olhando vários perfis aleatórios de DJs no Instagram. Todos têm as mesmas fotos: bicicletas fixas, arte de rua no leste de Londres, *lattes* de cúrcuma com legendas enigmáticas sobre recomeços.

Na TV, o casal está fazendo sua grande revelação. O palácio dos beagles tem piso de madeira antiderrapante e uma fonte de água orgânica.

Meu celular apita e quase dou um pulo.

QUER COLOCAR SEU NOME NA LISTA DE CONVIDADOS PRA HJ?

É de Rory, um promotor de eventos com quem fiquei uma vez no Glastonbury meio milhão de anos atrás. Rory é um articulador; o tipo de cara que passa o verão em Ibiza, tem dezenas de seguidores famosos no Instagram e chama pelo primeiro nome os donos de todas as boates badaladas e restaurantes da moda entre Los Angeles e Tel Aviv. Vive tentando fazer favores para as pessoas ficarem "devendo uma" para ele.

Aparecem três pontinhos. Rory está digitando.

VI SUA MENSAGEM NO INSTA. O IANSQUARED VAI TOCAR NA WAREHOUSE HOJE. POSSO TE COLOCAR NA LISTA.

Abro o perfil do IanSquared. Ele tem todas as fotos típicas de DJs: ele de costas, debruçado sobre equipamentos diante de uma multidão em êxtase no Amnesia. Uma pulseira do Coachella, usada ao lado de uma pulseira magnética e um único bracelete de corda vermelha. Um *latte* com um desenho perfeito de folha na espuma.

Afasto os dedos na tela para ampliar as fotos. É impossível saber se o homem nas imagens é o filho secreto de Rollo. Em todas, seu rosto está escondido, como se ele fosse a ressuscitação de Avicii e precisasse manter a discrição, para as massas não o reconhecerem.

Meu celular apita de novo.

POSSO TE ENCONTRAR LÁ, diz Rory, adicionando um emoji de diabinho roxo.

Aff. Por que os homens são tão decepcionantes? Dou uma última olhada desanimada nas fotos do IanSquared. E aí vejo. Em uma das fotos de mesa de som. Lá, em seu dedo mindinho direito, está um anel de sinete. Igualzinho ao do Rollo.

Sinto um aperto no peito.

Mando uma mensagem para Jenny: VAMOS PRA BALADA HOJE.

22

Algum lugar além de Hackney

TERÇA-FEIRA, 00H22

O baixo vibra nas paredes da Warehouse. Jovens cobertos de glitter, blusas de tie-dye e macacões jeans nos empurram de todos os lados. O prédio em que estamos costumava ser uma espécie de frigorífico industrial. Agora, está abarrotado com centenas de pessoas da geração Z se agitando ao som de uma música eletrônica instrumental terrível.

Jenny puxa a blusa que lhe emprestei.

— Não estou entendendo — diz ela, se apoiando na parede de concreto. — Cadê ele?

Eu também não entendo. Da última vez que fui a uma boate, tocava Rihanna, tinha serviço de mesa e uma área VIP. Me sinto uma velha caquética. Quando foi que o glitter corporal voltou à moda?

A música é agressivamente alta. Ficamos na borda da pista, berrando no ouvido uma da outra.

— Que coisa ridícula — berra Jenny. — Não dá pra gente só...

Suas palavras são interrompidas por alguém com um abajur na cabeça, que esbarra nela, depois faz uma reverência de desculpas e segue dançando.

Jenny me encara de olhos arregalados.

— Não dá pra gente simplesmente ir no camarim dele?

— *Camarim*? Olha onde você está. Não é o Royal Albert Hall!

Jenny observa o ambiente escuro, cada vez mais frustrada.

— Cadê os adultos? Quem está organizando isso?

— É uma festa num galpão abandonado. Não tem ninguém *organizando*.

Jenny solta uma risada de desdém.

— Ah, claro. Você acha que esses jovens entraram *por acaso* num prédio abandonado que magicamente obedece ao código obrigatório do corpo de bombeiros? Com saídas de emergência claramente sinalizadas e placas luminosas? Sem chance.

Examino o lugar. Há uma placa verde de saída brilhando em meio à fumaça. *Droga.* Ela tem razão.

— Tá — digo, segurando sua mão. — Vamos perguntar para um segurança. Eles sabem tudo.

Empurramos as pessoas para atravessar a pista principal, abrindo caminho pela multidão de corpos quentes. Na divisa entre a pista e o guarda-volumes, um grupo de quatro rapazes de moletom e correntes no pescoço passa por nós, derrubando meu energético em mim.

— Ei! — grito para uma nuvem de perfume Tom Ford. — Olha por onde anda!

O líder se vira. É alto e loiro, com óculos estilo Buddy Holly e um fone de ouvido gigante pendurado no pescoço.

— Foi mal — diz, com um leve sotaque escocês.

Quando ergo o olhar, noto mais um detalhe: o anel de sinete de Rollo Risby em seu dedo mindinho direito.

Ofego e cutuco Jenny.

— A gente sabe quem você é! — grita ela por cima do barulho.

— Quê? — grita ele de volta.

— Eu disse que a gente sabe quem você é! — berra Jenny na direção dele.

Ele nos dá uma piscadela.

— Legal. Vejo vocês lá na pista, então.

Ian faz um sinal para seu grupo, e todos se viram para ir embora.

Jenny fica na ponta dos pés e agarra o ombro dele.

— Não somos suas fãs! — grita, inclinando-se até o rosto ficar a centímetros do dele. — Estamos aqui para falar do seu irmão. Alfie. Onde podemos conversar?

Sob as luzes estroboscópicas, o rosto de Ian empalidece. Ele se vira para os amigos, dispensando-os com uma rápida sequência de cumprimentos de punho e *A gente se vê mais tarde.* Então faz um gesto para que o sigamos e nos leva para longe da pista, por uma porta sem identificação e um longo corredor de concreto. As pernas de Ian são compridas; Jenny e eu temos que correr para acompanhá-lo. Ele está mancando de leve, favorecendo a perna esquerda. Dou uma cotovelada em Jenny, mas ela já percebeu.

No fim do corredor, Ian acena para um segurança corpulento. O homem resmunga, e Ian empurra uma última porta de metal marcada com "Somente artistas".

Jenny me lança um olhar que diz: *Eu falei.*

O camarim de Ian não é muito maior que meu quarto. Tem um sofá de couro surrado, duas cadeiras dobráveis de metal e uma mesa de centro de madeira coberta de papel de seda e dois pacotes de salgadinho sabor camarão. Uma única lâmpada fluorescente pende de um fio preto fino, como em uma sala de interrogatório.

À luz forte, Ian se parece menos com o pai do que a sra. Schulz deu a entender. Tem o mesmo cabelo claro, mas seus olhos são diferentes. Mais gentis. Se não fosse pelo anel, eu provavelmente nem imaginaria que são parentes.

— Então, quem são vocês, exatamente? — indaga Ian, dobrando as pernas compridas no sofá de couro e fazendo um gesto para nos sentarmos.

— Somos mães. Mães da St. Angeles — responde Jenny.

Ian franze o cenho.

— A Cleo mandou vocês? Olha, se for sobre a carta, foi enviada por orientação do meu advogado. Um advogado que já não me representa mais.

— Que car...? — Jenny começa, mas a interrompo.

— É sobre seu irmão. Meio-irmão. Alfie.

— Entendi. — Ian se levanta e abre um frigobar, oferecendo uma garrafa de chá mate cafeinado para cada uma. — Não existe isso de filho secreto, pelo jeito. Não na era do bom e velho teste de DNA pelo correio.

Ele pega um isqueiro no bolso e usa para abrir nossas bebidas.

— Certo, e o que vocês querem saber?

Jenny se inclina para a frente.

— Alguém te viu na vigília do sábado. Por que você foi lá?

Ian dá um gole devagar.

— Por que eu estava na vigília pelo meu meio-irmão desaparecido? Hum, bom. Acho que fui pra mostrar respeito. Solidariedade. Não que o velho agradeça nem nada. Mas a esta altura eu já não espero muito, sabe? — Ele parece tão genuinamente triste que preciso me conter para não o abraçar.

— Ah, não precisa se preocupar — diz, notando minha expressão. — Tenho trinta e oito anos. Já fiz muita terapia. E, sim, alguns retiros de ayahuasca. Posso garantir que isso não me afeta mais. Fiz as pazes com a situação.

— Então, você não sequestrou seu meio-irmão?

Dizer isso em voz alta de repente parece ridículo. Insano.

Jenny faz um muxoxo.

— Florence, por favor...

Ian solta uma risada grave e rouca.

— É isso que vocês acham? Negativo. — Ele faz um gesto pelo cômodo: — Não tenho exatamente o estilo de vida adequado para manter uma criança em cativeiro.

Uma jovem loura com uma prancheta aparece na porta.

— Dez minutos, Ian.

Ele pisca para ela.

— Valeu, Chels.

— Então, hum, onde você estava na sexta passada? — pergunto.

Ian levanta a cabeça, como se me notasse pela primeira vez.

— Espera aí. Eu te conheço de algum lugar?

Sinto meu rosto esquentar.

— Eu, hum, duvido.

Ele se levanta de um salto, determinado a não deixar para lá.

— Juro que você me parece familiar. E sua voz! Parece loucura, mas me lembra um pouco da Mariah no início da carreira e...

— Deve ser só o sotaque americano — interrompe Jenny. — Podemos tentar não desviar do assunto? Onde você estava na sexta passada?

Baixo os olhos para meus sapatos.

— Eu adoro a Mariah! E, bom, eu também tenho um passado musical — hesito.

Ian assente, ignorando Jenny por completo.

— Viu? Eu sinto essas coisas. — Ele dá um tapinha no sofá ao seu lado. — Vem cá. Vou te mostrar onde eu estava na sexta passada. — Junto-me a ele no sofá de couro, nossos joelhos a centímetros de distância. Ele me passa o celular e, quando seus dedos tocam os meus, sinto uma pequena corrente elétrica passar entre nós. — Está vendo isso? — pergunta, apontando para a tela.

É um vídeo de algum tipo de rave. Luz negra, gente suada, mais música eletrônica péssima.

Ian se aproxima.

— É a Fire Factory, em Brixton — fala ele, baixinho.

De repente, fico consciente do calor de seu corpo, de seu hálito. Todos os pelos do meu braço se arrepiam. Ian não é meu tipo, nem um pouco. Costumo me interessar por banqueiros do Credit Suisse com dependências emocionais. Mas me vejo querendo chegar ainda mais perto dele.

— Era lá que você estava na sexta? O dia todo? — questiona Jenny, sua voz cortando meus pensamentos como uma guilhotina. Ian faz que sim, mas ela ainda não acabou. — E por que você está mancando?

Um sorriso intrigado passa pelos lábios dele. Ian guarda o celular no bolso e se vira para Jenny.

— Está tão óbvio assim? Acidente de snowboard. Peguei o comecinho da temporada de neve em Zermatt semana passada. Levei um tombo feio.

Jenny se inclina para a frente na cadeira dobrável.

— Escuta, você consegue pensar em alguém que pudesse querer ferir seu pai? Ou seu irmão?

— Eu não teria como saber, né? O velho e eu não nos vemos muito, exceto por um almoço de vez em quando depois do Natal. Era para eu ser um segredo, lembra?

Ele dá uma piscadela.

Jenny fecha a cara.

— Mas ele te deu o anel dele?

Ian olha para seu anel de sinete dourado no dedo mindinho.

— Quê? Não. Foi minha mãe que me deu este anel. — Ele franze a testa. — Duas semanas antes de morrer.

Jenny não consegue esconder sua decepção.

— Então, você não consegue pensar em *ninguém* que talvez quisesse machucar seu pai? Ou o Alfie?

A expressão de Ian fica pensativa.

— Bom, talvez...

A voz dele vai sumindo.

— O quê? — questiona Jenny.

— Vocês são da St. Angeles, né? E aquele professor de matemática uns anos atrás? Aquele que foi demitido por mexer com um aluno?

Me endireito, lembrando minha conversa com o sr. Papasizi.

— O sr. Sexton?

— É, acho que era esse o nome. Uma situação bem complicada, aquela.

Jenny pula da cadeira.

— O Alfie estava envolvido nisso? Quer dizer, ele era o aluno?

Ian morde o lábio.

— Eu não devia falar disso. Essa história não é minha, sabe?

— Mas você meio que já falou — aponto.

— Bom, por que vocês acham que o cara foi demitido com tanta rapidez?

— E como é que você sabe disso? Achei que tivesse dito que seu pai não prestava muita atenção em você, né? — indaga Jenny.

Ian parece ter levado um tapa. Olho séria para ela.

— Sério, Jenny, pega leve.

— Que foi? É uma pergunta válida.

Ian a observa com desconfiança.

— A Helen deve ter me contado?

Jenny ataca:

— Helen Schulz, a vice-diretora? — pergunta, arregalando os olhos.

A porta se abre com um rangido. A loura reaparece.

— Estão esperando você, Ian.

Ele desdobra as pernas compridas e se levanta.

— Melhor eu ir — diz, não parecendo nada triste por escapar.

— Desculpa, será que você pode só...

Jenny salta da cadeira e faz menção de bloquear a porta, mas Ian já está do outro lado do cômodo.

Ele para na soleira, olhando para mim, como se Jenny nem existisse.

— Prazer em conhecer vocês, meninas — diz, com uma piscadela. — Podem ficar pro show, se quiserem.

Três motoristas de Uber cancelam minha corrida antes que eu finalmente consiga um carro para nós. Quando nosso Prius prata enfim para na frente do galpão, jovens doidões começam a sair em pequenos grupos da balada, ficando por ali antes de se separarem em pequenos grupos.

Jenny abre bruscamente a porta traseira e desliza pelo banco.

— Você está... brava comigo? — pergunto, hesitante.

— O que te faz pensar isso, *detetive*? — dispara ela, encaixando o cinto de segurança.

O motorista nos observa pelo retrovisor, avaliando se vamos dar problema.

— Por quê? Porque ele gostou de mim?

Jenny se vira para mim.

— Você não ouviu o que ele falou? Chamou ela de "Helen". O que significa que a sra. Schulz *mentiu* para a gente. Ela fingiu que nem conhecia o Ian. E a gente podia ter descoberto muito mais coisa se você não estivesse tão ocupada se *atirando* nele.

Sinto meu rosto esquentar.

— Eu não estava me atirando nele! Estava criando uma *conexão*. Por que você acha que ele deixou a gente entrar no camarim, para começo de conversa? A gente não é da polícia, sabe? Ele precisa *querer* falar com a gente.

Jenny me ignora, vasculhando na bolsa em busca do *vape*. No banco da frente, o motorista franze a testa.

— Não pode fumar no carro — diz.

Jenny dá uma tragada lenta no *vape*. A irritação evapora dela em ondas úmidas.

— Sabe, não é crime ser simpática — digo. — Você devia tentar qualquer dia desses. Enfim, Ian tem um álibi. Duas mil pessoas assistiram à apresentação dele na sexta. Você não pode acreditar seriamente que um cara como ele...

— Um cara *como ele*? — interrompe Jenny, irritada. — O que isso quer dizer? Você acha que pessoas bonitas não cometem crimes? Florence, ele estava mancando! E tinha um motivo. Pensa bem: se Cleo e Rollo se divorciarem e Alfie tiver saído de cena, Ian é o único herdeiro do império de comidas congeladas. Ele pode herdar milhões.

— Sério, moça, você não pode fumar aqui — interrompe o motorista.

— Não estou fumando. É um *vape*!

Jenny dá um último trago antes de guardá-lo na bolsa.

O motorista balança a cabeça e abre as janelas. O ar frio da noite me envolve. As luzes de Canary Wharf passam ao longe; logo, as torres brilhantes estarão cheias de pequenas abelhas operárias.

Jenny ajeita a blusa.

— Sabe, a Colson and Casey cobra 1.250 libras pela minha hora. Em intervalos de sete minutos. — Ela baixa os olhos para o relógio. — Esta conversinha teria te custado... 450 libras. — Uma onda de pânico me invade. Aconteça o que acontecer, não posso perder Jenny. Sem ela, não há investigação. — Você por acaso leu algum daqueles livros que te dei? — pergunta ela.

Baixo os olhos para minhas unhas, o que sobrou da manicure de Linh.

— Não. Quer dizer, ainda não — respondo. Jenny fica olhando sem expressão pela janela. O que quer que eu diga agora tem o poder de arruinar tudo. — Desculpa — falo, suavemente. — Por antes. Achei mesmo que estava ajudando.

Agora estou implorando com os olhos. *Não desista de mim.*

Jenny olha pela janela por muito tempo. Canary Wharf já ficou para trás. À frente, no horizonte, a Torre de Londres começa a aparecer, as pedras antigas iluminadas por holofotes.

Ela fecha a janela e se vira para mim.

— Posso te perguntar uma coisa? O que você vai fazer quando não for mais bonita? Tem um plano B? Porque essa coisa toda tem prazo de validade.

Suas palavras queimam meus ouvidos. Mordo o lábio, tentando não chorar.

A Ponte de Londres surge à minha esquerda. Turistas vivem confundindo-a com a Ponte da Torre de Londres. A Ponte da Torre é a bonitona, que aparece em todos os cartões-postais e nos filmes do James Bond. A Ponte de Londres é um viaduto simples e sem graça feito de concreto e aço, construído nos anos 1970 para o trajeto de ida e volta de trabalhadores para casa. Nem se dão ao trabalho de iluminá-la à noite.

Respiro fundo.

— Olha. Estou fazendo o melhor que posso, tá?

— Temos que falar de novo com a sra. Schulz — diz Jenny, enfim. — Ela mentiu sobre conhecer o Ian. É suspeito.

Meu coração se enche de esperança.

— É mesmo. E achar o sr. Sexton. Logo de manhã cedinho.

Jenny consulta seu relógio e suspira.

— Só para de fazer besteira, Florence. Tirei uma semana de folga do trabalho por causa disto. Não é uma brincadeira para mim.

23

Shepherd's Bush

SEGUNDA-FEIRA, 3H18

Volto para um apartamento silencioso. Adam deve ter saído; seu carro detonado não está estacionado na rua. Minha chave emperra na fechadura. Dou uma sacudida, pensando no Estrangulador, e lembro que preciso perguntar mais tarde para Linh se o pegaram.

Depois de entrar, me jogo no sofá. A pilha de livros de detetive da Jenny chama minha atenção. Ela tem razão. Eu deveria ter lido os livros idiotas. Ou pelo menos passado os olhos.

Me abaixo e pego o menor da pilha: *Técnicas de vigilância para leigos*. Na capa, um nerd de meia-idade de bermuda cargo cáqui usa uma lente de longo alcance, provavelmente para espionar sua futura ex-esposa. Folheio os capítulos sobre vigilância estacionária e gravação clandestina.

Largo o livro e o troco pelo *Daily Post*. O desaparecimento de Alfie ainda é a principal notícia. O jornal conseguiu imagens da câmera de segurança do estacionamento do Centro Wetland. Uma imagem granulada em preto e branco está estampada na página inicial, mostrando uma dúzia de meninos instantes depois de descerem do ônibus naquela manhã. Para ajudar, o *Daily Post* desenhou um círculo vermelho em torno de uma figura solitária que parece estar empurrando outro garoto. A manchete grita:

MENINO MISTERIOSO É VISTO EMPURRANDO ALFIE, O DESAPARECIDO, HORAS ANTES DO OCORRIDO

Sinto de novo a forte pontada no peito, aquela que tem me atormentado desde que busquei Dylan na sexta. Amplio a foto até ela ocupar toda a tela. *É o Dylan?* Parece, mas é difícil ter certeza. Os meninos estão todos de uniforme e o jornal borrou seus rostos.

Até este exato momento, eu tinha conseguido evitar pensar no que de fato aconteceu com Alfie no Centro Wetland na sexta. Sim, a mochila embaixo da cama do Dylan é suspeita. Sim, as coisas que Alfie escreveu em seu *Diário de sentimentos* parecem ruins. Mas é como quando você se corta acidentalmente e a mão dói muito, mas evita olhar porque *ver* o ferimento de verdade só vai piorar a dor. Se eu confrontar Dylan com o que encontrei, a resposta dele será definitiva, irrevogável, gravada na minha mente para sempre. Eu ainda não consigo enfrentar isso.

Mas sentada aqui no meu sofá, olhando o que quase com certeza é a foto borrada do meu filho na página inicial do maior tabloide do país, percebo como fui burra. Ingênua. Como posso proteger Dylan se continuar me fazendo de cega? A única forma de mantê-lo seguro é descobrir a verdade, a verdade completa, e a encarar de frente.

Caminho decidida pelo corredor e abro a porta do quarto de Dylan, saboreando os contornos familiares do espaço: a nave de LEGO, os quadrinhos, o leve cheiro de tênis.

Quando estendo a mão para o interruptor, há um estalo, seguido por um chiado de alta tensão, como uma cadeira elétrica sendo ligada. Levo um instante para perceber que é só a lâmpada queimando. *Só a lâmpada*, digo em voz alta, tentando acalmar meus nervos em frangalhos.

Espero meu coração parar de bater forte, pego meu celular e começo a fotografar o quarto. Não tem como eu lembrar onde está tudo: se quiser ter alguma chance de reorganizar depois, preciso de um registro. Quando estou confiante de ter documentado a localização de cada brinquedo e meia perdida, arregaço as mangas e começo a revirar o quarto de Dylan, peça por peça. Viro o colchão, vasculho o cesto de roupas sujas, viro todas as caixas de LEGO. Não sei o que estou procurando, então, tenho que olhar tudo.

Na escrivaninha, encontro canetas quebradas, pastas com folhas antigas de exercícios de matemática, fotocópias de artigos sobre testes em animais. "Lutando contra a crueldade com coelhos em laboratório." As fotos são horrendas. Merda do sr. Foster. Eu nunca deveria ter deixado os dois conviverem. Aquele velho esquisito está tornando Dylan ainda mais estranho. Quando meu filho voltar da casa de Will, vou dar a notícia: chega de sr. Foster.

Passo para a cômoda. Abrindo a gaveta de cima com um puxão brusco, espalho meias e pijamas. Passo os dedos pela borda interna para ver se ele escondeu algo. Meus dedos tocam uma coisa macia e úmida. Gosmento. Estremeço e arranco a gaveta da cômoda. Dentro, tem um recipiente vermelho de plástico mais ou menos do tamanho e com o formato de um ovo. Reconheço do kit de "Cientista Júnior" de Dylan. O Grande Experimento de *Slime*. Aquele que deixou um rastro de gosma verde por todas as minhas bancadas. *Slime*. Estou nessa há mais de uma hora, e um pote de "amoeba científica" é a coisa mais comprometedora no quarto do meu filho.

Sou tomada por uma onda de vergonha. O que estou fazendo? Claro que Dylan não tem nada suspeito no quarto. Ele é uma criança. Eu me odeio por ousar imaginar o contrário.

Reorganizo o quarto e passo o resto da noite em estado de fuga. Penso em ligar para Matt B. para uma rodada de jantar japonês e sexo no elevador do hotel, mas está tarde. Ele já deve estar dormindo. Brooke só vai perguntar se já falei com o advogado. A única pessoa com quem realmente quero falar é Jenny, mas está fora de cogitação. Se ela soubesse o verdadeiro motivo de eu estar fazendo tudo isso, nunca mais falaria comigo.

Em vez disso, abro o livro idiota dela sobre vigilância e leio a coisa toda do início ao fim, parando apenas quando os raios de sol começam a se infiltrar pela janela.

* * *

Acordo mais perto do meio-dia do que pretendia. Minha cabeça está latejando. Dor de cabeça de cafeína, provavelmente. Há uma mensagem de Brooke. VOCÊ JÁ LIGOU PARA UM ADVOGADO?!, seguida por dois pontos de exclamação vermelhos. Fico me perguntando se ela também viu o site do *Daily Post*.

Abro um Red Bull e verifico o site. A manchete sobre os meninos brigando foi removida. Em seu lugar, há uma que diz:

SENSITIVA ALEGA SE COMUNICAR COM ESTUDANTE DESAPARECIDO

SUMIDO HÁ 94 HORAS!, grita o cronômetro.

Clico na matéria, mas, antes de conseguir ler, meu telefone apita.

1 nova mensagem de Dylan.

A esperança nasce em meu peito. Pode ser agora. O momento que estava esperando. Meu filho vai explicar tudo. Corro para abrir a mensagem, mas não há palavras. Só um emoji solitário de tartaruga.

Greta.

Merda. Ainda não alimentei aquela maldita tartaruga.

Vou até a cozinha para analisar o conteúdo da geladeira: uma garrafa de vodca, três limões, uma embalagem de comida indiana. Coloco um pouco de *aloo gobi* num prato, com as objeções de Dylan ecoando em meus ouvidos: *Você não pode dar comida de delivery para uma tartaruga!*

E você não pode esconder a mochila do seu colega desaparecido debaixo da sua cama sem me contar, rebato mentalmente.

Greta está empoleirada na grande pedra na parte de trás de seu tanque, banhando-se à luz da lâmpada UV. Com uma colher, coloco o curry no tanque. Ela fica me encarando com uma expressão de puro desdém.

A lata amarela na mesa de Dylan chama minha atenção. A que o sr. Foster me deu, com os grilos. Aff. Tá bom. Vou dar o que ela quer de verdade.

A lata é surpreendentemente pesada. Me debruço sobre o tanque de Greta e me preparo para uma nuvem de insetos. Mas, quando removo a tampa, nada acontece. Inclino a lata e dou um tapinha. Uma chuva de pregos cai no tanque de Greta, por pouco não a atingindo. Ela me lança um olhar apático, tipo *Você é ainda mais inútil do que eu pensava.*

— Não é culpa minha aquele velho idiota ter me dado a embalagem errada — resmungo.

Maldito sr. Foster. Velho caduco. Assim que resolver essa história do Alfie, vou ter uma conversa séria com ele. Dylan precisa de amigos normais da idade dele.

Limpo a bagunça o mais rápido possível, pegando os pregos com a ponta dos dedos e os colocando de volta na lata. Quando termino, jogo o resto da comida indiana no canto do tanque de Greta e saio apressada do quarto de Dylan.

Ela nem pisca para agradecer.

Jenny atende no terceiro toque.

— Você continua brava comigo? — disparo antes de ela conseguir falar qualquer coisa. — Porque estou com saudade.

É verdade. As últimas poucas horas foram estranhamente solitárias. Eu não tinha percebido como passei a depender de Jenny. Para caronas, companhia e, claro, a investigação.

— Não estou brava — diz Jenny, baixinho.

Ela parece estar a milhões de quilômetros; sua voz tem um tom vago, distraído.

— Ah, que bom. Vamos tomar brunch e falar dos próximos passos? A gente pode voltar naquele restaurante libanês e...

— Florence, não posso. Aconteceu um imprevisto. Tive que vir para o escritório e apagar um incêndio.

— Quê? Achei que você tivesse tirado folga.

Jenny suspira alto.

— Bem-vinda ao mundo do trabalho.

Ignoro a provocação. Esta ainda é uma missão de penitência.

— Escuta, li os livros que você me deu. Bom, um deles, pelo menos. Sobre vigilância.

— Sério?

Ela parece surpresa. Ouço algumas vozes abafadas ao fundo; colegas, talvez. Percebo que nem sei onde fica o escritório de Jenny. No Soho? No distrito da City? Me pergunto se ela tem uma daquelas salas de vidro no canto de um arranha-céu como nos filmes, com orquídeas na mesa e assistentes correndo para buscar cafés que nunca estão quentes o suficiente. Eu deveria perguntar.

— Preciso desligar — diz Jenny. — Só, sei lá... faz seu melhor. Talvez você consiga encontrar um endereço e algum contato do sr. Sexton.

Ela desliga antes que eu possa me despedir.

Quando bato à porta de Adam, ele abre imediatamente, recém-saído do banho e cheirando a xampu de hortelã. Está usando uma calça de moletom escura e uma camiseta branca de gola V agradavelmente apertada no peito musculoso.

— Flo! — diz, abrindo um sorriso. Dentro de seu apartamento, a TV está ligada; o cheiro reconfortante de linguiça e ovos fritos escapa pela porta aberta. — Chegou na hora certa. Estou fazendo comida. Entra.

Faz séculos que não entro no lugar, desde antes de Marta ir embora. Em geral, ficamos no meu apartamento, que tem a vantagem do quintal nos fundos e móveis em que de fato dão vontade de sentar. A metade de Adam da casa foi comprada por seu pai, chefe de polícia, no fim dos anos 1990 — suspeito que como um lugar para encontros extraconjugais — e nunca foi reformada. A cozinha é toda de armários de carvalho antigos e paredes cor de magnólia desbotadas. Meus olhos percorrem o ambiente. A maior parte da bancada está ocupada por potes enormes de creatina. Uma das citações inspiradoras de Instagram da Marta continua emoldurada na parede: "A vida é uma tela. Pinte com seus sonhos."

Mas a cozinha está imaculada; isso tenho que admitir. Cada superfície foi esfregada até brilhar.

— Caramba, cara. Você contratou uma faxineira?

— Que nada. A Marta é que era bagunceira. Uma vantagem de ela ter ido embora, acho. Finalmente posso viver num apartamento limpo.

— Hmm.

Marta nunca me pareceu tão desorganizada. Mas, por outro lado, não éramos próximas. Nosso relacionamento consistia inteiramente em trocar opiniões sobre o clima sempre que nos encontrávamos na entrada. Em uma noite de Natal, ela bateu na minha porta e me entregou um pacote embrulhado contendo um "diário pessoal inspirado pelo best-seller *O segredo*". Eu não tinha comprado nada para ela e entreguei uma garrafa de prosecco sem embrulho tirada direto da geladeira, embora tivesse quase certeza de que ela não bebia.

— Ela também te deixou a panela? — pergunto, apontando para uma imitação de Le Creuset cor-de-rosa pastel borbulhando com feijão.

Adam dá de ombros.

— Foi. Devia ser pesada demais para arrastar de volta até a Polônia.

Eu me sento à mesa da cozinha enquanto Adam serve a comida. A TV está ligada. Uma repórter da Sky News com uma jaqueta impermeável acinturada está parada diante de um pântano, explicando a "polêmica" sobre o plano de drenar o reservatório para procurar Alfie, após um grupo ambientalista alertar para o fato de que isso talvez atrapalhasse os padrões de aves migratórias.

Adam põe um prato cheio de comida na minha frente e aponta para a TV.

— Dá para acreditar? Esse auê todo por causa de um menino rico — diz, balançando a cabeça.

Faço que sim. Não estou muito a fim de ouvir um de seus discursos "somos todos iguais".

— Está de folga hoje? — pergunto, tentando mudar de assunto.

— Aham. Vou mais tarde para a academia. Treino de inferiores.

— Você ainda está fazendo aquela coisa...

Adam reaparece com um frasco de molho HP.

— CrossFit? Ah, estou, sim. Tenho várias competições chegando. Provavelmente vou viajar por uns dias. — Ele põe o molho na mesa e faz um gesto para que eu coma. Fico olhando o prato, empurrando os ovos com o garfo. — Como está indo sua, hum, investigação? — pergunta ele, enfiando uma colherada enorme de feijão na boca.

Aperto o maxilar.

— Não muito bem, na verdade. Nenhuma das nossas pistas deu em algo. Agora, Jenny está irritada comigo.

Ele põe mais comida na boca e franze a testa.

— Como alguém pode ficar irritado com você?

Mordo o lábio. Adam com certeza sabe que o único motivo para qualquer um *não* ficar irritado comigo é estar torcendo para eu transar com ele.

— Ela acha que você não está fazendo sua parte ou algo assim?

— Quê? Você falou com ela ou...

— Não. Quer dizer, bem, eu a encontrei ontem. No Nando's.

Sinto algo explodir dentro de mim, uma sinapse extra sendo ativada.

— Como assim?

— É muito bom! Várias opções de proteína para quem está em fase de ganho de massa.

— Não. Estou perguntando por que você estava com a Jenny.

Adam ergue as sobrancelhas.

— Aaaah, fala sério. Foi só um frango. Tomate? — Ele estende um prato para mim. Faço que não. — Não é nada demais, Flo.

Mas é, sim. Adam pode não ser meu namorado, mas é meu plano B. Sua atenção, seus favores, sua lealdade: tudo isso me pertence. Dependo disso. Mas consigo conter meu ciúme, porque vim aqui com um objetivo.

— Preciso da sua ajuda.

Os olhos azuis redondos de Adam se estreitam até virarem pequenas fendas.

— Que tipo de ajuda?

— Tenho que mostrar para a Jenny que estou contribuindo. Com a investigação. Que não é só ela que está fazendo tudo. Você pode me ajudar a achar um endereço?

— Que tipo de endereço?

— O nome dele é Robin Sexton. Ele era professor. Da St. Angeles. Foi demitido faz uns anos.

Adam solta o ar lentamente, refletindo.

— E o que eu ganho em troca?

Fecho a cara.

— Estamos falando de uma *criança*, Adam. Um menino de dez anos. Filho de alguém.

Ele faz bico e espeta uma linguiça com o garfo.

— Foi uma piada, tá?

— Então, você vai me ajudar?

Adam resmunga, e sei que venci.

— Vou ver o que posso fazer — diz ele. — Não prometo nada. — Empurra um prato de carne frita na minha direção. — Agora, Flo...?

— Sim?

— Você *precisa* provar essa linguiça.

O endereço de Robin Sexton chega pela abertura de correspondências naquela noite, escrito à mão por Adam num pedaço de papel pautado. Mando a boa notícia por mensagem para Jenny, sem mencionar onde consegui a informação.

Se ela está impressionada com minhas habilidades de detetive, não demonstra. Sua única reação é um emoji de joinha.

Tento de novo. QUER IR LÁ VER? SAÍMOS AMANHÃ ÀS 9H?

TÁ, responde ela alguns minutos depois. Será que ainda está brava ou só ocupada?

A BELINDA ESTÁ DOENTE. TALVEZ EU TENHA QUE LEVAR OS MENINOS, completa Jenny.

Engulo em seco. É um teste.

SEM PROBLEMA, respondo, adicionando um emoji sorridente para garantir. QUANTO MAIS GENTE, MELHOR!

24

Shepherd's Bush

QUARTA-FEIRA, 9H45

Quando saio de casa na manhã seguinte, Jenny está sozinha no mamãemóvel alugado. Belinda, a babá, teve uma recuperação milagrosa de última hora, me poupando do espetáculo Max & Charlie. Mas Jenny está ainda mais tensa que o normal, alternando entre estalar os nós dos dedos e dar grandes goles de um café gelado.

— Você já foi a Guildford? — pergunto, tentando quebrar o gelo.

— Acho que se pronuncia Guil-fer — responde Jenny. — O "d" é mudo. Pronta?

Ela liga o carro sem esperar minha resposta. Enquanto nos afastamos de Londres, casas robustas de tijolo vermelho dão lugar a prédios residenciais recém-construídos, depois guindastes e centros comerciais com placas em polonês. Finalmente, os galpões e as casas de câmbio são substituídos por colinas verdes suaves e ondulantes.

Eu esperava um vilarejo operário na periferia de Londres, mas Guildford é uma antiga cidade mercantil bem charmosa, com castelo medieval e tudo.

Temos bastante tempo para admirar o castelo, porque nos perdemos. Jenny discute em voz alta com o GPS enquanto damos voltas intermináveis na rotatória de Guildford. ("Tecnicamente é uma intersecção giratória", ela me corrige.) Quase parece como antes, mas há algo novo e subjacente em nossa relação, uma tensão que não existia antes.

Quando entramos na Chestnut Road, o sol está alto e plano no céu. A rua está tranquila. A maioria dos moradores já saiu para trabalhar. É dia de coleta de lixo; pedaços de detritos e latas vazias sujam as calçadas.

A casa de Robin Sexton é a de número dezesseis, um encantador chalé vitoriano de classe média. O exterior de tijolos é branco, com uma porta verde recém-pintada e uma oliveira plantada em um vaso. É simplesmente uma fofura. Nunca imaginaria que alguém acusado de um crime tão monstruoso morasse num lugar assim.

Estacionamos a algumas casas de distância, embaixo de uma árvore cujas folhas caíram na rua, formando um grande monte.

Viro-me para Jenny.

— E agora?

— Como assim? Você leu o livro. Agora, a gente espera. — Ela batuca no volante. — Me mostra a foto de novo?

Entrego a foto do sr. Sexton que peguei do antigo anuário de Dylan.

— Ele não é feio — comenta Jenny, e tenho que concordar.

Seria de se esperar que alguém acusado de abusar de uma criança irradiasse uma aura sinistra, com óculos com armação de metal e uma cabeça redonda e brilhante. Mas Robin Sexton (pelo menos o Robin Sexton de quatro anos antes) parece ter um rosto jovem e saudável, com maxilar quadrado, ombros largos e cabelo castanho ondulado. Parece um jogador de lacrosse. Se não estivesse se sentindo muito ambiciosa, você talvez deslizasse o dedo para a direita ao vê-lo na tela.

Jenny me devolve a foto.

— Quer dizer, ele não é nenhum Adam — diz ela, com uma piscadinha —, mas não é nada mau.

Parece que levei um tapa.

— Quê?

Jenny solta o cinto de segurança e se vira para mim.

— Ah, fala sério. Vai me dizer que vocês dois nunca... sabe?

Ela levanta e abaixa as sobrancelhas sugestivamente. Sinto meu rosto corar.

— Ecaaa. Não!

Jenny dá de ombros.

— Sei lá. Ele é bem gato.

— Quê? Ele nem é seu tipo — rebato.

Jenny franze o nariz.

— E o que você sabe sobre o meu "tipo"?

— Não sei. É que imagino você com alguém que, tipo, usa terno. Um empresário. Ou uma empresária — acrescento, apressada.

Jenny faz um barulho de desdém.

— Um *empresário*? O que isso quer dizer?

Ela parece sinceramente ofendida, mas, antes que eu possa acalmar os ânimos, uma batida forte na janela do passageiro nos interrompe. Uma mulher de rosto largo e segurando um cachorrinho gesticula para abaixarmos o vidro.

— Bom dia! — diz ela. — Posso perguntar por que vocês estão estacionadas aqui?

Fico olhando-a sem expressão.

— Você é guarda de trânsito?

A mulher nos dá um sorriso fácil.

— É que, nesta rua, tem meio que um sistema não oficial de estacionamento. Para moradores — explica. — Eu até poderia pegar outra vaga, mas isso causaria muita confusão com todo mundo — prossegue, apontando para a rua vazia. — Será que vocês não poderiam recuar alguns metros? É a vaga que geralmente deixamos para visitantes.

O cachorrinho da mulher dá um latido, como se concordasse com a avaliação dela.

— Claro, sua esquisita — começo a dizer, mas Jenny me interrompe.

— Sem problema — diz ela, fechando a janela do passageiro e colocando o carro em marcha a ré. Ela se vira para mim. — Arrumar briguinhas bobas com desconhecidos não é uma boa tática de disfarce. A ideia é não ser memorável.

Jenny desliga o motor e começa a roer a unha do indicador direito com uma intensidade feroz. Por algum motivo, isso me irrita.

— Desde quando você rói as unhas?

— Talvez desde que eu parei de fumar *vape*?

— Hein? Por quê?

— Como assim, *por quê*? Faz mal pra caramba. Eu já deveria ter parado há muito tempo.

— Só não entendo por quê... — começo a argumentar, mas paro no meio da frase, porque um homem de calça de moletom e jaqueta verde-floresta sai do número 16, com uma grande bolsa de lona preta pendurada no ombro.

— É ele — grito. — É o Robin!

Jenny arregala os olhos.

— Aquilo é uma bolsa de lona? Ai, meu deus, registra isso...

Pego meu celular e me atrapalho para abrir a câmera. Começo a filmar quando Robin está na direção de uma van branca.

— Uma van branca? Tipo uma van branca *de verdade*! Dá para ser mais suspeito que isso? — guincho.

Jenny e eu observamos Robin olhar por cima do ombro, abrir a porta traseira da van e colocar a bolsa de lona no fundo com um baque pesado. Mas, em vez de entrar no veículo e partir, ele fecha a porta cuidadosamente e volta para casa.

— Você viu isso? — indago, com os olhos esbugalhados. — A bolsa?

Jenny faz que sim.

— Fosse o que fosse, era pesado.

Antes de qualquer uma de nós conseguir dizer mais alguma coisa, Robin reaparece, arrastando uma segunda mala de lona preta idêntica. Ele a coloca ao lado da primeira e volta para casa.

— Puta merda. Puta merda. Você está vendo isso? — digo, incrédula.

Jenny gesticula para meu telefone.

— Você está gravando, né?

Robin reaparece uma terceira vez, carregando um enorme saco plástico branco no ombro. Forço a vista tentando ler o que está escrito na lateral do saco.

Jenny põe os óculos.

— Fer-ti-li-zan-te or-gâ-ni-co — diz, com a voz falhando.

Robin joga o saco no fundo da van, fecha a porta, entra no banco do motorista e liga o motor. Paro de gravar e guardo o celular na bolsa.

— Ele está saindo — digo, e minha voz sai mais aguda do que planejei. — Precisamos segui-lo.

Uma faísca de hesitação passa pelo rosto de Jenny.

— Seguir?

— Sério, temos que ver para onde ele está indo!

Jenny gira a chave na ignição, e nosso veículo de lanches maternos liga com um rugido. Meu coração acelera enquanto saímos para a rua principal. Jenny tem o cuidado de manter uma distância de dois carros, como recomenda o livro de vigilância. Não é exatamente uma perseguição. É mais como um acompanhamento muito cuidadoso e dentro da lei. Mas mesmo assim parece emocionante.

Nós o seguimos por dois quilômetros, depois três. Depois quatro. Finalmente, Robin liga a seta.

— Ele vai virar à esquerda — digo. — Não perde ele de vista!

Robin entra num shopping e estaciona a van em frente a uma loja de materiais de construção.

Jenny se vira para mim com a voz trêmula.

— Eu pego o carrinho de compras, você pega a boneca. Mães atrapalhadas, lembra? Aja naturalmente.

Ela salta do carro antes que eu possa responder. Pego a bolsa de fraldas e me atrapalho com o cinto no bebê-conforto, que não quer soltar.

— Vem logo — chama Jenny, já no meio do estacionamento.

Dou mais um puxão no cinto, que finalmente se solta. Retiro o bebê-conforto, jogo uma manta com estampa floral sobre nossa boneca e corro para alcançar Jenny, com a bolsa de fraldas batendo em meu quadril.

O ar dentro da loja tem um cheiro de borracha e plástico, com um toque de produtos químicos. Estamos na metade do dia; os outros clientes são, em sua maioria, trabalhadores de macacão. Passamos por latas de tinta, plantas de interior e luminárias, mantendo uma conversa teatral e forçada sobre desmame guiado pelo bebê enquanto vasculhamos freneticamente os corredores em busca de Robin. De vez em quando, ponho a mão embaixo da coberta e acalmo nossa boneca realista.

— Shh, shh — digo, para ninguém.

Quando chegamos à seção de ferramentas sem nem sinal dele, Jenny sugere que nos separemos.

— Vou ficar lá na saída caso ele vá embora. Você olha os corredores. Não esquece o centro de jardinagem — diz ela, apontando com o queixo para as portas das estufas.

Me posiciono na entrada do corredor de furadeiras e finjo examinar algumas opções. Nem sinal de Robin. Continuo andando, parando no mostruário de tintas para admirar algumas amostras de alto brilho. Pelo canto do olho, vejo um lampejo de verde-floresta. Ele está bem no fim do corredor, a menos de três metros, ao lado dos rolos de espuma. Faço uma pausa e o observo. Será que é o rosto de alguém que machucaria uma criança?

Olho para o carrinho dele, bem quando um homem de macacão sujo de tinta passa por mim e se planta à minha frente, bloqueando minha visão.

— Com licença — digo, tentando contorná-lo, mas ele não se move.

Dou uma batidinha leve nele com o carrinho, apenas um cutucão, mas exagero. A bolsa de fraldas pendurada no meu ombro esbarra numa prateleira de tintas Farrow & Ball na altura do quadril. O pedreiro se vira bem a tempo de ver um galão de Elephant's Breath deslizar da prateleira e cair diretamente sobre o bebê-conforto coberto pela manta com um baque surdo.

— Jesus, Maria e José, sua bebê! — grita o pedreiro, apontando horrorizado para a lata, perfeitamente encaixada no assento do bebê.

Há uma rodada de arquejos audíveis. A loja parecia quase vazia antes, mas, do nada, surgem dezenas de pessoas boquiabertas encarando a mãe irresponsável que derrubou uma lata de tinta em seu neném.

— Está tudo bem. — Tento girar o carrinho para poder dar meia-volta, mas o corredor está se enchendo de compradores ansiosos para ver a confusão. — Ela está bem — repito.

Atrás do balcão de tintas, uma funcionária de camisa polo laranja pega um walkie-talkie.

— Código 300 nas tintas.

— Pega a lata! — guincha uma mulher de cabelo grisalho. Ela se aproxima de mim, gesticulando na direção do Elephant's Breath. — Coitada da sua bebê!

Timidamente, retiro a lata de tinta do bebê-conforto e levanto o canto do pano de musselina para espiar a boneca.

— Aham, tudo certo — digo, fingindo alívio. — Nada com que se preocupar.

— Deixa eu ver — exige a mulher, me afastando com uma cotovelada de seu braço gordo. — Eu era enfermeira.

Me atiro na direção da boneca, mas a mulher é mais rápida, arrancando a coberta e pegando o conteúdo do bebê-conforto.

— Mas quê...? É de plástico! — grita ela, levantando a boneca como uma bomba prestes a explodir. — É uma bebê falsa!

O pedreiro recua, com nojo estampado no rosto.

— Uma bebê falsa? Quem traz uma bebê falsa para uma loja de material de construção?

As pessoas fazem "tscs" audíveis, balançando a cabeça, correndo para longe de mim como se temessem que minha insanidade fosse contagiosa. No fim do corredor, Robin nota a comoção e aperta os olhos na minha direção. Fico paralisada. Faz alguns anos que ele era professor na St. Angeles. Duvido que me reconheceria, mas não posso arriscar. Abandono o carrinho e a bebê e saio correndo do corredor de tintas.

— Senhora, a senhora não pode deixar sua... — chama a funcionária de camisa laranja enquanto disparo pelo corredor em direção à saída.

Jenny está apoiada na parede atrás dos caixas, observando os clientes passando suas compras.

— Vamos — falo, bruscamente. — A gente precisa ir.

Ela franze a testa.

— Por quê? O que aconteceu?

— Bati num mostruário. Com o carrinho. Uma lata de tinta caiu na bebê. Acabei causando um alvoroço.

Uma gargalhada escapa dos lábios dela, que corre para cobrir a boca.

— Tá — diz, desfazendo o sorriso e agarrando minha mão. — Vamos embora daqui.

Saímos correndo da loja para o estacionamento pelas portas automáticas. Quando chegamos a nosso mamãemóvel alugado, meus joelhos começam a tremer. Me abaixo tentando recuperar o fôlego.

— Meu deus do céu, que loucura!

Jenny revira os olhos, com uma expressão entre irritação e diversão.

— Você é um ímã do caos.

— Eu sei. Mas vi o sujeito.

— E? O que ele estava comprando?

— Não deu pra ver. Longe demais.

Ela balança a cabeça e destranca o carro. Começo a abrir a porta do passageiro.

— Na verdade — diz ela, apontando para o banco de trás. — Tenho uma ideia. Se abaixa no chão.

— Quê?

— Vai. A gente já chegou até aqui. Vamos terminar o trabalho.

Quero protestar, mas não me atrevo. Já fiz besteira suficiente. Entro no banco de trás. O chão tem cheiro de pé, terra e produto de limpeza. Jenny me passa um binóculo.

— Se prepara — diz.

Espio pela janela do carro e tento ajustar o binóculo. Não adianta. Está tudo borrado e duplicado. Estou ficando zonza.

— Ele está saindo. À direita! — avisa Jenny do banco de motorista.

— Não consigo fazer esse negócio idiota funcionar!

Jenny estende a mão para o banco de trás, agarra o binóculo e faz uma série de ajustes rápidos.

— Pronto — diz ela, esticando o pescoço para ver melhor. — Achei ele.

— E?

O rosto de Jenny empalidece, e sua respiração fica curta e afiada. O binóculo escapa de sua mão e cai no colo.

— Que foi?

Ela se vira para me olhar. O sangue sumiu de seu rosto, e suas mãos estão trêmulas.

— Uma serra — diz, com a voz leve e ofegante. — Robin Sexton acabou de comprar uma serra.

25

Guildford, Surrey

QUARTA-FEIRA, 13H18

Jenny me passa o binóculo.

— Pode ver você mesma.

Olho pelo vidro bem a tempo de ver a van branca suja de Robin sair do estacionamento cantando pneu.

— Ele está indo embora! Segue ele — digo. Jenny gira a chave. Me preparo para sentir o carro arrancar atrás dele, mas nada acontece. Abaixo o binóculo. — Vai — insisto, irritada. — Precisamos ver aonde ele está indo!

Jenny gira a chave de novo. Nada. Ela franze a testa.

— O carro não liga.

Sinto meu rosto esquentando e a temperatura do carro aumentando.

— Quê? Como isso pode estar acontecendo? — Minha voz agora está mais alta, mais desesperada. — Sério, que merda é essa?

— Sei lá — diz Jenny, respirando fundo. — Eu não sou mecânica. Vou ligar para a locadora. E a gente devia entrar em contato com a polícia e contar o que viu. Sinceramente, melhor assim. Se aquele homem realmente... Bom, ele pode ser perigoso.

Bato a cabeça no apoio, furiosa demais para falar. Contra todas as minhas loucas esperanças, demos um jeito de encontrar um suspeito de verdade. Alguém que não apenas não é Dylan, mas também é um abusador de crianças confirmado. E estamos deixando que ele escape.

— Que merda é essa? Vamos simplesmente desistir agora?

Jenny me olha surpresa.

— Por que você está surtando? Não é como se a gente pudesse confrontar ele sozinha. Não posso ser *presa*, Florence. Posso perder o emprego. E tenho que pensar nos meninos. Esse nunca foi o plano. A polícia...

— Caramba! Não acredito! — explodo, batendo a cabeça no banco. Meu cinto de segurança está apertado demais; está começando a parecer uma camisa de força. Não consigo respirar. — Você não *acabou* de ver um abusador de criança colocando fertilizante e uma serra na van branca sinistra dele?

Jenny baixa os olhos para as mãos no volante e ergue as sobrancelhas, como se estivesse tentando resolver um problema difícil de matemática. Sinto-a descendo do pico de adrenalina da perseguição. A parte racional e cética de seu cérebro assume o controle, analisando tudo, duvidando do que acabamos de ver.

— Escuta, tudo isso... é circunstancial. O homem não tem ficha criminal. Nenhum histórico de violência. Nem uma multa de trânsito.

— Ele passou a mão num aluno! Todo mundo sabe disso.

Jenny balança a cabeça.

— Robin Sexton nunca foi acusado. Eu verifiquei. Não tem registro de prisão.

Agora meu rosto está queimando. Pisco para segurar lágrimas quentes.

— Por que você está aqui? Por que veio?

Ela fica olhando para a frente, sem me encarar.

— Acho que a pergunta real é: por que você quer tanto que seja ele? O que está rolando, Florence?

A pergunta me atinge como se eu estivesse sendo esfolada viva. *Dylan*, quero berrar. Mas não posso.

Em vez disso, observo minhas unhas, me recusando a encará-la.

— Eu... me importo com o Alfie. Achei que você também se importasse.

Jenny põe a mão no meu braço.

— Eu me importo com a verdade — diz, suavemente.

Me afasto dela com um solavanco.

— Não. Nada disso. É sério que você espera que eu acredite que você fez tudo isso, o mamãemóvel, os disfarces, essa perseguição, porque se importa com "a verdade"? A verdade está lá indo embora e a gente está aqui sentada.

Jenny suspira.

— O que você quer que eu diga? Que eu estava solitária? Que gostei de sair com você? Que foi, sei lá, divertido ter algo que não era meu emprego deprimente e meus filhos ingratos e o peso insuportável e opressor da responsabilidade caindo em cima de mim de todos os lados? É crime querer conversar com outra adulta por dez minutos?

O silêncio toma conta do carro. Ficamos sentadas no estacionamento da loja de material de construção, quietas.

Finalmente, Jenny pigarreia.

— Vou ligar para o reboque. E aí vou ligar para aquele investigador, aquele da reunião de pais, Thompson. Devíamos contar pra ele o que...

Suas palavras são interrompidas pelo som de um telefone tocando. Meu telefone. Parece um copo de água gelada sendo jogado nas minhas costas.

NÚMERO PRIVADO, diz a tela.

Respiro fundo.

— Alô?

— Srta. Grimes? — diz uma voz de homem. Grave. Desconhecida.

— Eu.

— Aqui é o investigador Singh. Nos falamos na sexta, sobre seu filho.

Meu corpo inteiro fica tenso. Um gosto metálico enche minha boca. Abro a porta e pulo do carro, para Jenny não conseguir ouvir.

— Claro — digo, a voz aguda. — Estou lembrada.

— Recebemos algumas, é, novas informações. Preciso que você venha até a delegacia.

Engulo em seco. Jenny me lança um olhar preocupado.

— Agora?

— De preferência — diz ele. — Quanto tempo você leva para chegar?

— É...

— Infelizmente não são boas notícias.

* * *

— Quem era? — pergunta Jenny quando desligo.

Por um instante, quase não aguento. Estou louca para contar a ela sobre Dylan, a mochila, o *Diário dos sentimentos*. Tudo. Mas não posso.

— Will — minto. — Acabaram as meias do Dylan.

Ela revira os olhos.

— Que bom que não preciso lidar com essa palhaçada de ex-marido.

Fico olhando pela janela. Lá fora, nuvens escuras se formam no horizonte.

— Pelo jeito vai chover — comenta Jenny.

Me seguro para não chorar.

— Vai, sim.

26

Shepherd's Bush

QUARTA-FEIRA, 16H12

A delegacia de Shepherd's Bush é toda luz forte e cadeiras de plástico que rangem. Tem um bebedouro pequeno e imundo, mas o dispenser de copos de papel está vazio. O lugar inteiro parece uma propaganda extrema do Partido Trabalhista para criticar políticos conservadores por cortarem verbas dos serviços públicos.

O investigador Singh me encontra no saguão. Hoje parece mais velho, mais à vontade em seu território natural.

— Boa tarde — diz ele, e me conduz até sua mesa, coberta por um monte de papéis, pastas marrons e canecas com café até a metade. — Sente-se — pede, dando um gole de uma das muitas canecas. — Desculpa, me esqueci de oferecer. Quer um?

Faço que não e ele suspira, recostando-se na cadeira.

— Como está o Dylan?

— Bem. Preocupado, obviamente — completo, rápido.

O investigador Singh observa meu rosto, franzindo levemente a testa.

— Ainda na casa do pai?

— Aham.

Singh faz uma anotação num papel minúsculo, então levanta os olhos para mim.

— Não tem jeito fácil de dizer isso. Vamos convocar o Dylan para um depoimento formal. — Ele faz uma pausa. — Você entende o que isso quer dizer?

Um som de vento começa em meus ouvidos, como um helicóptero decolando.

— Não — respondo, tentando manter a expressão neutra e a voz calma.

Singh dá um gole lento do café antes de explicar:

— Quer dizer que as respostas dele vão ser gravadas e podem ser usadas em futuros procedimentos criminais.

— Ele tem dez anos!

— Sim. Obviamente, vai ter um adulto presente. Você mesma ou um representante. Agora, é importante que eu diga: não temos uma ordem de prisão contra o Dylan neste momento. Mas dez anos é a idade de responsabilidade criminal neste país. E esse depoimento não é voluntário, srta. Grimes. — Singh se inclina para a frente, e a cadeira range embaixo dele. — Se ele se recusar a cooperar, podemos prendê-lo e acusá-lo para garantir a cooperação.

Fico olhando para ele, atordoada.

— Advogado — cuspo. — Quero um advogado.

— Fique à vontade para contratar um diz ele, calmamente. — Aliás, é o que recomendo. — Ele mexe em algumas pastas na mesa e continua: — Se, depois do depoimento do Dylan, sentirmos que há provas suficientes para acusá-lo, vamos buscar uma decisão de acusação com o Serviço de Promotoria da Coroa. Isso pode acontecer imediatamente após o depoimento ou dentro de alguns dias — explica. Ele desliza um cartão na minha direção. — Agora, entendo que o Dylan está com o pai em... Hertfordshire, certo? — indaga, olhando suas anotações. — Então, vou lhe dar um dia a mais para que você faça os arranjos de viagem necessários. Se houver qualquer problema com seu ex, é só me avisar e podemos conversar. Do contrário, vejo você e o Dylan aqui na sexta de manhã. Dez horas, pode ser? — Tento dizer alguma coisa. Qualquer coisa. Mas minha boca parece cheia de algodão. Eu fracassei. Foi tudo em vão. — Certo — diz Singh, levantando-se e indicando a porta com a cabeça. — Até lá.

* * *

Quando dou a notícia a Will, ele fica caracteristicamente apoplético. É culpa minha, claro.

Pelo amor de Deus, Florence. Como você deixou isso acontecer?

Seguem-se as acusações de sempre: se eu tivesse falado algo, prestado mais atenção, contratado um advogado etc., tudo isso poderia ter sido evitado.

Não reajo, deixando que as acusações de Will me envolvam. Ao não receber uma resposta, ele fica ainda mais irado, até que começa a gritar, berrando comigo pelo telefone. Aí, muda abruptamente de tática e tenta argumentar.

— Mas não tem corpo! — diz ele. — Não acharam um corpo!

Repete isso sem parar, como um mantra para se acalmar. *Não tem corpo. Não tem corpo. Não tem corpo. Não tem corpo.*

Pigarreio.

— Escuta, Will. Vai acontecer. Você precisa se recompor. O Dylan precisa de um advogado. Vou ligar pro pai do Julian e pedir uma recomendação.

Há uma pausa, um breve alívio do tsunami de acusações. Por uma fração de segundo, penso em contar meu plano a Will. Estou desesperada para confessar a alguém. E, sem dúvida, se há alguém que pode entender o que estou prestes a fazer, é o pai do Dylan. A pessoa que supostamente o ama tanto quanto eu.

Mas o som da voz do meu ex-marido me traz de volta à realidade.

— Não acredito nisso — diz Will. — Conta você para ele. Foi você que enfiou o menino nessa enrascada.

Sem aviso, o telefone é entregue a Dylan. Minha mente está girando. Tenho dificuldade de organizar meus pensamentos.

— Oi, mãe.

— Oi, querido. — Engulo em seco. — Preciso te contar uma coisa que talvez te deixe chateado.

— É sobre o Alfie?

A voz dele soa baixa e assustada.

— Não, meu bem. É sobre você.

* * *

Depois de desligar, começo a trabalhar imediatamente.

Pesquiso horários de partida de trens no site da ferrovia, anotando o preço do bilhete para poder pagar em dinheiro na estação. Peço o que preciso na Amazon e na Argos, selecionando "retirar na loja" para a Argos e pagando a mais para entrega Prime no mesmo dia. Aí, abro a conta on-line do Dylan na Seesaw, onde os professores postam fotos de passeios e feiras de ciência. Rolo a página voltando no tempo, vendo os meninos ficarem cada vez mais novos. Baixo as fotos de que preciso, então transfiro as imagens para um *pen drive*.

Por volta das oito da noite, o telefone toca, me tirando de meu estado meditativo. Olho para o identificador de chamadas. Número estrangeiro. Provavelmente spam. Olho mais atentamente: código de área 213.

Elliott.

Um arrepio de expectativa corre por minhas veias quando corro para o telefone, mas a sensação é logo substituída por outro pensamento: nada, absolutamente nada é mais importante do que o que estou prestes a fazer. Me permitir ficar distraída, mesmo que brevemente, poderia levar a um erro que colocaria em risco toda a vida do meu filho. É minha última chance. A última chance do Dylan.

Dou um último olhar melancólico para o telefone ainda tocando na minha mão e deixo cair na caixa-postal. Ligo para Elliott amanhã, quando tiver consertado tudo.

Sou tomada por uma calma bizarra, inexplicável. Pela primeira vez na vida, sei exatamente o que fazer.

27

Shepherd's Bush

QUINTA-FEIRA, 7H18

Quando o sol nasce na quinta de manhã, estou esperando. Tudo está aguçado: cores, sons, cheiros. Já não sou uma pessoa. Me sinto antiga, primitiva; uma criatura escorregadia pré-histórica espreitando no fundo escuro do oceano. Sento-me à mesa da cozinha e disco o número de Jenny.

— Uau — diz ela. — Você acordou cedo.

Ao fundo, ouço os sons de um café da manhã familiar caótico: leite sendo servido, colheres batendo em tigelas, Max e Charlie discutindo sobre quem tem o maior biscoito.

A trivialidade de tudo parece uma afronta pessoal. Amanhã, neste mesmo horário, meu filho vai estar a caminho de um interrogatório policial. Na semana que vem, ele pode estar numa cela. Tomando um café da manhã de cadeia com outros detentos juvenis. Mas não posso contar nada disso a ela. Então, falo:

— Sei como podemos entrar na casa dele.

— Quê? Do que você está falando? — Há uma pausa. Jenny grita: — Para com isso, Max.

Um dos meninos começa a gritar.

— Do Robin Sexton. Temos que voltar lá. Por favor, Jenny. Minha intuição está apitando.

— É, não — desdenha ela, batendo a mão na mesa. — Max! Com cuidado! Desculpa. Vou precisar de mais que "intuição" para agir.

— Pensa no Dyl... — Ops. Ato falho. — No Alfie, quer dizer. Pensa no Alfie! — Tento apelar para a curiosidade natural dela. — Você não quer saber o que tem naquelas bolsas de lona?

Jenny suspira.

— Lógico que quero. Mas nada mudou desde ontem. Não podemos de jeito nenhum entrar na casa daquele homem. — Ela faz uma pausa. — Aliás, acho que a gente devia voltar à sra. Schulz. Ver por que a mulher mentiu sobre conhecer o Ian.

Meu coração fica pesado. Eu sabia, em algum nível, que ela jamais concordaria, mas agora percebo até que ponto me permiti ter esperanças.

— Você ligou para o chefe Thompson? — pergunto, embora já saiba a resposta.

— Aham. Ele vai encaminhar o alerta para seus superiores.

Fico olhando pela janela da cozinha para o quintal cinza. Buracos do tamanho de bolas de futebol pontilham a grama, ao lado de montinhos de terra recém-escavada. A raposa voltou.

— Achei que a gente fosse amiga, não?

Minha voz está pequena e suplicante.

Jenny bufa pelo nariz.

— Florence, isso não tem nada a ver com sermos amigas. — Ao fundo, um prato bate numa bancada de pedra. — O que você está me pedindo para fazer é uma loucura. — A voz dela agora se eleva, subindo as escalas de aborrecida a indignada. — Sinceramente, nem acredito que você me colocaria nessa posição. Eu jamais...

— Tá. Deixa. Sério, esquece que eu pedi.

Desligo e fico olhando o quintal, torcendo para ver de relance a raposa. Seria um bom sinal. Um sinal de que estou fazendo tudo certo. Uma brisa faz os arbustos farfalharem. Um pombo pousa na árvore do vizinho. Mas é só isso. Nada de raposa. Nada de sinal.

Olho meu celular, desejando que Jenny volte atrás. Que me ligue mudando de ideia. Mas já sei que isso não vai acontecer.

Agora, estou sozinha.

Robin Sexton abre a porta da frente usando calça de sarja cáqui, camisa social e com a expressão mais tensa que já vi. De perto, é menos atraente do que nas fotos, com um nariz empinado e a atitude arrogante e desagradável de alguém que passa as cuecas a ferro. Estou usando um colete de segurança amarelo-fluorescente e um capacete de plástico, com um cordão verde de girassóis que significa "deficiência oculta" pendurado no pescoço. Seus olhos pairam um instante no cordão.

— Posso ajudar? — pergunta Robin, num tom que implica que não tem intenção alguma de ajudar.

Ele apoia a mão no batente da porta, e não consigo deixar de admirar suas unhas: imaculadas, como se tivesse acabado de lixá-las.

— O senhor é o morador desta casa? — pergunto, na minha melhor imitação de sotaque britânico.

— Quem quer saber?

— Emily, hum, Smith. Da Thames Water. Estamos investigando relatos de má qualidade da água nesta região.

Ele faz uma expressão confusa.

— Vocês não costumam mandar uma carta?

Meu peito se aperta, como se alguém estivesse separando meus músculos. Eu não esperava que ele fosse ser tão desconfiado. Se não me deixar entrar, eu vou me ferrar (ou melhor, Dylan vai ser ferrar). Melhor não pensar nisso.

Puxo ar por entre os dentes e balanço a cabeça.

— Não dá para esperar, infelizmente. O senhor já ouviu falar de Legionella? Uma coisa terrível.

Ele olha por cima do ombro.

— Na verdade, estou ocupado.

Olho pela porta aberta. Nem sinal de Alfie.

— Um em cada dez casos é fatal — digo. — Notou algo diferente ultimamente? Alguma dor nova?

Robin resmunga e esfrega o ombro esquerdo, fazendo uma leve careta.

— Quanto tempo vai levar? — questiona, sem sair da porta.

— Ah, vou ser rápida. O senhor nem vai notar que estou aqui.

Ele dá um último suspiro exasperado e abre a porta para mim.

— Tire os sapatos! — ladra quando cruzo a soleira.

Lá dentro, a casa é quente e aconchegante. Tem um fogão a lenha, uma pilha grossa de madeira e um sofá gasto. Está tocando música clássica baixinho. Tenho que admitir, não parece a casa de um sequestrador de criança, mas talvez seja esse o objetivo dele.

Começo a montar minhas ferramentas na pia da cozinha. Coloco um par de luvas de látex e abro o kit de teste de Legionella que pedi na Amazon e tinha cento e quinze avaliações de cinco estrelas. A caminho de Guildford, vi um tutorial no YouTube sobre amostra de água. Bom, a maior parte, pelo menos, até o Wi-Fi do trem parar de funcionar.

Robin me lança um olhar irritado. Gesticula para a tábua de corte de madeira cheia de cebolas e pimentões fatiados.

— Na verdade, estou tentando cozinhar, se puder me dar licença.

— Sem problema. Posso começar lá em cima.

De todo modo, é lá que estou tentando chegar.

Subo a escada dois degraus por vez. O *pen drive* é do tamanho do meu dedo mindinho. Passei a noite toda colecionando fotos de Alfie e montei uma boa coleção.

Robin sobe atrás de mim e fica parado no corredor, batendo o pé enquanto finjo coletar uma amostra da pia do banheiro dele. Deus o livre de me deixar sozinha por dois segundos para eu poder fazer meu trabalho. Credo.

Encho o tubo de ensaio de vidro sob seu olhar atento, com a mão tremendo de leve. Giro a tampa o mais lentamente que consigo, torcendo para ele se entediar e ir embora. Robin está me vigiando. Como se tivesse medo de eu talvez roubar um de seus sabonetes chiques ou toalhinhas de mão cheias de frufru. Acho ofensiva sua recusa em esconder a desconfiança de mim.

Encho mais um tubo de ensaio com água e me demoro para fechá-lo, me perguntando como diabos vou fazê-lo descer de volta.

— Então, hum, o senhor mora aqui sozinho? — pergunto.

Ele franze a testa, fazendo as sobrancelhas bem penteadas se transformarem numa monocelha irada.

— E por que isso é relevante?

Engulo em seco.

— Só estou jogando conversa fora.

— Hmmm — diz ele.

Bem assim. *Hmmm.*

Um despertador dispara na cozinha, e Robin dá um pulo.

— O *sourdough*! — diz, descendo às pressas com uma carranca. — Já volto. Não encosta em nada!

Conto seus passos enquanto ele desce as escadas. *Oito, nove, dez.* Quando tenho certeza de que estou sozinha, saio correndo do banheiro e empurro o que espero ser a porta do quarto dele. Bingo.

Parece um quarto de prisioneiro. Uma cama com armação de metal branca coberta por uma colcha, uma pequena cômoda de madeira. O único item pessoal é um diploma de Cambridge pendurado cuidadosamente acima da cama.

Abro a primeira gaveta da cômoda. Fileiras e fileiras de meias pretas idênticas. Maluco. Coloco o *pen drive* dentro de uma meia no fundo e fecho a gaveta o mais silenciosamente possível. Aí, me ajoelho e retiro a mochila de Alfie da sacola lisa de lona que estou carregando. Coloco embaixo da cama e dou um empurrão. A estrutura da cama é baixa demais; a mochila fica presa, meio para dentro, meio para fora. O pânico sobe pela minha garganta. Dou um chute, depois outro. Ela nem se mexe.

Agora, consigo ouvir passos. Robin sobe as escadas de dois em dois degraus. Dou um último chute de caratê na mochila, e ela desaparece embaixo da cama bem quando a porta se abre.

— O que você está fazendo aqui? — questiona ele.

Olho pelo quarto em busca de uma resposta. Estou com o coração na boca.

— Eu estava... estava verificando se o senhor tem um lavabo no quarto. Tipo uma suíte. Muitas casas têm hoje em dia. — Examino o quarto. — Não, nada de suíte aqui — digo, alegre, bem quando algo escuro chama minha atenção. Merda. A alça da mochila de Alfie está saindo por debaixo da cama como um tentáculo azul-marinho. Merda. Merda. Merda.

Robin franze a testa.

— De que parte da Irlanda você é? — pergunta, de repente.

— Desculpa? — Lá se vai meu sotaque britânico. Quebro a cabeça atrás de um nome de lugar que soe irlandês. — Blarney?

— Eu teria chutado a Costa Oeste — diz ele, sorrindo com minha confusão. — Tenho um bom ouvido para línguas, pode-se dizer.

— Ah, puxa, que legal — murmuro, mantendo um contato visual cuidadoso enquanto uso a ponta do pé para empurrar a alça para debaixo da cama. — Certo. Tudo pronto por aqui.

Vou direto para as escadas antes que ele me pergunte mais alguma coisa. Robin fica com uma expressão confusa.

— E a torneira lá de baixo, na cozinha?

— Ah, não precisa. Vem tudo da mesma fonte.

— Sério? — diz ele. — Porque achei que você tivesse dito que...

— Já vou indo, então.

Passo por Robin e desço apressada. Meu coração está batendo tão forte que parece que vai explodir. Estou desesperada para me afastar o quanto antes desta casa.

Ele me segue pelos degraus, sem largar o osso.

— É que estou confuso, porque você disse que...

— Veja se toma água mineral até termos os resultados — digo, indo para a porta da frente. — O senhor vai receber uma carta com os resultados entre seis e dez dias.

— Como você vai... — começa ele, mas já saí porta afora, caminhando depressa pela calçada.

* * *

Na estação de trens de Guildford, entro no banheiro do café Costa e jogo água fria no rosto. Sob a luz fluorescente, pareço um zumbi. Me aproximo. Estou imaginando ou será que minhas sobrancelhas estão ficando mais ralas? Não. Estou sendo paranoica. Não é como da última vez. Minhas sobrancelhas estão ótimas.

Ainda assim, tomo cuidado para não encostar nada no rosto ao remover meu cordão de girassol e o colete de segurança amarelo, enfiando-os em latas de lixo separadas em cabines diferentes.

Meu trem chega na estação de Waterloo no começo da tarde, mas já parece horário de pico. Ao meu redor, pessoas ocupadas se apressam e se empurram. Tiro o kit de teste de água, separando a sacola e seus conteúdos e os depositando em lixeiras em extremidades opostas da plataforma lotada.

Enquanto vou na direção do metrô, um homem me entrega um exemplar grátis do *Evening Express*. Olho de relance para a capa e vejo os olhos castanhos tristes de Alfie me encarando. *SEXTA-FEIRA MARCA UMA SEMANA SEM RESPOSTAS*, grita a manchete. Então me lembro: ainda não terminei.

28

Shepherd's Bush

QUINTA-FEIRA, 15H18

— Oi, oi, Flo — diz Adam, apoiando-se em seu batente. — Tudo bem?

Ele parece exausto, com uma meia-lua lilás embaixo de cada olho. Tento não encarar.

— Quer dar uma caminhada? — pergunto.

Ele franze a testa.

— Agora? Está quase escuro.

— Preciso te pedir uma coisa.

A expressão de Adam muda. Ele tira as mãos dos bolsos, estala os nós dos dedos.

— Claro. Deixa só eu, é... pegar meu casaco. Te encontro lá na frente.

Espero por ele na rua, chutando pedrinhas. A adrenalina de mais cedo se esvaiu do meu corpo; minhas pernas parecem ser de chumbo.

Adam aparece dali a pouco com uma jaqueta *puffer* verde-escura.

— Pra que lado você quer ir? — pergunta ele. — Fontes?

As Fontes White City ocupam um trecho de concreto descuidado ao lado da estação de metrô Wood Lane, uma escultura de água nada inspiradora idealizada por uma construtora tentando conseguir aprovação para mais um prédio residencial. Dylan as adorava quando era bebê. Nós dois passávamos horas entre o arranha-céu e a rua, observando aqueles oito riachinhos.

Adam e eu nos sentamos num banco de pedra fria. Uma placa escrita à mão nos informa que a água foi desligada como "medida temporária para economia". Um grupo de meninos pré-adolescentes faz manobras de skate nada impressionantes no concreto liso. Adam me olha com expectativa.

— Então — diz. — O que foi?

Faço uma pausa. Por um segundo, tenho vontade de não dizer nada. De guardar tudo para mim. Mas já o arrastei até aqui e tornei tudo "tremendamente dramático", como diria Brooke. Preciso dizer algo. Quando disser, porém, vai mudar tudo. Não dá para voltar atrás.

Fixo os olhos nos skatistas. Há cinco deles, mas um é bem melhor que os outros. Está se exibindo com manobras que envolvem pegar o skate com as mãos no ar. Pigarreio.

— Acho que eu sei, hum. Quem pegou o Alfie.

— Pode continuar — diz ele, com os olhos frios.

— Tinha um professor de matemática. Ele foi demitido faz uns anos. Por passar a mão num menino. — Levanto os olhos para Adam. Seu rosto está inexpressivo, ilegível. — Encontrei a mochila do Alfie. Na casa dele.

Adam fica me olhando pelo que parece uma eternidade. O sol está se pondo, o frio se esgueira por baixo da minha jaqueta. Ele se recosta, afastando o corpo de mim.

— Uau. — Adam balança a cabeça, sem acreditar. — Como você...? Não acredito que a Jenny concordou com isso.

O som do nome dela me faz ficar tensa.

— Não, não. Não concordou. Fui só eu. A Jenny na verdade...

Os olhos de Adam perfuram os meus.

— Ela não sabe, né?

— Não. Não sabe — admito. Ao longe, um dos skatistas cai. Seus amigos se reúnem ao redor num pequeno semicírculo, rindo e dando tapinhas nas costas dele. — O que eu devo fazer? — pergunto. — Pra quem eu conto?

Adam solta o ar suavemente, abrindo as narinas.

— Bom — diz, enfim. — Não posso me envolver. Ia parecer errado. Mas tem uma linha direta para denúncias anônimas. Você pode ligar lá. — Ele se ajeita no banco, girando até seu rosto ficar a centímetros do meu. Não tenho para onde olhar exceto os olhos dele. — Mas, sério, Flo. Você tem certeza? Tipo certeza *mesmo*? Antes de arruinar a vida do cara para sempre?

Me contorço e chuto o concreto com meus tênis. A essa altura, eu colocaria fogo em mim mesma para o Dylan não ter problemas. É a única certeza que tenho no mundo.

— Tenho — digo. — Absoluta.

Ele estala os nós dos dedos.

— Beleza. Bom, melhor a gente voltar.

Na entrada de casa, Adam se aproxima para me abraçar. Me envolve com os braços, me rodeando de uma nuvem de Old Spice e sabão de lavar roupa, enterrando o rosto em meu cabelo.

— Por favor, não faça nada idiota — murmura no topo da minha cabeça.

Há um pouco de música de elevador e então um clique, como o início de uma gravação. Uma voz feminina diz:

— Obrigada por ligar para a Linha de Denúncias Alfie Risby. Preciso de alguns dados pessoais.

Sua voz é alegre, como se ela estivesse anotando pedidos de almoço num *drive-thru*.

— Oi. Hum, só checando... isto vai ser... é anônimo?

— Sem dúvida pode ser — diz a mulher, como se recitasse os especiais do dia. — Porém, se estiver interessada em ganhar a recompensa, eu vou precisar de alguns dados pessoais.

Peça um combo por apenas noventa e nove centavos adicionais!

— Eu, bom...

Minha mente está girando. Não pensei direito nisso.

— Pode falar um pouco mais alto, querida? Meus ouvidos já não são como antes.

Imagino uma idosa de cardigã em tom pastel, uma voluntária sozinha em algum porão de igreja.

— Anônimo — digo, recalibrando minha tentativa de fazer um sotaque do leste europeu. — Desculpa, meu inglês não muito bom.

— Ah, que graça, querida, você está indo superbem — diz ela, e quase caio em prantos.

Não preciso fingir que estou chateada. Minha voz está tremendo genuinamente enquanto lhe conto minha história: como ganho onze libras por hora limpando casas. Como mando a maior parte desse dinheiro para casa. E como encontrei a mochila de Alfie Risby embaixo da cama do meu cliente. Quando lhe dou o endereço de Robin, começo a chorar.

A idosa tenta me consolar.

— Está tudo bem, querida. Você está fazendo a coisa certa.

A coisa certa.

As palavras ecoam em meus ouvidos bem depois de desligar.

A polícia faz uma busca na casa de Robin Sexton na mesma madrugada. Quando acordo na sexta de manhã, as fotos estão em todos os jornais. *EX-PROFESSOR PRESO NA BUSCA POR ALUNO DESAPARECIDO*, grita a manchete.

O *Daily Post* deve ter recebido uma dica adiantada sobre a operação. A página inicial do site está repleta de fotos em alta resolução: policiais com coletes à prova de bala; equipe forense de uniforme branco removendo diligentemente sacos de evidências; Robin Sexton atordoado sendo retirado de casa algemado.

Fico deitada na cama vendo as imagens da operação no YouTube enquanto tomo meu Red Bull matutino. Agora, o sol entra pelas persianas, e seguro o celular na frente do rosto, assistindo ao vídeo repetidamente para analisar a expressão de Robin Sexton enquanto ele é levado de casa. Parece surpreso e assustado, como um menino que foi chamado na diretoria e não sabe por quê. Uma onda de culpa percorre minhas entranhas, como o início de uma virose. Afasto a sensação. Ele é um abusador infantil, lembro a mim mesma. Sua prisão é um ganho para a humanidade. Foi a *coisa certa* a fazer.

Fico tentada a ligar para Jenny, mas não posso arriscar disparar seu "sexto sentido" de que eu estou envolvida. Melhor deixar que ela me dê a notícia.

Quando Singh liga para me dizer que o depoimento de Dylan vai ser adiado "à luz dos acontecimentos recentes", finjo surpresa.

— Foi cancelado de vez?

— Até segunda ordem — diz ele, ríspido.

Mando a boa notícia por mensagem a Will.

Uma hora depois, Jenny telefona. Estou no banho, tentando arrancar um jato suficiente do chuveiro relutante.

— Você viu? — pergunta ela, completamente sem fôlego. — Prenderam ele. Você estava certa!

Desisto do chuveiro e pego uma toalha.

— Ah, vi, sim.

Jenny faz uma pausa.

— Que bom que não fomos atrás dele. Dá pra imaginar?

— Humm, é — murmuro, como um carro ficando sem gasolina.

Minha adrenalina está esgotada; meu plano não incluía lidar com a reação de Jenny. Ela baixa a voz.

— Mas nada de corpo. Meio estranho, né?

A ligação está começando a parecer perigosa, como uma prova em que eu talvez não passe. Estou desesperada para conversar com ela, contar a história toda de uma só vez. E, se ficar mais tempo ao telefone, posso acabar contando tudo.

— Escuta, o Dylan vai voltar para casa hoje. Preciso correr no mercado. Comprar umas coisas.

Jenny parece surpresa.

— Ah. Claro — diz. — Não vou te atrapalhar. De todo modo, eu provavelmente deveria aparecer no escritório.

— Certo — falo. — A gente se vê.

Quando desligo, sou tomada por uma dor estranha, como saudade de casa, enjoo marítimo ou algo assim. Abro de novo a água, ajustando a temperatura até estar escaldante e eu não conseguir sentir absolutamente nada.

Naquela tarde, Will deixa Dylan com um saco de roupa suja e uma expressão de puro desprezo. Meu filho me dá o mais breve dos abraços na entrada do prédio e entra correndo no quarto. Me pergunto: *será que ele está verificando se a mochila do...* Mas aí me interrompo.

Não tem mais importância. Acabou. Fim.

Will me entrega o saco de roupas.

— Notícia doida — diz ele, cruzando os braços.

Faço que sim com a cabeça.

— É. Doida.

— Então o Dylan está...

— Seguro — completo rapidamente.

— Ótimo — diz Will, relaxando os ombros. — Maravilha.

Analiso-o por um instante: o leve queixo duplo, a bermuda de sarja no inverno, o relógio ridiculamente caro mascarando a autoestima enfraquecida. Parado ali na entrada da minha casa, ele parece qualquer outro pai barrigudo de meia-idade do oeste de Londres. Me sinto perplexa, e um pouco envergonhada, por essa pessoa tão completamente banal já ter tido tanto poder sobre mim.

Ele começa a sair, arrastando os pés.

— Ei, Will? — chamo, apontando a camisa dele.

— Oi?

— Você pulou um botão.

O casamento da Brooke é amanhã, então Dylan e eu decidimos passar a noite de sexta no sofá, vendo reprises de *Quem quer ser um milionário?*. Ele está cem por cento comportado e nem reclama quando xingo o participante, um contador de quarenta e um anos de Dorset que se recusa a desistir depois de vencer a pergunta de 32 mil libras.

— São trinta paus! — berro para a TV. — Você está rico. Agradece e vai pra casa.

Dylan revira os olhos e pega mais uma fatia de pizza vegana da caixa na mesa.

— Quando eu vou voltar pra escola? — pergunta.

Dou uma mordida na minha própria fatia. O queijo vegano derretido queima o céu da minha boca.

— Na segunda, talvez? Quer dizer, já pegaram o cara. Agora está seguro.

Dylan ergue os olhos para mim, com fios de queijo pendurados da boca como uma teia de aranha.

— Mas não acharam o Alfie.

Congelo. *Vá com cuidado*, penso.

— Pois é. Não sei bem o que pensar disso, na verdade.

Uma culpa incandescente borbulha em meus órgãos. Sinto que meu intestino está pegando fogo. Quanto tempo vai demorar para essa sensação passar?

Enfio mais uma fatia de pizza na boca e torço para Dylan não me perguntar mais nada.

Naquela noite, depois que Dylan dorme, entro na ponta dos pés em seu quarto. Ele está roncando levemente. Paro na porta e observe seu peito subir e descer, seus cílios baterem como minúsculas borboletas.

Meu bebê. Me aproximo dele, tirando seu cabelo úmido da testa. Lágrimas quentes ardem em meus olhos e, por um momento, minha culpa é suplantada por outra coisa. Alívio? Mas alívio é uma palavra tão insatisfatória para o que estou sentindo. Alívio é quando você atravessa um sinal vermelho sem disparar as câmeras de trânsito ou consegue surrupiar um tubo de creme para mãos especialmente bom no *free shop*.

Mas isto — Dylan — é tudo. Ou a diferença entre tudo e nada. Fico na porta por muito tempo, vendo as pálpebras do meu filho tremerem de leve.

Estou prestes a sair do quarto quando ele desperta. Olha diretamente para mim, sem rastro de sono ou confusão.

— Obrigado, mãe — diz.

Sua voz é suave e abafada, como se viesse de mil quilômetros de distância.

Fico paralisada. Meu coração começa a martelar no peito. *Será que ele está me agradecendo por me livrar da mochila do Alf...* Afasto o pensamento. Não importa. A única coisa que importa agora está bem na minha frente.

— De... hum... de nada — gaguejo, me recompondo.

E estou falando sério. Me sinto péssima pelo que fiz, mas faria tudo de novo num piscar de olhos se isso significasse que minha pessoa favorita estaria segura aqui comigo.

29

Belgravia

SÁBADO, 9H48

A suíte de noiva no Goring Hotel tem cheiro de gardênia e spray de cabelo. Brooke está parada na minha frente e dá uma voltinha teatral. Está usando um vestido tipo camisola de cetim de seda, pendurado em seus delicados ombros por alcinhas finas como teia de aranha. Seu rosto está com uma leve maquiagem, e os lábios, vermelhos como sangue. O véu, uma única folha de tule, flutua atrás dela como uma saia brilhante, preso por uma fivela vintage de bronze. O efeito é Kate Moss de 1992 com toques de Carolyn Bessette. O tipo de produção escolhida só por mulheres tão lindas que não há quantidade de adorno capaz de melhorar as coisas.

Me mexo desconfortável em meu vestido de madrinha cor de alcaparra. Logo, a cerimonialista estressada vai bater à porta e todas vamos nos entulhar numa frota de Rolls-Royces antigos a caminho da igreja. Mas agora somos só nós duas: Pandora e Tilly foram buscar gelo. Dylan está no brunch dos padrinhos no restaurante do térreo.

Estou ciente de que deveria dizer algo, dar a Brooke um momento de irmã mais velha, mas não consigo encontrar as palavras.

— Você está linda — consigo dizer.

É um eufemismo. Ela é a noiva mais bela que já vi.

— Estou, né? — diz Brooke, dando uma risadinha. — Obrigada por estar aqui — completa. — Estou só tão feliz que tudo, sabe... acabou. — Ela dá uma risada nervosa, que soa como um guizo de trenó. — *Acabou*, certo?

Faço que sim.

— Com certeza.

O sol de início de inverno entra pela janela. Reflete nos brincos de pérola dela e, por um instante, tudo parece tão beijado pelo sol e perfeito que é quase insuportável.

— Como ele está? — pergunta Brooke, com delicadeza.

— Bem — respondo, no automático. — O Dylan está ótimo. Mas hoje é *seu* dia, Brookster. Só por hoje, vamos falar só de você.

Brooke funga duas vezes em rápida sucessão, como se tentando não chorar. Arqueio a sobrancelha.

— Para. Você vai estragar sua maquiagem. Enfim, tenho que fazer uma pergunta. Coisa séria.

— Pode perguntar — diz ela, de olhos arregalados.

— Você tem certeza *absoluta* de que quer mudar seu sobrenome para Chuntley?

A cerimônia é a clássica ser fiel, amar e respeitar, feita por um padre bochechudo numa igreja antiga. Quando Brooke me pediu para cantar, eu sugeri “At Last”, de Etta James, como uma referência brincalhona aos oito anos e meio que Julian levou para pedi-la em casamento. Mas, parada no altar frio como uma cripta, cantando a plenos pulmões, a música parece perfeita.

A festa acontece num grande salão de hotel. Adam, Dylan e eu estamos na mesa dos noivos. Adam não queria vir (“Casamento não é muito a minha praia, Flo”, insistiu), mas eu não suportaria os olhares de pena de Pandora e Tilly se viesse sozinha. No fim ele cedeu, se enfiando num smoking alugado e me fazendo prometer que podia ir embora à meia-noite, independentemente do que acontecesse.

Dylan é padrinho e, embora tenha insistido em combinar o terno com tênis All-Star, está tão lindo e crescido que não consigo deixar de imaginar o casamento dele um dia, com alguma garota ou garoto natureba. Ao ar livre, provavelmente, num parque público, com garfos de madeira biodegradável. Há algumas semanas, essa visão teria me parecido insignificante e triste. Mas, hoje, parece incrivelmente charmosa; um amuleto brilhante, irradiando luz e sorte.

Me recosto na cadeira, engolindo champanhe enquanto analiso a cena feliz: Adam bravamente jogando conversa fora com o pai de Julian sobre se a ponte Hammersmith um dia vai reabrir para carros. Dylan jogando *Roblox* no meu celular. Julian balançando na pista ao som de "What a Wonderful World", de Louis Armstrong, com toda a elegância desajeitada de um inglês bêbado. Brooke, uma fofa, nem parece notar. Está com os braços pendurados nele e sorrindo de orelha a orelha, como se ser um bêbado desajeitado fosse uma de suas características mais adoráveis.

Dou outro gole do champanhe doce. Está tudo bem. *Finalmente.*

O DJ faz uma transição perfeita para "It's Like That", de Mariah Carey, e pulo da cadeira.

— É minha música! — berro.

Brooke pisca para mim e articula, sem emitir som:

— De nada.

Adam sorri, estendendo a mão.

— Posso?

— Não é muito esse tipo de música — protesto, mas ele me segura e começa a me girar na pista, cheio de autoconfiança.

— Eu não sabia que você dançava!

Adam sorri.

— É. A Marta me obrigou a fazer aulas.

— Uau. Você não parece o tipo.

— Sou cheio de surpresas — diz ele, com um sorriso irônico. Quando começa o refrão, canto alto. Adam me puxa mais para perto. — Sabe, sua voz é linda mesmo.

Fico corada.

— É, bom, e olha no que deu.

— Ah, não seja tão crítica consigo mesma. — A expressão de Adam muda. — Na verdade... Eu queria falar com você sobre uma coisa. Uma coisa séria.

— Ah, é? O quê?

Estou alegre, quase bêbada de alívio porque tudo finalmente chegou ao fim, Dylan está seguro. Adam para de dançar.

— A gente pode ir lá fora um minuto?

— Ah. É...

Não quero ir lá fora. Nem ter uma conversa séria. Estou desesperada para que essa sensação mágica dure, para ficar neste salão folheado a ouro bebendo e rodopiando e comemorando em segredo por ter deixado todo aquele caos para trás. E, se Adam estiver prestes a confessar o que sente por mim, definitivamente não estou a fim.

Antes que ele consiga dizer qualquer coisa, o DJ troca a música. Os compassos de abertura de "I Wanna Dance with Somebody (Who Loves Me)", de Whitney Houston, ecoam pelo salão, e sinto um tapinha no meu ombro.

— Quer? — pergunta Dylan, estendendo um bracinho magrelo na minha direção.

Meu coração fica leve. Dylan odeia dançar, assim como detesta quase todos os tipos de toque. É um Grande Gesto.

Olho para Adam, que faz uma pequena reverência engraçada.

— Claro. A gente conversa outra hora — diz, graciosamente.

Pego as duas mãos de Dylan e começamos a balançar, de início desajeitados, depois girando pelo salão cada vez mais rápido. Começo a me sentir zonza, mas não ouso pedir para ele parar. Sorrio tanto que minhas bochechas doem.

— Está tudo bem — sussurro para meu filho. — Agora vai ficar tudo certo.

A sensação de felicidade continua na manhã seguinte. Adam foi embora assim que cortaram o bolo, murmurando uma desculpa sobre treinar e acordar cedo. Mas eu fiquei para o *after* na suíte do noivo, colocando Dylan para dormir no quarto ao lado e depois tomando champanhe direto da garrafa e discutindo com um dos padrinhos sobre quem era melhor, Prince ou David Bowie, até a esposa dele nos encontrar e sussurrar no ouvido dele que era hora de irem embora.

Quando o porteiro coloca Dylan e eu no banco de trás de um táxi preto na manhã seguinte, o sol já está nascendo. Meu filho está de bom humor, vendo fotos da noite passada.

— O que a gente pode fazer quando chegar em casa? — pergunto, desesperada para que a sensação dure só um pouco mais.

— Pedir donut? — sugere.

Levanto a mão para ele bater.

— Perfeito.

Dylan está olhando o aplicativo de delivery quando o táxi entra na nossa rua. Vejo uma pequena figura de parca cinza na nossa varanda, descendo os degraus às pressas.

— Quem é esse? — pergunto, irritada. — Na nossa entrada?

Dylan aperta os olhos para enxergar pela janela.

— Deve ser só o sr. Foster. Ele ia deixar um artigo para eu ler e uns grilos para a Greta.

Sinto meu bom humor começar a azedar.

— Por quê?

Dylan me olha com irritação.

— Como assim? Ele só está sendo legal. É meu amigo.

Balanço a cabeça.

— Não, Dyl. Seu único amigo não pode ser nosso vizinho aposentado esquisitão. Você precisa de amigos da sua idade.

Ele fecha a cara.

— Mas eu não gosto de crianças da minha idade.

— Aqui está bom? — pergunta o motorista.

Abro a porta do táxi.

— Você não entende? Essa confusão toda... — Me forço a parar. — Quer saber? Entra logo.

— Mas, mãe!

— Vai. Eu já entro. E deixa os grilos na varanda.

Dylan destranca a porta, e me viro para seguir a figura de parca cinza pela calçada.

— Ei! — grito, mas ele não para. — Ei! Sr. Foster!

— Ah, Florence! — Um olhar acanhado cruza seu rosto quando ele se vira. — Puxa, você está toda arrumada! Estava em algum lugar chique?

— No casamento da minha irmã — respondo entre dentes. — O que você estava fazendo na minha porta?

— Ah, só deixando umas coisas para o Dylan. Um material de leitura, uns grilos para a Greta. Você sabe que ela...

A raiva sobe em minha garganta, tomando conta do meu corpo. É tudo culpa dele. Esse hippie velho e estranho, com suas latas de grilos, seus documentários sobre reciclagem e suas dicas sobre hibernação de tartarugas. Ele é o motivo de meu filho não ter amigos. De meu filho ter se metido nessa confusão. De eu quase o ter perdido. E isso acaba hoje.

— Escuta, quero que você fique longe do Dylan — digo, com a voz trêmula. — De agora em diante. Ele precisa fazer amigos da idade dele.

O rosto do sr. Foster fica pálido.

— Mas nosso...

— Eu sou a mãe dele. Está me escutando? Não é apropriado. E chega de grilos.

O sr. Foster fica parado por um instante e então assente. Dá meia-volta e sai arrastando os pés pela rua, voltando para sua casa. Subo os degraus da varanda batendo os pés e jogo a lata amarela de grilos no lixo reciclável. Ela bate no fundo da lixeira, produzindo um som pesado e metálico.

Quando levanto a cabeça, Dylan está parado na janela da frente, me observando. Uma sombra cruza seu rosto. Ele solta o tecido da cortina e desaparece dentro de casa.

30

Shepherd's Bush

SEGUNDA-FEIRA, 7H20

Quando Dylan volta à escola na segunda de manhã, Alfie já não é mais a matéria principal do *Daily Post*, substituído por um terremoto na Ásia, protestos climáticos na frente da sede da BP e MacKenzie Matthews, uma influenciadora do TikTok de vinte e oito anos que quase foi estrangulada por um estranho mascarado enquanto voltava a pé de uma despedida de solteira para casa. Ela passou a manhã dando entrevistas sobre sua experiência de "quase morte" com o Estrangulador de Shepherd's Bush.

É estranhamente reconfortante a velocidade com que todo mundo seguiu em frente. Se as pessoas podem esquecer toda essa história do Alfie, eu também posso.

Nós também podemos.

Faço waffle para comemorar o primeiro dia de Dylan de volta à escola. É tão incomum eu cozinhar que ele parece ficar alarmado. Me lança um olhar preocupado ao se sentar à mesa da cozinha.

— Você está bem, mãe?

— Estou ótima — respondo. — Nunca estive melhor.

É verdade. Acordei sem o despertador, como uma bateria completamente recarregada, com energia máxima. Nem precisei de Red Bull. Talvez seja minha nova personalidade. *Cafés da manhã caseiros. Mamãe de avental. Mãe mão na massa.*

— Animado para voltar à escola? — pergunto, jogando massa de waffle na frigideira quente.

Dylan dá de ombros.

É suficiente, penso. Observo meu filho debruçado sobre o prato, enfiando uma garfada de waffle atrás da outra na boca. Está usando de novo o uniforme da St. Angeles. Parece bem. Saudável. Agora, tudo vai voltar ao normal.

Dylan ergue os olhos do waffle na minha direção e franze a testa.

— Você fez alguma coisa com as sobrancelhas?

Uma onda de pânico gelado me domina. Minha mão voa para as sobrancelhas.

— Quê? Não!

— Ah — diz ele, calmo, continuando a mastigar. — Estão diferentes.

Forço um sorriso, ignorando a sensação de aperto no peito.

— Que nada. Está tudo igual, como sempre foi. — Empurro o prato de waffles para ele. — Come mais um.

Pela primeira vez, Dylan e eu chegamos à escola cedo. Allegra, Farzanah e Hope estão paradas num grupinho, cochichando. Hope me vê e faz um som de empatia parecido com um cacarejo.

— É bom começar a trazê-los de volta aos poucos, não acha?

Quase engasgo de surpresa.

— Você está falando comigo?

Hope levanta um pouco o queixo.

— Eu estava comentando agorinha com a Allegra, é melhor assim. As crianças precisam de rotina.

— Ah, é, aham. Com certeza.

Allegra faz que sim com a cabeça, e sinto que passei num pequeno teste. A tragédia parece ter me tornado mais palatável para as outras mães, agora que alguém foi preso. Ou talvez Hope só se sinta culpada por ter suspeitado do meu filho.

— Alguém teve notícias da Cleo?

Desde a prisão do sr. Sexton, Cleo não demonstrou sua costumeira etiqueta impecável. Primeiro, perguntou, no grupo de WhatsApp das mães, o prazo de inscrição para a viagem de esqui de fevereiro. Em seguida, enviou um link para um artigo suspeito intitulado "Top cinco crianças desaparecidas que depois foram encontradas vivas". Várias pessoas reagiram com emoji de coração, mas ninguém soube direito o que dizer.

Então, Hope teve a temeridade de sugerir que o BGBF deste ano fosse transformado num evento de arrecadação de fundos para criar uma "Bolsa memorial Alfie Risby" e Cleo surtou.

DÁ PRA TODO MUNDO POR FAVOR PARAR DE AGIR COMO SE MEU FILHO ESTIVESSE MORTO!!!, escreveu. Foi tão fora do normal para ela que ninguém soube como reagir. Em vez disso, o grupo simplesmente ficou em silêncio.

— Coitada — diz Allegra, enquanto seu cachorro deformado puxa a coleira. — Não consigo nem imaginar.

Farzanah concorda com a cabeça.

— Não deve ser fácil perder o filho e o marido de uma vez.

Hope pigarreia.

— Agora está um climão com o BGBF, já que a Cleo não está... a favor do novo plano.

Ouso fazer a pergunta que ninguém mais vai fazer:

— Por que não simplesmente cancelar?

Farzanah franze os lábios.

— Faltam dez dias. Já está tudo pago...

Hope interrompe.

— Eu acho que a questão maior é: qual mensagem o cancelamento passaria? Tradições são importantes. Para a comunidade. E as crianças. — Ela analisa a fila de pais deixando os filhos na escola, depois baixa a voz num sussurro conspiratório: — Assim, coitada, mas a Cleo ainda faz parte da Associação de Pais e Mestres? Tecnicamente, se ela não é mãe...

Olho para Allegra, esperando que ela proteste ou, melhor, defenda sua antiga amiga Cleo. Mas ela só abre um sorrisinho tímido e muda de assunto:

— Comentei que estou no comitê do leilão Goffs London Sale este ano? Alguém está procurando um puro-sangue?

O assunto muda, e nos encaminhamos devagar para os portões da escola. Em outros tempos, eu teria julgado essas mulheres (*um menino desaparece e elas não querem cancelar a festa delas!*). Mas agora me identifico com seu desejo transparente de que tudo permaneça exatamente como antes. E, depois do que fiz, quem sou eu para julgar? De qualquer modo, é só uma festa. Cancelar não vai trazer Alfie de volta.

Conforme nos aproximamos do portão, busco no horizonte a forma familiar da sra. Schulz. Mas a velha megera não está em canto algum. Em seu lugar, há um homem careca de aparência séria, com um terno azul-marinho e mocassins de couro marrom.

Me viro para Hope.

— Quem é... — começo a perguntar, mas o homem logo estende o braço para me cumprimentar.

— Bert Sanders — diz, com a voz manhosa e confiante. — Em nome de toda a comunidade Omega Plus, gostaria de agradecer por sua confiança permanente.

— Cadê a sra. Schulz?

Ele parece surpreso com minha pergunta.

— Ah, desculpe. Achei que a liderança da escola tivesse comunicado isso. Helen optou por uma aposentadoria precoce. Imediata.

— Quê?

Ele passa o peso de um pé para o outro.

— A, humm, chateação com a situação. Foi um pouco demais para ela, infelizmente. Mas somos muitíssimo gratos por todos os seus anos de serviço.

Bert abre um sorriso forçado. Ele quer que eu dê o assunto por encerrado, mas ainda não estou pronta.

— Por que não teve algum tipo de anúncio? Uma cerimônia? Ela trabalhou nesta escola por, tipo, trinta anos.

Bert aperta os lábios e franze as sobrancelhas. Não está acostumado a ser desafiado.

— Com certeza haverá, num momento menos... sensível. — Ele pigarreia, fixando os olhos nas mães atrás de mim. — O dia de hoje é mais centrado nos meninos. Colocá-los de volta nos trilhos, não é mesmo? Os exames de transferência estão logo ali.

Abro a boca para protestar, mas Dylan está atravessando os portões saltitando, e Bert engatou uma conversa com Hope sobre um torneio de golfe beneficente.

— Tenha um bom dia — grito para Dylan, mas ele já desapareceu.

O resto do dia se desdobra à minha frente como uma vasta expansão de papel em branco. Eu passava mesmo o dia todo indo ao salão e vendo *reality show*?

Bato na porta de Adam algumas vezes, mas ele não está em casa. Deve estar na academia. Ou no trabalho.

Mando mensagem para Brooke: COMO VAI A LUA DE MEL? Ela responde com meia dúzia de fotos ensolaradas: uma praia de areia branca, um lêmure, um baobá ao pôr do sol. Julian não aparece em nenhuma delas. Imagino-o estacionado no bar com temática havaiana do resort, virando margaritas e assistindo a críquete no celular. Me pergunto se Brooke está secretamente tão entediada quanto eu. Não tenho nem um pedido de balão para entregar. O tipo de mulher que pede arcos de balão personalizados não é desleixada a ponto de parir perto do Natal e amaldiçoar o pequeno Caspian com uma vida de aniversários ofuscados.

É constrangedor admitir, mas sinto saudade de Jenny. Ela está de volta ao trabalho e me mandou uma única mensagem desde que o sr. Sexton foi preso, um oi descontraído com uma vaga menção a "drinques em breve". Mas, sem o desaparecimento de Alfie para investigar, que assunto teríamos? Ainda somos amigas? Será que chegamos a ser?

Por volta do meio-dia, decido que não faz mal ir fazer as unhas. Matar um pouco o tempo. Mas, quando chego no Fresh Nails, a porta está trancada.

Sacudo a maçaneta, mas ela não cede. Espio pelo vidro escurecido, em busca do contorno familiar de Linh curvada em uma cadeira de massagem, mas está vazio. Não é a cara dela simplesmente fechar o salão. Será que saiu de férias? Cogito ligar, mas nem tenho certeza de que tenho o telefone dela.

Me arrasto de volta para casa, me sentindo desesperada e patética, até lembrar: Elliott. Agora posso ligar de volta para ele, fazer as coisas começarem a andar. Me empoleiro na beira da cama, com o coração flutuando no peito enquanto digito o número. Mas minha ligação vai direto para a caixa-postal. Deixa para lá. Ainda é cedo em LA. Ele deve estar fazendo trilha ou algo assim. Vai retornar.

Me jogo no sofá e fico trocando os canais. Isso me lembra de como era logo depois que Will foi embora, como os dias haviam parecido infinitos e indistintos. Pelo menos na época eu tinha um bebê para cuidar. Podem dizer o que for sobre bebês, mas mantê-los vivos preenche as horas.

Passo o restante do "primeiro dia do resto da minha vida" no sofá, tentando lembrar o que diabos eu fazia antes de Jenny, de Alfie e de toda aquela confusão começar.

31

Shepherd's Bush

TERÇA-FEIRA, 20H43

Na terça, estou subindo pelas paredes. Uma sensação peculiar está se instalando em mim, uma certeza, bem no fundo do estômago, de que algo MUITO RUIM está prestes a acontecer. Passo a verificar as trancas da porta várias vezes, confirmar repetidamente que o gás do fogão está desligado. Passo horas observando meu rosto no espelho do banheiro, examinando minhas sobrancelhas em busca de sinais de afinamento.

Jenny ainda não mandou mensagem, o Fresh Nails continua inexplicavelmente fechado, e Dylan anda por aí se lamentando, com um olhar triste porque eu o proibi de ver o sr. Foster. Então, quando Matt B. me manda mensagem sobre um novo restaurante japonês que abriu no subsolo de um hotel boutique em Mayfair, me permito ser seduzida pelo canto da sereia de sushi de enguia e lençóis de mil e duzentos fios. Eu não planejava mesmo sair hoje: Brooke ainda está na lua de mel, então não tenho babá. Dez anos é um pouco cedo para ficar em casa sozinho, eu sei. Mas mereço uma folga. Uma comemoração. Além do mais, eu ficava sozinha em casa aos dez anos e, ainda por cima, tinha que cuidar da Brooke enquanto nossa mãe trabalhava no último turno do Denny's.

Coloco Dylan na cama antes de sair e mando mensagem para Adam ficar atento. *Voltando aos velhos hábitos*, diz uma vozinha na minha cabeça, mas a afasto.

O restaurante fica num subsolo sem janelas, escuro, luxuoso e de gosto duvidoso. O tipo de lugar que praticamente implora para você ter um caso extraconjugal. Matt B. está sentado numa cabine, escondido por uma cortina, mas reconheço seus sapatos. Quando levanto a cortininha, ele me olha de cima a baixo e finge desmaiar.

— Meu Deus. Olha só você.

Sorrio. Uma das minhas coisas favoritas em Matt B. é o fato de que ele adora minha aparência. Muitos caras tentam se fazer de indiferentes e nunca elogiam, mas Matt B. admira abertamente, a ponto de babar. Ainda assim, só me toca quando subimos, sem nem um abraço ou aperto de mão antes. Imagino que seja para poder negar tudo caso encontremos alguém de seu trabalho.

Eu me abaixo e me sento à frente dele. O estofado é macio e denso. Uma garçonete chega, e Matt B. pede duas garrafas de saquê e o menu degustação da chef para nós dois, além de "o que mais ela achar que é bom". Em seguida, se recosta e me observa.

— E aí, que tipo de safadeza você anda fazendo?

Quebro a cabeça em busca de algo que o divirta. Matt B. é o tipo de cara que carrega dois celulares, que tem que "dar uma checada" no trabalho durante o fim de semana. Para ele, é como se eu fosse de uma espécie alienígena: uma adulta sem um emprego real.

Dou um gole no primeiro saquê, permitindo que a doçura gelada cubra minha língua.

— Bom, vejamos. Incriminei um homem por um crime hediondo. Mas fica tranquilo, ele era pedófilo, então merecia.

Matt B. joga a cabeça para trás e dá uma gargalhada.

— É mesmo? Quantos anos ele vai pegar?

— Sei lá. Todos, provavelmente. — Viro o resto do saquê de um gole só. — E você?

— Ah, sabe como é, só deixando os ricos mais ricos.

Certa vez, encontrei a esposa de Matt B. no Instagram. A maioria das fotos no perfil dela era dos três filhos do casal. O mais novo, um menino, tem uma deficiência severa: cadeira de rodas, enfermeira profissional, a coisa toda.

Matt B. nunca me contou nada disso. Comigo, ele sempre age como um solteiro despreocupado, só mais um cara das finanças curtindo a vida pela cidade. Parece gentil da minha parte compactuar com isso.

Sorrio, tiro o sapato e começo a subir o pé cuidadosamente pela perna dele.

Matt B. faz um muxoxo e aponta para meu prato.

— Você nem tocou no seu *buri*.

Ele leva comida muito a sério. Sua personalidade fora do trabalho consiste basicamente em saber muito sobre restaurantes.

Espeto um pedaço frio de peixe com a ponta do meu hashi e enfio na boca. Ele derrete na minha língua como manteiga fria e salgada.

Dou um gemido de aprovação.

— Aqui — diz Matt B., empurrando o segundo saquê para mim. — Harmoniza com este. É uma combinação melhor para o perfil de sabor.

Ele se lança numa minidissertação sobre os cinco tipos básicos de saquê e seus vários processos de fermentação, e permito que minha mente vagueie para Ian. Me pergunto como ele seria num encontro. Não seria assim, aposto.

Quando Matt B. finalmente deixa de lado seus hashis e balança a chave do quarto do hotel na minha frente, está um pouco bêbado. Uma fina camada de suor brilha em sua testa.

— Vamos? — diz ele, com um sorriso torto.

Meu estômago revira. Estou zonzinha, mas não o suficiente, por algum motivo.

Mesmo assim, subo com ele para o quarto. Quando Matt B. desabotoa a camisa, dou uma única olhada para seu rosto ansioso e sinto uma onda de repulsa. Não é o álcool, percebo. É que transar com o marido merda de outra pessoa já não parece emocionante e lascivo. Parece patético. Não acredito que deixei Dylan em casa por causa disso. O que diabos estou fazendo?

Murmuro uma desculpa, pego meus sapatos e saio porta afora, disparando pelo corredor em direção ao elevador.

* * *

Tento pedir um táxi pelo celular, mas o aplicativo me rejeita. *Estamos com alta demanda*, diz. *Por favor, tente novamente em alguns minutos.* Alta demanda. Deve ser bom estar em alta demanda.

Foda-se. Vou pegar o ônibus noturno. Subo para o segundo andar e me sento no meio, logo atrás das escadas. O ônibus está cheio dos tipos de sempre: trabalhadores do turno da noite com camisetas polo manchadas com logotipos corporativos, festeiros exaustos navegando pelo território vertiginoso entre a embriaguez e a ressaca, e algumas almas desesperadas buscando abrigo do ar frio noturno. Coloco os fones de ouvido e me distraio enquanto passamos pela escuridão do Hyde Park.

Sinto o cheiro dela antes de vê-la. Uma mulher, minúscula, encolhida, do tamanho de uma criança, usando um casaco enorme de caxemira. Quando se aproxima, percebo que o casaco esconde um pijama amarrotado da Frette. Tiro os fones, sem saber se posso confiar nos meus olhos.

— Cleo? O que você está fazendo num ônibus?

Já ouvi falar que o luto faz coisas estranhas com as pessoas, mas a transformação de Cleo é impressionante. Seu corte chanel loiro sumiu, substituído por uma coroa afofada de cabelo branco. Ela segura uma garrafa de Chablis e uma sacola envernizada da Harrods cheia de folhas de papel soltas.

Antes que eu consiga dizer qualquer coisa, ela se senta no banco vazio ao meu lado, me envolvendo numa nuvem de suor com cheiro de vinho. Não está claro se me reconhece, mas parece ter decidido que, por enquanto, sou um rosto amigável.

— O Rollo sabe onde você está? — pergunto, delicadamente.

Cleo escorrega mais em seu assento.

— Aquele traidor filho da puta? — Ela dá um gole direto da garrafa de vinho em seu colo. — Ela tem vinte e cinco anos. Vinte e cinco!

— Sinto muito, de verdade — digo. — Pelo Alfie. Eu sei que tivemos nossos desentendimentos, mas... não consigo nem imaginar pelo que você está passando.

— Eu sei de você — fala ela, girando no banco para olhar bem nos meus olhos.

Fico paralisada.

— Como assim?

— Você e a Jenny. Vocês estavam tentando encontrar ele. A sra. Schulz me contou. Por quê?

— Por quê? A gente só... se sentiu mal, acho. É uma coisa terrível.

Cleo enfia a mão na sacola, depois se inclina, como se estivesse prestes a me contar um segredo.

— Olha — diz, colocando um pedaço de papel na minha frente.

É um desenho de criança, feito em caneta azul. Uma casa, um jardim, um cachorro. Embaixo, estão escritas as palavras *Te amo mãe.*

— Eu, é... não entendi.

Cleo seca o rosto na manga do casaco.

— Alguém mandou por correio para a nossa casa. Anonimamente. Dois dias antes de prenderem aquele homem.

Ela engole em seco. Estremeço.

— Como assim?

— Você não está vendo? — sibila ela. — É a letra dele. O Alfie está vivo.

A esperança que brilha em seus olhos é brutal. Sinto um pedacinho de mim morrer.

— Cleo, eu...

Ela estreita os olhos.

— Você não acredita em mim?

Mudo de tática.

— Você falou com a polícia?

— A polícia? — cospe ela. — A polícia? — Sua voz vai ficando mais alta. Ela se levanta outra vez. — A polícia não quer nem saber. Disseram que é uma brincadeira de mau gosto, algum doente tirando vantagem da situação. Disseram que estou histérica. Uma mãe de luto.

— Mas você não está mesmo? — pergunto, com a voz quase num sussurro.

— Você tem que me ajudar — pede ela.

Agora, todos no ônibus estão nos observando, perguntando-se o que está acontecendo, se estamos prestes a brigar.

— Cleo, por favor. Eu não sou detetive, tá? Tudo aquilo foi um erro.

Ela me olha com a dor estampada no rosto.

— Por favor — suplica. — Por favor. Estou implorando. Me ajuda.

— A polícia pegou o cara — insisto.

Cleo balança o desenho para mim pela última vez, então se levanta e começa a descer a escada, bem quando o ônibus freia. A garrafa de vinho voa de sua mão e ela é lançada para a frente. Rola os últimos quatro degraus, caindo num montinho lá embaixo. Os outros passageiros ofegam. Corro até Cleo, estendo a mão, mas ela dá um tapa para me afastar.

As portas se abrem com um tremor, e Cleo fica de pé, cambaleando.

— Vou encontrar o meu filho — diz. — Mesmo que ninguém me ajude.

Ela sai tropeçando pela porta aberta para a escuridão. Uma pequena parte de mim se pergunta se devo ir atrás. Mas a outra parte, que é maior, sente alívio. Cleo está doida, digo a mim mesma. Enlouquecida pelo luto. Nada que diz pode ser levado a sério.

Mas tenho que admitir que a caligrafia naquele pedaço de papel se parecia muito com a do *Diário de sentimentos* do Alfie.

Sabe? Aquele que queimei na minha pia.

32

Shepherd's Bush

QUARTA-FEIRA, 10H02

Na manhã seguinte, Dylan e eu perdemos a hora dormindo. Normal para mim. Mas meu filho geralmente se levanta com o sol, como um despertador humano.

Ele geme quando puxo as cobertas.

— Mais cinco minutos — pede.

Concordo, mas chegamos atrasados na escola. Muito atrasados. O portão está trancado; tenho que tocar a campainha, entrar na secretaria e assinar um papel declarando o motivo do nosso atraso, com meus poros ainda exalando saquê. Hope e Farzanah estão paradas no corredor, conversando com Verity Parker, uma das secretárias administrativas. Hope está usando o mesmo casaco de caxemira cor de creme que vi em Cleo ontem à noite, só que o de Hope está limpo e a faz parecer uma lagarta presa no casulo.

Evito fazer contato visual, mas Verity me aborda, sem perceber que não faço parte do clubinho das mães. Acho que, para ela, todas parecemos iguais.

— Ótima notícia. Vai acontecer! — diz, animada. Me apoio numa parede coberta de trabalhos artísticos e tento descobrir do que ela está falando. — O BGBF vai acontecer! — Verity abre um sorrisão, como se fosse tudo mérito dela. — A escola tem o apoio do Rollo para realizar o evento como um baile beneficente memorial.

A imagem de Cleo de pijama no ônibus preenche minha cabeça.

— E a Cleo? Achei que ela...

Farzanah me interrompe sem tirar os olhos do celular.

— Você sabia que eles estão se divorciando? Coitada. Situação terrível.

— Não é? Ouvi falar que a nova namorada dele tem só vinte e cinco! Dá para acreditar? — opina Hope, para não ficar de fora.

Sou tomada por uma onda de indignação.

— Bom, talvez alguém devesse ir ver como a Cleo está, não? Afinal, estamos todas *tão* preocupadas.

Hope olha de soslaio para Verity.

— Ah, Florence — entoa, com seu sotaque australiano. — Não sei se seria adequado, sabe? Ao que parece, ela ameaçou processar a escola.

Suas palavras caem como chumbo sobre a secretária. Murmuro uma desculpa e me afasto delas, saio do prédio e desço o quarteirão.

Tento ao máximo não pensar em Cleo pelo resto do dia. Meu foco deveria estar em Dylan. Em ajudá-lo a recomeçar. Talvez eu converse com Will sobre trocá-lo de escola. A St. Angeles teve um incidente de abuso e perdeu uma criança. Se isso não é motivo para quebrar a tradição, não sei o que seria. Só que tirar Dylan no meio do ano talvez pareça suspeito. Provavelmente é melhor deixar tudo como está.

O dia passa numa névoa de *Caçadores de Imóveis* e sonecas. Em algum momento, adormeço no sofá e sonho que Cleo se afogou na minha banheira, que estou tentando acordá-la, dando tapas no rosto dela, sem parar, apesar de saber que está morta.

Naquela noite, preparo o jantar favorito de Dylan: nuggets de peixe vegano e ervilhas.

Ele se senta à mesa e dá um pequeno aceno de aprovação para o prato.

— Como foi seu dia? — pergunto, nervosa, uma patinadora de gelo se aventurando num lago recém-congelado.

— Foi bom — resmunga Dylan.

Ele estende a mão para pegar o ketchup, derrubando seu copo de leite de aveia. O líquido forma uma poça na mesa e começa a pingar no chão.

Aponto para a poça crescente.

— Pode limpar isso? — Ele não se mexe. — Dylan?

Ele fica me encarando sem piscar, como se estivesse tirando uma foto para examinar depois.

— Limpa você — diz, enfim.

— Dylan! — explodo, levantando rápido para pegar a esponja da pia. — O que está acontecendo com você? — Ele não responde. — Tem alguma coisa te incomodando? Você sabe que pode falar comigo.

Ele empurra as ervilhas pelo prato com o garfo.

— Posso sair da mesa? — pergunta.

Faço que sim, e ele corre para o quarto sem levar o prato. Baixo a cabeça e esfrego os olhos: é coisa da minha imaginação ou ele arrumou cuidadosamente as ervilhas que sobraram no formato de um gigante *A* verde?

Cerro os dentes enquanto jogo as ervilhas na composteira. Eu não devia ser tão dura com ele. Foi uma semana terrível. Não pode ser fácil voltar à escola, sentar-se ao lado de uma carteira vazia, pensando no colega desaparecido. Com certeza é uma reação emocional normal.

Nada com que me preocupar.

Depois que Dylan vai para a cama naquela noite, me jogo no sofá e ligo a TV. Me forço a olhar a tela, mas não consigo parar de pensar em Cleo. Onde ela está agora? Ainda vagando de pijama pelas ruas? A dor surda em minhas entranhas piora quando lembro como ela estava ontem à noite. *Impotente.* E se ela for atropelada por um carro? Por que é que eu me importo? Cleo Risby não é minha amiga. E o sr. Sexton com certeza é o culpado.

Aliás, incriminá-lo só acelerou um pouco as coisas. Então, por que me sinto tão terrivelmente culpada?

Puxo o celular e rolo o Instagram, passando pelas fotos da lua de mel de Brooke, designs de unha de um salão que nunca frequentei e um drinque envolvido pela mão de Ian.

Paro. Por que não? Curto a foto dele.

Uma mensagem chega imediatamente. Ei. Acordada?

Aham. Vendo tv. Entediada demais.

White City House. Nono andar. Te encontro no bar?

É tentador. Mais que tentador. Um drinque e um pouco de distração é exatamente do que preciso. E Adam está em casa. Pode ficar de olho no Dylan.

Blz, respondo. Por que não?

Entro de fininho no quarto de Dylan para dar uma última olhada nele. Está roncando baixinho embaixo de seu edredom de astronauta, sem nenhuma preocupação. Passo um batom rápido na boca, depois mudo de ideia e tiro. Não quero que pareça que me esforcei muito.

Quando chego, Ian está debruçado no bar de mármore, concentrado numa conversa com o barman. É uma posição que ficaria estranha na maioria das pessoas, mas ele consegue fazer parecer descolada, como a coisa mais natural do mundo.

— Flor-ence — diz, arrastando as sílabas do meu nome. — Veio pedir desculpa, imagino?

Respiro fundo o perfume dele. O homem tem um cheiro muito, muito bom. Ian puxa uma banqueta para mim.

— Por que eu pediria desculpa? — pergunto, me afundando no estofado macio de veludo.

— Vi que prenderam o filho da puta. Achei que você talvez estivesse se sentindo culpada. Sabe, por desconfiar de mim?

Atrás do bar, um homem barbado com piercing na sobrancelha prepara drinques. Ele tem um par de dados tatuado em dois nós dos dedos da mão direita e, quando chacoalha a coqueteleira, parece prestes a lançá-los.

Ian acena o queixo de leve para o barman.

— O que vamos beber, Ricky?

Ricky me observa por alguns instantes, me avaliando.

— Ela parece uma garota de negroni.

— Ah, boa — diz Ian, com um sorriso. — *Refrescante, mas amargo*. Isso mesmo, entendi.

Franzo a testa.

— Quê?

— O Ricky aqui tem um dom. Ele consegue combinar seu drinque com sua essência. Negroni é um clássico, aliás. A última garota que eu trouxe aqui era *mojito* — diz ele num sussurro conspiratório, fazendo careta. — Trágico, sério.

— Então, é tipo um horóscopo?

— Está mais para um teste de personalidade.

Dou de ombros.

— Tá bom. Um negroni, então.

Ricky abre um sorriso e começa a trabalhar, colocando dois copos de cristal à nossa frente.

Ian se vira para mim e coloca a mão, casualmente, na minha coxa.

— Bom te ver.

Cada veia do meu corpo se dilata.

— Ah, é, bom te ver também.

Ricky enche nossos copos com um líquido cor de sangue e enfeita cada um com uma fatia de laranja.

Ian levanta o copo na minha direção.

— A que vamos brindar?

— Ao Alfie? — digo, automaticamente, sem nem pensar.

O semblante de Ian se fecha. Ele arranca a mão da minha perna. O feitiço foi quebrado.

— Ao Alfie — repete ele, solenemente, e batemos os copos.

Pigarreio.

— Eu vi a Cleo. Ontem à noite. No ônibus noturno.

Ian estreita os olhos.

— Cleo, a futura ex-esposa do meu pai? Num ônibus? — Ele dá um sorriso sarcástico. — Ah, a queda dos poderosos.

— É, ela não estava bem. Parecia... perturbada. Foi meio triste.

— Olha só você. Compaixão pelo diabo. — Ele solta um muxoxo e começa a dobrar um guardanapo. — E por que é que você se importa?

— Não me importo. Quer dizer, é que... a mulher perdeu o filho. E o marido. — Consigo ouvir minha voz subindo, assumindo um tom agudo, desesperado, mas não consigo parar. — Está completamente sozinha, andando por aí de pijama, mostrando os desenhos do filho desaparecido para as pessoas. Você não acha que *alguém* precisa ajudá-la?

Ian apoia o drinque na mesa.

— Olha, acho fofo você querer ajudar. Mas eu sou só o filho "bastardo". A Cleo seria a primeira a te dizer que não sou da família. Certamente não sou herdeiro da fortuna da família Risby. Ela não ia querer que eu me envolvesse. Além do mais, esse divórcio está para rolar há muito tempo. Bem antes de o Alfie... você sabe. As cartas estavam sendo embaralhadas, por assim dizer.

Carta. Minha ficha cai devagar e, quando enfim me dou conta do que está acontecendo, não acredito que levei tanto tempo para perceber.

— Espera. Era sobre isso a carta? Que você mencionou naquela noite na boate? Enviada por sugestão do seu advogado? Você pediu para seu pai te incluir no testamento? Já que ele ia refazê-lo, de qualquer forma. Por causa do divórcio.

Ian franze as sobrancelhas e enruga o nariz.

— Eu disse isso? — Ele se mexe no banco. — Não me lembro de mencionar isso. — O guardanapo que Ian estava dobrando agora é um avião de papel. — Mas, sim, é verdade. O advogado da tia Helen disse que não fazia mal pedir com educação primeiro. A Cleo vetou, claro. Aparentemente, seu precioso Alfie precisa muito herdar todos os quarenta e oito milhões.

Tia Helen. O nome se prende em meu ouvido como uma garra. Merda. Jenny tinha razão. A sra. Schulz estava escondendo algo. E a gente devia ter investigado isso há dias.

— Helen é a Helen Schulz? Ela é sua tia?

Ricky coloca uma tigela de azeitonas verdes entre nós. São gordas como figos. Ian põe uma na boca.

— É. Mais que uma tia, na verdade. A mulher praticamente me criou depois que minha mãe morreu.

Meu coração começa a martelar. Sinto o ambiente começando a girar.

— Espera, então, se o Rollo se divorciar da Cleo, e o Alfie sumiu, só sobra... você. Você seria o único herdeiro.

Ian fica me encarando por muito tempo, então balança a cabeça.

— Uau. Sério? Você acha que eu...

Merda.

— Não, eu não quis dizer que...

— Você sabe que tem um cara preso, né? — Ian se levanta e enfia as mãos nos bolsos. — Sabe, achei que isto... você... achei que fosse outra coisa. Foi mal. — Ele balança a cabeça tristemente e gesticula para Ricky. — Põe na minha conta, tá?

Meu rosto queima de vergonha.

— Ian... eu... espera...

Quero gritar, pedir para ele voltar, mas não consigo formar as palavras. Vê-lo ir embora me faz sentir como se uma faca estivesse sendo torcida em meu peito. *Por que sou tão idiota?* Eu só estava tentando ajudar a Cleo. Em quem, por algum motivo inexplicável, não consigo parar de pensar. Mas, em vez disso, praticamente acusei Ian de um crime hediondo.

Um dos muitos sermões de Brooke ressoa em meus ouvidos. *Você não precisa expressar todos os pensamentos que passam pela sua cabeça.*

Ricky, o barman, surge com um novo drinque que não pedi e coloca num porta-copos na minha frente.

— Ele saiu correndo — observa, olhando de relance para os elevadores.

Suspiro.

— É. Eu tendo a ter esse efeito nas pessoas.

Ricky levanta a sobrancelha num convite implícito.

— Sabe, meu turno termina daqui a meia hora. Se você quiser companhia.

Considero a oferta. Talvez eu me sinta melhor, pelo menos por um instante.

Ricky me olha cheio de expectativa. E aí meu telefone começa a tocar. O número 213. Meu coração se enche de esperança. Elliott.

— Não pode atender aqui — diz Ricky, em tom de desculpas. — Política da casa. Tem uma cabine para ligações lá embaixo.

— Tudo bem — falo, me levantando para ir embora.

Ligo de volta para Elliot quando chegar em casa. É melhor, na verdade. Assim parece que estou ocupada. Não quero que ele me ache ansiosa demais.

O telefone para de tocar. *1 nova mensagem de voz.*

Dou uma única olhada em Ricky.

— Obrigada — digo. — Mas melhor eu ir. Tenho trabalho amanhã cedo.

33

Shepherd's Bush

QUARTA-FEIRA, 23H13

Em casa, dou uma olhada em Dylan, então me sirvo de um copo de água e vou para o sofá com o celular na mão. Preciso ouvir o recado de Elliott na caixa-postal e ligar de volta para ele, mas minha cabeça está latejando por causa do negroni, da decepção de Ian comigo e do estresse de não deixar as coisas desmoronarem. Me afundo numa almofada e me forço a pensar em discos, paradas de sucesso e retornos triunfais. Meu retorno triunfal.

A mensagem de Elliott é longa. Dois minutos e meio. De início, sua voz está tão animada e vibrante que acho que devo ter entendido errado as palavras. Assim que acaba, ouço novamente, só para ter certeza. Mas não entendi nada errado. Uma vergonha incandescente inunda meu corpo. *Claro que ele não está te oferecendo uma volta à carreira musical, sua idiota!* Jogo meu telefone do outro lado da sala e me arrasto para o quarto, cansada demais para chorar. Só quero dormir e não pensar em mais nada.

Acabo de adormecer quando o som de passos me acorda com um sobressalto. Passos leves e suaves. Como alguém tentando não fazer barulho. Me sento repentinamente na cama, o coração martelando no peito.

Tem alguém invadindo minha casa.

Empurro a máscara de dormir para cima e corro pelo corredor escuro até o quarto de Dylan. A cama dele está vazia. Me sinto enjoada, zonza.

— Dylan — berro. — Dylan?

Não há resposta.

Corro até a cozinha. Está vazia. A porta da geladeira está aberta. Por reflexo, estendo o braço para fechar. Quando me viro, Dylan está parado atrás de mim, completamente vestido, de casaco e tênis.

— Dylan! Meu Deus, você me assustou. Achei que tinha alguém...

— Relaxa, mãe. Só estava tentando pegar um copo de água.

Olho de relance para o relógio.

— São duas da manhã.

Ele dá de ombros.

— Eu estava com sede.

Caminho até a porta da frente. A tranca continua fechada. Respiro fundo pelo nariz, esperando minha adrenalina se dissipar, meu coração parar de bater tão forte.

— Relaxa, mãe. Sério.

Examino seu rosto. Ele está só pegando água. Estou sendo paranoica. Preciso me acalmar.

É só quando volto para a cama que me ocorre questionar: *Por que Dylan estava calçado no meio da noite?*

34

Shepherd's Bush

QUINTA-FEIRA, 19H20

Na manhã de quinta, acordo mais decidida do que nunca a seguir em frente. Recomeçar do zero. Foda-se o Elliott. E o Ian. E aquela mentirosa de merda da sra. Schulz. Posso até ser difícil de amar e profissionalmente indefensável, mas pelo menos meu filho está seguro. Está na hora de deixar tudo isso para trás e me concentrar no Dylan. O comportamento dele nos últimos tempos... É claramente um pedido de ajuda. E vou ajudá-lo. Não importa que Ian me odeie ou que eu nunca mais vá cantar de forma profissional ou que a sra. Schulz tenha mentido para nós. Dylan é a prioridade.

Encontro-o na cozinha comendo cereal com leite de aveia e jogando *Minecraft* no celular.

— Dormiu bem? — pergunto.

Ele faz que sim.

— Aham.

— O que você vai fazer na casa do seu pai no fim de semana?

Ele dá de ombros.

— Jogar videogame.

Meu corpo todo fica tenso.

— E amigos? Tem alguém de quem você goste lá?

— Não — diz ele, taciturno, me lançando um olhar suplicante. — Mãe, por favor, posso passar na casa do sr. Foster depois da aula? Rapidinho. A Greta precisa de grilos...

— Dylan, pelo amor de Deus — interrompo. — Eu compro seus grilos, tá? Você precisa parar de conviver com aquele sujeito. Precisa de amigos da sua idade.

— Mas ninguém gosta de mim.

Balanço a cabeça.

— Não é verdade. As pessoas vão gostar de você se te conhecerem. Você só precisa se esforçar um pouco.

Dylan revira os olhos, e torço para que não aponte minha hipocrisia escancarada; uma pessoa com aproximadamente zero amigos dando conselhos de amizade.

Maldito sr. Foster.

Deixo Dylan no portão da escola e vou direto para o ônibus 328. Ele ainda é prioridade, claro, mas passa sete horas e meia por dia na escola. Tenho que fazer alguma coisa com esse tempo.

A sra. Schulz mora num lugar indefinido entre Earl's Court e West Brompton, no quinto andar de um antigo bloco de mansões vitorianas. Verity Parker, da secretaria, me passou o endereço dela depois de eu explicar que a Associação de Pais e Mestres queria enviar flores para celebrar sua aposentadoria.

O prédio dela deve ter sido bonito em algum momento, com sua fachada de tijolos vermelhos e estuque ornamentado. Mas agora está sujo e deteriorado, o exterior coberto por uma fina camada de fuligem preta das duas avenidas que passam na frente.

Penso em tocar a campainha, mas decido aproveitar o elemento surpresa. Ela não vai ficar feliz em me ver. Me posiciono diante da porta e finjo olhar o celular até um senhor com um labrador sair do prédio.

— Pode segurar a porta? — peço, fazendo voz de mocinha indefesa, e ele segura.

Os britânicos são tão educados.

No saguão de mármore, entro no elevador antiquado de gaiola e aperto o botão do quinto andar. A porta se fecha com um estrondo e meu coração dispara.

O prédio está sombriamente silencioso. A maioria das pessoas está no trabalho. O único som é o rangido metálico do elevador.

Paro por um instante na frente do apartamento dela, escutando. A TV está ligada no noticiário, berrando sobre MacKenzie Matthews. Bato duas vezes, forte, e espero o baque surdo dos sapatos ortopédicos dela se arrastando até a porta. Ela abre com cautela, sem tirar a corrente.

— Srta. Grimes — diz, entortando os lábios.

Enfio meu corpo na pequena abertura entre o batente e a porta.

— Posso entrar?

Uma careta cruza o rosto dela.

— Estou de saída, infelizmente. Quem sabe outra hora.

— Por favor? É importante. — Pigarreio. — E eu, hum, detestaria fazer escândalo.

Ela suspira e abre a corrente.

— Bom, você já está quase dentro, não é mesmo?

Me acomodo numa poltrona, o móvel mais duro em que já me sentei, e observo a sala. É estranhamente formal, com mobília ao estilo rainha Ana, um relógio de coluna antigo e cortinas pesadas. Uma gata branca indiferente me espia debaixo da mesa de centro. Nem sinal de Alfie. Não que eu esperasse encontrá-lo aqui.

Foco meu olhar na sra. Schulz, sentada à minha frente numa *chaise longue* cor de creme.

— Conversei com o Ian.

Ela franze a testa.

— E?

— Por que a senhora não me contou que ele era seu sobrinho? Fingiu que nem o conhecia!

No canto, o relógio de coluna tiquetaqueia alto. Ela acompanha com os olhos o ponteiro dos segundos, que faz um círculo apertado.

— Não sei do que você está falando — diz. — E infelizmente preciso ir. Tenho ingressos para uma palestra na Sociedade Real de Horticultura. — Ela fica de pé e aponta para a entrada. — Se não se importa...

Minha coluna endurece.

— Não. Só quando a senhora me contar o que está escondendo. Por que mandou a Jenny e eu numa busca inútil pelo suposto "filho secreto" do Rollo quando sabia perfeitamente bem quem ele era o tempo todo? Ele é seu sobrinho!

Ela dá um passo na minha direção. Seus olhos ficam marejados.

— Sabe, você é tão parecida com ela — diz, baixinho.

— Com quem?

— Minha irmã. Mary.

Engulo em seco.

— O que ela tem a ver com tudo isso?

A sra. Schulz volta a se sentar.

— Minha irmã era um anjo. Completamente inocente. Dormiu com Rollo Risby uma vez, quando tinha dezesseis anos. E arruinou sua vida. Ele a abandonou sem um centavo, com um filho para criar, e depois teve a audácia de seguir vivendo como se nada tivesse acontecido.

Engulo saliva, de repente me identificando mais do que gostaria de admitir com essa tal de Mary.

— O que isso tem a ver com qualquer coisa?

A sra. Schulz se ajeita em seu assento. A gata branca pula em seu colo.

— As coisas eram diferentes naquela época, sabe? As mulheres não saíam por aí exibindo a barriga e os filhos bastardos. A vergonha causou uma depressão profunda nela. Ela tirou a própria vida. Mesmo assim, Rollo se recusou a reconhecer o filho. Rollo Risby — diz lentamente, cuspindo o nome dele como uma maldição — é uma pessoa horrível.

Pigarreio.

— A senhora e o Ian fizeram alguma coisa com o Alfie? Para tentar entrar no testamento do Rollo?

Ela ri, uma risada seca e empoeirada.

— Mas que besteira. — Ela faz uma pausa e acaricia as orelhas da gata. — Ian é como um filho para mim. Meu único parente vivo. A única coisa que eu quero é que tenha direito ao que é dele. Então, sim, quando você me abordou naquele banco do parque no dia na vigília, tagarelando sobre sua pequena investigação, vi uma oportunidade. Pensei que talvez, se você fosse um dos casinhos do Rollo, pudesse exercer alguma pressão, alguma influência. No mínimo, fazer com que ele admitisse que reconhecer seu outro filho e incluí-lo no testamento era a atitude mais decente. Claramente, superestimei suas habilidades. Tive que dar as pistas na sua boca que nem uma babá.

— Eu não sou um dos casinhos do Rollo.

— Pois é — diz a sra. Schulz, ainda acariciando as orelhas da gata. — Que decepcionante para todos nós.

O relógio de coluna começa a badalar, assustando a gata e fazendo-a correr de volta para debaixo da mesa de centro.

A sra. Schulz se inclina para a frente.

— Mas ainda tem uma coisa que eu gostaria de saber.

— O quê?

— Como diabos Robin Sexton acabou com a mochila do Alfie? — Ao meu redor, a sala começa a girar. As cortinas florais, o carpete bege, a mesa de centro de cerejeira, tudo roda diante dos meus olhos. A sra. Schulz sorri, um sorriso gelado que de repente parece uma ameaça. — Claramente Robin Sexton foi incriminado.

Agarro os braços da poltrona para me estabilizar.

— Como a senhora...

Ela pigarreia.

— Dois anos atrás, estou falando. Aquela história toda do abuso. Foi uma farsa. Coisa do Rollo e da Cleo.

— O Rollo e a Cleo o incriminaram? Por abuso? Não entendi.

A sra. Schulz suspira.

— Alfie colou numa prova de matemática. Robin deu uma nota baixa e proibiu que ele refizesse a prova. Ele era mesmo todo cheio de princípios. No dia seguinte, os Risby estavam no escritório de Nicola com a alegação de "abuso".

Sinto todo o sangue sumir do meu corpo.

— Você está dizendo que o sr. Sexton não tocou em ninguém?

— Claro que não. A acusação não fazia o menor sentido. Vingança.

— Por que a sra. Ivy concordaria com isso? Simplesmente demitir um professor inocente?

A sra. Schulz me olha como se eu fosse uma idiota.

— Para proteger a venda, obviamente.

— Que venda?

A sra. Schulz pega uma balinha desbotada de um prato de porcelana na mesa e põe na boca.

— Pelo amor de Deus, Florence, tente acompanhar o raciocínio. Todo mundo sabia que as finanças da escola estavam num estado calamitoso. Foi por isso que o conselho votou para vender para a Omega Plus. Um processo, especialmente dos Risby... Bem, teria acabado com a venda.

Tento ligar os pontos.

— Então, Robin Sexton pediu demissão, os Risby concordaram em não fazer acusações formais e a venda para a Omega Plus...

— Seguiu conforme o planejado — interrompe a sra. Schulz. — Agora você está entendendo. Particularmente, suspeito que Nicola deve ter recebido algum dinheiro por fora, já que está vivendo como a porcaria do conde de Monte Cristo lá em Buckinghamshire. Mas não tenho prova.

— Não entendo. O que tudo isso tem a ver com o Alfie?

A sra. Schulz me olha sem expressão.

— Nada, querida. Não tenho a menor ideia de onde ele foi parar. Mas ficaria muito surpresa se Robin Sexton soubesse. — Não consigo recuperar o fôlego. A sra. Schulz contorce os lábios. — Uma coisa terrível aquela alegação de abuso. Acabou com a vida do homem. Robin Sexton tinha se formado com honras em Cambridge. Da última vez que tive notícia, estava trabalhando numa fazenda de árvores de Natal em Surrey.

As palavras ficam martelando no meu ouvido.

— Desculpa... Você disse uma fazenda de árvores de Natal?

Ela confirma com a cabeça.

— Imagino que tenha sido o único emprego que ele conseguiu. Uma pena. E agora, bem... — Seus olhos percorrem o carpete, evitando encontrar os meus. — Não consigo imaginar que alguém como ele vá durar muito na prisão.

35

Shepherd's Bush

QUINTA-FEIRA, 10H20

Não lembro como voltei para casa. Estou atordoada, a mente girando em velocidade máxima. Robin Sexton não é um abusador de crianças. A serra, a van, o fertilizante, tudo era para uma fazenda de árvores de Natal. Merda. Jenny estava certa. Provas circunstanciais.

Ao contrário do que se pensa, não sou má. Não saio por aí incriminando pessoas por crimes graves. Pensei que o sujeito fosse um pedófilo. Na minha opinião, o abuso de uma criança deveria ser punido com castração química imediata. Duvido existir uma mãe que pense diferente, no fundo do coração. Mas o sr. Sexton não era um abusador. Era apenas um defensor das regras que se indispôs com os Risby. E agora arruinei completamente a vida dele.

Para encobrir... o quê, exatamente?

O rosto assombrado de Alfie dança diante de meus olhos. E se ele ainda estiver vivo e eu tiver prejudicado a investigação, incriminando um homem inocente?

Merda. Merda. Merda.

Assim que chego em casa, vou direto para o banheiro e tiro toda a roupa. Um psicólogo diria que estou tentando lavar minha culpa e não estaria errado.

Fico imóvel no chuveiro, deixando a água morna cair sobre mim. Assim que começo a relaxar, o jato fica gelado, como lâminas cortando minha pele.

Bato no chuveiro com a palma da mão. Será que nada na porcaria da minha vida pode simplesmente *funcionar*? Ouço um barulho gorgolejante e a água para completamente. Bato no chuveiro de novo. Nada. Aí, há uma explosão de lodo marrom. O jato me atinge em cheio no rosto. Uma camada de lama molhada, marrom e cinza. Grito, mais alto do que pretendia:

— *Porra!*

Pego uma toalha e limpo o rosto. É uma gosma pegajosa com cheiro de terra, como argila misturada com algo pungente e químico. Espero que não seja da tubulação de esgoto. Seja o que for, vai estragar minhas toalhas. Maldito Adam. Era para ele consertar os canos. *Não chame um encanador*, disse Adam. *Eu resolvo isso*. E agora estou coberta de lama.

Eu me enrolo em uma toalha, saio de casa e bato na porta do Adam. Estou descalça, e o carpete áspero entre nossos apartamentos arranha meus pés. Por que ele não está atendendo? Seu carro está estacionado do lado de fora; ele deve estar em casa.

Fecho a mão em punho e bato de novo.

— Emergência! Adam, abre a porta!

A porta se abre. Do outro lado está uma mulher. Seu cabelo está bagunçado, como se ela tivesse acabado de sair da cama, com um sobretudo jogado às pressas sobre os ombros. Por baixo dele, vejo as alças de um vestido preto justo. Um par de Jimmy Choos vermelhos de tiras foi largado casualmente ao lado da porta. *Onde Adam conheceu uma piriguete elegante dessas?*, me pergunto.

Olho para o rosto dela. A mulher está nervosa. Começa a se afastar da porta. Meu cérebro entra em curto-circuito, tentando conectar o que estou vendo à realidade.

— Jenny? — digo, boquiaberta e atônita.

Seu rosto fica da cor de uma framboesa madura.

— Eu... ah… Posso explicar.

Ah, meu Deus. Ah, meu Deus. Como eu não percebi?

— Você e Adam? — pergunto, com dificuldade.

Jenny balança a cabeça.

— Não é... — Ela para, cruzando os braços. — Não é nada demais. Nós não estamos, tipo, *namorando*.

Nós. Uff. A palavra cai como um soco no estômago. Minha mente volta àquele dia na minha cozinha, uma década atrás. O dia em que Will me disse que sempre fora apaixonado por Rose. Sinto como se minha pele estivesse pegando fogo, como se todo mundo estivesse me olhando, apontando e rindo.

— Por que você não me contou?

De repente, eu me lembro do momento no casamento da Brooke, quando Adam quis falar sobre algo "sério" e eu me recusei, achando que ele fosse confessar seus sentimentos por mim. Era *isso*?

Os olhos de Jenny percorrem pelo meu corpo, observando a lama, a toalha e meu cabelo molhado.

— Ah, meu Deus, o que aconteceu? Você está bem?

Eu a ignoro.

— Há quanto tempo?

— Foi só uma vez — diz ela, rapidamente. — Ou, bem, duas vezes, na verdade.

Estou imaginando ou o rosto dela está meio sonhador e apaixonado?

— Então, é por isso que você tem me ignorado... Por causa do idiota do *Adam*? Cadê ele?

— No banho. — Jenny olha por cima do ombro, baixando a voz. — Caramba, Florence. Eu só estava suprindo uma necessidade. Além do mais, você falou que não tinha nada entre vocês. Por que está tão irritada?

Quero explicar a ela que Adam é meu; meu plano reserva, meu porto seguro, meu plano B permanente. Estou com raiva demais para falar. Em vez disso, fico encarando, desejando que ela entre em combustão espontânea e tentando lembrar se isso existe mesmo.

Jenny coloca a mão em meu braço.

— Você não pode ficar feliz por mim? Foi você que disse que eu precisava transar. — Meu rosto arde. Eu disse mesmo isso. Mas não estava falando para fazer isso com o Adam. Jenny estica o lábio inferior, tentando fazer beicinho. Não combina com ela. — Por que você sempre tem que ser a divertida? Eu também sou divertida, sabia?

Eu me viro e volto em direção à minha porta.

— Vadia — murmuro baixinho, esperando que ela ouça.

36

Shepherd's Bush

QUINTA-FEIRA, 12H20

Meus olhos pousam na pilha de livros de investigação que Jenny me deu. Serve. A tesoura é afiada, mas os livros são mais resistentes do que parecem. Afundo mais a lâmina nas páginas. *Xuish, xuish, xuish*. Parece mesquinho, infantil, maravilhoso. O som cortante da tesoura da cozinha é como aloe vera numa queimadura de sol. Me sinto descontrolada, um monstro. Começo a chorar, com ranho escorrendo pelo rosto enquanto corto os livros idiotas da Jenny em pedacinhos cada vez menores.

Quando termino, avalio os retalhos. *Rá. Toma essa, Jenny.*

Imagino Adam e ela aconchegadinhos no sofá de merda dele, fingindo preocupação comigo.

— Estou me sentindo tão mal — sussurraria Jenny.

— Mas você não fez nada de errado — responderia Adam, dando um beijo no topo da cabeça dela.

A imagem me dá ânsia de vômito. A Jenny transar com o Adam é uma traição da maior magnitude. Ela podia pelo menos ter me contado pessoalmente. Eu talvez entendesse. Mas descobrir assim... é a maior punhalada do mundo. Pelo menos Rose tinha algum direito anterior sobre Will. Ele era dela primeiro. E nunca houve qualquer fingimento de que eu e Rose éramos amigas, não de verdade.

Mas isto... Jenny. Eu nunca, jamais a perdoarei.

* * *

O que aconteceu depois que Will me trocou por Rose foi isto: enlouqueci brevemente.

As pessoas dizem isso de forma leviana — "Ela enlouqueceu" —, sem estarem falando sério. Mas, quando digo que enlouqueci, quero dizer que minha consciência deixou de habitar meu corpo e passou a residir permanentemente em algum beco escuro, encharcado de urina, cheio de garrafas quebradas e embalagens de *fast food*. Nesse pedaço de universo paralelo, depois que Will se mudou e eu soube que ele ia relançar a Girls' Night sem mim, coloquei um infeliz vestido preto e branco da Topshop e apareci em seu escritório novo e reluzente no Soho, passei pela segurança (carregando Dylan adormecido em um braço e uma bolsa de fraldas superlotada no outro), me sentei na sala de reuniões com paredes de vidro e implorei a Will, implorei de verdade, que me mantivesse na banda. Quando ele se recusou, deitei Dylan gentilmente no chão, subi na mesa da sala de reuniões e despejei quatro mamadeiras de leite materno bombeado antes que a segurança interviesse.

Eram os primórdios dos celulares com câmera. Alguém tirou uma foto granulada. Ela foi parar em todos os tabloides. "Por favor, não pare a múúú-sica." Sacou? Porque eu parecia uma vaca. Aquele maldito vestido da Topshop. De qualquer forma, depois disso, todos souberam que eu era *louca*. Nunca mais conseguiria trabalhar.

Legalmente falando, era um pouco nebuloso se Will tinha de fato o direito de relançar a banda sem mim. Mas, quando ele ameaçou pedir a guarda unilateral do Dylan usando o colapso na sala de reuniões como prova da minha incapacidade, assinei todos os papéis imediatamente. Não me arrependi nem por um segundo da minha escolha. Ainda assim, o dia em que desisti oficialmente da Girls' Night foi o pior da minha vida. Parei de comer, de tomar banho, de me importar. Brooke teve que ir morar comigo. Foi uma inversão da ordem natural, a irmã mais nova cuidando da mais velha. Brooke tinha só dezoito anos. Dormiu no meu sofá por cinco meses, manteve leite na geladeira e Dylan com fraldas limpas. Nossa relação nunca mais foi a mesma. Para ela, eu sempre vou ser uma bomba-relógio que pode explodir a qualquer momento.

A proposta de Elliott para mim, uma década depois, era reinterpretar minha explosão na sala de reuniões como um protesto feminista. Ele explicou tudo na mensagem de voz. *Os tempos mudaram*, disse. As pessoas se sentem mal pela forma como tratavam as estrelas femininas naquela época. *Veja a Britney*, disse ele. *O ícone dos colapsos públicos, agora amplamente vista como sobrevivente de um sistema falido.* O público estaria ansioso para expiar seus pecados.

Elliott insistiu que era o momento cultural perfeito para um livro de memórias revelador.

Então, essa era a grande ideia dele. Não uma turnê de retorno. Nem um novo disco. Uma porcaria de livro ultrapassado. Destinado a ir parar nas estantes de saldão.

Eu sabia, no fundo do coração, que nunca daria certo. Porque nunca fui um ícone feminista. Naquele dia na sala de reuniões, estava apenas com raiva. Mas me mostre uma mulher que não esteja. Me mostre uma mulher que, por trás de todas as extensões de cílios, tintura de cabelo e ondas soltas, não esteja *fervendo* de raiva com a pura injustiça de tudo, e eu lhe mostrarei alguém que não está prestando atenção suficiente.

Dou uma última olhada na pilha de manuais de detetive, recolho os pedaços e os levo para o lixo da cozinha. Em seguida, abro a torneira, pego uma toalha de rosto e começo a limpar delicadamente o rosto e o cabelo. Quando a maior parte da gosma foi removida, me arrasto para a cama, puxando o edredom sobre a cabeça e dobrando as laterais ao meu redor, como um pequeno caixão.

Fico deitada ali, imóvel, por muito tempo, ouvindo o som da minha própria respiração.

37

Shepherd's Bush

SÁBADO, 9H

Quando acordo, está claro lá fora. O relógio na cômoda diz que são nove da manhã. Oba. Sobrevivi até o sábado. Consegui sair da cama ontem só pelo tempo necessário para levar e trazer Dylan da escola e depois mandá-lo para a casa de Will. Meu plano é passar as próximas trinta e seis horas na cama. Uma pequena folga. Quando Dylan voltar, no domingo à tarde, vou me levantar, tal qual Lázaro, e reunir forças para seguir adiante. Mas ainda não.

Em algum momento, meu corpo começa a doer. Fico de pé e jogo água no rosto, verifico meu celular. Duas ligações perdidas e uma mensagem de Jenny (VOU PASSAR O FIM DE SEMANA FORA, PODEMOS POR FAVOR CONVERSAR QUANDO EU VOLTAR?) e uma de Adam (INDO PRA BRISTOL PRA UMA COMPETIÇÃO DE CROSSFIT. CONVERSAMOS DEPOIS?).

Aqueles filhos da puta, tentando fingir que não foram viajar juntos para uma aventurazinha romântica de fim de semana. Quem eles pensam que são? E Adam ainda não consertou meu chuveiro.

Olho o relógio. Nem dez da manhã. Ainda tem tanto dia pela frente. Melhor comer alguma coisa.

Vou à cozinha e começo a empilhar comida numa bandeja: os chips de milho Planet Organic do Dylan, um pouco de queijo vegano, uma lata de pimenta. Coloco tudo num prato e esquento por trinta segundos no micro-ondas. Meu celular apita e levo um susto. Talvez seja Jenny, mandando uma longa mensagem de desculpas sobre o quanto estava errada e sente muito. Mas não é. É Allegra, no grupo das mães, convidando qualquer uma que deseje fazer uma "terapia equina" a se juntar a ela e Wolfie em Norfolk no fim de semana que vem. SEI QUE É UM MOMENTO DIFÍCIL, acrescenta. ESPERO QUE TODO MUNDO ESTEJA AGUENTANDO FIRME.

O micro-ondas apita, e levo meu banquete de nachos para a cama, onde como com as mãos, o molho de *jalapeño* fazendo minha boca arder.

A campainha toca assim que termino. Quase pulo de susto. Verifico a câmera no meu celular, mas só consigo ver um cabelo preto que parece um esfregão. Talvez seja Jenny, vindo se desculpar pessoalmente. Implorar pelo meu perdão.

Aperto o botão do meu celular.

— Sim? — digo, com frieza, bancando a difícil.

A mulher levanta a cabeça, procurando algo com os olhos. É jovem, vinte e poucos anos, com pele pálida e cabelo escuro. Na mão direita, está segurando meia dúzia de balões de hélio. Deve ser algum tipo de golpe. Tipo aquela turma que toca a campainha dizendo ser do Resgate Animal Battersea, mas na verdade está avaliando sua casa para roubar.

— Feliz aniversário! — fala a mulher em voz aguda.

Em seguida, diz algo numa língua que não entendo. Russo, talvez. Polonês?

— Casa errada — respondo, irritada.

Sua maluca.

— Feliz aniversário! — repete ela. — Surpresa!

— Não é meu aniversário. Você. Está. Na. Casa. Errada — falo, devagar, com o dedo ainda no botão do microfone.

A insistência dela parece uma ofensa pessoal. Estou sofrendo aqui. Me deixa em paz.

A mulher franze a testa, confusa, mas não se mexe. Em vez disso, toca de novo a campainha. *Diiing-donng.*

Afff.

— CASA ERRADA! — grito para a câmera da campainha, mas a mulher só parece confusa.

Suspiro e me arrasto para fora da cama.

De perto, ela parece ainda mais jovem. Está usando uma jaqueta *puffer* prateada com borda de pele falsa e segurando uma malinha de rodas barata. Parece surpresa ao me ver.

— Quem é você? — pergunta.

Seu inglês é perfeito, mas tem um leve sotaque.

— Quem sou eu? Você tocou a *minha* campainha. Quem diabos é você?

— Zofia. Mas pode me chamar de Zo — responde ela, devagar. — Eu vim ver minha irmã.

— Você está com o endereço errado.

Zo puxa um envelope vermelho amassado do bolso da jaqueta. Parece um cartão de Natal.

— Aqui é o 184...?

Arranco o envelope da mão dela.

— Deixa eu ver isso.

Do outro lado da rua, as cortinas da janela do sr. Foster tremem, e aquele sapo velho sai da toca para espiar mais de perto.

Viro o envelope na mão.

— Quem te mandou isto?

— Marta — diz ela. — Minha irmã. É aniversário dela. Vim aqui para fazer uma surpresa.

Noto a etiqueta de bagagem da Wizz Air pendurada na alça da mala dela.

— Como assim, tipo direto do aeroporto?

Ela faz que sim.

— Luton. Precisei de três ônibus para chegar aqui.

Estremeço.

— Escuta. A Marta morava aqui no apartamento de cima. Com o Adam. A gente divide a porta da frente, é confuso. Mas ela se mudou. Faz, tipo, séculos.

A mulher parece confusa.

— Como?

— A Marta não mora mais aqui — digo, mais devagar. — Ela se mudou.

O rosto de Zo perde a cor.

— Quê? Não.

Do outro lado da rua, o sr. Foster começa a abrir a porta. Não vou suportar outra conversa com esse esquisito. Agarro a mão da desconhecida.

— Olha, entra, tá? A gente pode conversar aqui dentro.

Zo se senta à mesa da cozinha, agarrando a alça da mala como se fosse um animal de apoio emocional. Se mexe com desconforto, os olhos percorrendo o cômodo.

— Escuta — falo, o mais calmamente que consigo —, a Marta provavelmente se esqueceu de te dar o novo endereço dela. Podemos subir e perguntar para o Adam e... — começo a dizer, esquecendo temporariamente a traição dele, e Jenny, e o fato de que ele está passando o fim de semana fora.

Zo se levanta e começa a andar de um lado para o outro. Seus tênis baratos rangem no piso de madeira. Quando ela ergue os olhos para mim, estão cheios de lágrimas.

— Qual foi a última vez que *você* viu a Marta?

Tento lembrar. Marta morou no apartamento acima do meu por anos. Mas não era muito o tipo de pessoa que chamava atenção. Era bonita, mas dolorosamente tímida. O tipo de mulher que não caminhava, mais *se esgueirava* de um lugar a outro. Depois que ela e Adam terminaram, não pensei muito nela, para ser sincera.

— No verão, talvez?

Zo estremece.

— Em que mês? Por favor. Tenta lembrar.

Fecho os olhos. Marta era cabeleireira. Às vezes, cortava o cabelo do Dylan no quintal dos fundos. Depois que ela foi embora, comecei a levá-lo no Supercuts, que o deixava com cara de bispo mórmon e custava trinta paus. Quando foi a última vez que ela cortou o cabelo dele? Estava quente, foi logo antes de Dylan voltar às aulas.

— Fim de agosto?

O rosto de Zo se enche de pânico.

— Três meses atrás?

Ela começa a examinar o apartamento todo, como se Marta talvez estivesse escondida em algum canto. Seus balões vermelhos de hélio se soltaram e estão flutuando pela casa como fantasmas. Penso no Estrangulador de Shepherd's Bush. Quando essa história toda começou mesmo? Andei tão distraída ultimamente que não estava prestando muita atenção.

Pigarreio.

— Escuta, tem *certeza* de que ela não voltou para a Polônia? Será que ela simplesmente não te avisou? Eu sei como as irmãs podem ser.

Zofia balança a cabeça.

— Não. Impossível. Estávamos trocando mensagens ontem. Ela não parava de falar como ama Londres, o trabalho dela, o salão. Tão feliz. Está aqui há tanto tempo que agora só quer falar inglês — acrescenta Zo, com uma risada nervosa.

— Espera, ela estava te mandando mensagem? — Sinto um alívio imediato. — Bom, então, ela deve estar bem.

Ufa. Que dramática. E eu aqui começando a ficar preocupada de o Estrangulador ter pegado a ex-namorada do Adam.

— Escuta, estamos no meio do dia. Com certeza ela está no trabalho. Por que você não vai no salão e faz uma surpresa para ela? Fica em Hampstead. Bem chique. Dizem que o Cumberbatch corta o cabelo lá. Você pode pegar o trem...

Zo levanta a cabeça para mim com olhos arregalados como pratos.

— Vem comigo? Por favor?

— Quê? Não, eu...

Quebro a cabeça atrás de uma desculpa. O que posso dizer? "Preciso ficar em casa e me lamentar porque incriminei um homem inocente por um crime hediondo e *talvez* tenha obstruído uma investigação de homicídio e minha única amiga me deu uma punhalada nas costas, então estou planejando ficar em casa até amanhã à tarde"? Além do mais, talvez seja minha chance. De me redimir.

Olho o rosto choroso de Zo, sua expressão desorientada, e sinto algo como... compaixão?

— Tá bom — digo, suspirando. — Vou me trocar.

O salão em que Marta trabalhava fica em Hampstead Village, um bairro do norte de Londres cheio de cafés independentes, ruas de paralelepípedo e abundantes cestas de flores penduradas. Em comparação, Notting Hill é um lixão. Se os produtores de locação de Hollywood tivessem feito o trabalho direito, a livraria de Hugh Grant ficaria aqui.

É terrível admitir, mas é ótimo ter uma missão de novo. E, desta vez, posso fazer o papel de Jenny. A adulta, a especialista, a voz da razão. É revigorante.

Quando chegamos ao salão, me viro para Zo:

— Deixa que eu falo — digo, empurrando a porta.

O som de Tina Turner inunda meus ouvidos.

— Bom dia, garotas! — chama uma voz cantada de trás da mesa da recepção. Pertence a um homem de calça pantalona preta, blusa de seda branca esvoaçante e um único brinco de argola dourado. *Cillian*, anuncia a etiqueta de nome dele. Um pirata irlandês aterrissado no norte de Londres. — Infelizmente, só fazemos cortes masculinos aqui — cantarola ele, fazendo uma cara triste exagerada. — Mas eu posso marcar para vocês no nosso salão irmão no Soho. O que queremos, corte? Cor?

Pigarreio.

— Na verdade, viemos ver a Marta.

O rosto de Cillian fica sombrio. Ele passa a mão, nervoso, pelo rabo de cavalo castanho, aí olha por cima do ombro. Atrás dele, no salão, uma cabeleireira com cabelo bem curto platinado está raspando a nuca de um homem com uma navalha. Uma tensão elétrica começa a preencher o ambiente.

Cillian apoia os cotovelos na mesa da recepção.

— Escuta, se ela acha que vai receber o último pagamento... — diz, baixando a voz. Ele para, balança a cabeça. — O que a Marta fez... não foi legal.

— Como assim? — pergunto, dando para Zo um olhar que diz: *Fica calma.*

— Dedico meu coração e minha alma a este lugar durante onze meses por ano. Mas agosto é meu momento. Eu vou para Mykonos por três semanas. Era para a Marta e a Natalia cuidarem do salão. E a Marta não deu um único dia de aviso prévio. Nem cancelou os clientes. Recebi uma mensagem dela. Uma porcaria de mensagem!

O rosto de Zo empalidece.

— Você está dizendo que a Marta não está aqui?

Cillian abre um calendário de papel na mesa e passa os dedos pelos espaços vazios.

— O último dia dela foi... 27 de agosto?

Zo parece que vai desmaiar.

— Três meses atrás? Você não vê ela há três meses.

— Isso mesmo — diz Cillian. — Desculpa, quem é você?

Zofia dá um passo em direção à mesa da recepção.

— Sou a irmã dela. Por que você não denunciou que ela tinha desaparecido?

— Porque ela não desapareceu. Ela se demitiu. Como eu disse. — Cillian suspira. — Lá estava eu, numa espreguiçadeira no JackieO', e recebo uma mensagem: "Desculpa, tenho que voltar para a Polônia imediatamente. Minha mãe foi diagnosticada com câncer." — O rosto dele suaviza ao se virar para Zo. — Sinto muito pela sua mãe, aliás. Eu perdi a minha muito cedo. Mas o jeito como a Marta só...

Zo não está mais escutando. Parece estar pegando fogo. Numa voz tão baixinha que mal é um sussurro, diz:

— Nossa mãe não foi diagnosticada com câncer. Ela está morta há doze anos.

Consigo levar Zo para a calçada antes que ela comece a hiperventilar, as lágrimas escorrendo pelas bochechas como água de uma torneira. Diante do surto completo dela, não tenho escolha a não ser permanecer calma. É um papel novo para mim. Sento-a com cuidado num pedaço da calçada que não está muito sujo, ignorando os olhares de preocupação de passantes que cuidam de suas tarefas de sábado.

Aí espero. Zo chora por muito tempo. Não a apresso.

Quando seus soluços começam a diminuir e virar lamentos baixos, pigarreio.

— Escuta. Sei que parece ruim. Mas a Marta ainda está com o celular dela, certo? Ainda está te mandando mensagem. Então, ela mentiu para o chefe. Será que não estava só precisando dar um tempo do trabalho?

Zo seca o rosto na manga.

— Da última vez que ela foi para casa, para a Polônia, a gente brigou.

— Eu entendo. Também tenho uma irmã.

Zo coloca a mão no bolso.

— Vou ligar de novo para ela. Falar que estou aqui e...

— Quer saber? Talvez seja melhor não fazer isso. — Me agacho na calçada ao lado dela. O chão está frio e duro. Tento muito não pensar em todos os cachorros e bêbados que urinaram neste mesmo pedaço de concreto. Pigarreio. — Onde quer que ela esteja, Marta claramente não quer ser encontrada. Por que a gente não tenta conseguir mais informações primeiro?

Zo seca o rosto manchado de lágrimas na manga.

— Como vamos fazer isso?

— Na verdade, eu tenho alguma experiência com pessoas desaparecidas. Tinha um menino...

— Hein?

— Deixa pra lá — digo depressa. Não é o momento. — O que estou tentando dizer é que posso te ajudar.

Zo se anima um pouquinho.

— Sério?

— Claro.

E, desta vez, estou falando a verdade.

38

Hampstead

SÁBADO, 12H35

A decoração do Holly Bush não mudou nem um tiquinho desde o século dezoito, exceto pela adição de máquinas de cartão de crédito. É todo coberto de cortinas de veludo pesadas e tapetes puídos em pisos desgastados. Zo ainda está em choque quando nos sentamos numa das banquetas de couro rachado para esperar Natalia.

Foi fácil conseguir o telefone dela com Cillian, que faria qualquer coisa para se livrar de nós quando voltamos para pedir o contato.

— A Natalia e a Marta eram amigas — garantiu ele. — Ela vai saber o que aconteceu.

Estava ansioso para lavar as mãos em relação a mim e Zo, e eu não o culpava. Ter uma mulher consumida pelo sofrimento e soluçando estacionada na calçada não é bom para os negócios.

Estamos ao lado de uma lareira aberta acesa sem proteção, que Jenny certamente apontaria como uma violação de saúde e segurança. ("Chamas abertas e público não combinam. Acredite, eu vejo a papelada quando as coisas dão errado", comentou certa vez comigo.) Pensar nela me causa um aperto no peito. Afasto esse pensamento e mando uma mensagem para Brooke, que agora está nas Ilhas Maurício, provavelmente deitada numa rede e sendo abanada por atendentes uniformizados.

Ei. Só pensando em você. Espero que o resort seja legal. Ela não responde.

À uma da tarde, uma mulher magra de cabelo escuro entra pela porta. Seu cabelo está preso em tranças bem-feitas, e ela usa uma parca comprida vermelha que engole seu corpo minúsculo. Um cachorro branco peludo a segue numa coleira vermelha. Natalia olha nervosamente ao redor, como se tivesse sido convocada para uma avaliação de desempenho surpresa.

— Duas de vocês? A Marta se meteu em alguma confusão?

A voz dela tem uma rouquidão maravilhosa, como uma daquelas estrelas de cinema antigas, dos anos 1940. Eu não esperava que uma voz tão incrível saísse de um corpo tão esguio e nervoso. Fico atordoada, só por um segundo.

Lanço um olhar rápido para Zo.

— Ela, hum, talvez esteja desaparecida. Não está claro.

Natalia parece querer perguntar algo mais, mas Zo segue em frente, estoica:

— Quando foi a última vez que você teve notícias dela?

Natalia faz uma pausa, pensando.

— Fim do verão, acho. Ela, é... voltou para a Polônia. Acho.

— Você acha?

— É. Ela me mandou mensagem.

Zo me lança um olhar de pânico, mas continuo:

— Tinha algo na Marta que, hum, te preocupava? Ela não parecia... — Abaixo a voz: — Deprimida?

Natalia joga a cabeça para trás, surpresa.

— Deprimida? A Marta? Não. Ela estava apaixonada. — Ela começa a mexer com a coleira do cachorro. — Desculpa, quem são vocês mesmo?

De repente, queria ter trazido um caderno, alguma coisa para dar um ar mais oficial.

— Eu? Hum, sou vizinha dela. Bom, era. Zo é a irmã dela. Então, não tinha nada que te preocupasse?

Natalia balança as pernas, com os olhos percorrendo o pub.

— Teve uma noite. Não consigo lembrar exatamente quando. Ela me ligou bem tarde, perguntando se podia ir lá em casa. Tinha brigado com o namorado.

Assinto, incentivando-a a prosseguir.

— E aí?

— Imaginei que, se ela chegou a pedir, era porque estava desesperada. Não éramos tão próximas, sabe, e eu moro em Barnet com três colegas. Enfim, a Marta apareceu depois da meia-noite, com cara de quem tinha chorado muito.

— O que aconteceu?

Natalia dá de ombros e se mexe no banco.

— Ela não queria conversar. Não insisti. Dei um carregador de celular, um copo de água e deixei ela dormir no sofá.

— E depois?

— Foi isso. Quando acordei de manhã, ela tinha ido embora. Quase como se eu tivesse sonhado com tudo aquilo.

— Você sabe por que eles brigaram?

Agora que estou pensando, eu *ouvi* Marta e Adam tendo uma discussão enorme uma noite, logo antes de ela o deixar. Objetos quebrando, gritos, portas batendo. Será que pode ter sido a mesma noite?

Pego meu telefone e mando uma mensagem frenética para Adam. ME LIGA. NÃO É O QUE VOCÊ ESTÁ PENSANDO, escrevo.

Natalia começa a mexer com um anel dourado fino no dedo.

— Não sei. Briguinha de casal, acho. Não forcei o assunto.

— Por favor. Você não se lembra de nada? — implora Zo.

É doloroso de ver.

Natalia fica pálida e desvia o olhar.

— Olha, eu não sei bem qual era o problema. O cara, sabe, acho que era casado. Ele usava aliança.

As palavras ficam presas em meu ouvido como uma unha quebrada num suéter de lã.

— Aliança? Como você sabe?

Natalia dá de ombros.

— Ele era cliente. Do salão. Vinha toda quinta. Ela não era... — Natalia ergue os olhos para mim. — Ela não era má pessoa, a Marta. Amava ele de verdade.

Há sirenes de alerta disparando na minha cabeça. Nunca vi Adam usando aliança, nem qualquer joia, aliás.

— Como era o nome dele?

Natalia baixa os olhos para as mãos.

— Sabe, não lembro. Ele às vezes a buscava no salão. No carrinho chamativo dele.

Fico alerta, atenta como se alguém estivesse cantando.

— Que tipo de carro?

— Não sei bem. Não gosto muito de carros. Um carro esportivo, talvez? Acho que era verde-escuro.

Meu coração começa a bater rápido. O Volkswagen Polo branco de Adam nunca, jamais seria descrito por alguém com olhos funcionais como "carro esportivo". Fico de pé, derrubando um garfo no chão.

— Já volto — digo a Zo. — Preciso fazer uma ligação.

Ela me lança um olhar perplexo.

— Agora?

— Vai levar dois segundos.

— Vou com você — oferece ela, já se levantando.

— Não — digo, talvez rápido demais. — Quer dizer, não precisa. Volto num instante. Podem continuar conversando.

Na frente do pub, me apoio na parede de tijolos e ligo para o salão. Cillian atende no segundo toque. Está tocando Cher. Imagino-o arrumando a prateleira de xampu a seco atrás do balcão.

— A que devo o prazer? — diz ele, sem parecer sentir prazer algum.

— A Marta tinha namorado?

Ele faz uma pausa, puxando ar por entre os dentes.

— Por que a pergunta?

— Vou reformular: a Marta tinha *dois* namorados?

Há uma longa pausa.

— Olha, não é da minha conta. Ela era uma boa garota.

Imagino-o recostado na mesa da recepção, inalando o cheiro de cabelo molhado e desinfetante Barbicide.

— Descreve eles para mim.

Cillian hesita.

— Acho que um era da polícia. Malhadão. Bíceps tipo o do Deus do Trovão.

— Certo. E o outro?

— Um tipo mais Príncipe Encantado. Mais velho. Mandava uns buquês gigantescos para ela. Tipo, sério, enormes. A gente deixava ela colocar na mesa da recepção. Era tudo *très romantique*.

— Como ele era, esse Príncipe Encantado?

Cillian hesita.

— Querida... *rico*.

— Dá para ser mais específico?

— Velho. Branco. Relógio chique. Horário fixo toda quinta.

Meu coração começa a martelar no peito. Tem um zumbido nos meus ouvidos, como um alarme disparando no cérebro.

— Você sabe o nome dele? Ou espera... Se ele era cliente, você deve ter o telefone dele.

O tom de Cillian muda de fofoqueiro para nervoso.

— Eu não lembro o nome. Ele parou de vir depois que a Marta foi embora. Enfim, o telefone de um cliente... não é o tipo de coisa que posso simplesmente entregar.

— Por favor? — peço, com minha voz mais doce. — Porque acho que ele talvez saiba onde a Marta está.

Não menciono a situação dos dois namorados a Zo. Não por enquanto. Não adianta chateá-la ainda mais antes de eu ter todos os fatos e, francamente, a essa altura, lidar com as emoções dela começou a dar mais trabalho do que a investigação em si. Nos despedimos de Natalia, e levo Zo na direção de um Premier Inn distante, com a promessa de mandar mensagem assim que souber mais alguma coisa.

Em casa, me sento devagar no sofá. Na mão direita, tenho um pedaço de papel com o telefone do segundo namorado da Marta. Na esquerda, um copo de Smirnoff com Coca Diet, só para aliviar a tensão.

É sábado à noite. Amanhã é domingo. Amanhã, Will vai trazer Dylan de volta, e minha investigação vai acabar, queira eu ou não. Esta é minha chance.

Respiro fundo, viro o resto da Smirnoff e digito o número no meu celular. *Lá vamos nós.*

Toca três vezes, depois quatro. Quando percebo que ninguém vai atender, uma onda de alívio me invade. Meus ombros relaxam um pouco. Eu não tinha pensado no que dizer se alguém atendesse. Aí, no quinto toque, tem um clique e uma voz computadorizada:

— Você ligou para a caixa postal de... Rollo Risby. Deixe sua mensagem após o sinal.

39

Shepherd's Bush

SÁBADO, 21H35

Rollo Risby. *Que diabos?* Ligo de novo, só para ter certeza. Recebo a mesma mensagem. Me afundo mais no sofá. Ao meu redor, a sala começa a girar. Então, Marta estava tendo um caso com Rollo Risby? Não pode ser coincidência, né? Quer dizer, qual é a probabilidade?

Merda. Gastei tanta energia tentando proteger meu filho que não prestei atenção a mais nada. *Pensa, Florence, pensa.*

Se Marta estava tendo um caso com Rollo... será que ele fez algo com ela? Não faz sentido. Gente rica não precisa matar ninguém. Pode simplesmente subornar. Talvez Marta tenha ameaçado contar a Cleo e agora esteja sentada em alguma praia tropical, se abanando com notas de cem dólares e pensando: adeus, salão, apartamentinho e Londres inteira.

Estou louca para ligar para Jenny e contar o que descobri, pedir para ela me ajudar a entender tudo, juntar as peças à sua maneira fria e lógica. Mas Jenny e eu não somos mais amigas. Porque ela está transando com o Adam.

Adam.

Será que ele sabia que estava sendo traído pela Marta? Foi por isso que terminaram? Será que ele...?

Sem pensar, me levanto do sofá num salto, batendo a canela na mesa de centro. Ignoro a dor aguda e saio correndo da minha casa para o vestíbulo.

Encosto o ouvido na porta de Adam. Silêncio. Levanto a mão para bater. Aí, paro. São quase dez da noite de sábado. O que eu vou dizer? *Você sabia que sua ex-namorada estava te traindo?* Ele só vai achar que estou com ciúme, tentando sabotar o relacionamento dele com Jenny. De qualquer forma, os dois não estão em casa. Estão na viagenzinha deles, provavelmente metidos num chalé com telhado de palha nas Cotswolds, aconchegados debaixo de um cobertor de lã, dando morango um na boca do outro e rindo.

Marta. Alfie. Marta. Alfie. Nada disso faz o menor sentido. Merda. *Pensa, Florence, pensa.*

Me arrasto de volta para minha própria casa, para o sofá. Não consigo entender nada. Sou burra demais, minha canela está doendo e nada faz sentido. Ligo *Caçadores de Imóveis* e caio num sono agitado.

Quando acordo no domingo de manhã, a TV ainda está ligada. Um apresentador de jornal está falando sobre um grupo ativista ambiental que se grudou com cola instantânea na rodovia, bloqueando o trânsito nas duas direções. Aí, a tela muda e aparece a foto de Robin Sexton preso. A acusação formal dele perante o juiz é amanhã, na Corte de Magistrados de Westminster. Uma nova onda de vergonha me percorre. Desligo a TV e pego o celular. Tem uma série de mensagens da Zo. OBRIGADA POR TENTAR AJUDAR, MAS DECIDI PROCURAR A POLÍCIA.

A polícia. Não posso culpá-la por querer envolver os adultos. *Eu* quero envolver os adultos. Ainda assim, dói. Como se ela não confiasse em mim para encontrar sua irmã.

AH, BOA SORTE, respondo, leviana. COM CERTEZA UMA ESTRANGEIRA "TALVEZ DESAPARECIDA" VAI SER A PRIORIDADE DELES. Aí me sinto culpada e adiciono às pressas: ESPERO QUE DÊ CERTO. ME MANTÉM INFORMADA. BJS.

Deito no sofá, observando o hematoma em minha canela. Ficou de uma cor intensa de berinjela. Cutuco com o dedo indicador. Uma pontada aguda de dor sobe pelo meu corpo.

Cadê você, Marta?

Ao meio-dia, ainda estou jogada no sofá, olhando feito uma idiota para o teto, quando ouço o som de chaves na porta. Dylan. Levanto-me depressa e aliso a marca funda no sofá.

— Você chegou mais cedo!

— Queria ver a Greta — diz ele, passando por mim e indo para o quarto.

Olho pela janela o carro de Will, já acelerando. Maldita Greta. Por que eu não peguei um bicho de estimação normal para o menino, tipo um cachorro?

Dylan reaparece, segurando Greta numa palma e um pedaço de papel--alumínio vermelho na outra.

— Qual é a de todos esses balões de hélio?

— Quê?

— Tem um montão de balões vermelhos meio murchos pela casa toda. — Dylan estreita os olhos. — Você sabe que hélio é um recurso não renovável, né? Em algum momento, vai acabar.

Zo. Droga. Os balões de aniversário dela.

— Desculpa, querido. É uma longa história.

Ele começa a falar outra coisa e me desligo, caindo de volta no sofá.

— Por favor, mãe, só mais uma vez?

E percebo que Dylan ainda está falando comigo. Passou esse tempo todo falando comigo. Sobre ir pegar grilos na casa do sr. Foster.

Suspiro. Que diferença faz? Está tudo uma merda mesmo. Não aguento mais conflitos, rejeição ou fracasso.

— Tá bom. Mas rápido. Entra e sai. E depois disso...

Dylan não está escutando; já está descendo às pressas os degraus na direção da porta do sr. Foster. Vou atrás, ficando de guarda enquanto ele toca a campainha. O sr. Foster aparece e fica brevemente confuso, me olhando nervoso na varanda.

Dou um aceno amigável.

— Está tudo bem — falo. — Só por hoje.

O sr. Foster assente. Parece aliviado. Os dois começam a conversar em cochichos.

Mando mensagem para Zo.

E AÍ? ALGUMA NOTÍCIA?

Ela não responde. Por impulso, digito o número de Marta. Mal não faz, certo? A linha começa a tocar, e me encosto na varanda prendendo a respiração. Ao longe, algo chama minha atenção. Um eco. Ligo de novo para o número, afastando o celular do ouvido. Não estou imaginando. É fraco, pouco mais alto que as batidas do meu coração. Mas definitivamente escuto algo tocando.

Entro no vestíbulo e ligo de novo. Agora está mais alto. Não é coisa da minha cabeça.

O celular da Marta está na casa do Adam.

40

Shepherd's Bush

DOMINGO, 14H30

Digito o número de Jenny sem nem pensar. Minhas mãos estão tremendo, o medo toma conta do meu corpo enquanto minha imaginação corre solta com os piores cenários. Jenny atende no segundo toque.

— Ah, meu Deus, você está bem — digo, ofegante.

— Não é uma boa hora — diz ela.

Sua voz está tensa, distante.

— Onde você está? Está com o Adam?

— Quê? Não. Acabei de chegar em casa de um "retiro" cansativo do trabalho e tenho um monte de pendências, não vi os meninos o fim de semana todo e sinceramente...

— Vou aí. É urgente.

A voz dela muda.

— Está tudo... o Dylan está bem?

— Está ótimo. Mas não está tudo bem. A gente precisa conversar pessoalmente.

— Não é mesmo uma boa hora.

— Chego em vinte minutos. E, independentemente de qualquer coisa, não ligue para o Adam.

Desligo bem quando Dylan volta saltitante pela rua, carregando um monte de latinhas amarelas, cantarolando feliz. Quase as derruba na varanda ao ver minha expressão.

— Mãe? O que foi?

Fico paralisada. Não é algo com que Dylan deveria ter que se preocupar. Tento fazer minha voz parecer casual.

— Você se lembra da Marta? Que morava no andar de cima?

Dylan estremece.

— Lembro. O que aconteceu com ela?

Os pelos do meu braço se arrepiam.

— Como assim, "o que aconteceu com ela"?

Ele dá de ombros.

— Por que você perguntaria se eu me lembro dela, a não ser que tivesse acontecido algo ruim?

Não consigo pensar. É tudo demais. Marta. Adam. Rollo.

— Você pode, é, por favor, colocar um casaco? Precisamos sair.

Dylan protesta.

— Mas eu acabei de chegar em casa. Estou indo dar esses grilos para a Greta!

— Vamos, Dylan.

Ele finca o pé.

— Mas você me deixa sozinho em casa o tempo todo.

Uma onda de culpa me toma. Meu coração continua martelando no peito como uma bateria de banda escolar. Preciso pensar. Não consigo pensar.

— Olha... não posso discutir com você agora. Só, hum, entra e tranca a porta. Não sei quanto tempo vou demorar.

Ele concorda com a cabeça, vitorioso. Tento abraçá-lo, mas Dylan já está correndo para casa, segurando seu estoque de latas de grilos como um troféu.

Quando o táxi para na frente da casa de Jenny, minhas mãos estão tremendo, pequenas vibrações violentas que me acometem a cada poucos minutos, como abalos secundários de um terremoto. Jenny abre a porta descalça, de shorts de corrida e um moletom puído de Stanford. Tem uma cesta de roupas por dobrar no sofá, um delivery de salada comido pela metade, e o computador aberto numa planilha de Excel. Escuto Max e Charlie fazendo alguma brincadeira agitada lá em cima, gritando sem parar com um misto de alegria e agressividade.

De repente, fico nervosa. Por que minhas mãos estão suando tanto? Não pensei direito em como passar para a próxima parte. Quando liguei para ela, agi por instinto. Mas, agora que estou aqui, é estranho. Fico olhando para sua mala de mão prateada, aberta no chão, meio desfeita.

— Vamos nos sentar? — digo, apontando para o sofá.

— Pode ir — diz ela, com a voz meio distante.

— Talvez seja bom você se sentar também.

— Estou bem — responde ela. — Fala logo o que você veio falar.

Direciono minhas preocupações para o chão, sem coragem de olhá-la nos olhos.

— Acho que o Adam talvez tenha... talvez esteja... *envolvido* no desaparecimento da ex-namorada dele.

Jenny estreita os olhos.

— É um tipo de piada?

— Não — digo depressa. — É sério. Estou preocupada com você. Estou tentando explicar que...

— Não entendi — dispara ela, o rosto ficando vermelho. — Que ex-namorada? Do que você está falando?

Minhas mãos agora começam a suar ainda mais. Seria mais estranho secá-las no sofá ou na minha calça jeans?

— A Marta. O Adam me disse que ela terminou com ele no verão e voltou para a Polônia. Mas, hum, a irmã dela, Zo, veio procurá-la ontem. Fomos ao salão onde ela trabalha. Ou trabalhava. Ninguém a vê há meses. — Estou falando rápido demais, as palavras saindo da minha boca de forma descontrolada. — Enfim, acontece que a Marta estava tendo um caso com o pai do Alfie, o Rollo Risby. Qual é a probabilidade disso, pô? Então, eu liguei para o celular da Marta. E tocou. Hum. No andar de cima. Na casa do Adam. — Sei que estou parecendo uma doida, mas não posso parar. Ergo os olhos para Jenny. — Fiquei me perguntando se talvez...

Jenny está inexpressiva. Ela aponta para a porta.

Continuo grudada no sofá.

— Escuta. Eu sei que parece loucura. Mas você pode estar correndo perigo, tá? Só me escuta. Eu acho que a coisa toda do Alfie...

Jenny me olha como se eu fosse a pessoa mais burra do mundo.

— Você por acaso está se ouvindo? *O Adam fez alguma coisa com a ex-namorada?* E com o Alfie? — Ela dá uma risada seca, sarcástica, que nunca ouvi antes. — Talvez o Adam seja o Assassino do Zodíaco. Ou o Estrangulador de Shepherd's Bush. — Jenny balança a cabeça, sacudindo o cabelo liso freneticamente. — Eu sabia que você estava com ciúme, mas não acredito que faria uma coisa tão baixa.

Estendo o braço para pegar a mão dela e fecho meus dedos em sua palma.

— Jenny. Por favor. Estou implorando. Tem alguma coisa muito errada. Estou preocupada com você.

Ela puxa a mão para trás.

— Não está, não. Não pode estar, porque você nunca pensa em ninguém, só em você. Só está com ciúme porque eu estou feliz.

Lágrimas quentes brotam nos meus olhos. Tento segurá-las. Por um segundo, nenhuma de nós fala nada.

— Onde ele está? — pergunto. — Onde Adam está?

Jenny dá de ombros.

— Como eu vou saber? Não o vejo desde sexta de manhã. Eu estava num retiro de sócios. Da empresa.

— Então vocês não estavam juntos? Tendo um fim de semana romântico?

Ela revira os olhos.

— Você sabe que está parecendo insana, né? Completamente perturbada? Sério, eles prenderam o cara que pegou o Alfie. Você se lembra daquela história toda, certo?

A dor na boca do meu estômago volta. Fecho os olhos, ignorando a dor lancinante ao permitir que a verdade saia.

— É, pois é. Aquele cara. O sr. Sexton. Não foi ele.

O rosto de Jenny agora está ficando vermelho.

— Não entendi. Eles acharam a mochila do Alfie. Na casa dele.

Observo minhas mãos, emboladas no colo como lenços usados.

— A prova, as coisas que a polícia achou na casa do sr. Sexton. Foram plantadas lá.

Jenny franze as sobrancelhas.

— Não estou entendendo.

A vergonha inunda meu corpo. Me sinto tão pequena, errada e má que fico preocupada de chegar a implodir, como uma estrela colapsando sob o peso de sua própria gravidade.

— Foram plantadas lá. Por. É. Mim — confesso. A expressão de Jenny continua impassível, calma. Ela se afunda no sofá e examina meu rosto. — Em minha defesa, eu achei que ele fosse pedófilo.

Meu Deus do céu! — grita ela, ficando de pé num salto outra vez. — Sempre tem uma desculpa! Você tem tantas desculpas! — Jenny começa a andar de um lado para o outro. — Por que você faria isso? Onde é que você conseguiu a mochila do Alfie?

Seus olhos me perfuram como raios laser.

Fico encarando minhas mãos. Não adianta mentir agora.

— Eu, hum, encontrei. No quarto do Dylan. Mas ele não...

Ela estreita os olhos.

— Ah, meu Deus. Você...

Eu me levanto e dou um passo na direção dela.

— Não. Não! O Dylan não fez nada. É um mal-entendido. Eu sei que ele...

A fúria toma conta do rosto de Jenny.

— Meu Deus, eu estava te *ajudando*. Eu estava te ajudando! Você entende... Eu posso perder minha licença por isso! — Ela agarra meus ombros e me empurra para a porta com uma força que eu não esperava. — Sai. Sai da minha casa. Sai da minha vida!

Cambaleio para trás.

— Achei que nós fôssemos...

— O Adam tinha razão sobre você. Você e esse... — Ela agita a mão num movimento circular em torno do meu rosto — esse... esse caos que você cria por onde passa. — Jenny vira a mão com um floreio e, numa imitação cruel de mim, diz: — "Ah, eu sou a Florence, minhas roupas não combinam e eu não sei usar relógio e sou um espírito tão liiiiivre!"

— Isso não é...

Jenny não acabou.

— "Eu sou tão divertida e emocionante e não ligo que sou tão ruim como..."

— Fala logo — disparo. — Você acha que eu sou uma mãe ruim.

— Não — diz Jenny, rápido. — Não era isso que eu ia falar. *Amiga*. Você é ruim como *amiga*. — Ela me olha de cima a baixo. — Mas, agora que você mencionou, cadê o Dylan?

Sinto meus batimentos cardíacos desacelerarem, o sangue virando água gelada nas veias.

— Minha vez agora — digo, devagar. Imito o *vape* dela, dando um trago profundo. — "Oi. Eu sou a Jenny. Sou uma chata dedicada demais de quatrocentos anos. Ninguém nunca vai me amar, porque eu sou a pessoa mais controladora e certinha do mundo. Até meus filhos preferem a babá."

Agora ela está tremendo, vibrando de raiva.

— SAI. DAQUI — ruge. — Você é um veneno!

Bato os pés até a porta.

— Tá bom. Divirta-se trepando com o Adam. — E aí, como não consigo resistir, acrescento: — Só fica sabendo que ele vai estar pensando em mim o tempo todo.

Jenny solta um gritinho, como uma gaivota sendo rasgada ao meio.

Bato a porta da frente com tanta força que ela treme no batente.

41

Shepherd's Bush

DOMINGO, 17H50

Em casa, procuro na rua algum sinal do carro de Adam. Coloco a orelha na porta. Nada. Onde quer que ele esteja, não é aqui. Penso em ligar para Zo, tentar explicar tudo, mas para quê? Se Jenny não acredita em mim, Zo também não vai acreditar. Eu sou uma fracassada, uma mentirosa.

Peço uma pizza vegana para Dylan e vou direto para a cozinha, onde encho uma caneca com vodca, adicionando água da torneira para suavizar o gosto. A caneca não foi lavada direito, mas não ligo. Só preciso de algo para relaxar, para furar por alguns instantes o imenso balão de vergonha em que estou vivendo.

Quando a pizza chega, Dylan sai de seu reino de grilos para comer. Sento-me com ele à mesa.

— Você tá bem? — pergunta, com os cotovelos na mesa, atacando um pedaço cheio de queijo.

— Vou ficar já, já — respondo, tomando mais um gole da caneca.

— Você e a Jenny brigaram?

Faço que sim, com lágrimas nos olhos.

— É.

Tomo mais um gole. *Foda-se aquela vaca*, penso. *Ela* que é ruim como amiga. Eu estava tentando ajudá-la. Salvá-la. Tomara que Adam corte *a*

Jenny em mil pedacinhos. Meu coração para. Não, não estou falando sério. Claro que não.

Dylan me olha, fios de queijo vegano escorrendo de sua boca.

— Qual foi o motivo da briga?

Forço uma expressão corajosa.

— Coisa de adulto. Nada com que você precise se preocupar, querido.

Ele me encara, com os olhos arregalados.

— O Alfie?

— Não. Bom, mais ou menos... — Me encolho na cadeira, deixando que a vergonha me envolva como um abraço. — Para ser sincera com você, não tenho muita certeza de nada agora.

— Você acha que devia ligar para a polícia?

Reflito por um instante. Eu poderia ligar para o investigador Singh, contar o que descobri. Deixar os profissionais resolverem. Zo já falou com a polícia sobre Marta. Talvez, se eu contar sobre o celular dela, consigam ligar os pontos que faltam. As conexões que não consigo entender. Que se dane, vale tentar.

Me viro para Dylan.

— Sabe de uma coisa, meu bem, não é má ideia.

O investigador Singh não está trabalhando, diz a recepcionista antipática da delegacia, mas tem um formulário on-line que posso usar para fazer uma denúncia.

— Eu vim aqui porque preciso muito falar com um ser humano. É meio que urgente — digo, lançando um olhar nervoso para Dylan.

A recepcionista contrai os lábios.

— Tá bom. Se quiser esperar o agente de plantão, fique à vontade.

— Você sabe quanto tempo... É que já são quase oito da noite e estou com meu filho, ele precisa ir logo para a cama e...

A recepcionista me olha, cansada.

— Bom, como eu disse, você pode usar o formulário on-line.

— Tudo bem — respondo, com um sorriso forçado. — Eu espero.

Levo Dylan até um canto tranquilo, passando pelos rostos cansados e estressados que ocupam a sala de espera. Passo a mão pelo meu vestido azul-marinho de risca de giz. Quando escolhi essa roupa, parecia séria, coisa de advogada, mas, agora que a parte de trás da minha coxa está grudando na cadeira de plástico, me arrependo.

Quarenta e cinco minutos se passam antes de o agente de plantão aparecer.

— Srta., hum, Grimes? — diz ele, lendo de uma prancheta. — Por aqui. Eu sou o Chefe de Polícia Wilson.

Deixo Dylan na sala de espera encardida com instruções estritas de nunca sair da cadeira nem falar com ninguém. Odeio deixá-lo, mas não quero que ele escute o que estou prestes a dizer.

Wilson é um homem corpulento de quarenta e poucos anos, com pouco cabelo e nenhum queixo. Quando chegamos à sua sala, ele faz questão de puxar a cadeira para mim.

— O que posso fazer pela senhorita? — pergunta, os olhos se demorando em minhas pernas.

Pigarreio e tento minha voz mais calma e profissional:

— Estou preocupada que meu amigo, bom, meu vizinho... Acho que, é, ele talvez tenha feito alguma coisa. Com a ex-namorada dele.

Wilson franze a testa.

— Ah, é? O que te faz pensar isso?

— Bom, ela desapareceu. E o celular dela...

O celular de Wilson apita, e ele olha para baixo.

— Desculpa. Minha esposa. — Ele revira os olhos. — Acabou o leite. — Ele digita uma mensagem rápida, depois me olha de novo. — Tá. Você estava dizendo. Seu, hum, vizinho, certo?

— É. Hum. Ele na verdade é policial.

A expressão de Wilson muda, como uma porta se fechando. Ele se recosta na cadeira.

— É? Bem, nesse caso, é uma jurisdição diferente. Você precisa procurar o Escritório Independente de Conduta Policial. Fica em Fulham. — Ele faz um muxoxo. — Não está aberto agora. Só amanhã cedo.

Ele se recosta na cadeira, esperando que eu agradeça.

— É que é meio urgente.

Wilson franze as sobrancelhas.

— Ele bateu em você? — indaga. Faço que não. — Te ameaçou?

Engulo em seco.

— Não.

Wilson sorri.

— Que bom. Então, você não está correndo perigo imediato. — Ele dá um sorriso condescendente. — Não ia querer que ninguém machucasse esse rostinho bonito. — Ele pigarreia e mexe em uns papéis na mesa. — Fulham, tá, querida? É lá que você precisa fazer sua denúncia.

Assinto, sem conseguir me levantar da cadeira.

Wilson dá uma piscadela, deslizando um cartão de visitas para mim.

— E se esse cara te causar algum problema, o chefe Wilson vai ter uma palavrinha com ele, tá?

Meu rosto queima de vergonha. Levanto-me e agradeço por sua ajuda, me odiando o tempo todo.

De volta em casa, espero até Dylan ir dormir para colocar mais uma dose de vodca na caneca de café. Não faço nada direito. Não consigo nem denunciar uma pessoa desaparecida do jeito certo. Estou desesperada por alguma coisa, qualquer coisa, para mudar o canal do meu cérebro, mas, toda vez que fecho os olhos, vejo o rosto enojado de Jenny, suas palavras ecoando em meus ouvidos. *Você é um veneno!*

Mando uma mensagem para Matt B. ACORDADO? Ele não responde. Ah, meu Deus, até o Matt B. está cansado de mim. Tudo bem. Recorro aos aplicativos. Leo, 23, quer curtir hoje. Beleza, Leo. Você serve.

Como se em transe, marcho até meu armário, vasculhando até achar meu menor e mais brilhante vestido. Me enfio nele, dou uma voltinha na frente do espelho. Ainda cai bem. Vou até o banheiro e pego meu estojo de maquiagem manchado de base, montando minha estação de batalha na borda da pia. Existem tão poucas coisas que posso controlar — não o Dylan, nem o Adam, nem o chefe Wilson. Certamente não a Jenny. Mas isso — meu rosto, a intensidade do esfumado da sombra, a onda do meu cabelo — ainda consigo deixar perfeito.

Olho no espelho. Uma morta-viva horrenda me encara de volta. Não dá para negar. Minhas sobrancelhas estão desaparecendo. Os cabelos que sobraram são só fiapos. Tudo bem. Posso consertar com maquiagem. Posso consertar qualquer coisa com maquiagem.

Tônico. Hidratante. Primer. Deixar secar.

Coloco mais um pouco de vodca na caneca. O gosto é nojento, mas está surtindo o efeito necessário. Tomo outro gole.

Coloco algumas gotas da base da NARS cor Vienna numa esponja de maquiagem e começo a dar batidinhas na pele até meu rosto parecer o de uma boneca lisa e sem poros.

A cada poucos minutos, olho meu celular para ver se Jenny caiu em si, se me mandou mensagem para pedir desculpas. Nada.

Hora do show. Seleciono um lápis preto com glitter e começo a traçar o contorno do meu olho. Uso um pincel sintético para esfumar a cor em direção à órbita ocular em círculos lentos e delicados. Depois bronzer, blush, iluminador, spray fixador.

Às nove e meia, pintei um rosto completamente diferente em mim mesma. Um rosto mais escuro, mais definido, mais bonito. Com sobrancelhas.

Uso o babyliss no meu cabelo danificado e prendo tudo no lugar com uma nuvem do bom e velho spray Elnett.

Me imagino sentada de novo no sofá bege de Jenny, mas, dessa vez, expresso tudo perfeitamente. Dessa vez, argumento com confiança, clareza e facilidade. Jenny concorda; ela compreende. *Entende.*

Obrigada por me contar, diz, com sinceridade. *Vejo como foi difícil para você. Eu acredito em você. Vamos bolar um plano.*

Lá fora, meu motorista de Uber buzina.

Vou na ponta dos pés pelo corredor até o quarto de Dylan. Ele está dormindo profundamente na cama. Dez anos é idade mais que suficiente para ficar sozinho em casa. Quando eu era do tamanho dele, nossa mãe trabalhava e eu fazia jantar para mim e para Brooke. Cachorro-quente de micro-ondas e achocolatado com calda Hershey's. Chamávamos de *frankfurter* especial da Florence. Nós ficávamos bem, e Dylan também vai ficar. Que se dane a Jenny e sua chantagem emocional.

Enfim, sair daqui não é opcional. Tem um zumbido nos meus ouvidos agora, como um alarme de carro que não para de tocar. Preciso dar o fora desta casa para não acabar enlouquecendo de vez.

Dou um último gole da minha caneca de café e saio, trancando a porta com duas voltas atrás de mim.

42

Shoreditch

DOMINGO, 22H17

Leo me leva a um *speakeasy* terrível de chão grudento num porão logo na saída da rotatória da Old Street. Está cheio de designers gráficos de corpo molengo e baristas profissionais com chapéus irônicos. Ele pede um mojito para mim.

— Você vai adorar – diz, com sinceridade, como se fosse uma coisa nova que ele descobriu.

Sinto uma vontade dolorosa de contar isso a Ian, pois sei que ele acharia engraçado. Aí lembro que Ian também me odeia e viro a bebida de um gole só. Tento focar no que Leo está dizendo, mas só consigo pensar em Jenny. Repassar nossa conversa mentalmente. Por que ela se recusa a acreditar em mim? Não consegue ver que estou tentando protegê-la? Leo não para de tagarelar sobre alguma coisa. Um curso de arqueologia?

Ah, meu Deus, ele ainda é estudante.

Finalmente, Leo levanta um saquinho plástico.

— Bora?

O resto da noite passa num borrão. Leo começa a beijar meu pescoço e perguntar se quero sair dali. Mesmo no meu estado, consigo imaginar seu apartamentinho dividido em Peckham com clareza demais: um colchão sem estrado, um pôster de *O grande Lebowski* na parede, um antigo caixote como mesa de cabeceira.

— Vou ao banheiro — digo, enrolando a língua.

Lá fora, paro um táxi. Lembro-me de pedir ao motorista que parasse numa loja de conveniência. Lembro-me de comprar duas garrafas de Fanta laranja e tomar ali mesmo na calçada. Mas é a última coisa que lembro.

Quando Dylan tinha quatro ou cinco anos, eu o treinei para dormir usando um rádio-relógio digital com uma pequena lua azul que se transformava num sol amarelo. Aquele reloginho de plástico tinha mais autoridade do que eu jamais tive. De manhã, quando Dylan acordava antes de o sol nascer, ficava deitado corajosamente na cama, um soldadinho esperando permissão para se levantar. No momento que aparecia, ele me chamava:

— Mamãe, meu sol chegou.

Meu sol, dizia. Nascia só para ele, programado por minha mão invisível.

Quando acordo na manhã seguinte, estou na minha cama. O sol invernal brilha violentamente pelas cortinas abertas. Ainda estou com meu vestido de balada, que tem um rasgo enorme na lateral. O hematoma na minha canela, causado pela mesa de centro, desbotou para uma cor de couve-flor roxa, tão feia que é quase bonita.

Cambaleio até a cozinha. A casa está em silêncio. Não tem TV ligada, nem podcast moralista tocando, nem tofu mexido fritando no fogão.

— Dyl? — chamo. — Já se levantou para ir para a escola?

Olho o relógio. Oito e meia. A aula começa às oito e meia. Não tem como ele ter dormido até esse horário.

Bato na porta dele.

— Dyl, vem. Você vai se atrasar.

Sem resposta.

Tento a maçaneta. Está trancada. Uma onda de indignação percorre minhas veias. Não sou nenhuma intrometida, pelo amor de Deus. O menino não tem motivo para trancar a porta.

Bato forte.

— Dylan! Bom dia! Hora de acordar!

Quando ele não responde, pego a chave de cima da geladeira. No momento em que abro a porta dele, o sangue some do meu rosto. Abro a boca para gritar, mas não sai nada.

Greta está deitada de costas, as patinhas de tartaruga esticadas para cima. E Dylan não está no quarto.

Começo a gritar, um grito gelado que sai do fundo da minha alma. Ligo para o celular dele, mas cai direto na caixa postal, a mensagem automática me provocando com o som da voz do meu filho.

Fico parada no quarto dele, atordoada, querendo que Dylan entre pela porta da frente. *Que merda, que merda, que merda.*

Sinto que meu coração foi arrancado do peito, como naquela cena terrível de sacrifício no filme do Indiana Jones. Quero me forçar a correr até a porta, procurar Dylan, berrar o nome dele, mas estou congelada, paralisada, um fóssil preso em âmbar. Por que minhas pernas não se mexem? Minha mente tenta entender a situação. Greta, a tartaruga, está morta. E meu filho sumiu.

De repente, o feitiço se quebra e me vejo na porta, mas não me lembro de andar até ali. Talvez Dylan esteja na varanda. Ou na casa do sr. Foster. É isso. Quem sabe ele acordou e viu que Greta estava com algum problema e foi direto para lá?

Me lanço para a varanda e então vejo. Um pedacinho de papel branco enfiado pela fresta do correio, descansando no carpete entre a minha porta e a do Adam.

458 Land's End Road, Porthcurno, Cornualha

Se você chamar a polícia, ele morre!!!

43

Shepherd's Bush

SEGUNDA-FEIRA, 8H47

Jenny atende no terceiro toque, a voz transbordando desprezo.

— Estou gravando, caso você pretenda confessar mais crimes — diz, desconfiada.

Ao som de sua voz, um soluço gutural escapa do fundo da minha alma.

— É o Dylan — consigo dizer. — Ele sumiu.

O tom dela muda.

— Como assim?

— Ele sumiu. Desapareceu. — As palavras grudam na minha língua como lixa. — Eu acabei de acordar e ele não está... ele não está no quarto dele.

— É alguma piada doentia, Florence? — explode Jenny, com a incerteza já se infiltrando na voz.

— Eu morri? — grito. — O que está acontecendo?

Agora, já deixei meu corpo por completo e, da minha posição no teto, tenho uma visão aérea perfeita dos meus próprios ombros debruçados sobre a bancada da pia, soluçando ao telefone. Eu nunca devia ter saído ontem à noite. O que estava pensando? Que tipo de mãe sai para beber e deixa uma criança de dez anos em casa? Sou a pior pessoa do mundo e mereço isso. Caio em posição fetal no chão, aí me odeio ainda mais. Uma boa mãe se levantaria. Iria procurá-lo. Mas não consigo me mexer.

A campainha toca. Jenny está parada na varanda.

— Você já chamou a polícia?

Faço que não.

Ela me empurra para entrar, os olhos percorrendo a cozinha, analisando tudo.

— Há quanto tempo ele sumiu?

Olho o relógio de soslaio.

— Eu... eu não sei. Acordei às oito e meia e ele não estava no quarto dele.

Ela examina meu vestido dourado.

— Você saiu ontem à noite? — pergunta. A memória me deixa zonza. Me apoio na pedra fria da bancada da cozinha. — Não estou te julgando — diz Jenny rapidamente. — Só estou tentando entender há quanto tempo ele desapareceu. Você o viu quando voltou?

Tento lembrar. Será que eu entrei bêbada no quarto dele para dar um último beijo de boa-noite? Acho que sim. Mas não consigo ter certeza. Posso simplesmente ter ido para a cama com a roupa que estava.

— Não tenho certeza — digo baixinho, cheia de vergonha.

Jenny morde o lábio.

— Falando como advogada, meu conselho profissional é você acionar as autoridades.

— Não posso — digo, mostrando o bilhete. — Tem outra coisa.

Jenny pega o papel depressa, percorrendo-o com os olhos. Uma expressão de dor cruza o rosto dela, como se tivesse levado um tapa.

— Ah — diz, com a voz falhando.

Por um instante, acho que talvez ela vá chorar.

— O que foi?

Alguns segundos se passam. Jenny engole em seco, recompondo o rosto numa expressão neutra. Vira-se para mim e, com a voz firme e direta, diz:

— O Adam tem uma casa em Porthcurno. A mãe dele se mudou pra lá depois do divórcio. — Mal consigo acompanhar o que ela está dizendo. É como se eu tivesse perdido a capacidade de entender inglês. — Me escuta — diz Jenny, colocando a mão no meu ombro. — Vou ligar para a Belinda para ela cuidar dos meninos. Quero que você faça uma mala. Roupas. Escova de dentes. Algumas coisas para o Dylan.

— O Dylan? — pergunto, confusa.

Me sinto como um peixe estripado, vazio e esperando para ser servido no jantar.

Jenny me lança um olhar suplicante.

— Isso. Vamos buscá-lo agora.

Meus ouvidos começam a zumbir.

— Como? — pergunto, parecendo uma idiota.

— Podemos conversar no carro. Mas, Florence?

— Sim?

— A gente precisa correr.

Estou jogando roupas numa mala quando a campainha toca. Cada pelo do meu corpo fica em alerta. Jenny me olha.

— Não fica brava — diz ela. — Mas eu liguei pra Allegra.

Quase pergunto: "Quem é Allegra?", porque qualquer coisa que não seja Dylan e seu paradeiro parece pertencer a outra vida. Eu realmente gastava energia odiando as outras mulheres nos portões da escola? Que mesquinho, que privilégio ter energia para algo tão insignificante. Agora só consigo pensar no Dylan. Dylan. Dylan. Dylan.

— A Allegra dos cavalos?

Jenny franze a testa.

— Você já conversou com ela? Na verdade, Allegra é bem legal. Enfim, ela tem uma coisa de que vamos precisar.

Dizem que veneno é a arma das mulheres. Um assassinato limpo, sem sangue. Veneno permite que você mantenha distância.

Uma vez, vi um documentário no Crime Channel sobre uma série de envenenamentos por arsênico em meados do século dezenove, na Inglaterra.

A maioria eram esposas matando os maridos. Um pouquinho salpicado no café de manhã, uma pitada no purê de ervilha do senhor. Não dava para culpá-las, essas mulheres do século dezenove, presas na cozinha o dia todo, violentadas na própria cama à noite, recebendo um bebê chorão depois do outro sem anestesia, leite em pó ou fralda descartável. Dá para imaginá-las ao lado do túmulo, olhando suas amigas recém-viúvas com inveja e silenciosamente elaborando seus planos.

E então Jenny e eu estamos de volta ao carro. O carro de verdade dela, o Tesla, não o Kia alugado. Acelerando pela estrada rumo à Cornualha.

Meu corpo está dormente, meus movimentos controlados por alguma força invisível, como um brinquedo de corda executando mecanicamente uma dança pré-programada.

Olho pela janela, lembrando em detalhes vívidos cada maneira como falhei com Dylan, começando por quando ele tinha quatro meses e sem querer rolou do sofá para o piso de madeira. Eu não sabia que ele já conseguia rolar. Ele chorou por uma hora.

Penso na pequena parte obscura de mim que sempre desejou que Dylan fosse popular e esportivo, em vez de desajeitado e aplicado. A parte que tem vergonha das excentricidades dele, que deseja que meu filho seja mais parecido com as outras crianças, mesmo que só para ter uma vida mais fácil.

Quantas vezes meu filho tentou me mostrar alguma coisa — algum salto nada impressionante de um muro baixo, alguma nuvem que parecia um elefante, alguma clara violação de reciclagem? E o que eu disse? *Que legal, querido*. Será que um dia realmente o escutei? Eu não o mereço.

Meu corpo começa a se encolher sobre si mesmo, formando um tatu-bola de autoaversão. O cinto de segurança está afundando na minha clavícula, mas não me mexo. Mereço sentir dor. Tudo isso é culpa minha. Por duvidar dele, por pensar que talvez, de alguma forma, Dylan pudesse ser capaz de algo horrível. E agora ele sumiu. É insuportável. Me afundo mais no banco.

Jenny me olha de lado, então volta a encarar a estrada.

— Para de se culpar — diz, olhando para a frente.

— Como assim?

— Você está com aquele olhar distante de culpa materna.

— E não é para estar? Essa coisa toda *é* culpa minha. Se eu não tivesse...

— Olha, Florence. O que você fez foi terrível. Incriminar um homem inocente? — Ela balança a cabeça. — Horrível. Inconcebível. E, assim que voltarmos a Londres, você precisa consertar isso. — A voz dela suaviza. — Mas entendo o seu motivo.

— Entende?

Jenny mantém o olhar fixo na estrada.

— Claro. Eu também sou mãe.

O sol de fim de tarde está passando de laranja a vermelho quando paramos num posto em algum lugar em Devon para carregar o Tesla. Jenny entra para usar o banheiro e eu me encolho no banco, observando o estacionamento vazio, exceto por um Skoda prateado caindo aos pedaços. Uma jovem mãe de legging manchada está lutando com um bebê irado que se recusa a sentar na cadeirinha.

— Oliver, eu juro — começa ela, aí me nota olhando e adoça o tom: — Por favor, bebê, fica na cadeirinha.

Não grita com ele, quero berrar. *Um dia, você vai se arrepender tanto disso que vai querer morrer.* Mas, antes que eu consiga encontrar as palavras, Jenny sai apressada do posto.

— Pronta?

Ela me joga uma barrinha de proteína sabor framboesa, trazendo-me de volta à realidade. À terrível e aterrorizante realidade.

— Não estou com fome — digo, jogando o lanchinho no banco de trás como uma criança birrenta.

Baixo os olhos para o meu celular, desejando que ele toque, mas está completamente sem sinal.

Jenny estende a mão para o banco de trás e recupera a barrinha.

— Coma — ordena ela. — Temos uma longa noite pela frente.

* * *

Quilômetros de estrada passam em silêncio. A paisagem fica montanhosa. Jenny olha diretamente para a frente, alternando entre fumar *vape* e mastigar o interior da bochecha.

Fico olhando pela janela, tentando encontrar a resposta para uma pergunta que tem me atormentado desde o momento em que entramos no carro.

— Eu simplesmente não entendo por que o Adam pegou ele para começo de conversa. Não... não faz sentido. — Jenny não diz nada e aperta mais forte o volante. Sinto que levei uma pancada no estômago. De repente, tudo faz sentido. — Ah, meu Deus. — Minhas bochechas ficam quentes. — Claro. Você contou para ele. Ontem à noite. Você contou para o Adam o que eu falei sobre a Marta. — A cor desaparece do rosto de Jenny. Ela não nega. — Você falou para o Adam que eu acho que ele está envolvido no desaparecimento da Marta. E por isso ele sequestrou meu filho, para eu ficar quieta.

Jenny se vira para mim.

— Desculpa — sussurra. — Eu... achei que você só estivesse brava porque fiquei com ele. Eu nunca, jamais, em um milhão de anos, imaginei que Adam fosse capaz de algo assim.

— Você acha que o Dylan está... — Minha voz falha, sou incapaz de terminar a frase. — Quer dizer, a gente vai encontrá-lo, né?

O rosto de Jenny é uma máscara impenetrável.

— Não posso prometer que vai ficar tudo bem — diz ela, devagar. — Você sabe disso. Mas juro que vou fazer tudo ao meu alcance para trazer Dylan para casa. Além do mais, se ele fosse...

— Você está querendo falar que se ele fosse matar o Dylan, já teria matado?

Jenny levanta um único dedo.

— Não. Não faz isso. Temos que continuar pensando positivo.

Mas, mesmo ao dizer isso, ela pisa no acelerador. O Tesla corre em direção ao que quer que nos espere na Cornualha.

44

Cornualha

SEGUNDA-FEIRA, 17H12

Porthcurno é um vilarejo minúsculo na ponta sul da Cornualha, cheio de chalés bonitos, uma costa extensa e vistas dramáticas de penhascos. Quando entramos no centro da cidade, ouço as ondas ao longe; o cheiro de sal marinho e oceano invade o carro. O céu é mais escuro do que jamais vi em Londres.

— Estou entendendo por que alguém traria um refém para cá — murmura Jenny. — Sem sinal de celular. Completamente isolado.

Tento resmungar concordando, mas mal consigo falar. Fico olhando pela janela, transportada de volta a uma das poucas viagens que Dylan e eu fizemos, quando ele tinha uns seis anos, para uma pequena cidade costeira britânica sem graça. Era um bate e volta; pegamos o trem de manhã e, assim que descemos na estação, começou a chover. Fiquei furiosa, mas perseveramos, nos protegendo debaixo de um único guarda-chuva, tomando sorvete desafiadoramente na praia rochosa e jogando punhados de pedras no mar. Na volta de trem para casa naquela tarde, Dylan encostou a cabeça no meu ombro, olhou para mim com aquele rostinho sardento de menino e disse:

— Foi o melhor dia da minha vida, mamãe.

A lembrança é tão dolorosa que começo a chorar.

Olho a completa escuridão pela janela, desejando voltar no tempo para fazer uma escolha diferente. *Por que eu o deixei sozinho em casa? O que eu estava pensando? Como pude ser tão idiota?*

O som de pneus no cascalho me traz de volta ao presente. Agora estamos saindo do vilarejo, afastando-nos da costa por uma estradinha escura. Um carro nos ultrapassa na escuridão, quase batendo.

— Pelo jeito não existe essa coisa de gentileza de cidade pequena — ironiza Jenny, e me pergunto, pela primeira vez, se ela está nervosa.

Alguns quilômetros depois, o GPS apita. Jenny desacelera e aponta para um chalezinho azul na escuridão, cercado por um grande campo vazio.

— Acho que é aqui.

Forço a vista. É a única propriedade em quilômetros. Procuro sinais de Dylan na casa, no quintal, na rua. Mas as cortinas estão fechadas, e todas as luzes estão apagadas.

E aí, de repente, a casa fica para trás.

— Para — grito, mas Jenny continua dirigindo. Um profundo instinto animal me domina. — Volta — rosno. — Agora. Meu filho está lá dentro.

Jenny morde o lábio, parecendo desconfortável. Ela liga a seta, para no acostamento e desliga o motor.

— Escuta — diz, puxando o freio de mão e ligando o pisca-alerta. — Sei como você está nervosa. Mas você precisa entender... — Jenny hesita, mexendo na corrente do pescoço. — Você só vai ter uma chance. O Adam sabe que você está vindo. Vai estar te esperando. Precisamos ser inteligentes. Pelo bem do Dylan. — Fico encarando a janela. Ela tem razão, claro. Ele não só sabe que estou vindo como me atraiu até aqui, com a isca mais poderosa possível. Mesmo assim. Jenny fica me observando, com expressão séria e concentrada. — Tem *certeza* de que não quer chamar a polícia? Não é tarde demais. Tenho quase certeza de que passamos por uma delegacia.

Faço que não.

— O Adam *é* a polícia. Além disso, quero que o Dylan saiba que eu tentei salvá-lo. Que não o abandonei lá. — Minha mente está clara. Me sinto quase eufórica. Depois de horas de espera incessante, impotente, finalmente vou *fazer* alguma coisa. Mesmo que muito provavelmente seja a última coisa da minha vida. — É só isso que importa agora. Ele precisa saber que eu tentei. Que fiz de tudo para tirá-lo de lá. Agora, volta.

Jenny não se move. Ela olha para baixo, examinando as unhas.

— Você sabe que eu não posso... não posso ir com você. É que, se algo acontecer, meus meninos... eles não têm mais ninguém.

Concordo com a cabeça.

— Eu entendo.

Jenny liga o carro, e começamos a voltar lentamente para o chalé. Ela estaciona num acostamento a quinze metros da casa, atrás de algumas árvores. Saímos do carro e ela ajusta o cordão do meu moletom enquanto dá conselhos e instruções de última hora. Mas já parece estar incrivelmente distante, como férias das quais mal me lembro. Na minha mente, já estou dentro da casa. A única coisa que importa está lá.

— A velocidade é essencial — diz Jenny. — Cada minuto que você passar lá dentro diminui suas chances de sair. Entra, pega o Dylan e corre. Vou ficar esperando aqui para levar vocês dois para casa. — Ela pigarreia. Percebo que quer dizer algo significativo, algo para marcar o momento. — Escuta, Florence... O que quer que aconteça, quero que você...

— Isto não é *Coração Valente*, tá? Para de deixar a situação estranha.

Ela me abraça com tanta força que mal consigo respirar.

— Boa sorte, agente do caos — sussurra em meu cabelo. — Lembre-se do plano. Vejo você aqui fora em alguns minutos, tá?

45

Porthcurno

SEGUNDA-FEIRA, 17H58

Mesmo no escuro, a casa que serve de cativeiro para o meu filho parece comum, banal até. Um chalé azul-claro dos anos 1950 com cercas vivas precisando de poda e um gramado descuidado. A gente sempre imagina os momentos dramáticos da vida acontecendo em algum lugar especial. *Coitada de mim, meu filho está preso dentro de uma casa comum!*, zomba uma voz na minha cabeça, e aperto os punhos, cravando as unhas nas palmas, me odiando.

É estranho, de repente, estar sem Jenny depois de um período tão intenso juntas. Como ter um membro amputado.

Subo por um pequeno caminho de pedra em direção à porta. Acima de mim, uma gaivota irritada guincha. As gaivotas são noturnas? Na varanda, paro por um instante, procurando sinais de Dylan. Mas a casa está quieta, em suspensão. Pego a aldrava barata e bato três vezes na porta.

Toc. Toc. Toc.

Expiro. Eu não planejava que ninguém atendesse. Que esquisito. Dou um passo para trás e penso no que fazer. Será que bato de novo? Grito?

Então, meu telefone começa a apitar. *Ping, ping, ping.* Dezenas de mensagens e notificações atrasadas. Aparentemente, este maldito chalé é o único lugar da Cornualha com sinal de celular. Olho para a tela. *18 novas mensagens de Dylan; 10 ligações perdidas de Dylan.*

Corro para ligar de volta. Minha respiração fica presa na garganta quando o telefone toca uma, duas vezes. *Atende, atende, atende.* Há um clique, mas, antes que eu possa dizer "Cadê você?", escuto um forte estalo. A porta da frente se abre. Uma mão se estende e me agarra pelo pescoço, me arrastando pela soleira para dentro da escuridão.

46

Porthcurno

SEGUNDA À NOITE

Quando recobro a consciência, estou deitada num sofá floral com um pano úmido frio na testa.

— Dylan! — berro, mas não sai som. — Estou aqui!

Silêncio.

Minha cabeça está latejando, e cada batida do meu coração faz a dor penetrar mais fundo no meu crânio. Forço os olhos a se abrirem, mas não consigo enxergar quase nada. Parece que alguém passou vaselina nas minhas retinas. Na minha frente há dois rostos, dois pares de olhos azul-claros. Gêmeos? Estou vendo em dobro? Então, as duas figuras se fundem e viram uma só.

Adam.

Ele está sentado numa cadeira à minha frente, usando o suéter azul-marinho que lhe dei de Natal, olhando o celular e apertando os olhos.

Examino a sala. Deve ter sido a casa da mãe dele. Tem um toque de mulher mais velha: cestas de vime, gansos de madeira, aquarelas. O cheiro é úmido e bolorento, como se as janelas não fossem abertas há uma década. Quase espero dobrar uma esquina e dar de cara com a srta. Havisham.

— Dylan — grito de novo, em meio à névoa de dor.

Dessa vez, Adam pula da cadeira.

— Ah, você acordou. — Ele se inclina sobre mim e seu cheiro familiar invade minhas narinas. — Como você está? Bateu a cabeça com bastante força.

— Cadê o Dylan?

— O Dylan? — Adam parece genuinamente confuso. — Como eu vou saber? — Ele baixa os olhos para mim. — Certeza de que você está bem? Levou um tombo e tanto ali.

Ele parece tão preocupado que, por um instante, me pergunto se tudo não passa de um mal-entendido. Então, percebo que minhas mãos foram amarradas juntas à minha frente com fita prateada.

— Vamos começar do começo — diz Adam, indo para a cozinha e vasculhando um armário suspenso encardido. — Você é minha convidada. Chá?

— Se ele estiver morto, pode me matar logo. Não dou a mínima.

Adam coloca um saquinho de chá numa caneca branca lascada.

— Matar você? — Ele dá uma risada oca. — Você está confundindo as coisas, Flo. Só quero conversar.

— Conversar? Estou com um ferimento sangrando na cabeça e fita nos pulsos.

Ele faz uma careta.

— Desculpa por isso. É só precaução. Por falar nisso... — Adam pega uma faca da bancada. A que eu tinha guardado no bolso do meu moletom antes de sair de casa. — Obrigado por isto. Realmente não precisava trazer um presente para minha casa.

Ele dá batidinhas suaves na ponta com o dedo.

Meu coração começa a acelerar.

— Dylan! — berro. — Dylan! Você está me ouvindo?

Silêncio.

— Você não está me escutando — diz Adam, as narinas se dilatando. — Presta atenção, Flo. É importante.

Uma sensação de pânico começa a atravessar minha dor, como um mergulhador subindo para respirar. Viro o rosto na direção de Adam, na cozinha. Sob a luz fluorescente e forte, intensa, ele parece ao mesmo tempo familiar e completamente desconhecido. E tem mais alguma coisa. Uma rigidez que nunca notei antes. Será que essa versão sempre esteve à espreita?

— O que você quer, Adam? Por que está fazendo isso?

Adam para de encarar o chá, os olhos azuis redondos como bolinhas de gude. Parece quase melancólico.

— Só quero que você me escute. É a única coisa que eu sempre quis, Flo.

Adam se junta a mim no sofá e me entrega a caneca de chá. Seguro desajeitadamente com as mãos ainda amarradas. Está morno, percebo, decepcionada. Não está quente o suficiente para escaldá-lo se eu jogar.

Ele respira fundo.

— Por onde podemos começar?

— Pelo Dylan — digo, mas ele me ignora.

— Claramente, você sabe sobre Marta.

— Eu sei que ela estava te traindo. Com...

— O Rollo Risby — completa Adam, cuspindo o nome como uma maldição. — Peguei ela no flagra. No nosso aniversário de namoro — conta ele. Assinto, examinando a sala em busca de rastros de Dylan. Um sapato, qualquer coisa de tamanho infantil. Cadê ele? Se eu conseguisse pegar meu celular, ver o que aquelas mensagens diziam... — Eu estava planejando aparecer de surpresa no salão, com flores. Ela me falou que ia trabalhar até tarde naquela noite. Quando cheguei, o gerente disse que ela tinha saído horas antes. *Com o namorado!* — O rosto de Adam está vermelho; a respiração, ofegante. — Você me ouviu, Flo? *Com o namorado! Eu* era o namorado dela! — ruge Adam. — O que significa que todos sabiam. Todos eles. Todo mundo sabia que ela estava me traindo. — Ele ergue os olhos para mim, como um animal ferido. — Você sabia?

— Não até ontem.

Será que a caneca bastaria para derrubá-lo se eu batesse na cabeça dele com força suficiente?

Adam assente, satisfeito.

— Quando confrontei, ela negou. Disse que eu estava "imaginando coisas". Eu mandei ela embora. Marta disse pra *eu* ir embora. Da minha própria casa. Dá pra acreditar, Flo? — indaga. A forma como ele não para de repetir meu nome é perturbadora. Será que é alguma tática policial para ganhar minha confiança? — Mandei ela tomar no cu. E aí ela me empurrou. — Adam observa meu rosto em busca de uma reação. — A Marta era forte. Mais do que parecia. As mulheres do Leste Europeu, sabe, são duronas. Ela me empurrou contra a parede. — Ele faz uma pausa. — Então eu a empurrei de volta. Mas foi legítima defesa. Um azar ela ter batido a cabeça num armário.

— Ela bateu a cabeça? Você chamou uma ambulância?

Adam me lança um olhar gelado.

— Se eu chamei uma ambulância? — Ele ri, e o som é oco, vazio. — O *Daily Post* ia adorar essa, né? "Filho de ex-chefe de polícia demitido por agredir mulher"? Enfim, uma ambulância não adiantaria de nada àquela altura.

Meu estômago dá uma cambalhota, depois mergulha como um elevador num fosso.

— Espera... Então a Marta está...?

Adam baixa os olhos para os pés, calçados nos tênis New Balance 500 cinza que estou tão acostumada a ver na frente da porta dele. Estala os nós dos dedos.

— Infelizmente.

A palavra me atinge como um soco na barriga. Penso em Zo, seu rosto choroso, e sinto vontade de vomitar.

— Você a matou.

— Não. Eu disse, foi um acidente.

— Espera. Então a Marta está morta desde... agosto? E esse tempo todo você ficou mandando mensagens do celular dela? Fingindo que ela ainda está bem?

Adam puxa o ar por entre os dentes.

— Eu precisava ganhar um tempo. Descobrir o que fazer. Não planejei isso, Flo. Só... aconteceu.

— Eu não... não entendo. Se a Marta está morta, o que você fez com o... o corpo dela?

Adam hesita.

— Você não quer saber. Acredite.

Ele tem razão. Não quero. Só quero encontrar Dylan e sair desta maldita casa. Mas devo isso a Zo.

— Por favor. Só me conta.

Adam olha o chão.

— Você já viu *Breaking Bad*? A coisa da banheira? — Ele balança a cabeça e solta uma risada nervosa. — Não vou mentir, foi nojento. Entupiu todos os canos. Desculpa por isso, aliás. — Minha mente volta ao meu chuveiro quebrado, e uma onda de náusea sobe pela minha garganta. Engulo em seco e me recosto no sofá, com a traqueia ardendo como fogo. Minha cabeça continua latejando, e estou desesperada para saber onde está Dylan. — Foi um acidente! — choraminga Adam. — Eu não tinha escolha. Quem acreditaria em mim?

Coloco a caneca de volta na mesa, uma manobra complexa com as mãos grudadas.

— Deixa eu entender: você matou a Marta e depois sequestrou meu filho para eu vir até aqui e ouvir sua confissão?

Ele franze a testa.

— Não. Confissão? É isso que você acha que é? — A voz de Adam fica bem mais alta. — Não estou confessando merda nenhuma! Sério, Flo. Você me *conhece*. Quantas vezes eu te ajudei? Não sou uma pessoa ruim. Estou te falando. Foi. Um. Acidente — diz ele. Me mexo desconfortável no sofá. O ferimento na minha cabeça está latejando. O sangue já escorreu para minha boca, deixando um rastro salgado e metálico em meus lábios. Só consigo pensar no Dylan. Adam coloca a mão na minha coxa. — Por favor, Flo. Me diz que você entende.

Cerro os dentes, reunindo toda a suavidade que consigo.

— Tá. Claro. Foi um acidente. Eu entendo — digo. Ele expira, com o alívio inundando seu rosto. Por um instante, acho que vai me abraçar. Pigarreio. — Agora, me fala onde Dylan está.

Adam franze as sobrancelhas e joga a cabeça para trás.

— O Dylan? Como eu vou saber onde ele está?

Uma fúria incandescente corre por minhas veias.

— Como você vai saber? Caramba, Adam, eu sei que você está com ele! Eu encontrei o bilhete. Que diabos você acha que estou fazendo aqui?

Adam fica me encarando, aí solta uma risada longa e grave.

— Ah, uau. O bilhete. — Ele continua rindo, um uivo amargo e pesaroso que sacode seu peito. — O Dylan. Rá. — Adam balança a cabeça de novo, como se não conseguisse acreditar no que está ouvindo. — Não tenho ideia de onde o Dylan está. — Ele coloca a caneca de chá na mesa de centro de pinho e se vira para mim com o rosto sombrio. — Aquele bilhete era sobre o Alfie Risby, sua vadia imbecil.

47

Porthcurno

SEGUNDA-FEIRA À NOITE

Nada faz sentido. Ainda estou no sofá floral, mas minha cabeça parece ter sido chutada por uma bota com ponta de ferro, uma pulsação incessante e surda que piora a cada minuto.

— Alfie? — indago. — Quê?

— Você não ouviu nada do que eu falei? — O rosto de Adam fica vermelho, furioso. — O pai dele fodeu minha namorada. Ele destruiu minha vida! E é só questão de tempo até alguém descobrir sobre o... acidente. — Os olhos dele estão cheios de desespero. — Preciso de dinheiro, Flo. Pra dar o fora. Recomeçar em algum lugar quente e barato. Você sabe que sou um cara legal. Não mereço uma segunda chance?

Uma lâmpada se acende na minha cabeça confusa.

— Ah, meu Deus. Você... o Alfie... — Olho ao redor freneticamente, com um novo pânico invadindo meus pulmões. — Ele está... o Alfie Risby está... *aqui*? — Meus olhos percorrem a sala rapidamente, passando pelos móveis nodosos de pinho, a antiga TV de tubo, as cortinas empoeiradas cor de malva. — Cadê ele?

— Relaxa — diz Adam, levantando-se. — Ele está bem, juro. Mais que bem, na verdade. Eu sou, tipo, o sequestrador mais legal de todos os tempos.

O menino está com um PlayStation novinho e um LEGO do *StarWars*. Estou falando da *Millennium Falcon* completa. Deixei até ele ficar com a suíte.

Meu coração martela no peito.

— Você sequestrou o Alfie Risby? Mas então... cadê o Dylan?

Adam resmunga.

— Sempre essa história de Dylan! Você não consegue pensar em outra pessoa por um minuto? — Ele aponta para um corredor escuro. — Acabei de te contar que Alfie Risby, o garoto de um bilhão de dólares, está do outro lado da parede, e você só quer saber do Dylan. Além do mais, segundo a câmera da nossa campainha, o Dylan saiu hoje de manhã às... cinco e dezessete — diz Adam, abrindo o celular e balançando a tela na minha frente. Logo depois de você voltar da sua pequena aventura. — Ele me olha com malícia. — Meio tarde pra um dia útil, não? Com quem você estava, hein?

Me sinto estranhamente oca, como se o sangue, os ossos e as entranhas tivessem sido drenados do meu corpo. Avanço para pegar o celular, agarrando-o desajeitadamente entre minhas mãos ainda presas, olhando para a tela. A pessoa capturada pela câmera está usando um moletom escuro e carrega algo que parece uma mochila pesada. Realmente se parece muito com o Dylan.

— Que diabos...

Adam pisca para mim.

— Tranquilo. A câmera também mostra que ele voltou para casa uma hora depois, então saiu de novo de uniforme da escola às sete e quarenta e cinco. Não sabia que você estava deixando ele ir a pé sozinho agora. Mas acho que você estava cansada depois do seu encontro, né?

Minha cabeça está girando. *O Dylan realmente passou o dia todo na escola? E por que ele estava dando uma volta antes de amanhecer?*

Estou desesperada para pegar meu celular e ler as mensagens que ele me mandou. Descobrir o que diabos está acontecendo. Antes que eu consiga fazer qualquer coisa, Adam me joga uma máscara de esqui de poliéster vermelho barato. Cai no meu colo.

— Melhor garantir que ele não veja seu rosto.

— Quê?

— Imagino que você queira falar com o Alfie, não? Confirmar que ele está bem?

Alfie. Certo. Eu tinha me esquecido completamente dele. A única coisa que quero de verdade é dar o fora daqui, voltar para Londres, para Dylan. *O que estou fazendo aqui, a centenas de quilômetros do meu filho?*

— Eu, hum...

Adam me puxa bruscamente do sofá, e o sigo, relutante, por um corredor escuro em direção a uma porta com uma corrente fixada do lado de fora. A luz escapa por baixo das bordas. Adam mexe na corrente, então faz sinal para eu entrar.

Minha respiração fica presa no peito.

— Espera, você não vai entrar comigo? Como vou saber que você não vai simplesmente me trancar lá dentro?

Adam me lança um olhar magoado.

— Sério, Florence. Sou eu. Só quero que você veja por si mesma que não sou um monstro horrível. Que estou cuidando bem dele. — Adam transfere o peso de um pé para o outro. — Só pergunta para ele, tá? Alfie vai te contar.

Adam me ajuda a colocar a máscara de esqui no rosto, e entro no quarto. Alfie está sentado numa cama desfeita de costas para mim, jogando um jogo de tiro em primeira pessoa. É menor do que eu me lembrava, o cabelo ruivo está emaranhado e oleoso. Ele está de pijama de foguete e chinelo, com um roupão listrado por cima, como uma criança que faltou à escola por estar doente. É assustador vê-lo tão de perto na vida real, depois de sua foto escolar ter sido estampada em todos os jornais do país. É como ver uma celebridade de perto.

Alfie levanta os olhos do jogo e faz uma careta.

— Você não é ele. Quem é você?

— Eu sou uma amiga, hum... da sua mãe. Mais ou menos. Só queria ver como você está. Se está tudo bem.

Alfie resmunga.

— Aham.

O quarto é maior do que eu imaginava. Tem um armário embutido e um banheiro, além de uma cama de casal e uma TV de tela plana conectada a um PlayStation.

Baixo a voz para um sussurro:

— Você está bem, certo? Ninguém está tipo... assediando você?

Ele nem tira os olhos do jogo.

— Eca. Que nojo.

Uma onda de alívio me toma. Claro que não.

— Ótimo. Que bom.

— Então, você está aqui para me salvar?

— Quê?

— Sabe, tipo, me resgatar?

Por baixo da máscara de esqui acrílica, as primeiras gotas de suor ardem em minha testa. Engulo em seco.

— Quê? Ah, não. Na verdade, eu estava procurando o meu filho — respondo. A expressão de Alfie fica decepcionada. Ele volta ao jogo, e sinto algo como culpa. Eu *deveria* resgatá-lo? Como isso funcionaria? — Desculpa. É que... não sei como te ajudar. Além disso, também estou presa aqui.

Ergo minhas mãos ainda amarradas como prova.

Alfie solta uma risada desdenhosa sem tirar os olhos da tela.

— É, mas você é adulta. Não dá pra inventar alguma coisa?

Há uma explosão no jogo, e Alfie solta um suspiro frustrado e arremessa o controle na TV.

— Puta — murmura ele. — Olha o que você me fez fazer.

Duas semanas de sequestro claramente não o mudaram. Por um instante, não sinto nenhuma pena por ele estar trancado no quarto de hóspedes de Adam. Talvez mais uma ou duas semanas aqui lhe ensinem uma lição.

Vou até a porta.

— Certo. Bom, hum, se cuida. — Uso o cotovelo para bater na porta de madeira. — Estou pronta para sair agora.

Alfie me olha por cima do ombro, e noto pela primeira vez que seus olhos estão vermelhos nas bordas. Numa voz pouco mais alta que um sussurro, ele solta uma palavra que não tenho certeza se já usou antes.

— Por favor? — Ele de repente parece menor, mais indefeso. — Por favor — repete. — Estou com saudade da minha mãe.

Começo a dizer algo, mas então a porta se abre e o braço robusto de Adam entra, me agarra pelo ombro e me arrasta de volta para o sofá da sala. Tiro a máscara acrílica incômoda e me afundo nas almofadas, tentando processar o que acabei de ver.

— Viu? — indaga Adam, triunfante, sentando-se ao meu lado no sofá. — O que eu te disse? O menino tem pizza, *Fortnite*, todo o Monster Energy que consegue beber. Aposto que ele nem quer ir embora! — continua ele. Mordo o lábio. O *por favor* suplicante de Alfie ecoa no meu cérebro como um palavrão. Adam agarra minhas mãos ainda presas, e seu rosto fica sincero. — A única coisa que quero é começar do zero — diz ele, com a voz tensa. — Você tem que acreditar em mim, Flo. Eu nunca quis machucar a Marta. Foi um acidente. Um acidente terrível, terrível. Com certeza, se alguém consegue entender o desejo por uma segunda chance, é você.

Assinto, sem saber se realmente concordo, mas ansiosa para ganhar tempo.

— Eu... não entendo. Como você o encontrou?

— Ah, foi pura sorte o Dylan mencionar o passeio da turma naquele dia. Você sabia que o Centro Wetland é um dos únicos lugares de toda Londres sem câmeras de segurança? Ficou bem fácil.

— Então, você sequestrou o menino e dirigiu com ele o quê, cinco, seis horas até a Cornualha? Não consigo entender. Tem alguém te ajudando? Como você o manteve aqui?

Adam dá de ombros.

— Bom, não é como se o garoto estivesse doido para voltar para a escola. Como eu disse, a situação aqui está muito boa para ele. Só tranquei a porta e deixei bastante comida. Disse que tenho câmeras por todo lado e que, se ele tentasse alguma coisa, iria atrás dele e o mataria. — Adam dá uma piscadela para mim. — Além do mais, crianças dessa idade não precisam de muita supervisão, né?

Meu rosto queima de vergonha, mas continuo:

— Mas e o Dylan? Por que ele estava com a mochila do Alfie?

— Ah, isso. Infelizmente, o Dylan interrompeu as coisas um pouco lá no Centro Wetland. Eu estava de máscara, claro, então ele não me reconheceu. Mas, só pra garantir, fiz os meninos trocarem de mochila. — Adam sorri, satisfeito com sua própria esperteza. — Falei pro Dylan que se ele contasse alguma coisa para alguém, eu ia garantir que ele fosse preso.

Uma raiva incandescente invade meu corpo.

— Você incriminou meu filho?

O comportamento estranho de Dylan de repente faz muito mais sentido. Não é de admirar. O coitado viu um homem mascarado sequestrar o colega. Deve ter ficado completamente traumatizado.

Adam balança a cabeça vigorosamente.

— Não. Foi só um pequeno seguro. Como eu ia saber que você ia fuçar o quarto dele e tirar conclusões precipitadas? Enfim, preciso admitir, o menino sabe guardar segredo. Pelo jeito, a ameaça de ser preso o assustou o suficiente para mantê-lo calado.

Penso em Dylan. Meu esquisitinho perfeito, que só quer tornar o mundo um lugar melhor. Quantos sábados ensolarados com casquinha de sorvete um garotinho tem antes de seu espírito ser esmagado por bullying, chefes ruins e cartas ameaçadoras da Receita? Quantas manhãs de Natal descendo a escada na ponta dos pés até uma pilha de presentes embaixo da árvore? Não é uma pergunta retórica. Consigo contar minhas próprias lembranças felizes de infância nos dedos de uma das mãos. Adam roubou o que restava da inocência de Dylan, arrastou-o prematuramente pela ponte que separa a *Maravilhosa Ignorância Infantil* do *Deserto Árido da Vida Adulta* e queimou a ponte ao passar. Pior ainda, ensinou meu filho a mentir para mim. Só por isso, eu alegremente o assassinaria: alguns golpes rápidos de machadinha, um saco de congelamento, uma lona. Não seria nada difícil para mim.

Agora, meu corpo todo está tremendo, vibrando de fúria. Me viro para ele.

— Por que você me trouxe aqui, Adam? O que estou fazendo aqui?

Ele olha para o chão.

— Preciso da sua ajuda.

— Quê?

— Você ouviu a Cleo Risby na coletiva de imprensa: "Diga o preço." Eu estava pensando em cinco milhões. Três para mim, dois para você. Suficiente para nós dois recomeçarmos, mas não tanto que eles realmente sintam falta e venham atrás da gente.

— *Da gente*? — Minhas palmas começam a suar. — O que isso tem a ver comigo?

Adam zomba:

— Ah, não, tem razão. Vou só mandar um bilhetinho de resgate para esses bilionários, feito de letras recortadas de revista, e colocar na caixa de correio deles. "Estou com o filho de vocês, por favor, joguem uns sacos de dinheiro nos arbustos"? — Ele balança a cabeça. — Olha bem para mim, Florence. Eu não sou um completo idiota. Já tentei entrar em contato com a Cleo sozinho. Mandei uns desenhos do Alfie pra ela, como prova de vida. Mas isso só complicou as coisas — revela. Meu estômago se revira quando me lembro dos desenhos que Cleo me mostrou no ônibus aquela noite. Merda. Ela tinha razão. Adam baixa a voz, como se alguém pudesse ouvir. — O fato é que negociação de resgate é uma arte delicada. A abordagem precisa ser feita com cuidado, por alguém que eles conhecem. Senão, vão direto procurar a polícia ou os mercenários ex-Mossad que eles contrataram por fora e vai ser tudo em vão.

— Espera, então... você quer que eu peça o dinheiro do resgate para os Risby?

— Agora você está entendendo.

— Por que não a Jenny? Já que vocês dois são tão íntimos?

Adam joga a cabeça para trás e ri.

— A Jenny? Você está de brincadeira? Ela chamaria a polícia tão rápido que deixaria todo mundo zonzo. Mas você... — Ele faz uma pausa, me examinando de cima a baixo, avaliando. — Você é diferente. *Moralmente flexível.*

Fico tensa. Apesar de tudo, acho ofensivo.

— Eu não sou assim de verdade. Não mais.

— É mesmo? É isso que o Robin Sexton acha? — pergunta. Sou tomada por uma sensação que parece um balde de água fria. Adam ergue a sobrancelha. — Ah, por favor. Nós dois sabemos o que você fez. Sinceramente, estou impressionado. Incriminar um inocente para salvar seu filho? É uma coisa bíblica. — Ele para. — Só pensa: dois milhões de libras. Você poderia comprar um apartamento maior, gravar um disco. Estou te oferecendo uma saída, Flo. Uma nova vida. Só preciso que você me ajude com este pequeno detalhe — argumenta. Me sinto zonza. A sala está começando a girar. Ao meu lado, Adam está cada vez mais agitado, falando depressa. — Sabe, outro tipo de pessoa só te chantagearia. Mas eu não. Sou um cara bacana. Não vou te obrigar a fazer nada que você não queira. — Antes que eu possa dizer algo, Adam pula do sofá. Ele pega um estilete do bolso detrás e me agarra pelo braço, cortando a fita dos meus pulsos com dois golpes rápidos. — Prontinho — diz, estendendo a mão e me ajudando a ficar de pé. — Está vendo? Você está livre. Pode sair pela porta se quiser. Sério.

Esfrego os pulsos. Minha cabeça continua latejando. Marta está morta. Alfie está no quarto ao lado. E Dylan, aparentemente, está seguro em casa em Shepherd's Bush, depois de dar uma caminhada misteriosa antes do amanhecer.

Pense, Florence, pense.

Há quanto tempo estou nesta casa? Pode ser uma hora ou dez. Perdi completamente a noção do tempo. Eu me pergunto se Jenny ainda está esperando na esquina. Eu poderia sair agora, correr pela escuridão até o carro, fazer a viagem de seis horas de volta a Londres e encontrar Dylan. Mas o que vai acontecer com Alfie Risby se eu for embora agora? Sinto uma pontada no estômago. Preciso de mais tempo. Preciso pensar.

— Na verdade, Adam... — Hesito, ainda negociando meu estranho status em algum lugar entre convidada, cúmplice e refém. — Será que eu posso usar o banheiro? Dar uma ajeitada?

Os olhos de Adam me examinam por um instante, observando o sangue seco na minha testa, a maquiagem borrada, o cabelo emaranhado.

— Tenho que admitir, você está mesmo bem nojenta — diz ele, enfim. — Final do corredor à esquerda. Mas nada de gracinhas, hein?

48

Porthcurno

SEGUNDA-FEIRA À NOITE

O banheiro também parece de idosa. Papel de parede em tom pastel descascando. Uma pilha de sabonetes em formato de concha se decompondo. Uma cesta de pot-pourri antigo.

Desabotoo a blusa, com o cuidado de não me furar com a seringa que deixei escondida no sutiã. A que contém o tranquilizante de cavalo da Allegra. Até que é fácil imaginar enfiá-la no ombro de Adam, pegar Alfie e sair correndo da casa. Mas será que eu conseguiria mesmo?

Na pia, jogo água fria no rosto e tento conciliar o Adam que conheci todos esses anos — meu vizinho solícito e apaixonadinho — com a pessoa que ele é de verdade: um assassino, um sequestrador. Queria ter feito mais perguntas sobre o incidente que ele mencionou uma vez, no início de sua carreira policial, aquele que o fez ser rebaixado. Talvez, se eu tivesse prestado mais atenção, poderia ter evitado isso tudo. Mas agora é tarde demais.

Dylan. Imagino meu filho em casa, se perguntando onde estou e por que não estou atendendo o telefone. O que diabos ele estava fazendo saindo escondido de casa no escuro?

Pego uma barra de sabonete de aparência duvidosa e começo a esfregar o rosto, removendo cada rastro de maquiagem até a espuma fazer meus olhos arderem. Talvez seja melhor apenas concordar com o plano de Adam. Afinal, Dylan está seguro. Para que tentar resgatar Alfie? Eu nem gosto dele.

Fico olhando o azulejo lascado e penso na oferta de Adam. Um recomeço. Uma chance de fechar todo este capítulo lamentável da minha vida. Deixar de ser Florence, a Fracassada e começar minha era *Emancipation of Mimi*. Dois milhões de libras é muito dinheiro, mas ainda não é suficiente para uma casa em tons pastel em Notting Hill. Talvez o porão de uma. Eu podia montar um estúdio de gravação no quintal dos fundos. Transferir Dylan para uma daquelas escolas particulares "acolhedoras" sem uniformes nem notas. Ele poderia finalmente fazer amigos, parar de passar todo o tempo com o esquisitão do sr. Foster.

No espelho sujo, examino meu reflexo. Agora estou sem maquiagem, com os olhos inchados, ainda ardendo do sabão. O cabelo molhado gruda no meu crânio como espaguete mole. O corte na minha cabeça voltou a sangrar. Pareço um monstro. Me sinto um monstro. Pequena, errada e má. Adam percebeu isso. *Escuridão reconhece escuridão*. Por isso ele pediu ajuda a mim, não a Jenny.

Seco meu rosto com uma toalha dura e prendo a seringa fria no elástico no meio do meu sutiã. Meus olhos se demoram no espelho manchado. Por um instante, vejo outra pessoa. Não um monstro. Mas alguém que não se importa mais com sua aparência. Que não precisa se importar. A deusa Medusa, perigosa, poderosa em sua feiura.

Foda-se. Passei os últimos dez anos escolhendo o caminho mais fácil. Olha aonde isso me trouxe. Estou sozinha no banheiro de uma idosa, presa entre um assassino de namorada e um menino rico sequestrado. Não tenho carreira nem perspectivas românticas, e todas as outras mães me odeiam. Ninguém virá me salvar. Ninguém jamais viria me salvar. Hoje, pela primeira vez na vida, vou fazer a coisa certa. A coisa difícil.

É hora de salvar Alfie Risby. Desta vez, de verdade.

49

Porthcurno

SEGUNDA-FEIRA À NOITE

Encontro Adam na cozinha. Ele está parado na frente do forno, deslizando uma pizza congelada de uma assadeira de metal.

— É um trabalho duro ter um refém tão exigente — diz Adam, dando uma risadinha. — O garoto só come as coisas gourmet do M&S.

Seus olhos param nas marcas em meus pulsos, queimaduras roxas feias que parecem pulseiras.

— Desculpa por isso, aliás — continua ele, notando meu olhar. — Medida de precaução. Você entende.

— Tudo bem — respondo, o mais tranquilamente possível. Preciso agir com naturalidade agora. Me encosto na bancada e me preparo para um último show. — Eu entendo, Adam. Mesmo. Tudo.

O rosto dele se enche de alívio. Ele coloca a pizza num prato e me abraça, me envolvendo numa nuvem familiar de Old Spice e sabão de lavar roupa, pressionando mais a seringa contra o meu peito. Cada molécula do meu corpo se retrai com o toque dele, mas me forço a continuar perfeitamente imóvel.

— Obrigado — diz Adam, afundando o rosto em meu cabelo. — Sério, Flo. Você não vai se arrepender.

Relaxa, lembro a mim mesma. *Mantenha a calma.*

— Vai dar tudo certo — minto.

Adam me solta e volta à bandeja, acrescentando uma garrafa de água Perrier.

— Hora do jantar de Vossa Alteza. Já volto, e a gente fala logo dos detalhes.

Ele pisca para mim antes de puxar a máscara de esqui vermelha sobre a cabeça.

Me sento à mesa da cozinha e espero. O tranquilizante não vai funcionar imediatamente. O que significa que, assim que eu o furar, preciso estar pronta para correr. Alfie também.

Espio a escuridão pela janela da cozinha. O vidro está manchado; só consigo ver o brilho fraco do luar enevoado. Me pergunto se Jenny continua lá fora esperando. Espero que sim. Não tenho muita chance sozinha no escuro.

Ao longe, escuto o som da porta do quarto se fechando de novo, a corrente balançando, seguida pelos passos pesados e firmes de Adam. Me endireito. O ideal seria atacá-lo na sala, para estar a apenas alguns passos do quarto de Alfie e depois da porta da frente. Quanto mais perto, melhor. Cada segundo será crucial.

— Então. A abordagem. Você vai fazer contato com a Cleo Risby sozinha. Talvez chamá-la para um café. Vocês, mães, amam a Gail's Bakery, né? Dá um jeito de encontrar com ela em público, em algum lugar movimentado. Fale como se fosse algo social. Vou te mandar algumas fotos do Alfie com os jornais de hoje, mas, importante, só mostre *no seu celular*. Não envie por AirDrop, nem e-mail, nada. Temos que tomar cuidado com nosso rastro digital.

Concordo com a cabeça.

— Entendi. Mas, na verdade, Adam, preciso ir ao banheiro de novo.

Dou uma risada nervosa. Ele revira os olhos.

— Você sabe onde fica.

Assim que saio da cozinha, coloco a mão no sutiã, tiro a tampa da seringa e a agarro com o punho fechado, com cuidado para não me espetar.

Arrasto os pés pelo corredor, passando pelo banheiro em direção ao quarto de Alfie. Tiro a corrente da porta o mais silenciosamente possível.

Meu coração está batendo tão forte no peito que imagino que Adam consiga escutar da cozinha. *Preciso ser rápida, muito rápida.*

Quando abro a porta com cuidado, Alfie está sentado a centímetros da TV, segurando um controle de videogame. Levanta os olhos, surpreso ao ver meu rosto sem máscara.

— Ei, eu te conheço! Você é uma das mães...

Coloco o dedo sobre os lábios e faço que sim.

— Eu sou mãe do Dylan. E vou tirar a gente daqui. Coloca seus sapatos.

Alfie franze a testa, enrugando o nariz com irritação.

— Como assim, agora? Mas eu estou no nível 17 e só...

Ao longe, consigo ouvir Adam se movimentando pela cozinha. Meu coração acelera.

— Alfie, isso é sério. Coloca seus sapatos e se prepara para correr. Estamos correndo peri...

Sou interrompida pelo som de passos rápidos e pesados. A porta do quarto se abre, batendo na parede com um estrondo. Adam está com a máscara de esqui vermelha e carregando uma arma prateada. Só vê-la me faz estremecer.

Pigarreio.

— Desculpa, só estava verificando se ele precisava...

— Sua idiota! — grita Adam, avançando sobre mim. Para alguém tão musculoso, ele é incrivelmente rápido. Seu rosto está a centímetros do meu; sinto seu hálito quente na minha bochecha. — Sua idiota! Ele não pode ver seu rosto. Você não entende? Agora ele sabe que...

Não estou pronta. Mas é agora ou nunca. Levanto a seringa acima da cabeça e a cravo com força no músculo trapézio de Adam. Isso o pega completamente de surpresa. Ele cambaleia para trás, com a seringa saindo do moletom azul-marinho como um dardo num alvo.

Me viro para Alfie. O garoto ainda está sentado na frente da TV, paralisado de medo.

— *Corre, Alfie!* — berro, as palavras queimando minha garganta. — *Corre!*

Finalmente, com atraso, Alfie parece compreender a urgência da situação. Ele se levanta, joga o controle do videogame no chão e passa correndo por Adam e pela porta aberta do quarto em direção à sala.

Adam estende a mão e arranca a seringa do ombro.

— O que foi isso? — diz, com escárnio. — Você acabou de me furar?

Fico atenta ao som da porta da frente se abrindo, desesperada para saber se Alfie conseguiu sair da casa. Será que Jenny ainda está no carro aqui perto? Será que vai encontrá-lo?

A seringa meio vazia agora está no carpete, além do meu alcance. Voo para pegar, mas é tarde demais. Adam agora está em cima de mim.

— Sua vadia idiota! — grita ele. — Você estragou tudo.

Sinto uma explosão de dor e perco o ar. Agora estou no chão, de barriga para baixo, com o rosto pressionado contra o carpete.

— Por quê? — grita Adam. Ele largou a arma e está me golpeando com as próprias mãos, como se não conseguisse suportar a distância que a arma criaria entre nós, como se quisesse a satisfação de sentir sua carne se conectando com a minha do jeito mais doloroso possível. — Por quê, Flo? Você estragou tudo.

Os golpes continuam e meu corpo todo se contrai de medo. Uma mão. Um pé. Algo pesado, talvez o PlayStation. No início, me sinto estranhamente adormecida e distante. Então, a dor chega toda de uma vez, como uma onda quebrando na praia. Está por toda parte. Agonia. Adam continua gritando, mas não consigo mais distinguir as palavras. Deixo meu corpo relaxar. Os golpes continuam. Me pergunto, abstratamente, como ainda estou consciente. Meu corpo não deveria desligar para me proteger disso? Penso em Marta e torço para que seu fim tenha sido menos doloroso. Ao longe, ouço um som de impacto, como madeira contra metal, vindo da frente da casa. Tento abrir os olhos, mas só vejo sangue. Sinto que estou perdendo a consciência, sendo arrastada, confusa, para o fundo de uma piscina quente.

Surge uma imagem de Dylan, debruçado sobre a mesa da cozinha, querendo saber quando vou voltar para casa.

Quem vai contar para o Dylan? É meu último pensamento coerente antes de mergulhar num poço escuro e cair no fundo com um baque. Minha mãe está lá, com seu uniforme do Denny's.

— Olha só você — diz ela, sorrindo. — Mostrando compaixão por aquele menino. Não achei que fosse capaz disso.

Marta também está lá. Ou a Marta Fantasma, imagino. Ela me oferece um lenço e um olhar empático.

— Estar morta é um saco, né? — diz ela.

Balanço a cabeça.

— Eu não. Ainda não.

Forço meus olhos a se abrirem de novo. Adam parou de me espancar e está sentado na cama. Ele está de frente para mim, de costas para a porta, soluçando com o rosto nas mãos. O tranquilizante veterinário não teve nenhum efeito visível. Meus olhos vão para a arma no chão, ao lado da cama. Se eu conseguisse me arrastar só alguns metros... talvez. Tento mover o braço, mas nada acontece. *Meu Deus, estou paralisada?*

Logo atrás de Adam, na porta, aparece uma figura. Cabelo escuro, roupas escuras. Minha respiração fica presa na garganta. Jenny? Estou alucinando?

Ela arregala os olhos ao avaliar a situação. Coloca o dedo sobre os lábios e se joga para pegar a arma.

Nesse preciso segundo, Adam se vira e a vê.

— Merda — diz ele. Pula da cama, fica de pé e dá um último chute na minha cabeça. — Viu o que você fez?

O som de um tiro enche o quarto. O estampido é mais alto do que eu esperava, e tudo fica escuro.

Silêncio.

50

Acordo com uma música da Girl's Night na cabeça, mas não consigo identificar qual. A letra está flutuando em algum lugar fora do meu alcance, como a fita de um balão de hélio subindo para longe.

O ar tem cheiro de lírios e antisséptico. Pisco. Uma luz forte queima minhas retinas. Um hospital. Estou num hospital. A última vez que estive no hospital foi quando Dylan nasceu. Uma maternidade pública deprimente, com outras nove mulheres e seus maridos enormes e peludos. Mas aqui é diferente. É a Tiffany's dos quartos de hospital. Mais algumas velas Diptyque e dava para passar por um spa.

Dylan está sentado do meu lado, de cabeça baixa, com os olhos fixos num Game Boy. Chamo o nome dele, mas sai incompreensível, tipo "gm-pgn".

— Mãe! — diz ele, levantando-se num salto. — Vou chamar a enfermeira. — Ele pausa por uma fração de segundo, passando um braço desajeitado pelo meu peito. — Senti saudade de você — murmura.

Inspiro o cheiro suave do cabelo dele. A vontade de abraçá-lo é avassaladora, mas, quando tendo mover os braços, nada acontece. Olho para baixo e vejo que estão engessados, como uma lagarta imobilizada em pequenos casulos brancos.

Uma enfermeira com expressão alegre e uniforme verde impecável aparece na porta.

— Olá — diz, animada, como se estivesse falando com um bebê recém-nascido. — Como estamos nos sentindo? — pergunta. Abro a boca para responder, mas as palavras saem emboladas. — Não tem problema — fala a enfermeira, fazendo uma anotação em sua prancheta. — Uma semana de coma faz isso mesmo! — Ela se vira para Dylan. — Dylan, querido, as enfermeiras colocaram uns biscoitos agora na sala de funcionários, se quiser pegar um enquanto está quentinho. — A mulher pressiona um estetoscópio gelado contra meu peito. — Só relaxe para mim. Isso. A médica já está vindo. Vou só verificar seus sinais vitais.

Ela se move ao meu redor como um beija-flor, tocando aqui, levantando ali, anotando de novo. Seus movimentos são ágeis, eficientes, competentes. Me lembra da Jenny.

— *Mmpf. Mpfh.*

A enfermeira me olha com compaixão.

— Você talvez tenha um pouco de dificuldade de falar nos próximos dias. Não se preocupe. Apenas tente descansar — aconselha. Faço que sim. Minhas pálpebras parecem pesadas demais, como se preenchidas com cimento. — Ah, e eu já liguei pra sua irmã — diz ela, com uma piscadela cúmplice. — Não a que está nas ilhas Maurício. A outra. — Fico olhando-a sem compreender. Ela continua: — Normalmente, só permitimos a visita de parentes para pacientes em estado crítico, mas ela e os gêmeos vieram visitar quase todos os dias desde que você chegou.

Me recosto, deixando a cabeça afundar mais no travesseiro. Tento lembrar como cheguei aqui, mas minha memória parece coberta de pasta de amendoim. O bipe suave dos monitores me leva a um estado meditativo. Dylan reaparece na minha visão periférica, magro e pálido, seu moletom escuro com capuz cobrindo parte do rosto.

— O que aconteceu? — tento perguntar, mas sai como "O que acnts". Dylan olha para o chão, mas não responde. Ele sabe exatamente o que quero saber. — Adam? (*Adsam?*) — digo, com voz fraca.

Dylan faz uma careta e passa o dedo indicador na frente da garganta.

Engulo em seco.

— Alfie? (*Mathie?*)

— Está bem. — Dylan dá de ombros. — Livre para continuar torturando répteis, graças a você. — Ele aponta para um arranjo floral do tamanho de uma pequena SUV na mesa oposta. — Dos Risby. Sabe, por você ter salvado o filho deles e tal.

Assinto, tentando processar tudo. Adam está morto. Alfie está vivo. Rollo e Cleo gostam de mim agora.

— Onde você estava? — pergunto, enfim. (*Zondse vs stva?*) — Naquela manhã? (*Zaquela banhã?*)

Dylan baixa os olhos para os azulejos brancos do piso, sem me encarar.

— Fui só dar uma volta, mãe. Só isso.

Examino o rosto dele, tentando decidir se acredito. Ainda tenho muitas perguntas, mas sinto meu corpo começando a afundar como uma pedra pesada no colchão. Estou tão cansada. Será que estão me dando morfina? O chão do hospital parece se abrir, e começo a mergulhar em direção ao porão, onde fico por muito tempo.

Quando acordo novamente, Jenny está sentada ao meu lado, na cadeira onde Dylan estava. É de manhã. O sol entra pela janela, formando uma auréola em torno de sua cabeça. Tem uma pasta cheia de papéis aberta à sua frente. Blocos amarelos de anotação preenchidos com sua caligrafia elegante. *Perguntar sobre um especialista em implante dentário. Buscar as últimas pesquisas sobre intervenções para hematoma subdural agudo.*

Jenny se vira para mim e tira os óculos de leitura. Um sorriso se espalha por seu rosto.

— Você está acordada.

— *Mmfhg* — consigo dizer.

— Não se preocupa com os seus dentes. Vamos encontrar um dentista excelente. — Ela dá um sorriso compreensivo. — Você vai voltar a mastigar Big Red em breve, com certeza — diz. Meus dentes? É por isso que não consigo falar? Passo a língua pela boca, mas minhas gengivas estão grossas e lanosas, como se tivessem sido preenchidas com algodão. — Tenta não se preocupar — pede ela. — Hoje em dia todo mundo tem lentes de porcelana. Os Risby vão garantir que você tenha tudo do melhor. — Ela faz um gesto indicando o quarto. — Foram eles que te colocaram neste lugar chique.

— *Mmfhg.*

Ela me entrega um pequeno quadro branco portátil.

— Achei que talvez fosse mais fácil para você escrever.

Agarro a caneta com dificuldade. Meus braços ainda estão engessados, mas consigo rabiscar: *O que aconteceu?*

Jenny puxa o ar por entre os dentes.

— Tá. Claro. Certo. Qual é a última coisa que você lembra?

Antes que eu possa responder, Dylan reaparece e coloca uma caixa de papelão na minha frente.

— Mãe, olha — diz ele, falando rapidamente. — É a Greta! Achei que ela estivesse morta, mas estava só hibernando. O sr. Foster disse que...

— Ei, Dyl — fala Jenny. — Quer pegar umas guloseimas na máquina? — Ela puxa uma nota de vinte libras. — Os gêmeos estão na sala de espera, leva eles com você. — Quando ele sai, Jenny se vira para mim com expressão séria e sincera. — Eu esperei lá fora, como a gente combinou. — Ela olha para os sapatos, escolhendo as palavras com cuidado. — Mas também chamei a polícia. Não ia deixar minha melhor amiga entrar numa armadilha mortal, né?

Meu coração se enche de emoção. *Você me salvou?*, rabisco.

— Não exatamente. Veja, era uma cidade pequena, e o policial não entendeu direito a gravidade da situação. Talvez tenha sido meu sotaque americano, sei lá. Parece que achou que era um trote. Enfim, ninguém apareceu. Acabei saindo do carro, me escondendo em uns arbustos no jardim, tentando ver o que estava acontecendo dentro da casa. Aí a porta se abriu de repente, e o Alfie saiu correndo, dando gritos agudos como uma alma penada. Passou correndo direto por mim. Escutei gritos lá dentro. A porta continuava aberta, então... eu entrei na casa. E aí...

— O quê? — pergunto.

Ela me olha intensamente.

— Você não lembra mesmo? — pergunta. Faço que não. Uma expressão estranha passa por seu rosto, algo entre suspeita e alívio. — Bom, deixa pra lá. O importante é que você está bem. — Seus olhos me penetram como lasers, me pedindo para entender algo que ela não consegue se forçar a dizer em voz alta. — Se bem que imagino que a polícia vai querer um depoimento seu. Sobre o, é... suicídio do Adam.

Mudo de assunto.

Dylan?, rabisco, sem confiança.

Ela hesita.

— Sobre essa parte tenho menos clareza. O que ele te contou? — indaga ela. Balanço a cabeça. Nada. — Bom, segundo Dylan, não conseguiu dormir e foi dar uma caminhada — diz Jenny, escolhendo as palavras com cuidado. — Ele afirma que voltou para casa e te encontrou dormindo profundamente, então, se vestiu e foi sozinho para a escola.

Escola? Acho que isso explicaria por que ninguém da secretaria ligou para avisar sobre a ausência dele. Mas por que diabos Dylan estava caminhando de madrugada?

O som de uma comemoração alegre no corredor interrompe meus pensamentos.

Os meninos estão voltando, os braços cheios de refrigerante e doces. Jenny se levanta e, como se lesse meus pensamentos, diz:

— Você vai precisar perguntar ao Dylan sobre a caminhada. — Ela se inclina ao lado da minha cama, baixando a voz para um sussurro: — Mas escuta. Ele está bem. Você está viva. Talvez seja melhor deixar isso para lá por enquanto? O que pode sair de bom disso? — Jenny aperta minha mão com delicadeza. — Descansa agora, Florence.

Os dias passam num borrão. Tem fisioterapia. Andar cuidadosamente de muleta, fazer alongamentos suaves. Comer pequenas tigelas de purê de maçã que as enfermeiras me trazem. Alguém vem ao meu quarto no hospital e tira um molde da minha boca.

— Para os seus dentes novos.

A minha versão de antigamente teria ficado histérica só de pensar em perder seis dentes. E talvez sejam apenas os analgésicos, mas me vejo incapaz de sentir muita indignação. Estou viva. Meu filho está seguro. O que são alguns pedaços de esmalte, certo? Como Jenny disse, posso comprar novos.

Alguns dias depois, aparece a polícia. Um agente meio dentuço para ao pé da cama e faz um monte de perguntas superficiais e tendenciosas antes de declarar que a morte de Adam foi um suicídio.

Ele assassinou a namorada!, rabisco em meu quadro branco. O agente faz um breve aceno de cabeça.

— Vamos informar o familiar mais próximo dela — diz. — E a embaixada polonesa.

Mesmo agora, ninguém parece especialmente interessado no assassinato de Marta. Ela não recebeu uma única manchete.

Uma Brooke recém-bronzeada vem me visitar, arrastando um Julian mal-humorado e um buquê murcho. Menciona rapidamente que sacrificou seu lugar na primeira classe para voltar a Londres mais cedo. ("Mas não tem problema", garante.)

— Que azar isso dos seus dentes — murmura um Julian com queimadura de sol, e tento assentir graciosamente. — E desculpa por toda a história do taco de críquete. — Ele levanta o queixo na direção de Brooke. — Ela me obrigou.

Brooke o olha com raiva.

— Sério? Você acha que agora é a hora?

— Quê? — pergunto com dificuldade.

Brooke se senta na beira da minha cama.

— Olha, desculpa. Sério. É que eu estava tão preocupada com você e com o Dylan. Achei que talvez o bilhete te assustasse o suficiente para parar com sua investigação e te convencesse a contratar um advogado. Eu estava pensando no que era melhor para você. — A voz dela muda de arrependida para animada. — Mas deixa pra lá! São águas passadas, né? — diz. Antes que eu consiga protestar, minha irmã pega uma bolsa de palha trançada e espalha vários jornais pela cama. — Viu a boa notícia? Olha! Você está famosa de novo!

Examino as manchetes.

MÃE HEROÍNA ENCONTRA GAROTO DESAPARECIDO!

EX-POP STAR POR TRÁS DE RESGATE DRAMÁTICO DE HERDEIRO DE COMIDAS CONGELADAS

CHEFE DA POLÍCIA METROPOLITANA PEDE INQUÉRITO SOBRE POLICIAL SEQUESTRADOR

Algum editor fotográfico entusiasmado encontrou fotos minhas dos tempos de Girls' Night. Antigas imagens de divulgação, de quando eu era uma década mais nova e vários tons mais loura. Não consigo deixar de sorrir, apesar de isso causar uma onda de dor em minha mandíbula.

Brooke abre um sorrisão para mim.

Você ainda me deve uma janela, rabisco no quadro branco.

Mais tarde, naquela noite, folheio os jornais. Acho que quase morrer me deixou curiosa sobre o mundo que quase deixei para trás. As notícias são previsivelmente ruins: incêndios florestais destruíram a casa de um bilionário na Califórnia. Rebeldes atacaram um navio cargueiro no Mar Vermelho. E, enterrada no pé da página 5, uma pequena matéria revela que Robin Sexton foi liberado da prisão e todas as acusações foram retiradas. Sou tomada por uma onda de culpa. Talvez nunca pare de me sentir mal pelo que fiz com aquele homem. Mas, pelo menos, agora tenho o resto da vida para tentar consertar.

Na manhã seguinte, começam as entregas: buquês de flores e cestas de frutas e ursos de pelúcia enviados por produtores de programas matinais em Nova York e produtores assistentes ambiciosos em Londres, todos torcendo para conseguir a primeira entrevista com a "mãe detetive heroína" que encontrou Alfie Risby.

Elliott manda uma caixa de Taittinger e um bilhete que diz: "UAU! Quem imaginaria que você tinha tantos talentos? E agora? Próximo disco? Linha de produtos de beleza? Uma participação em *Selva da tortura*? Me liga, vamos aproveitar seus 15 minutos!"

Uma embalagem acolchoada de papelão chega com uma edição limitada de *The Emancipation of Mimi* em vinil transparente. Não tem cartão, só um Post-it amarelo escrito à mão que diz: "Melhoras, garota do negroni."

Mostro todas as flores e recortes de jornal a Jenny, me sentindo levemente culpada. *É você que devia estar recebendo todo o crédito*, rabisco em meu quadro branco. *Se não fosse você, eu estaria enterrada no quintal daquele chalé.*

— Ah, por favor — diz ela, jogando o cabelo para trás. — Como se eu quisesse minha foto na TV. Os caras do escritório nunca mais me deixariam em paz. — Jenny fica séria. — Só estou feliz por você estar bem. — Ela aperta minha mão. — E sinto muito por isso ter acontecido, Florence. Você não merecia. Nada disso.

Lágrimas quentes ardem em meus olhos. Mas a verdade é que, embora eu me sinta terrível pelo que Adam fez com Marta e pelo que eu fiz com Robin Sexton, se essa coisa toda com o Alfie não tivesse acontecido, Jenny e eu nunca teríamos ficado amigas. Eu ainda estaria assistindo a *reality shows* sozinha o dia todo, entregando arcos de balões e sonhando com um retorno ao mundo da música. Ainda estaria desejando minha antiga vida, vivendo sob uma nuvem de arrependimento pelos meus erros passados, me sabotando a cada oportunidade.

Claro, é uma droga o que aconteceu com Alfie, mas, convenhamos: é possível que ser *gentilmente* sequestrado não tenha sido a pior coisa que poderia acontecer com um menino rico mimado? No mínimo, agora ele tem alguma "adversidade" sobre a qual escrever em sua redação para a admissão na faculdade. Para ser completamente sincera, não sinto muito por ter acontecido. Mas não digo isso a Jenny. Não quero que ela pense que sou uma psicopata.

Em vez disso, aperto a mão dela.

— Te devo uma — murmuro.

No dia seguinte, os Risby aparecem: Cleo, Rollo e Alfie, unidos num alívio eufórico e seguidos por um bando de assistentes estressados e um guarda-costas. Me questiono se o divórcio foi cancelado, mas parece imprudente perguntar.

Cleo está hesitante e tímida. Seu cabelo voltou a ficar loiro, como se nada tivesse acontecido. Ela permanece próxima a Alfie, sem querer perdê-lo de vista. Aperta minha mão e soluça em seu suéter de caxemira largo de gola alta.

— Nunca vou conseguir retribuir — diz Cleo, e Alfie se aproxima arrastando os pés, jogando um buquê gigante de lírios brancos no meu colo.

— Para você — fala. — Sabe, por me salvar.

Estou imaginando ou há um levíssimo sorriso irônico em seu rosto sardento?

— Isso mesmo — intervém Rollo, exalando conhaque e gratidão, a força de sua personalidade preenchendo o quarto como gás hélio. Ele agarra minha mão e sacode meu braço para cima e para baixo como se estivesse em campanha eleitoral, ignorando minhas expressões de dor. — Tudo de bom para você — declara, e sua assistente tira uma foto.

— Não vamos te incomodar — diz Cleo, passando um braço protetor em torno de Alfie. — Vem. Vamos deixar a srta. Grimes descansar.

Rollo pigarreia.

— A holding familiar vai entrar em contato. Para tratar do lado financeiro da questão — diz ele, com uma piscadela.

Meu coração dispara. Isso quer dizer... Vou receber uma recompensa em dinheiro? Por algum motivo, eu tinha me esquecido disso. Mas, igualmente depressa, lembro: o sr. Sexton. E, antes mesmo de a porta se fechar atrás dos Risby, já sei que não vou ficar com essa grana. O dinheiro nunca será capaz de desfazer o que eu fiz, mas é um começo.

* * *

No dia seguinte, retiram os gessos. Consigo abaixar a mão e pegar um lápis do chão, fazendo minha fisioterapeuta irromper em aplausos. Uma equipe de médicos de aparência descansada concorda que estou saudável o bastante para receber alta. Vou ter que continuar a fisioterapia na clínica, mas não há motivo para não passar o Natal em casa.

Na minha última noite no hospital, a enfermeira alegre do primeiro dia vem fazer sua visita, seguida por uma figura pequena com um moletom de capuz roxo largo.

— Ela disse que é sua amiga — diz a enfermeira.

Aperto os olhos. Linh abaixa o capuz com um sorriso conspiratório. Não me diz que estou com cara boa nem tenta me abraçar. Em vez disso, ergue uma maleta de produtos de beleza.

— Imaginei que suas unhas devem estar horríveis — fala, com um sorriso, e começa a organizar tudo ao lado da minha cama.

Onde você estava?, rabisco no meu quadro. *Passei na Fresh Nails e não consegui te encontrar. Achei que o Estrangulador tivesse te pegado!*

Linh arregala os olhos.

— Ah, você não ficou sabendo? Ele foi pego. — Ela suspira. — É. Um nojento em Wandsworth. Aparentemente, roubou o celular de uma das vítimas e tentou dar de presente para outra mulher que conheceu pela internet. Esqueceu de apagar o iCloud. Acredita? Parece até que queria ser pego!

Assinto pacientemente. Nunca compartilhei a obsessão de Linh por crimes reais.

Mas onde você estava?, escrevo.

Linh desvia o olhar, tímida.

— Ah. Eu tive uma entrevista. Alexander McQueen. É só um estágio. Mas, amiga, eles te fazem suar a camisa, viu? Três rodadas de entrevistas, um dia inteiro de teste no estúdio. — Ela começa a alinhar as ferramentas na minha mesinha de refeições e dá de ombros. — Enfim, consegui.

Abro um sorriso largo que faz meu rosto doer.

PARABÉNS!, escrevo.

Linh sorri e pega minhas mãos, examinando minhas unhas com atenção, como alguém que lê folhas de chá em busca de pistas do futuro.

— Vamos pintar de verde — diz, após um instante. — A cor dos recomeços — decide. Ela começa a trabalhar, tomando cuidado para não mexer no acesso que traz meus analgésicos. — Enfim, tenho uma nova obsessão — conta, aplicando removedor numa bola de algodão. — Você ficou sabendo de um novo coletivo ambientalista radical? É tipo o Just Stop Oil misturado com a Fração do Exército Vermelho. — Faço que não.

Linh joga a bola de algodão na direção da lata de lixo do outro lado do quarto. Ela voa em linha reta pelo ar e cai dentro na primeira tentativa.

— Ecoterrorismo, basicamente. O alvo são os executivos das dez maiores empresas poluidoras. CEOs de petroleiras, esse tipo de coisa. Começaram com pequenas sabotagens: açúcar no tanque de gasolina do Bentley de algum diretor. Mas ultimamente eles começaram a explodir coisas. — Seus olhos dançam de animação. Ela tira a tampa de um frasco transparente de Seche Vite e aplica com pinceladas macias e controladas. — Enfim, é por uma boa causa. — Ela repõe a tampa e faz uma pequena mesura. — *Et voilà!* — exclama. Olho para minhas unhas. Nove ovais perfeitos cor de hortelã. — Precisei pular a que está com o oxímetro — diz Linh, desculpando-se. — Mas o que acha?

— *Pzzzisa glur-glur* — digo. O som da minha voz faz Linh arregalar os olhos. Tento de novo: — *Gli-guh.*

Um sorriso de reconhecimento se espalha por seus lábios.

— Ah. *Glitter.* — Ela olha minhas unhas. — Concordo plenamente.

Estou viva, afinal. É motivo suficiente para comemorar.

51

Shepherd's Bush

25 DE DEZEMBRO

Volto para casa a tempo do Natal. Numa onda de entusiasmo, concordo em deixar Dylan comprar uma árvore de Natal de verdade. Ele escolhe um pinheiro Nordmann de um metro e oitenta que vem com seu próprio vaso replantável. Custa duzentas e cinquenta libras e parece um arbusto, mas tudo bem. Ele a coloca num lugar de destaque na sala e decora com guirlandas "sustentáveis" feitas de pipoca e laranjas secas que tenho medo de atraírem ratos. Depois de ver um vídeo viral sobre como uma árvore de Natal não regada pode incendiar uma sala em menos de cinco segundos, passo a regá-la obsessivamente.

Seria de esperar que fosse estranho estar de volta ao antigo apartamento, entrando pela porta compartilhada todos os dias, mas, sinceramente, é igual a sempre foi. Minha casa, para o bem ou para o mal.

Na manhã de Natal, Dylan acorda cedo e vem saltitando para meu quarto, balançando um Red Bull embrulhado com um laço vermelho de veludo diante do meu rosto.

— Haha, muito engraçado — digo, revirando os olhos, mas no fundo fico feliz por ele ter me dado alguma coisa.

Dylan não acredita em Papai Noel, nunca acreditou, mas, mesmo assim, nós dois vamos até a sala para fingir. Preparo canecas de chocolate quente com leite de aveia para tomarmos enquanto ele cai dentro na pilha de presentes.

Brooke e Julian vão passar as festas em St. Lucia ("para compensar nossa lua de mel interrompida!"), mas mandaram presentes: uma cesta de Natal da Selfridges e uma pantufa de pelinhos para mim, um conjunto de walkie-talkie com carregador solar para Dylan. Tomei o cuidado de só comprar coisas da lista dele: um drone, uma câmera instantânea e, contra meu bom senso, um estilingue. Só tem um presente que ousei escolher por conta própria: um novo terrário para Greta. Dylan o desembrulha com uma expressão cética antes de, alegremente, declarar que é seu presente favorito.

— Um verdadeiro palácio de tartaruga!

Passamos a manhã transferindo Greta para seu novo lar e, à tarde, Jenny e os meninos vêm nos visitar. Pedimos *dim sum* do Tian Fu, pegamos a cesta de Natal de Brooke e abrimos o champanhe que Jenny trouxe. Os gêmeos correm pelo quintal, batendo um no outro com gravetos, enquanto Dylan se esconde no quarto, arrumando pedras no novo terrário da Greta.

— O que vão fazer com o apartamento dele? — pergunta Jenny, mordendo um pedaço de panetone.

Meus olhos se voltam para o teto.

— Pensei que talvez eu pudesse... bom, você sabe que originalmente era uma casa só. Achei que poderia tentar juntar tudo de novo.

Não é toda a verdade. Na real, já liguei para o pai do Adam e, depois de dar meus pêsames, me ofereci para comprar o apartamento. Não o culpei por criar um assassino. Afinal, não escolhemos nossos filhos.

Jenny ergue as sobrancelhas.

— Uau. Sério? Você tem dinheiro pra isso?

— Ah, sim, ainda tenho um pouco da...

Me interrompo. Jenny põe o copo na mesa.

— Espera, achei que você tivesse dado a recompensa para Robin Sexton, não?

— Sim, claro. Mas ele precisava mesmo dos cinco milhões? Ficou na prisão por tipo uma semana! Quatro milhões pareceu suficiente. — Jenny revira os olhos, mas há um indício de sorriso em seus lábios. Mudo de assunto depressa. — E você? Como anda o trabalho?

Jenny abaixa a cabeça.

— Ah. Me ofereceram uma promoção, na verdade. Para comandar o escritório de Frankfurt.

Sinto um aperto no peito.

— Sério? Mas você acabou de chegar! — Me forço a parar. — Quer dizer, que ótimo. Parabéns.

— É. — Ela se serve de mais uma taça de champanhe. Pela janela, ficamos observando Max e Charlie, que pararam de se bater com gravetos e agora estão jogando-os pela cerca do jardim como bumerangues. — Acho que não vou aceitar.

— Como assim?

Jenny franze o nariz.

— Você já foi para Frankfurt? Enfim, os meninos gostam daqui. Estão adaptados. Eu estava pensando em tirar um período sabático. Tentar algo novo. Quem sabe? — Ela dá de ombros e toma mais um gole de champanhe. — De repente começo algo meu.

Depois que eles vão embora, Dylan e eu nos acomodamos no sofá. Jogamos duas rodadas de Uno, comemos sobras de *dim sum* com as mãos e assistimos a *Duro de matar* na TV. Ele deve ser um pouco novo para apreciar Bruce Willis lutando contra terroristas em Nakatomi Plaza, mas tudo bem. Will vai buscá-lo amanhã para o Boxing Day, e estou determinada a garantir que *esta* seja a comemoração de que ele se lembrará.

Devemos ter adormecido no sofá, porque, quando acordo, a casa está escura e silenciosa. Dylan está estirado ao meu lado. O filme acabou, e está passando o jornal das onze. Um repórter com cara de neném está de pé num estacionamento diante de um prédio em chamas. A sede da Shell no sul de Londres, diz ele ao apresentador sério no estúdio.

— Não foram registradas vítimas fatais, mas pelo menos um diretor ficou gravemente ferido — continua o repórter, apontando para o edifício incendiado atrás dele. — As autoridades afirmam que foi um incêndio criminoso. Acredita-se que o artefato explosivo tenha sido uma bomba de pregos.

Uma foto pouco nítida aparece na tela. Uma figura encurvada com uma jaqueta impermeável cinza.

— A polícia está pedindo ajuda da população para identificar este homem — acrescenta ele.

Um fio de medo começa a percorrer minha consciência. Por que essa foto parece tão... familiar? Fico olhando a tela, tentando ligar os pontos. Conheço essa jaqueta de algum lugar. Mas de onde? Um dos pais da escola? Alguém do Raya?

Sou tomada por uma onda de náusea.

O sr. Foster.

No instante em que a ficha cai, tudo começa a fazer sentido. A lata de pregos. A caminhada matinal misteriosa do Dylan. As palavras de Linh ecoam em meus ouvidos: *um novo coletivo ambientalista radical.*

Olho de soslaio para meu filho, dormindo profundamente no sofá, e fico toda arrepiada.

Será que ele... é possível...?

Volto minha atenção para a TV e o prédio da Shell em chamas. A emissora está explorando ao máximo as imagens do incêndio. No reflexo da tela, vejo Dylan roncando baixinho, seu moletom com capuz que tem a foto de um cachorro e uma vaca e diz "Se você ama um, por que come o outro?" subindo e descendo a cada respiração. Ele parece tão perfeito e angelical quando dorme.

Uma coisa que ninguém percebe até ter filhos é quantas vezes sua mãe imaginou sua morte. É um dos segredos sombrios da maternidade: desde o momento em que seu filho nasce, e às vezes até antes, você é assombrada por visões de coisas horríveis acontecendo com ele. Seu bebê de dois anos caindo numa piscina sem ninguém notar. Seu filho de seis anos numa bicicleta vermelha reluzente, passando na frente de um ônibus. Seu adolescente rebelde aceitando carona de um estranho com as piores intenções. E nunca, nunca acaba. Dylan vai ser um homem de meia-idade barrigudo e calvo, e ainda vou ficar sem dormir no asilo, preocupada se ele tomou o remédio para o colesterol. É por isso que mães adoram ver os filhos dormindo. Porque é o mais próximo que podemos chegar de sentir que realmente estão seguros.

Examino o rosto tranquilo de Dylan. Quantas noites como esta ainda tenho antes de ele crescer e partir para enfrentar o mundo sozinho? Antes que a Coisa Ruim, aquela que não conseguirei impedir, nem prever, nem consertar, finalmente o alcance, como acontecerá com todos nós um dia?

Fico sentada no escuro por muito tempo, observando Dylan dormir, apreciando cada uma de suas inspirações e expirações, como só uma mãe é capaz de fazer.

Finalmente, me levanto, desligo a TV, coloco mais um pouco de água no vaso da árvore de Natal e cubro Dylan com um cobertor.

Meu bebê.

Seguro. Perfeito. Intacto.

AGRADECIMENTOS

Este livro não existiria se meus planos originais para minha vida tivessem dado certo. Portanto, obrigada, universo, por frustrar esses planos tão bem elaborados.

Devo tudo ao meu marido, que me levantou quando o Plano A implodiu e depois pagou nossa hipoteca para que eu pudesse ficar sentada à mesa inventando histórias. Um eterno e irritante otimista, ele acreditou neste livro mesmo quando eu não acreditava. Todos os meus sonhos se tornaram realidade por sua causa.

Obrigada a Hellie Ogden por me dizer para mudar o título e, em troca, mudar minha vida. Você é uma agente incrível, e eu soube disso no instante em que entrei na sala de conferências da WME e vi todos aqueles balões. Obrigada a Ma'suma Amiri, que provavelmente os estourou. Obrigada a Alyssa Reuben, cujo cabelo lustroso e habilidades de negociação afiadas eu tanto admiro. Devo muitas coisas boas a você. Obrigada a Hilary Zaitz-Michael por tentar me explicar Hollywood e por me conectar com meu time dos sonhos da TV: Chris Storer, Josh Senior e Cooper Wehde. Obrigada a Florence Dodd por levar sua homônima a leitores de tantos países.

Meus profundos agradecimentos à minha editora, Kate Dresser. Sou incrivelmente sortuda por trabalhar com você. Suas anotações tornaram tudo melhor. Obrigada por entregá-las tão gentilmente e obrigada por não colocar névoa na capa.

Eu não poderia pedir um grupo de pessoas mais inteligentes e talentosas do que a equipe da Putnam: Tarini Sipahimalani, Andrea Monagle, Noreen McAuliffe, Katy Miller, Sanny Chiu, Claire Sullivan, Maija Baldauf, Emily Mileham, Lorie Pagnozzi, Erin Byrne, Molly Pieper, Ashley McClay, Katie McKee, Alexis Welby, Lindsay Sagnette e Ivan Held.

Obrigada a Katie Bowden, da Fourth Estate, que entendeu imediatamente o que eu estava tentando fazer e me ajudou a tornar tudo muito melhor. Você é a Mariah dos editores, e estou muito feliz por seus ensinamentos.

Obrigada a Gillian Stern por defender este livro, em palavras e ações. Obrigada a todos do Prêmio de Ficção Lucy Cavendish, por enxergarem além dos erros de digitação e me darem um motivo para acreditar em mim mesma. Obrigada a Johanna Clarke e à Society of Authors pelo apoio prático ao longo do caminho.

Obrigada ao meu primeiro leitor, Ralph Martin; à minha Mãe-Tigre, Kiko Itasaka; e às minhas queridas amigas Hillary Evans, Francesca Harrison, Brittaney Kiefer e Mae Wiskin pelo apoio moral. Obrigada a Smita Bhide por ler minhas cartas de consulta e a Elle Harrison pelas longas conversas telefônicas e pelos bons conselhos. Obrigada a Oliver Wilson e Chris Corbett por segurar minha mão virtualmente enquanto eu estava na fase de envio. Um alô a Berit Cassis, a mãe detetive original.

Um brinde ao extraordinário instrutor de escrita criativa Nikesh Shukla e a todos do meu curso da Faber (Asra, Nicky, Inez, Suzanne, Nick, An, Phil, “Sandy”, Larissa, Zoe, Ilana, Mel, Sam) que leram os primeiros rascunhos e me disseram que a Florence não era britânica. Vocês tinham razão.

Impressão e Acabamento:
GRÁFICA GRAFILAR